이것은 어느 늑대 이야기다

알래스카의 한 마을로 찾아온
야생 늑대에 관한 7년의 기록

A Wolf
Called
Romeo

닉 잰스 지음
황성원 옮김

이것은 어느 늑대 이야기다

알래스카의 한 마을로 찾아온 야생 늑대에 관한 7년의 기록

1판1쇄 펴냄 2019년 10월 14일
2판1쇄 펴냄 2024년 6월 25일

지은이 닉 잰스 | **옮긴이** 황성원

펴낸이 김경태 | **편집** 조현주 홍경화 강가연 / 문해순
디자인 박정영 김재현 | **마케팅** 김진겸 유진선 강주영
펴낸곳 (주)출판사 클
출판등록 2012년 1월 5일 제311-2012-02호
주소 03385 서울시 은평구 연서로26길 25-6
전화 070-4176-4680 | 팩스 02-354-4680 | 이메일 bookkl@bookkl.com

ISBN 979-11-92512-91-4 03840

이 도서의 국립중앙도서관 출판예정도서목록(CIP)은 서지정보유통지원시스템 홈페이지(http://seoji.nl.go.kr)와
국가자료종합목록 구축시스템(http://kolis-net.nl.go.kr)에서 이용하실 수 있습니다.(CIP제어번호: CIP2019036075)

출판사 클의 책을
만나보세요.

살아 있는 모든 것의 친구였던
그레그 브라운(1950~2013년)을 기리며

동물을 인간의 잣대로 평가해서는 안 된다.
동물은 인간보다 더 유구하고 완전한 세상에서
우리가 잃어버렸거나 한 번도 가져보지 못한 감각들을 바탕으로,
우리는 절대 들을 수 없는 소리에 반응하고
흠잡을 데 없이 완벽하게 움직인다.
동물은 우리의 형제도 수하도 아니고, 생명과 시간의 그물망 속에
우리와 함께 갇힌 다른 종족이다.

ㅡ헨리 베스턴, 《가장 먼 집The Outermost House》 중

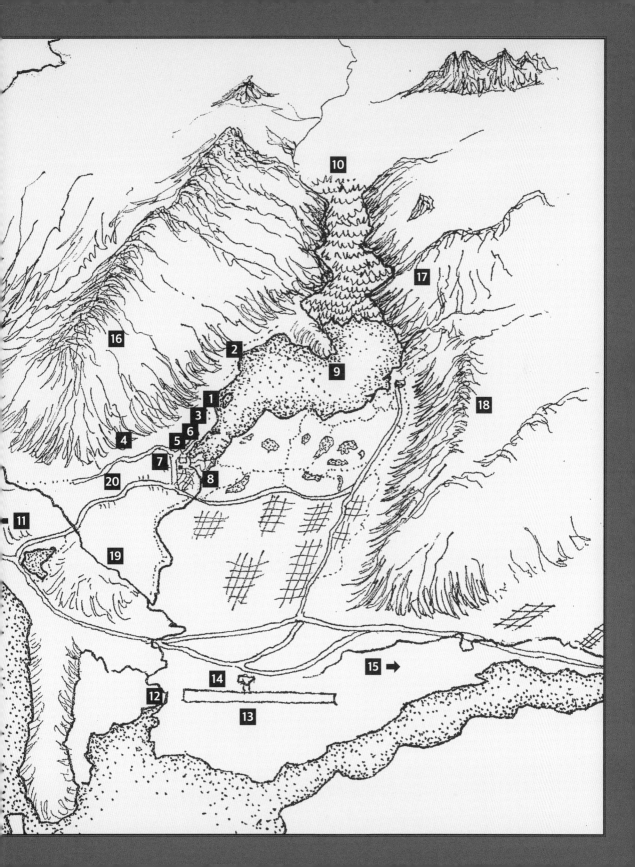

차례

감사의 말

글쓰기라는 노역은 외롭긴 하지만 결코 홀로 할 수 있는 건 아니다. 로미오와 함께한 7년의 생활과 3년의 저술 기간을 거치며 이 책을 쓰는 동안 나를 격려하고 도와준 모두에게 큰 빚을 졌다. 자신의 추억을 관대하게 공유해준 해리 로빈슨, 이 책의 단어 하나하나까지 한 번도 아니고 여러 차례에 걸쳐 날카로운 눈과 훌륭한 판단력으로 읽어준 코리 도너, 이 이야기를 풀어놓도록 나를 밀어주고 나와 함께 이 이야기 속에서 함께 살아온 나의 아내 셰리, 항상 변함없는 친구 티나 브라운, 조엘 베넷, 빅 워커, 비할 데 없이 훌륭한 지도 제작자 로리 크레이그, 나를 믿어준 휴턴 미플린 하코트의 수전 캐플런, 그리고 나를 이끌어준 탁월한 에이전트 엘리자베스 캐플런에게 각별한 감사의 말을 전한다. 그리고 초고의 과학적 내용을 검토해준 밴 밸런버그 박사와 패트릭 월시에게도 각별한 감사의 말을 남긴다. 자신들의 경험과 지식을 나눠준 존 하이드, 마이클 로먼, 라이언 스콧, 닐 바튼, 더그 라슨, 맷 로버스, 렘 버틀러, 크리스 프레리, 피트 그리핀, 론 마빈, 존 스텟슨, 존 니어리, 킴 털리, 데니즈 체이스, 린 스쿨러, 네이네이 울프, 아니 행어, 엘리스 오거스천, 수 아서, 해리엇 밀크스, 알래스카주 경찰관 댄 새들로스크, 윌리엄 팔머 박사, 그리고 그 외 많은 이들에게도 진심으로 감사의 말을 전한다. 늑대의 세계를 환히 밝혀준 많은 연구자들, 내게 자신들의 지식을 가르쳐주려 했던 이누피아크 사냥꾼들, 특히 클래런스 우드와 넬슨 그리스트에게 깊은 존경심을 전한다.

그르렁

첫 만남, 로미오와 다코타

"이거 진짜지?"

아내 셰리가 나직이 말했다. 셰리는 호숫가 우리 집의 안온한 불빛을 어깨 너머로 힐끗 보더니 점점 짙어지는 땅거미 속에서 검은 늑대가 빙판 위에 서 있는 앞쪽을 응시했다. 우리는 남동 알래스카 지역의 추위를 견디기 위해 옷을 겹겹이 껴입고서 우리 개 세 마리 중 한 마리만 데리고 나온 터였다. 노란색 암컷 래브라도 레트리버인 다코타는 항상 완벽할 정도로 예의 바르고, 곰부터 고슴도치까지 야생동물이 널린 환경에서도 우리의 지시를 잘 따랐다.

당연하게도 셰리는 약간 불안해하면서도 몹시 흥분해서 금방이라도 펄쩍펄쩍 뛸 것만 같았다. 몇 년 동안이나 보고 싶어도 번번이 허탕만 쳤는데 늑대가 처음으로 눈앞에 나타났기 때문이다. 완벽한 만남이라고, 나는 생각했다. 그리고 예상했던 것보다 더 쉽게 이루어졌다. 하지만 우리가 얼음 위에서 몇 걸음 더 앞으로 나아가자 사태가 바뀌었다. 늑대는 예전에 나와 마주쳤을 때 몇 번 그랬듯이 수목 한계선에서 가만히 지켜보지 않고 우리를 향해 총총거리며 다가왔다. 그러더니 입을 벌린 채 발 아래 쌓인 눈을 날리며 경중경중 뛰었다. 난 셰리를 내 옆으로 끌어당기고 다코타의 목줄을 쥐었다. 시야가 선명해지고 시냅스가 지직거렸다. 난 수년간 늑대를 볼 만큼 봤고, 그중 몇 번은 아주 가까운 거리에서 봤지만 한 번도 패닉에 빠진 적은 없었다. 하지만 사랑하는 이들이 곁에 있는데, 늑대 한 마리가 정면에서 달려오고, 나는 무기도 없고 도망쳐서 숨을 곳도 없는데 아드레날린이 뿜어져 나오지 않는다고 주장하는 사람이 있다면, 그 사람은 뇌사 상태이거나 거짓말을 하는 것이다.

심장이 쿵쿵 뛰는가 싶더니 늑대는 금세 35미터쯤으로 가까워졌다. 다리를 곧게 뻗고 선 늑대는 등 뒤로 꼬리를 올리고 우리를 응시했다. 그 모습은 우리를 안심하게 하기보다는 마치 지배하려는 듯한 자세였다. 그런데 갑자기 다코타가 구슬프게 낑낑대더니 목줄을 잡고 있던 내 두 손가락에서 빠져나가 늑대를 향해 곧장 달려갔다. 셰리가 절박하고 새된 소리로 부르고 또 불렀지만, 다코타는 뒤도 돌아보지 않았다. 다코타는 늑대를 향해 미끄러지듯 다가가더니 자기 몸 몇 배 정도 거리를 두고 꼬리를 뒤로 죽 뻗은 채 멈춰 섰다. 우리는 그저 입을 멍하니 벌리고 바라보고 있는데, 늑대가 다코타의 높이에 맞춰 몸을 낮췄다. 둘이 가까이 서 있자, 난 처음으로 이 늑대가 실제로 얼마나 큰지 분명하게 알 수 있었다. 체격이 다부진 전형적인 암컷 래브라도 레트리버인 다코타는 몸이 거의 근육인데도 약 25킬로그램이나 나갔다. 검은 늑대는 다코타보다 더 크고 무게는 두 배가 넘어 보였다. 늑대의 머리와 목만 해도 다코타의 몸통 크기에 가까웠다. 나는 늑대가 55킬로그램쯤 될 거라고 생각했다. 어쩌면 그 이상일 수도.

늑대가 다코타를 향해 다리를 꼿꼿이 편 채 다가서자 다코타도 늑대를 향해 다가갔다. 우리가 부르는 소리를 들었을 텐데도 다코타는 아무런 반응을 보이지 않았다. 다코타는 온 정신을 늑대에게 쏟았고 아무 소리도 내지 않았다. 보통 행복해할 때의 모습과는 완전히 딴판이었다. 다코타는 반쯤 혼이 나간 것 같았다. 다코타와 늑대는 마치 생각이 날 듯 말 듯한 얼굴로 기억을 떠올리려 애쓰는 것처럼 서로를 바라보았다. 시간이 숨을 멈춘 것 같은 순간이었다. 나는 카메라를 들고 사진 한 장을 찰칵 찍었다.

이 작은 찰칵 소리에 마치 손가락으로 툭 치기라도 한 것처럼 세상이 다시 움직이기 시작했다. 늑대가 자세를 바꿨다. 늑대는 귀를 높이 쫑긋 세워 모으더니 몸길이 정도 더 앞으로 껑충 뛰고 앞다리를 굽힌 다음 상체를 뒤로 젖혀 한 발을 들어 올렸다. 다코타는 조심스럽게 다가서더니 여전히 꼬리를 뒤로 뻗은 채 주위를 맴돌았다. 눈은 서로에게 붙박여 있었다. 늑대와 다코타의 코가 30센티미터 정도 간격이 되었을 때 나는 셔터를 한 번 더 눌렀다. 이번에도 셔터 소리가 마법을 깬 것 같았다. 다코타는 마침내 셰리의 목소리를 알아듣고는 야생에서 어떤 소리를 들었든지 간에 등을 돌려 우리에게 다시 성큼성큼 달려왔다. 우리는 다코타가 우리 옆으로 돌아와 부드럽게 끙끙대는 소리를 내는 동안 잠시 뜸을 들인 후 검은 이방인을 바라보았다. 우리의 모습을 지켜보다가 다코타의 끙끙대는 소리에 침묵을 깨고 높은 소리로 울부짖는 잘생긴 이방인을. 반쯤 혼이 빠진 셰리와 나는 여전히 어리둥절해하면서 우리가 무엇을 보았고 그게 무엇을 의미하는지를 두고 주거니 받거니 중얼거렸다.

하지만 날이 어두워지고 있었다. 이제 집에 돌아갈 시간이었다. 늑대는 꼬리를 늘어뜨린 채 우리가 떠나는 모습을 지켜보더니 주둥이를 하늘로 치켜들고 뭔가가 좌절된 것처럼 길게 하울링을 했다. 마침내 늑대는 서쪽으로 총총 가더니 숲속으로 사라졌다. 깊은 겨울 저녁, 집으로 걸어가는 우리의 머리 위로 초저녁 별들이 깜박였다. 우리 뒤에서는 늑대의 깊은 울음소리가 빙하를 거치며 메아리쳤다.

2003년 12월 어느 저녁, 처음 가까이서 만난 이후 야생 검은 늑대는 우리 삶의 일부가 되었다. 그저 어둠 속에서 잠시 스치고 지나가는 형체가 아니라 수년간 사람들이 알고 지내는 존재가 되었다. 마치 늑대가 우리를 알게 된 것처럼. 우리는 이웃이었다. 그 점만은 분명하다. 그리고 어떤 사람들은 비웃을 수도 있겠지만, 친구이기도 했다고 생각한다. 이것은 빛과 어둠, 희망과 슬픔, 공포와 사랑, 그리고 어쩌면 약간의 마법이 뒤얽힌 이야기다. 이것은 점점 작아지는 우리 시대에 대한 이야기, 대부분은 나 자신에게 하고 싶은 이야기다. 늦은 밤, 이 이야기는 심장박동 사이를 비집고 들어와 나를 쿡 찔러 잠에서 깨운다. 나는 이 이야기를 통해 여기서 해방되거나, 이걸 이해하고 싶은 게 아니다. 난 그저 모든 사실을, 사색을, 대답 없는 질문들을 최대한 풀어놓고 싶을 따름이다. 지금부터 몇 년간 적어도 내가 그저 꿈을 꾸었던 것이 아님을, 한 시절 로미오라는 이름의 늑대가 있었음을 나는 기억할 것이다. 이것은 로미오의 이야기다.

1

늑대다!

2003년 12월

12월 초 어느 날 오후, 나는 늘 하던 대로 집 바로 뒤에 있는 멘덴홀 호수에서 스키를 타고 있었다. 눈앞에는 맥기니스, 스트롤러화이트, 멘덴홀타워스, 불러드, 선더 같은 설산의 험준한 실루엣 가운데에서 멘덴홀 빙하의 파란 덩어리가 파란 겨울빛을 받아 반짝이고 있었다. 내게서 가장 가까운 인적은 1마일(1.6킬로미터) 떨어진 곳에 있는 도보 여행자 한 명이었다. 스키 자세에 집중하고 있던 나는 내 흔적과 겹쳐서 이어진 발자국들을 놓칠 뻔했다. 활강을 멈추고 한 번 더 보려고 오던 길을 되돌아갔다. 흘낏 보았지만 그 정도로 뭔가가 있다고 느껴졌다.

그럴 리가 없어.

이런, 맞는구나.

내 손바닥을 덮을 만한 크기, 개의 발자국보다 더 크고 다이아몬드 모양에 가까운 앞발과 뒷발 자국, 이 모든 것이 내가 북쪽으로 1600킬로미터 떨어진 북극 벌판에서 20년 동안 살면서 숱하게 접했던 이동 패턴과 꼭 맞아떨어졌다. 나는 눈 위의 흔적을 손으로 가볍게 쓸어보았다. 눈은 사각사각 파였지만 깃털처럼 부드러웠다. 기껏해야 두어 시간밖에 되지 않았다.

늑대였다. 알래스카의 주도 주노시의 경계 끝에서 늑대라니. 물론 이곳은 알래스카다. 하지만 지구에 남은 마지막 근거지 중 하나인 그레이트랜드The Great Land•에도 카니스 루푸스Canis lupus, 즉 늑대••는 교외에 드문드문 흩어져 있다. 알래스카주 자체 추정에 따르면 이 늑대는 7000마리에서 1만 2000마리로, 알래스카 지역 80만 제곱킬로미터당 평균 50분의 1마리도 안 될 정도였다. 엄청난 오지 마을에 사는 알래스카인 대다수가 일생 동안 한 마리도 못 보거나 하울링 소리조차 들어보지 못한다. 알래스카주에서 세번째로 큰 도시이자 인구 3만 명이 넘는 이곳 주노에서 사는 전원 생활자들과 생물학자들은 늑대 한 무리가 멘덴홀 빙원 남쪽에 있는 버너스만에서부터 타쿠 계곡, 어마어마하게 퍼져나간 빽빽한 우림, 톱니처럼 험준한 산, 설원, 크레바스•••가 곳곳에 포진한 빙

• 알래스카는 원래 그레이트랜드라는 뜻의 알류트어다.

•• 공식 명칭은 '회색 늑대'이나, 반드시 색이 회색은 아니다. 본문에서는 혼란을 피하기 위해 '늑대'로 통칭한다.

••• 빙하가 갈라져서 생긴, 좁고 깊은 틈을 말한다.

하에 이르는 능선을 뛰어다닌다고 이야기했다. 아내 셰리와 나는 우리가 직접 지은 집의 데크에서 교외와 야생의 경계에 걸터앉아 가끔 희미한 하울링 소리를 들을 때마다 운이 좋다고 생각했다. 도시 전체에서 가장 인기 있는 겨울철 놀이터인 호수 아래쪽에서 생긴 지 얼마 안 된 늑대 흔적을 보다니, 엄청난 뉴스였다.

나는 가까운 웨스트글레이셔 산책로 시작점에서부터 미로 같은 산책로들과 비버 연못, 드레지 호수라고 알려진 덤불숲을 헤치며 몇 분 동안 그 흔적들을 살펴보았다. 이 동물은 늑대를 기준으로 삼더라도 엄청나게 큰 발자국을 남겼을 뿐만 아니라 왼쪽 뒷발을 습관적으로 끌고 다녀서 독특한 고랑을 분명하게 남겼다. 나는 둥글게 한 바퀴 돌아 집으로 오는 길에 그 자취가 환영이었을지 모른다는 생각에 눈을 부릅뜨고 주위를 살폈다. 하지만 그 자취는 여전히 그곳에 있었다. 나는 그 자취를 따라 수목 한계선 안으로 들어갔고, 좀더 오래된 흔적들이 서로 중첩되다가 이 동물의 잠자리로 보이는 움푹 팬 자리로 이어지는 것을 발견했다. 이 동물은 최소한 며칠 전, 가장 최근에 눈이 온 다음부터 이곳에서 돌아다니고 있었던 것이다.

집으로 돌아가서 셰리에게 이 소식을 전했다. 셰리는 고개를 끄덕였지만 내 말을 별로 믿지 않는 것 같았다. 혹시 떠돌이 개가 아닐까? 아니면 우리가 전에 봤던 호숫가의 코요테이거나. 셰리는 늑대를 볼 수 있을지 모른다는 희망을 품고 15년 전에 플로리다에서 알래스카로 이주해, 터무니없을 정도로 넓은 알래스카 안에서 수천 킬로미터에 달하는 곳을 누비고 다녔지만 늑대는 털끝도 보지 못했다. 그런데 우리 집에서 800미터 정도밖에 안 되는 곳에, 그리고 주지사의 저택에서는 차로 20분밖에 안 걸리는 곳에, 생긴 지 얼마 안 된 늑대의 흔적이라니. 솔직히 말해서 나 역시 한 번 더 보러 가놓고서도 믿을 수가 없었다.

이틀 뒤, 나는 뒤쪽 데크의 욕조에 뜨거운 물을 받아 몸을 담그고 부연 수증기 속에서 뭉친 어깨를 풀다가 저 멀리 얼음 위에서 움직이는 검은 형체를 발견했다. 거리는 멀었지만 등을 곧게 펴고 마치 미끄러지듯 빠르게 움직이는 걸로 봐서 늑대임이 분명했다. 욕조에서 벌떡 일어나 수건으로 몸을 대충 말리고 황급히 스키 장비를 꿰어찼다. 10분 뒤, 우리 집 개 세 마리가 모두 내 뒤를 따르는 가운데 나는 호수의 서쪽 가장자리를 따라 스키 스틱 두 개를 동시에 밀면서 앞으로 나아갔다. 개들(한결같은 동반자이자 한 팀)이 내 곁을 지키리라는 것을 알았기에 만일을 대비해서 가장 어린 녀석의 목줄만 잡고 있었다. 난 그저 운이 좋으면 멀리서 늑대의 꽁무니만이라도 볼 수 있지 않을까 기대했다.

이 지역 사람들이 빅록이라고 부르는 곳, 그러니까 서쪽 호숫가의 만 입구에 있는 얕은 물에서 돌출된 약 3.5미터 높이의 빙하 퇴적 화강암 바위의 근처에서, 개와 함께 허둥거리는 두 여성을 만났다. 이들은 거대한 검은 늑대가 400미터 정도 자신들을 따라왔다고 말했다. 두 여성을 뚫어질 듯 바라보던 늑대는 무서울 정도로 가까이(이들은 거리가 6미터 정도밖에 안 되었다며 몸짓을 섞어서 말했다)에서 천천히 뒤따라오다가 이들이 손을 흔들고 소리를 지르자 결국 떠나갔다고 했다. "어디서요?" 내가 물었다. 이들은 호수 북쪽을 가리킨 뒤 바짝 뒤따르는 개들을 데리고 주차장으로 서둘러 가버렸다. 나는 스키를 타고 가다가 호수 약 2킬로미터 위쪽 지점에서 숲을 등진 채 자기 어깨 너머를 응시하며 서 있는 바로 그 동물을 발견했다.

늑대다! 야생의 전율에 가슴이 뻐근했다. 20여 년 전 처음으로 늑대를 만났을 때만큼이나 강렬했다. 나의 두 마리 개, 래브라도 레트리버와 블루힐러●는 이 동물이 길 잃은 허스키가 아니라는 걸 분명히 이해했다. 우리가 최근에 입양한 검은 래브라도 레트리버 거스는 맹인 안내견 출신이라 아주 예의가 발랐는데도 그 동물을 향해 목의 털을 세우고 으르렁 댔다. 거의 새하얗고 아름다운 우리 암컷 래브라도 레트리버 다코타는 낑낑거렸다. 한 살배기 블루힐러인 체이스는 원래 이런 맹수로부터 가축 떼를 지켜온 종이어서 그런지 늑대가 풀숲으로 재빠르게 들어서자 날카

● 오스트레일리아 캐틀도그의 일종이다.

로미오의 특징인 뒷발을 끌며 걸은 자국

롭고 절박한 소리를 냈다.

그 순간, 가능성은 점점 낮아지고 있었지만, 나는 집으로 황급히 되돌아가 카메라 장비와 삼각대를 챙기고 개들을 집 안에 넣은 뒤 문을 닫았다. 따라나서고 싶어서 애가 탄 개들은 코가 유리창에 눌릴 정도로 얼굴을 들이밀었지만, 소용없었다. 늑대가 사라진 시내 입구까지 숨이 차도록 달렸다. 검은 형체의 그 늑대는 눈 쌓인 호숫가에 아직 서 있었다. 내가 오는 걸 분명히 보았을 텐데도 기대한 대로 도망가지 않고 속도를 늦춰 천천히 걸으면서 주위의 냄새를 맡다가 오리나무 숲 근처에서 잠시 눈을 붙이려고 몸을 둥글게 말았다. 다른 곳도 아니고 뜨거운 욕조 안에서 늑대를 처음 목격한 일부터, 그 뒤에 이어진 모든 사건이 내게는 초현실적으로 느껴졌다.

밖에서 바라봤을 때 나는 이 그림 안에 끼어들 자신이 없었다. 그래도 가장 큰 망원렌즈를 끼우고 스키를 벗은 다음, 삼각대를 어깨에 걸머지고 늑대를 쳐다보고 싶은 충동과 싸우며 무릎 깊이의 눈 속에 다리를 박아넣듯이 하고서 어기적거리며 나아갔다. 생태학자 톰 스미스는 낯선 동물이 다른 동물을 응시하며 다가오는 행동에는 세 가지 메시지가 담겨 있을 수 있다고 알려주었었다. 나는 너를 쫓아버리고 싶다, 나는 너를 먹고 싶다, 나는 너와 짝짓기를 하고 싶다. 모두 다 두려운 제안이었다. 숨죽이고 있는 흥분한 사진사가 붙잡고 선 카메라 렌즈의 치켜뜬 눈은 이미 감지된 위협을 증폭시킬 뿐이라는 걸 나는 알고 있다.

나는 고개를 낮추고 천천히 움직였다. 늑대가 내 쪽을 쳐다볼 때마다 한동안 자리에 앉은 채 동작을 멈췄다. 200~300미터쯤으로 거리가 좁혀졌을 때, 늑대는 하품을 하고 기지개를 켠 뒤 몇 발자국 움직이고 나서 다시 자리에 앉았다. 최고로 윤리적인 야생동물 사진작가들마저 비정상적인 경우가 발생하면 스스로 예외를 적용한다는 이야기를 종종 하지만, 그리고 이 늑대는 스트레스를 받은 것처럼 보이지도 않고 떠날 생각도 없는 것 같았지만, 나는 늑대의 사적 공간 범위 안에 깊숙이 들어가고 싶은 유혹을 억눌렀다. 나는 한 시간에 두 걸음 정도 움직이며 늑대와의 슬로 모션을 완성했다. 대부분의 시간 동안 나는 그저 거리를 둔 채 눈길을 다른 곳으로 돌리거나 등을 돌리고 앉아 있었다. 그러다가 결국 약 70미터 안쪽까지 들어가게 되었는데, 그게 가능했던 이유 중 하나는 늑대가 최소한 두 번 정도밖에 내게 시선을 두지 않았기 때문이다. 나는 장비를 설치하고 호흡을 진정시키기 위해 안간힘을 쓰면서 파르스름하게 사위어가는 빛 속에서 사진을 여러 장 찍었다. 늑대는 호수를 응시하다가 주둥이를 들어올리고 눈 쌓인 나무를 배경으로 하울링을 했다. 그러고 난 뒤 가문비나무 사이로 사라져갔고, 나는 마치 〈내셔널 지오그래픽〉의 대스타라도 된 듯한 기분으로 땅거미를 등에 업고 집으로 향했다.

집에 와보니 셰리가 막 퇴근해 있었다. 이야기를 전하자 셰리는 당연히 이성을 잃었다. "무슨 말을 하는 거야? 당신이 정말……" 물론 셰리는 당장 거기에 가보고 싶어했다. 나는 곧 칠흑같이 어두워진다며 만류했다. 검은 늑대, 검은 밤, 거기에 추위까지. 하지만 우리는 다음 날 저녁에 그녀가 퇴근하는 대로 가보기로 했다. 우리는 하울링을 기대하며 뒷마당에 서 있었지만 아무런 소리도 들려오지 않았다. 어쩌면 늑대는 벌써 인간의 손길이 닿지 않는 곳으로 완전히 떠나버렸는지도 몰랐다.

다음 날 동틀 무렵, 나는 늑대를 한 번 더 볼 가능성이 희박하다고 생각하며 호수에 혼자 나갔다. 하지만 늑대는 마치 기다리기라도 했다는 듯 어제 있던 바로 그 자리에 모습을 드러냈다. 웨스트글레이셔 트레일에서 조금 벗어난 빅록 뒤편의 만에 있는 나무들 사이 그 자리에. 하지만 이번엔 어제보다 훨씬 더 늑대다운 모습이었다. 그러니까 어제처럼 누군가가 접근하는 걸 썩 반기지 않는 눈치였다. 나는 물러나 앉아서 쌍안경으로 늑대를 관찰했다. 이 녀석(다리를 들어올리고 눈 덮인 통나무에 냄새로 표시하는 걸 보고서 수컷임을 확인했다)은 여느 늑대와는 달랐다. 나는 북극에서 어렵사리 100여 차례에 걸쳐 늑대를 본 적 있었지만, 넓적한 머리에서부터 깊은 통 같은 가슴에 이르기까지 비율이 완벽한 이 녀석은 남다른 데가 있었다. 보통은 측정의 기준이 될 만한 무언가 없이는 얼마나 큰지 정확히 말하기 어렵지만 녀석은 확실히 거대하다는 느낌을 주었다. 반짝이는 검은 털로 멋지게 뒤덮인 녀석은 마치 웨스트민스터 도그쇼*에서 막 돌아오기라도 한 듯 털 손질이 잘되어 있었다. 아무리 생각해도 이보다 더 완벽한 갯과科 동물은 본 적이 없었다.

자신이 찾는 게 뭔지 알고 있는 사람이라면 늑대와 개를 절대 착각하지 않는다. 크기나 무게 문제가 아니다. 늑대는 골격 자체가 다르다. 다리가 더 길고, 척추가 더 곧고, 목이 더 두껍고, 꼬리가 더 무성하며, 털이 더 빽빽하고 많은 층을 이루고 있다. 늑대가 지나간 자취가 그렇듯이 미끄러지는 듯한 경제적인 움직임 역시 독특하다. 하지만 늑대와 개의 차이를 보여주는 진정한 척도는 눈이다. 개는 눈을 통해 총명함과 유대감을 표출하지만, 깜박임조차 없는 늑대의 시선에 포착되면 마치 레이저를 응시하는 것 같다. 그 놀라운 강렬함은 상대방을 꿰뚫어보고 그 인물 됨됨이까지 가늠할 수 있을 것만 같다. 이 검은 늑대의 깊은 호박색 홍채에도 그런 힘이 실려 있었지만, 녀석은 내가 이 세상 다른 야생 늑대들에게선 감지하지 못한 무언가를 뿜어내고 있었다. 내가 마주쳤던 대부분의 늑대는 호기심이 많아서 나한테 다가왔다가도 조금이라도 수상쩍은 움직임이 있거나 이상한 냄새가 나기라도 하면 저 멀리 수평선을 향해 줄행랑을 칠 준비를 하고서 불안해하며 탐색했다. 사실 내가 마주쳤던 대다수 야생 늑대는 때로 1킬로미터 남짓 되는 거리를 두고도 인간이 있다는 단서가 나타나기만 하면 믿을 수 없을 정도로 멀리 도망쳐서 종적을 감추었다. 아니면 보호 지역의 길들여진 늑대든 완전한 야생 늑대든, 일부 늑대는 법석을 떨지 않는 인간은 거의 무시하다시피 하며 마치 구경꾼들이 보이지 않는다는 듯 자기 볼일을 보기도 했다. 일반적인 경우는 아니지만 어린 늑대나 인간을 한 번도 만나본 적 없는 늑대는 대담한 호기심을 품고 인간을 탐색할 수도 있다. 나는 사진작가이자 글작가, 동식물 연구자로서 브룩스산맥 서쪽에서 생계를 위해 사냥을 하는 이누피아

* 1877년부터 매년 미국 뉴욕시에서 개최되는 유서 깊은 순종견 경연 대회.

크 사람들을 따라 늑대를 추적하고 관찰하면서 이런 과감한 행동을 직접 목격한 적이 있다. 하지만 이 늑대는 뭔가 달랐다. 저쪽에 누워서 이쪽을 바라보는데 불안해하지 않았을 뿐 아니라 그렇다고 아주 무심하지도 않았다. 마치 내가 녀석을 탐색하는 것처럼, 녀석은 다음에 내가 어떤 행동을 할지 알고 싶다는 듯 나를 탐색하는 것 같았다. 그리고 이 늑대가 어떤 생각을 품고 있든 이제 내가 무엇을 할지는 나도 전혀 알지 못했다.

한 가지는 확실했다. 셰리는 자신뿐만 아니라 나를 위해서도 이 늑대를 봐야 했다. 어쨌든 난 우리가 데이트하던 시절에 셰리에게 늑대를 구경하게 해주겠다고 약속했고, 몇 번 볼 뻔했으나 결국 약속을 지키지는 못했다. 사랑에 빠지는 걸 계획에 따라 실행할 수 없듯이, 계획한다고 해서 늑대를 볼 수는 없다. 셰리가 퇴근해서 집에 왔을 땐 땅거미가 무겁게 내려앉고 어두운 구름이 수평선에 길게 떠 있었다. 셰리가 황급히 파카와 방한 바지, 부츠를 챙기며 나섰기에 재촉할 필요도 없었다. 우린 다코타를 데리고 호수로 향했다. 체이스는 잘 모르는 갯과 동물이 너무 가까이 있으면 지나치게 요란하게 대응하고, 신사적인 거스는 완벽한 보모에 가까워서 데려갈 수 없었다. 20분 뒤, 우리 집 뒷문에서 겨우 200~300미터 떨어진 곳에서 겨울의 어스름 속에 있는 검은 늑대를 만났다. 1장 도입부 사진에 바로 이 만남이 담겼다. 몇 년 뒤, 이제는 내가 하는 일이 무엇인지 알게 된 나는 바람에 흩날리는 눈발처럼 내 주위에 순간적으로 일어난 돌풍의 이미지를 눈을 감고 떠올린다. 이제 다시는 그날로 돌아갈 수 없으리라.

그다음 주, 우리의 평범한 일상이 갑자기 멈춰버렸다. 셰리는 도살장에 끌려가듯 마지못해 출근했고, 새로운 소식이 없는지 궁금해서 집으로 전화를 걸었으며, 어두워지기 전에 몇 분이라도 호수에 나가보려고 서둘러 귀가했다. 난 집안일도 작파했고 마감이 닥쳐온 글도 나 몰라라 했다. 개수대에는 그릇이 쌓였고 장을 보지 않아서 계란마저 떨어졌다. 우물쭈

물할 시간이 없었다. 눈밭의 흔적으로 판단했을 때, 이 검은 늑대는 우리의 예상보다 더 오래 이 근처에서 머물고 있었다. 물론 우린 너무 들떠서 알고 지내는 모든 친구에게 다 떠벌이고 싶은 유혹을 느꼈다. **여기 와서 늑대를 봐봐!** 우린 야생동물이 2초 정도 스치고 지나가는 장면뿐 아니라 야생동물의 오줌 자국에도 전율하는 사람들을 알고 있었다.

우리는 아는 사람이 적을수록 좋다는 결론에 도달했다. 엉뚱한 집단에 말이 잘못 들어갔다가는 일이 걷잡을 수 없이 틀어질 수도 있었기 때문이다. 우린 아래층 세입자이자 가까운 친구 어니타(어니타는 매일 개 두 마리를 데리고 호수를 산책하므로 알아야 했다), 그리고 몇 년 전 코북 계곡으로 순록과 늑대를 보러 왔을 때 내가 안내해줬던 영화 제작자이자 나의 오랜 친구인 조엘 베넷에게만 이 소식을 전했다. 두 사람 모두 비밀을 지키겠다고 굳게 약속했다. 두 사람은 처음에는 우리와 함께 이 늑대와 마주치다가 나중에는 혼자서도 자주 마주쳤고, 다른 사람과 있을 때 그러기도 했다.

물론 처음에 아침마다 늑대를 찾아나설 때는 개들을 집에 묶어두고 다녔다. 아무리 단짝이고 훈련받은 개라 해도 야생동물 사진을 찍을 때 데리고 다니면 안 된다는 건 상식 수준의 원칙이다. 난 오롯이 집중하고 싶었고, 아무리 잘 훈련된 개라 해도 움직이는 또 다른 대상일 뿐이어서 피사체를 포착하는 것을(혹은 더 이상적으로는, 피사체가 나를 향해 다가오게 만드는 것을) 더 어렵게 만들기만 한다. 야생동물은 수를 셀 수 있고 자기보다 수가 더 많은 무리를 좋아하지 않는다. 대다수 동물은 개를 포식자로 인식하기도 한다. 생물학자들이 말하는 회색곰, 무스, 늑대 같은 많은 종들이 인간과 마주치고 호전적인(공격 행동이 일어난) 반응을 보였을 때 사실 그 원인이 개였다는 기록도 많다. 그것도 그렇거니와 나는 항상 인간 동반자 없이 혼자서 가장 심오한 경험을 했고 최고의 행운을 누렸다.

그때는 한랭전선이 자리를 잡은 상황이었다. 기세등등한 동지점冬至

點과 함께 이 한랭전선이 상승 효과를 일으켜 해는 겨우 몇 시간 동안 산 위에 떠 있었고 아침 기온이 0도 이상으로는 오르지 못했다. 이보다 훨씬 북쪽에 있는 코북 계곡의 예전 집에 비하면 온후한 편이었지만, 그래도 춥기는 마찬가지였다. 카메라 장비도, 동상을 입은 손가락도 말썽이었지만 난 꾹 참고 최선을 다했다. 수년간 장비가 고장 나고 땀이 얼어버릴 정도로 고생하면서도 나는 늑대 사진을 고작 석 장밖에 건지지 못했다. 20~30번의 기회에서 얻은 나머지 사진이라고는 재빨리 꽁무니를 빼는 털이 수북한 엉덩이뿐이었는데, 그마저도 소형 확대경을 가지고 찾아야 할 정도로 작았다. 거대한 렌즈와 최고급 장비가 있어도 어떤 동물이건 그럭저럭 나쁘지 않은 그림을 얻으려면 몇십 미터 이내에 있어야 했다. 게다가 야생 늑대는 어려운 피사체라는 악명이 자자하다. 늑대와 마주쳤던 경험의 대부분은 내게 심장박동으로 각인되어 있다. 어쩌면 그냥 연기가 바람을 타고 흘러가는 풍경을 감상하는 편이 더 나았을지도 모른다. 그건 완전히 다른 세상의 경험과 같았다.

이 검은 늑대는 나를 볼 때마다 전혀 도망치지 않았기에 이미 난 그에게 죽을 때까지 잊지 못할 고마움을 품었다. 하지만 녀석은 인공적인 불빛이 어느 정도 가까워지기만 하면 사라져버렸고, 촬영할 만한 범위의 끄트머리 이하로는 거리를 좁히지 않는, 믿을 수 없는 본능을 소유한 듯했다. 나는 녀석을 쫓아버리고 싶지 않은 마음과 완벽한 사진을 얻고 싶은 욕망 중에서 어느 한쪽도 넘치지 않게 신경을 곤두세워야 했다. 1.4배율로 맞춰진 600밀리미터 니콘 수동 초점 렌즈의 거대한 원통에 찡그린 눈을 대고 뷰파인더에 김이 서리거나 삼각대를 흔들지 않으려고 애쓰면서 괴로울 정도로 느린 셔터속도로 원거리 사진을 찍었고, 푸르고 흰 풍경 속에서 어둡고 흐릿한 실루엣만 담긴 사진이 그렇게 늘어만 갔다. 초반에 녀석을 촬영하려고 내가 기울인 노력은 전문가의 관점에서 보았을 땐 대체로 실패였다. 하지만 난 늑대를 제대로 관찰할 수 있다는 데, 그리고 시간이 지나면서는 **이** 늑대, 이 늑대의 움직임, 이 늑대가 가는 곳, 이 늑대가 하는 행동을 보는 데 황홀함 이상의 감정을 느꼈다.

초반의 어느 날 동이 튼 직후, 나는 녀석이 전에 그랬듯이 내 쪽으로 몸을 틀기를 바라며 거리를 두고 호숫가에 웅크리고 있었다. 그런데 녀석이 갑자기 귀를 쫓기고 호수를 내려다보며 머리를 획 돌렸다. 스키를 탄 여성이 꽁무니에 허스키 혼종을 달고 다가오고 있었다. 녀석은 이들을 향해 성큼성큼 다가갔다. 나는 숨을 반쯤 멈춘 채 관찰했다. 며칠 전 〈주노 엠파이어〉 1면에 남쪽으로 수백 킬로미터 떨어진 케치칸시 경계 안에서 개를 먹는 늑대들을 다룬 기사가 실렸다. 이 녀석은 다코타에게 호의를 가지고 접근한 것처럼 보이긴 했지만 혹시 내 눈앞에서 기사의 그 장면이 실제로 재현될지도 모른다고 생각했다. 나는 늑대들이 생존을 위해 하는 행동에 대해서는 아무런 환상이 없었다. 어쩌면 녀석이 여기에 있는 것도 그 이유 때문인지 몰랐다. 그러니까 녀석의 취향은 사료를 먹고 토실토실하게 살이 찐 스패니얼의 신선한 다리였을 수도 있다.

늑대가 천천히 다가가자 흥분한 개가 정면으로 늑대를 맞았다. 개와 늑대는 코를 맞대고 등을 곧게 펴고서 꼬리를 밖으로 뻗친 채 서 있었다. 허스키도 체구가 만만치 않았지만 크기 차이는 놀라웠다. 늑대가 마음만 먹으면 마치 소시지를 씹듯 30킬로그램에 가까운 이 개를 입에 물고 흔들어서 척추를 뚝 부러뜨리고는 이 먹이를 달랑거리며 걸어갈 수도 있을 것 같았다. 두 동물 다 긴장한 기색이 역력했다.

그러더니 일이 벌어지기 시작했다. 늑대는 몸을 숙였다가 발레리노처럼 가볍고 우아하게 수직으로 뛰어올라 공중에 머물더니 발레 동작인 피루엣을 하듯 반 바퀴 돈 다음 사뿐히 착지했다. 개는 늑대보다는 서툴고 주저하는 듯하긴 해도 늑대의 움직임에 합류했다. 정신을 놓고 구경하는 동안, 늑대와 개는 한 살배기들처럼 번갈아가면서 발길질을 하고 입을 벌리며 장난을 쳤고 그 사이사이에 늑대는 중력을 무시하는 듯한 가벼운 동작으로 뛰어오르고 몸을 회전했다. 늑대의 움직임에는 놀이를 넘어서는 예술적 충만함이 깃들어 있었다. 그것은 의식의 몸짓이나 춤에 더 가까웠다. 그 여성은 스키 스틱에 몸을 기댄 채 넋이 나간 듯이 그들을 구경했다. 자신이나 개의 안전에 대해서는 이상할 정도로 무심하게 긴장을 푼 모습이었다.

북극에 사는 내 친구들은 공격적이지 않은 외톨이 늑대들이 특히 초봄 짝짓기 철에 이동 중인 썰매개 팀을 짧게는 몇 분에서 길게는 몇 날 며칠 동안 따라다니거나 썰매개 팀의 오두막 주위를 맴돈다는 이야기를 하곤 했다. 짝짓기 철이 되면 이제 막 어른이 된 늑대들은 보통 자기 무리를 직접 만들기 위해 날 때부터 함께하던 무리에서 떨어져나와 흩어졌다. 이런 방랑자들은 자연스럽게 자기와 같은 종을 찾는데, 특히 어리고 외로운 늑대에게는 유사시에 개가 그 상대가 될 수도 있다. 내 친구 세스 캔트너는 코북 강변에 있는 자신의 오두막 근처에서 검은 암늑대를 몇 번 봤는데, 이 늑대는 절반은 야생인 세스의 큰 썰매개 워프와 친구가 되려는 기색이 역력했다고 한다. 하지만 이 개는 절대 친구를 사귀지 못하는 성격이었다. 암늑대가 나타날 때마다 워프는 자기 몸의 뼈란 뼈에 온 힘을 주고 몸을 부풀려서 으르렁댔다. 내 이웃 이누피아크의 조상들은 가끔 썰매개들이 늑대와 교배하도록 권장했다. 늑대가 줄에 묶인 개들 사이로 끼어들어 받아주는 상대를 찾아낼 때면 피할 수 없는 일이기도 했다. 코북 북부와 노아턱에 있는 많은 허스키는 간혹 늑대를 연상시키는 경우가 있는데, 특히 얼마 남지 않은 커다란 구식 역축役畜(워프 같은 개들)이 그랬다.

사실 이 늑대의 색깔은 야생 갯과 동물과 길들여진 갯과 동물이 혼합되었음을 보여주는 증거였다. 2007년 미국국립과학재단의 지원을 받아 유전자 표지와 관련해 첨단 연구를 실시한 국제 생물학자 팀은 (북아메리카에서는 흔하고, 유럽과 아시아에서는 극히 드문) 늑대에게서 나타나는 검은색이나 어두운 색이 수천 년 전 초기 아메리카 원주민들이 길들인 개와의 이종 교배를 의미할 수 있다고 밝힌 바 있다. 여기서 길들인 개란 인간에게 다가와 개와 번식하게 된 늑대들뿐만 아니라, 많지는 않지만 잭 런던의 작품에 나오는 개처럼 인간에게서 도망쳐서 야생성을 갖게 된 개들도 가리킨다.● 늑대와 개의 교배는 인위적 방식으로든 자연적 방식으로든 오늘날까지 이어지고 있다. 그러니까 이 검은 늑대는 두 종 사이에서 오래전부터 지금까지 이어지고 있는 유전적 순환의 살아 숨 쉬는 표본인 셈이었다.

모두 나쁠 건 없었다. 종 사이의 현실 가능한 짝짓기는 이해할 수 있었다. 잠깐 주위에서 맴도는 것도 충분히 그럴싸했다. 냄새를 좀 맡고 어울린다고 해서 안 될 게 뭔가. 하지만 **놀다니?** 개와 함께 춤추는 이 장면은 마치 디즈니 만화 같았다. 그러더니 개가 갑자기 흥미를 잃고 마치 둘의 언어가 달라서 어휘 사전을 찾아보는 데 지쳤다는 듯이 무언가를 코로 탐색하며 주위를 배회했다. 개는 그 여성을 향해 다시 터벅터벅 돌아갔고, 늑대는 떠나갔고, 난 스키를 타고 앞으로 나아갔다. 여성은 이 모든 일이 별일 아니라는 듯 도인 같은 태도를 보였다. 이 여성은 요 며칠 동안 이 늑대와 이따금 마주쳤는데, 처음부터 녀석이 "놀자고 덤볐다"라고 주장했다. 이 녀석이 그녀가 본 첫번째 늑대였냐고 물었더니 그렇다는 답이 돌아왔다. 그러면서 아는 누군가가 '환생한 영혼' 같다고 했다.

환생한 영혼이라니. 이런 녀석은 어디에도 없다. 알래스카에도 이 세상 어디에도. 차라리 말하는 순무를 봤다고 주장하는 게 더 설득력이 있으리라. 하지만 그녀에게 이런 경험이 얼마나 희귀한지 설득하려 해봤자 아무 소용 없었다. 결국 그녀의 태도 이면에 있는 철학은 내게 일어난 건 **이미 일어난 거고**, '어째서'라든지 '왜' 같은 걸 따지다간 그 순간을 놓치고 만다는 사실을 상기시켰다. 내 오랜 에스키모 사냥 동료 클래런스 우드는, 이맛살을 찌푸리고 넌덜머리가 날 정도로 중얼거리며 과도하게 분석하려 하는 내 성향을 두고 "개똥 같은 일에도 생각이 너무 많다"라고 일침을 날리기도 했다.

하지만 나는 사건에 대한 이 여성의 해석보다는 그때쯤엔 800미터쯤 떨어진 호숫가의 버드나무 사이로 사라져가던 늑대에게 훨씬 더 관심

● 미국 소설가 잭 런던의 소설 《야성의 부름The Call of the Wild》에 나오는 개 벅은 알래스카의 혹독한 환경에서 썰매를 끌다 야생성을 찾아간다.

이 갔다. 늑대는 빙판 가장자리에서 고개를 들고 앞발을 뻗은 채 늘어졌다. 평온하고 온순한 자세였다. 여성이 개와 함께 스키를 타고 호수 아래쪽으로 내려간 뒤, 나는 늑대가 있는 쪽으로 조심조심 움직여 90미터 정도로 거리를 좁혀 삼각대와 카메라를 설치하고 다시 한번 촬영을 시도했다. 물론 사위가 흐릿한 데다 이렇게 멀리서 엎드린 늑대를 촬영하는 행위는 마멋을 찾기 위해 돌더미를 파헤치는 일만큼이나 무익한 짓임을 잘 알았다. 하지만 자유롭게 활보하는 늑대를 마주치는 것은 아무리 촬영 환경이 열악하다 해도 20분 만에 전문가용 필름 세 통(아직 디지털로 갈아타지 못했다)을 다 써버릴 만큼 충분히 진귀한 기회다. 전부 쓰레기통에 처박힐 운명이었지만 계속해서 셔터를 누르고 눌렀다. 내가 아는 프로들도 아마 나와 똑같이 행동했으리라.

나는 생각에 잠긴 채 스키를 타고 집에 돌아왔다. 그러고는 미스터리를 푸는 데 골몰했다. 어쩌면 이 녀석에겐 개가 그저 부차적인 여흥이 아니라 주목적이었는지도 모른다. 호수 빙판이 상대적으로 두껍지 않은데다 날씨가 추워서 스키를 타는 사람과 반려동물이 평소만큼 많지 않았고, 나는 일부러 사람이 많은 때를 피하느라 이른 아침이나 늦은 저녁에 움직였다. 분명 이 늑대는 다른 개들과 어울려본 적이 있었을 테고, 아마 다코타나 도인 같은 여성의 허스키에게 보인 반응과 동일한 양상이었으리라. 반면 녀석은 사람에게는 절대 다가오지 않았다. 난 이미 많은 개와 사람이 늑대가 전혀 보이지 않는 상황에서, 혹은 멀리서 녀석이 지켜보더라도 대부분은 눈에 띄지 않거나 아니면 개로 착각한 상태에서(사람들은 녀석을 자주 개로 오인했다) 호수를 건넜다고 알고 있었다. 하지만 어떤 이유에선지 녀석이 며칠 전 두 여성과 그들의 개에게 접근했다. 그 다음 날엔 셰리와 다코타와 나에게 그렇게 했다. 그리고 이 여성과 그녀의 개에겐 최소한 몇 차례, 몸짓 언어를 가지고 판단했을 때 공격성을 전혀 담지 않은 사회적 어울림으로 보였다. 만일 녀석이 다가왔다면, 그 거리는 녀석이 얼굴을 식별하는 개인과 환경, 그러니까 그만이 이해하는 육체적 단서들과 분위기, 낌새에 좌우되었으리라. 적어도 늑대는 의도를 파악하는 데는 선수다. 그렇게 생각했을 때 난 속도를 훨씬 늦추고 뒤로 물러나, 원하는 것에 대한 집착을 누그러뜨려야 마땅했다. 아니면 최소한 생각이라도 그렇게 해야 했다.

며칠 뒤에도 늑대는 **여전히** 그곳에 있었고, 셰리와 나는 그래서 더욱더 녀석이 언제라도 사라져버릴지 모른다고 믿었다. 크리스마스 휴가가 다가오고 있었고, 우리는 멕시코 해변에서 일주일간 휴식을 취하기로 예약해놓은 상태였다. 휴가를 취소하자는 건 셰리의 생각이었다. 바로 지금 여기에 이 녀석이 있는데 어딜 간들 무슨 의미가 있겠냐고 말했다. 플로리다 출신이라 서리에 민감하고 우림의 어둠에 대한 내성이 점점 줄어들고 있는 아내가 따뜻한 해변에서 보내는 휴가를 포기하자고 하다니, 이건 정말 엄청난 일이었다. 난 벌써 스노클링 장비와 해변용 샌들을 꺼내놓은 터였다. 하지만 우리 둘에겐 별로 어려운 제안이 아니었다. 푸에르토 바야르타는 1년 뒤에도 거기 있을 테니까. 하지만 늑대는 그렇지 않을 수도 있었다. 일생에 한 번 볼까 말까 한 야생동물이 엎어지면 코 닿는 거리에 있었다. 우린 녀석을 한두 번 더 보는 것만으로도 휴가를 포기할 가치가 충분하다고 입을 모았다.

그 시절엔 날이면 날마다 그 늑대 이야기만 했다. 그 녀석은 뭘 하는 걸까? 어디서 왔을까? 어쩌다가 여기에 머물게 됐을까? 혼자인 늑대를 보는 것이 절대로 신기한 일은 아니었다. 사실 내가 수년간 마주쳤던 늑대의 절반 이상이 혼자였고, 내가 발견한 수천 가지 늑대 자취의 대부분도 한 마리의 것이었다. 혼자 다닌 건 잠시였다 해도 말이다. 늑대는 본성상 가족 집단이 끈끈하게 뭉치는 사회적 동물이어서, 함께 사냥하고 어울리며 집단적으로 새끼를 양육하고 무리의 영역을 지킨다. 이렇게 무리 짓는 습성이 있긴 해도 늑대는 종종 혼자나 둘씩 짝을 지어 무리에서 떨어져나와 짧게는 몇 시간에서 길게는 며칠 동안 무리의 영역을 순찰하고 홀로 사냥을 한다. 이 늑대는 산에서 내려와 혼자 긴 산책을 하며 돌아다니는 중일 수도 있었고, 그렇다면 곧 자기 집단과 만날 터였다.

또한 녀석은 어쩌면 젊고 외로운 방랑자, 즉 자기 무리를 만들기 위해 짝짓기 상대와 영역을 찾아다니면서 떠도는 늑대일지도 몰랐다. 이 늑대는 행동이나 몸의 상태가 분명 청소년처럼 보였다. 몸매가 호리호리했고 약간 실없게 무언가를 찾아다녔고 손상된 치아도 없었다. 적어도 올봄에 태어난 늑대는 아니었다(그랬다면 아직 혼자 다니지 못했을 테고, 6~7개월이라고 보기엔 몸집이 너무 컸다). 그렇다면 녀석은 최소한 한 살 반, 그러니까 아마 최소 한 살에서 최대 두 살가량 된다고 볼 수 있었다. 성인이 거의 다 된 우리 아이들처럼 집을 떠나 떠도는 늑대에겐 이것이 정확한 이력이리라.

어린 늑대들뿐만 아니라 기존 무리의 구성원인 다 큰 늑대들도 무리를 떠난다고 알려졌는데, 우리로서는 그 이유를 짐작만 할 수 있을 뿐이다. 어쩌면 충동적으로 머나먼 길을 여행하면서 독립하는 개체도 있을 것이다. 추적용 목걸이를 사용하는 알래스카의 한 연구에서는 직선거리로 500~600킬로미터를 정기적으로 돌아다니는 외톨이 동물들(대다수가 어린 수컷이다)에 대한 기록을 볼 수 있다. 알래스카 어업수렵부의 생물학자 짐 도는 "데이터에 따르면 일부 떠돌이들은 800킬로미터 이상 돌아다닐 수도 있다"라고 말한다. 알래스카를 제외한 북아메리카 48개 주의 최근 사례 중 하나인 늑대 OR-7의 경우, 오리건 서부와 캘리포니아 북부를 혼자 돌아다닌 GPS 기록으로 전국 뉴스에 보도되어 추종자까지 생길 정도였다. 빙하 지역의 이 늑대는 이동 거리가 훨씬 짧을 것 같았다. 하지만 녀석은 일반적인 알렉산더 제도 늑대, 그러니까 알래스카 남동부와 브리티시컬럼비아 해안, 연안의 섬에 거주하고 보통 몸무게가 많이 나가도 35킬로그램 안쪽인, 카니스 루푸스의 상대적으로 작은 아종일 가능성이 희박했다. 이 늑대는 크기가 1.5배 이상 더 컸는데, 이는 출신지가 다를 수 있다는 단서, 이 세상에서 가장 큰 늑대가 사는 알래스카 내륙이나 캐나다 내륙 출신일지 모른다는 단서였다. 이런 내륙 늑대의 유전적 특성은 눈 많은 시골에서 무스 사냥을 하면서 분명하게 밝혀졌다. 녀석은 나처럼 코북 북부에 있는 내 정든 거주지에서 남쪽으로 1600킬로미터 이상 이주했을 수도 있고, 아니면 그저 캐나다 쪽에서 코스트산맥과 주노 빙원을 지나 40킬로미터 정도 뚜벅뚜벅 걸어왔을 수도 있었다. 색깔의 경우, 늑대는 검은색부터 거의 백설 같은 흰색까지 다양하지만, 가장 일반적인 색은 ('회색 늑대'라는 종 이름에서 알 수 있듯) 그늘진 것 같은 회색이고 빽빽하고 층이 많은 털 코트에 황갈색, 검은색, 흰색, 갈색이 자유롭게 뒤섞이기도 한다. 알렉산더 제도 늑대의 50퍼센트(알래스카주의 나머지 늑대들과 비교하면 상당히 높은 비중이다)는 전체적으로 어두운 색인데, 칠흑같이 검은색 늑대도 있다(이 역시 조상 격인 개-늑대 표지 유전자의 발현으로, 그늘진 우림의 조건에 맞춰진 자연 선택을 통해 강조된 특성일 수 있다). 그러니까 이 늑대는 털색으로 보면 이 지역 출신일 수 있지만 크기로 봐서는 다른 곳 출신일 수도 있었다.

　이 모든 가설을 제쳐두고, 이 늑대의 존재를 설명할 수 있는 또 다른 이론이 있었다. 2003년 3월, 또 다른 검은 늑대(임신한 암컷)가 우리 집에서 겨우 3킬로미터도 안 되는 글레이셔스퍼 로드를 건너다가 택시에 치여서 목숨을 잃었다. 그 늑대(지금은 멘덴홀 빙하 방문자 센터의 유리관 속에, 전혀 늑대 같지 않은 뻣뻣한 자세에 생기 없는 시선으로 냉동되어 있다)는 어쩌면 이 늑대의 가족 구성원이었을지도 모른다. 우리가 봤던 그 검은 늑대는 사라진 어머니나 누이 혹은 배우자를 찾아 이 근방에 머물기로 마음먹었을 수도 있었다.

　출신지가 어디든, 이 검은 늑대는 알래스카 교외 끄트머리에 있는 불안정한 서식지를 고른 것만은 분명했다. 그가 등지고 있는 산과 얼음장 같은 설원은 코스트산맥을 가로질러 건조한 캐나다 내륙으로 이어졌고, 남북으로는 외진 해안 우림이 알래스카의 경계를 이루며 수직에 가깝게 뻗어 있었다. 녀석은 어느 방향이든 선택할 수 있었지만 이상한 풍경과 소리와 냄새, 즉 자동차와 비행기, 사람들로 꽉 찬 상자, 번쩍이는 불빛과 요란한 소동, 점점 확장하면서 해안 지대를 집어삼키는 아스팔트 미로로 가득한 세상을 신기한 듯 들여다보며 남아 있었다. 녀석은 원하기만 한다면 일생 동안 우리를 피해 원하는 곳 어디든 갈 수 있었다.

흑곰이 마치 대형 라쿤처럼 동네를 어슬렁대면서 잠겨 있지 않은 쓰레기통을 엎질러놓고 새 모이를 훔쳐 먹는 것은 다른 문제다. 주노에서는 시내에서도 흑곰을 워낙 일상적으로 볼 수 있어서 대다수 주민들이 경계는 하지만 집 뒤쪽 현관에 나타난다 해도 크게 놀라지는 않는다. 그래서 곰을 보면 카메라를 집어들 수는 있어도 총을 찾지는 않는다. 굳이 경찰이나 어업수렵부에 전화를 거는 경우도 거의 없다. 주노 역사에서 흑곰이 사람에게 부상을 입히거나 심하게 공격했다는 기록은 한 번도 없었다. 회색곰의 해안 변종으로 알려진 불곰은 특히 가까이서 놀라게 했을 때 훨씬 위험하다. 거스의 예전 주인이었던 리 해그미어는 사실 십 대였던 1950년대 말에 우리 집에서 겨우 5킬로미터 정도 떨어진 곳에서 불곰에게 공격을 받아 시력을 잃었다. 하지만 주노 사람들은 시내 끄트머리 근처에서 지내는 몇 안 되는 불곰들에게 관대하다. 지난 두 차례의 가을에 드레지 호수 지역에서 엄마 곰과 반쯤 자란 새끼 곰이 어슬렁댔는데, 매일 수십 명이 개와 함께 지나치는 곳이었음에도 두어 번의 짧은 위협성 공격 외에는 별일이 없었다. 어떤 곰이든 공공에 위협적인 존재라는 이유로 죽이는 일은 있을 수 없었다.

하지만 **늑대**라는 단어는 비이성적이고 원초적인 공포의 파도를 일으킨다. 기억날 듯 말 듯 흐릿한 과거에서 시작되어 거역할 수 없게 된 이 두려움은 우리의 집단의식에 새겨져 있는 듯하다. 그것은 바로 **늑대가 우리를 잡아먹는다**는 공포다. 이 공포는 총구를 통해서 본 늑대나 올가미에 걸린 늑대를 제외하곤 늑대를 거의 관찰해본 적 없는 사람들이 사실보다는 감정을 발판으로 조장한 것이다. 하지만 우리가 늑대를 어떤 식으로 경험했든, 늑대에게는 우리의 집단의식에 남아 있는 녹슨 버튼 같은 것을 누르는 무언가가 있다. 이런 반응을 촉발하는 지점이 분명 어단가에 있으리라. 어쩌면 천 년 전, 혹은 그보다 훨씬 전에는 상황이 달랐을지 모른다. 이런 공포에 더해서, 늑대는 인간이 마땅히 우리 것이라고 여기는 생명체, 다시 말해 우리가 식용이나 오락을 위해 사냥하는 동물들과 반려동물, 가축을 경제적으로나 정서적으로 위협하는 존재다.

차가운 논리에 따라 생각해보면, 흠잡을 데 없는 포식자, 순수하고 비타협적인 야성의 상징인 늑대는 우리가 말하는 문명과 상호 배타적인 관계처럼 보인다. 우리의 신화와 전설, 동화에는 곰돌이 푸나 요기베어 같은 다정하고 사랑스러운 곰이 차고 넘치지만 늑대 친구는 거의 전무하다. 〈빨간 모자〉와 〈아기 돼지 삼 형제〉, 그리고 몬태나주에서 우크라이나에 이르는 전 세계 술집 이야기에서 늑대는 악몽에나 나올 법한 사악한 존재로 그려진다. 여행객을 추격하거나 아기를 물어가는 짓 따위를 일삼는 식인늑대 무리에 대한 별 근거 없는 이야기들 탓에 유럽 대다수 지역에서 늑대는 1620년대경 거의 몰살당해 사라졌다. 야생은 사탄이 지배하는 컴컴하고 무서운 악의 장소였고, 늑대는 사탄의 하수인이었다. 우리 조상들은 신대륙을 누비며 개척 시대를 열어갈 때 구세계를 떠나며 버리지 못한 관행을 신세계에서도 이어갔다.

루이스와 클라크●는 19세기 초에 북아메리카 대륙을 가로질러 행군하면서 엄청나게 많은 발굽동물(유제류)과 늑대를 보았는데, 이들과 공존하는 토착 수렵-채집자들은 늑대를 저주하기보다는 오히려 숭배한다는 사실을 알게 되었다. 루이스와 클라크도 드넓은 서부 평원에서 만난 늑대들이 공격적이지 않았을 뿐 아니라 인간의 안전을 전혀 위협하지 않았다고 생각했다. 서부에는 곧 미숙한 개척자들이 물밀듯이 들이닥쳤지만(이들은 당연히 사정거리 안에 있는 늑대란 늑대에게 무차별 총격을 퍼부었다) 늑대가 인간을 공격하거나 위협했다는 보고는, 아무리 그 당시에 당연시하던 멜로드라마적 자유를 감안하더라도 신기할 정도로 거의 없었다. 하지만 인간의 사냥과 서식지 파괴로 먹이의 수가 급감하면서 일부 살아남은 늑대들은 새로 들어온 가축들을 먹잇감으로 삼았다.

● 제퍼슨 대통령의 명에 따라 1805년 북아메리카 대륙을 가로질러 태평양에 이르기까지 동식물, 아메리카 인디언 등을 조사하는 탐험대를 이끈 인물들.

그러자 서부 정착자들과 목장주들은 총력을 기울여 늑대 박멸 작전에 들어갔고 풀뿌리 조직부터 연방 정부에 이르기까지 이를 위대하고 긴요한 선행으로 여기고 아무런 의심 없이 여기에 힘을 보탰다. 그리고 총, 강철 올가미, 독미끼 살포 등 동원할 수 있는 온갖 효율적인 수단을 가지고 늑대를 죽이는 것만으로는 충분치 않았다. 늑대들은 최악의 인종 청소 사건을 연상시키는 창의적인 고문에 시달리곤 했다. 산 채로 불태워졌고, 말에 매달린 채 죽을 때까지 끌려다녔고, 내장이 낚시용 미끼로 사용되었고, 입과 수컷의 생식기가 철사로 꽁꽁 묶인 채 풀려나기도 했다.

이런 늑대 대학살을 부추긴 비이성적이고 지독한 증오는 유명한 조류 연구가 존 제임스 오듀본이 1814년에 쓴 글에도 남아 있다. 여행 중이던 오듀본은, 가축 몇 마리가 목숨을 잃고 난 뒤 직접 구덩이 함정을 파서 늑대 세 마리를 잡은 농부를 만났다. 오듀본이 구경하는 가운데 농부는 칼 하나만 들고 구덩이에 뛰어 들어가 늑대들의 다리 힘줄을 벤 다음(오듀본은 늑대가 몸을 웅크리고 전혀 저항하지 않아서 크게 놀랐다), 밧줄로 늑대들을 묶은 뒤에 개를 풀어 자기가 보는 앞에서 이 무력한 동물들을 갈가리 찢게 만들었다. 덫에 갇히거나 상처 입은 늑대가 공격성을 보이지 않는다는 사실이 나를 비롯해 이런 환경에 놓인 늑대를 본 적 있는 사람에게는 전혀 놀랍지 않다. 오히려 세 늑대에 대한 농부의 가학적 처우에 대해 오듀본이 별다른 말을 하지 않는다는 것이 훨씬 더 많은 점을 시사한다. 장차 전 세계 자연보호론자들 사이에서 유명세를 날리게 될 사람이 이런 행동을 암묵적으로 용인했다는 것은 당시의 정서를 어느 정도 보여주는 단서라 할 수 있다. 사회사학자 존 T. 콜먼은, "오듀본과 농부는 늑대는 죽어 마땅할 뿐만 아니라 살아 있다는 이유로 벌을 받아 마땅하다는 확신을 공유했다"라고 했다.

학살은 이어졌다. 서부의 마지막 저항군은 다양한 이름을 가진 데다 머리에 현상금이 걸려 있고 전설적인 탈출 실력까지 보유했으며 교활하고 악명 높은 '범법자' 늑대들이었다. 그럼에도 불구하고 이들은 하나하나 사냥을 당했다. 1940년대 초반쯤 되자 대학살은 거의 완료되었다. 미네소타 북부, 위스콘신, 미시간 일부 등 늑대가 살아남은 몇 안 되는 작은 고립지들은 한때 거의 북아메리카 전역을 아울렀던 늑대 서식지의 기억을 희미하게나마 간직했다.

1970년대부터 1990년대까지는 많은 사람들이 꾸준히 늑대에게 매혹되었을 뿐만 아니라, 점점 사라져가던 야생을 보호하는 일에 관심이 재점화되어 늑대가 옐로스톤 국립공원을 비롯한 과거 서식지에 성공적으로 다시 도입되었다. 물론 이 일로 격렬한 논란이 불거졌고 이 논란은 사그라들 기미가 전혀 없긴 하지만 말이다. 사실 늑대의 개체수와 활동 범위가 확대되면서 금세기 초가 되자 이 논란은 오히려 확대되는 듯하다. 현대의 서부 목장주들과 대규모 농산업체들은 포효하는 늑대를 저지하지 않고 내버려두면 (늑대 자신을 포함해서) 길에 있는 모든 걸 먹어치워서 아무것도 남지 않는다는 격렬한 늑대 반대 메시지를 여전히 계승하고 있고, 여기에 스포츠 사냥에 대한 관심이 이를 더 부채질한다. 그렇다면 어째서 수천 년 전에는 늑대가 만들어낸 황무지가 없었는가 하는 문제가 남는다. 우리 인간과는 달리 늑대가 어떤 종이든 멸종시켰음을 보여주는 과학적 근거는 전무하다. 하지만 늑대 반대에 앞장서는 사람들은, 무절제한 살육과 서식지 파괴를 자행하는 것은 늑대가 아니라 인간이며, 그런 행태가 루이스와 클라크가 보고했던 바와 같이 아메리카들소와 사슴, 엘크의 죽음을 대대적으로 재촉했다는 점은 절대 지적하지 않는다.

충분한 증거 자료를 통해 입증된 현대 연구에 따르면, 늑대 같은 최상위 포식자는 약하고 노쇠한 개체를 도태시킴으로써 먹이 군집을 건강하게 유지하는 데 핵심적인 역할을 한다. 이들은 또한 발굽동물의 개체수가 서식지와 균형을 이룰 수 있게 해준다. 옐로스톤에 늑대를 다시 들이자, 너무 많이 뜯겨 고갈된 하천과 개울의 녹지가 사시나무와 미루나무에서부터 비버, 명금, 커스트로트송어 등 많은 동물에게까지 놀라울 정도로 이롭게 변신했다. 덤으로 자연스럽게 포식자도 통제되었다. 다시 말해 가축뿐만 아니라 어린 사냥용 동물을 많이 잡아먹는 코요테가 크게 줄어든 것이다. 하지만 이런 긍정적인 혜택이 생기는데도 공포를 조장하는 행동과 잘못된 정보 탓에 알래스카와 하와이를 제외한 미국 48개 주에서 늑대와의 전쟁이 지속되었고, 마지막 개척지인 알래스카라고 해서 별반 다르지 않았다.

늑대 관리는 알래스카주에서 오랫동안 가장 많은 논란을 불러일으킨 야생동물 문제였다. 이 때문에 사람들 사이에 악감정이 쌓이거나 서로 삿대질을 하며 목소리를 높이는 사태가 벌어지기도 했고, 신문사에 험악한 편지를 보내거나, 때로 술집에서 싸움이 벌어지기도 했다. 양측의 주장은 서로 상반된 두 철학에 기대고 있다.

첫번째 입장: 늑대는 인간의 안전을 위협하는 것은 말할 것도 없고 알래스카 주민들에게 절실한 사냥용 동물에게 끔찍한 위험 요소다. 어떤 수단(사냥, 올가미, 족쇄 덫, 저공 비행하는 비행기에서 엽총으로 쏘기, 심지어 굴에 가스를 주입해 새끼를 죽이기 등)을 동원하든 늑대의 수를 통제하는 것은 상식적으로 봤을 때 당연히 해야 할 일이다. 늑대는 내버려두면 수가 늘어나 이 나라에 있는 무스와 카리부Caribou의 씨를 완전히 말려버릴 것이다. 사람이 먼저니까, 알래스카인들에게는 당연히 편익의 극대화를 위해 야생동식물을 관리할 법적 권한이 있다. 이런 계획에 반대하는 사람은 분명 알래스카 출신이 아닌 약골 자연보호론자이거나, 사냥할 줄 모르는 도시 촌놈이거나, 다른 주에 사는 급진적인 동물권 멍청이 집단이다.

두번째 입장: 최상위 포식자인 늑대는 건강하고 복잡하며 자기조절 능력이 있는 생태계의 일원이므로, 이들 대다수를 없애는 것(대부분 80퍼센트를 목표로 하고 일부에서는 100퍼센트 박멸을 목표로 하기도 한다)은 일을 엉망으로 만들 뿐이다. 늑대가 없으면 사슴과 무스의 수가 지속 불가능할 정도로 폭증하다가 연쇄적으로 더 심각한 사태가 발생한다. 늑대는 덫을 이용하는 사냥꾼과 생계형 사냥꾼에게는 값진 자원이고, 생

태 관광객과 사진작가를 꾸준히 유혹하는 수백만 달러짜리 효자 상품이다. 그리고 아무리 주민들의 눈에 거의 띄지 않는다 해도 늑대가 존재한다는 사실만으로도 평가가 불가능한 심미적 가치가 발생한다. 그뿐만 아니라 비행기에서 늑대를 쏘는 행위는 옳지 못하고 알래스카주의 이미지만 손상시킬 뿐이다. 이런 식으로 사고하지 않는 사람은 근시안적이고 매사에 부정적이며 모자란 시골뜨기다.

거칠게 요약하자면 이렇다는 것이다. 축약하지 않을 경우, 생물학자, 관리자, 정치인, 자연보호론자, 사냥꾼 들이 서로의 면상에 통계와 미사여구로 만들어진 진흙 덩어리를 날리는, 훨씬 고약하고 다층적인 주장들을 날로 상대해야 한다. 극단적인 상황 몇 가지만 거론하면 일부 보수주의자들은 늑대를 네 발 달린 바퀴벌레로 여기고, 일부 동물권 옹호론자들은 늑대를 위험에 처한 초월적 존재로 떠받든다. 그러니까 이 문제는 알래스카주를 넘어 전 세계적 규모로 확대될 수 있는 전면적인 난리법석으로 번질 소지가 다분하다. 늑대는 갯과의 카리스마를 타고난 데다, 과거의 활동 영역에서 멸종 위기에 처했다는 사실 때문에 뜨거운 관심을 받는다. 먼 곳에 사는 사람들은 이곳에서 벌어지는 사태에 관심을 가지는데, 늑대 통제는 자신들 소관이라고 생각하는 많은 알래스카인들은 이 점을 못마땅하게 여긴다. 전 주지사 월터 히켈은 20년 전 늑대 보호론자들(이 중 많은 수가 외부인들이었다)의 개입을 비난하면서, 무심코 이런 코믹하면서도 획기적인 발언으로 상황을 잘 표현했다. "당신들은 자연이 야성을 드러내도록 내버려두질 못하는군요."

알래스카의 늑대들은 최소한 한 가지 점에서 독특하다. 21세기 초에도 여전히 이 늑대들의 수는 (인간 때문에 줄어들긴 했지만) 의미 있는 수치를 보였다. 알래스카주의 생물학자들에 따르면 주 전체적으로 7000마리에서 1만 2000마리 정도가 살고 있다. 늑대라는 종이 워낙 파악하기 힘들고 추적이 불가능한 데다 산야가 넓고 거칠다보니, 아무리 고급 지식을 동원한다 해도 불확실성이 큰 추정치가 나올 수밖에 없다. 하지만 그 수가 정확히 어떻든 간에 일부 주민, 그중에서도 특히 큰 돈벌이가 되는 스포츠용 사냥과 길잡이 산업에 종사하면서 모자 걸이처럼 생긴 각진 뿔이 있는 무스를 걸어다니는 지갑쯤으로 여기는 사람들, 그리고 일시적으로 혹은 연중 지속적으로 사냥감이 부족한 지역에 사는 시골 사람들은 그 수도 너무 많다고 생각한다. 심지어 가장 큰 소동을 일으키는 고급 스포츠 가이드들은 많은 경우 알래스카 주민도 아니다.

시골 사람이든 도시 사람이든, 원주민이든 백인이든 알래스카인의 최소한 절반은 늑대에게 아무런 원한이 없다. 오히려 알래스카인들은 늑대를 자산으로 여긴다. 하지만 가장 자주 권력을 행사하는 알래스카인들, 요즘 가장 목소리가 큰 사람들은 좋은 늑대는 죽은 늑대라는 입장에 속한다. 알래스카가 아직 주가 아닌 보호령이던 시절, 연방의 해충 구제 담당자들은 덫과 항공 사격, 독, 현상금을 가지고 마구잡이식 늑대 박멸 정책을 전개했다. 1959년에 주state로 승격된 뒤로 1990년대까지 때로 격렬한 논쟁과 반대가 일기도 했지만 늑대 살상 정책은 지속되었다. 1990년대에 두 차례 주민 발의가 이루어지고(내 친구 조엘 베넷이 두 차례 모두 앞장섰다) 세 차례에 걸쳐 주지사가 개입하면서 살상은 일시적으로 중단되었다. 하지만 2003년 주지사 프랭크 무코비스키가 새로 선출되면서 늑대 통제 정책은 재개되고 곧 확대되어, 민간 파일럿 사냥팀이 중서 지방 몇 개 주 크기의 면적에서 항공 사격까지 하기에 이르렀다. 우리가 살았던 남동 알래스카는 그 어마어마한 살상 지대에 속하지 않았다, 아직까지는.

이런 역사 속에서 내가 어느 날 스키를 타고 집을 나섰다가 내 뒷마당이나 다름없는 곳에서 거대한 검은 늑대를, 인간과 개에게 관대할 뿐만 아니라 사교적인(이보다 더 나은 표현을 찾기가 어렵다) 성격을 지닌 늑대를 발견한 것이다. 여기까지도 충분히 묘하고 불길했지만, 그때만 해도 난 앞으로 몇 달, 몇 년간 이야기가 얼마나 이상하게 전개될지 전혀 알지 못했다.

어울림의 규칙 2

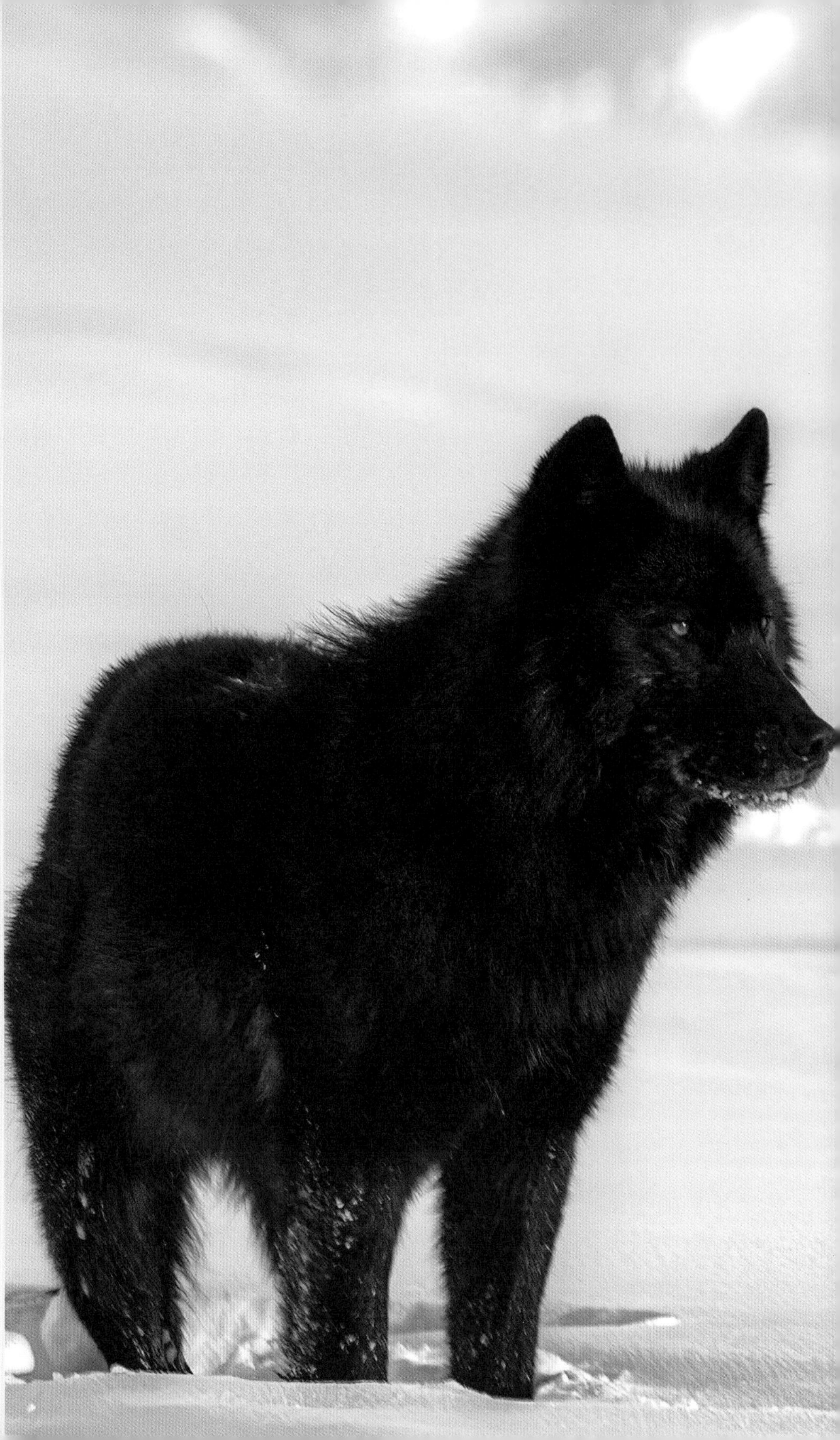

브룩스산맥 서쪽 깊은 곳, 코북과 노아턱을 가로지르는 산등성이, 때는 1981년 8월 중순의 어느 저녁. 바람에 긁힌 자국이 선명한 척박한 오지, 회색과 푸른색이 주를 이루는 산과 툰드라 계곡에는 카리부의 산책로가 거미줄처럼 뻗어나가다가 탁 트인 하늘 아래서 흩어진다. 호리호리한 한 젊은 남자가 날카로운 북풍을 뚫고 산을 오른다. 남자의 한쪽 어깨에는 35구경 레버 액션 카빈이, 반대편 어깨에는 변변찮은 필름카메라가 걸쳐져 있다. 남자의 위쪽 산비탈 중턱 덤불에 둘러싸인 좁고 긴 평지에서 회색곰 한 마리와 회색 늑대 한 마리가 비스듬히 은빛 광선을 받으며 작은 접전을 벌이고 있다. 늑대는 원을 그리며 돌다가 한 번씩 달려들어 곰의 엉덩이를 물고, 곰은 빙빙 돌면서 한 번씩 공격을 하는데 포효하는 소리가 바람을 타고 흩어진다. 곰은 늑대를 잡지 못하고 늑대는 곰을 해치지 못하지만 둘 다 물러나려 하지 않는다. 어쩌면 이 둘은 어떤 살상 때문에 시비가 붙었는지도 모른다. 아니면 늑대가 굴을 지키고 있거나, 그저 일반적인 이유에서 곰을 괴롭히고 있는지도.

남자는 처음엔 1마일 남짓 떨어진 곳에서 쌍안경으로 이 둘을 발견했다. 남자는 짐을 벗어두고 황급히 달려 구불구불한 하천을 건너고 황새풀 덤불을 지나, 서리가 내린 붉은 왜성자작나무 숲과 군데군데 놓인, 잘 벗겨지는 이판암을 뒤로하고 산을 올랐다. 땀범벅이 되어 몸을 벌벌 떠는 남자는 자기 머리 높이의 버드나무를 지나 200미터 정도 남았을 때 카메라를 준비하고 총알을 채운 뒤 속도를 늦췄다. 총을 쏠 생각은 아니었다. 괜찮은 사진을 얻을 가능성이 희박하다는 사실도 알고 있었다. 억누를 수 없는 충동 때문에 달려온 것도 아니었다. 당연히 그는 무서웠다. 혼자였고, 560킬로미터 거리의 카누 여행을 막 시작한 참이었고, 마지막으로 본 사람과는 이미 상당히 멀어진 상태에서 짜증이 난 회색곰뿐만 아니라 난생처음 본 늑대를 향해 다가가고 있었기 때문이다. 혹시 불상사가 생겨도 몇 주 동안 아무도 눈치채지 못할 수도 있었다. 그에겐 바깥세상에 연락할 길이 전혀 없었고, 그를 내려준 비행사만이 그가 어디쯤에 있을지 작으나마 단서를 가지고 있었다. 하지만 이제 그는 심장이 이끄는 대로 곰과 늑대를 향해 산을 올라왔다.

30년 전 그 어느 때보다 생기가 충만한 채 그 산을 기어오르던 나를 떠올리며 미소를 지었다. 무모해 보일 수도 있겠지만 그 한순간만으로도 알래스카로 떠나올 이유는 충분했다. 그때는 그렇게 생각했고, 지금은 더 강한 확신을 품고 있다. 나는 커다란 육식동물은 동물원에서만 볼 수 있었던 어린 시절부터 그들에 대한 책을 읽었고 그들이 나오는 꿈을 꾸었다. 대학에 들어가 메인주 시골에서 야생 생활 기술을 배우고 연마하면서도 여전히 목이 말랐다. 나는 가족과 친구들에게 알래스카에 갈 거라고 말했다. 그리고 지도에서 찾을 수 있는 가장 날것의 땅덩어리 가운데 하나로 직행했다. 도로에서 수백 킬로미터 떨어진 알래스카주 북서쪽 구석에 있는 북극의 북서 지방, 늑대와 회색곰, 그리고 거기에 딸린 모든 것이 풍경을 지배하는 곳. 별다르게 작심을 한 것도 아니었다. 난 그저 그곳으로 떠났다.

그 언덕을 힘들게 오르던 무렵, 나는 외딴 코북강 근처 에스키모 마을에서 2년째 거주하고 있었다. 아직 애송이였던 그 시절, 나는 운과 젊음에 의지해 내가 잘 모르는 것들을 해결해가고 있었다. 원래 계획했던 대로 야생동물 연구자가 되기 위해 학교로 돌아가는 대신 교역소를 관리하고 대형 사냥감 안내서를 포장하는 일을 찾았고, 이미 설상차와 소형 보트, 카누와 도보로 수천 킬로미터를 구석구석 여행한 상태였다. 하지만 나중에 사랑에 빠지게 될 이 오지를 만나기 위해 깊은 황무지로 홀로 떠나는 이번 여행은 새로운 단계였다. 2~3일이나 몇 킬로미터가 아니라, 장기간 최상위 육식동물들이 들끓는 경관이 지배하는 긴 거리를 순전히 홀로 대면하면 잔가지가 부딪치는 소리를 듣는 방법마저 바뀌고 실낱같은 냄새에도 예민해지며 먼 등성이에서 무언가가 움직이며 반짝 반사하는 빛도 포착하기 마련이다. 그런데 비행기에서 내린 지 몇 분 되지 않아 늑대와 곰이 환영단처럼 땅에서 솟아난 것이다. 당연히 난 이 둘을 향해 달려갈 수밖에 없었다.

　　싸움이 일어나는 곳이라고 생각했던 평지에 도착했을 때 늑대와 곰은 사라지고 없었다. 나는 그 자리가 맞는지 자신할 수 없었다. 잡목림이 어찌나 빽빽한지 몇 미터 앞도 내다볼 수 없었는데 이런 잡목림을 너무 얕잡아보았던 것이다. 나는 호흡을 고르며 그 자리에 서서 온 감각을 모아 주변 세상을 살펴보았다. 마침내 늑대를 발견했을 때 녀석은 한참 동안 나를 구경하던 중이었다. 늑대는 너덜너덜한 늦여름 털가죽을 걸치고서 나보다 45미터 정도 높은 곳에 있는, 튀어나온 돌 위에 앉아 있었다. 녀석은 주둥이를 들고서 하울링을 했는데, 이것은 도전이라기보다는 30분 전부터 사방에 냄새를 풍기고 시끄럽게 소리를 내던 얼간이가 바로 여기에 도착했다는 혐오 섞인 선언에 더 가까웠다. 그러더니 갈빗대가 홀쭉한 그 늑대는 나를 구경하느라 시간을 더 낭비하지 않고 날렵하게 산등성이로 사라졌다. 나는 회색 늑대가 회색 암벽 속으로 사라지는 모습을 바라보다가 어딘가에 화가 잔뜩 난 곰이 있다는 사실을 떠올렸다. 어쩌면 저 오리나무 덤불 너머에 있을지도 몰랐다. 나는 눈을 크게 뜨고 싸구려 카메라와 장난감 총과 다를 바 없는 라이플을 챙겨서 암벽으로 아래로 몸을 숨겼다.

　　그러는 동안 보이지 않던 회색곰이 한 바퀴 돌아 바로 내 위, 바람 부는 방향에 자리를 잡았다. 처음 낮은 **우우** 소리를 들었을 때 곰은 내 뒤쪽으로 10미터 정도 떨어져서 바로 내가 서 있던 곳의 냄새를 맡고 있었다. 내가 처음으로 몸을 움직이자 곰은 고개를 들어 나를 똑바로 응시했고 커다란 통 같은 가슴이 씩씩거릴 때마다 오르락내리락했다. 내가 카메라와 라이플을 찾아 손을 앞뒤로 더듬자 곰은 콧방귀를 뀌더니 꽹음을 내면서 산 위로 올라갔다. 다행히 난 어떤 결심도 할 필요가 없었다. 사진을 찍는 시늉도 할 수 없었지만 그런 건 중요하지 않았다. 내 꿈을 볼 수 있었다는 사실만으로도 그 꿈은 실현된 것 이상이었다.

　　그 이후로 수년간 늑대와 곰을 많이 마주쳤는데, 이들의 눈에 비친

내 모습이 보이거나 이들이 뿜어내는 야생의 냄새에 휩싸일 정도로 아주 가까웠던 적도 있다. 나는 클래런스 우드 같은 이누피아크 에스키모 생계형 사냥꾼들과 어울려 살았다. 얼굴에 동상 자국이 있는 이 남자들은 내가 상상하기도 힘든 미세한 사항들을 감지했고, 수세대를 거쳐 전수된 지식을 갖추고 있었다. 이들은 그저 자연계와 가까운 게 아니라 그것의 일부였다. 이들이 허락할 때면 이들을 따라다니며 능력이 닿는 데까지 배웠다. 나는 늑대가 다니는 길을 힐끗 보고 난 다음, **"막 지나갔어. 세 마리야. 조금 전에 포식했군."** 이렇게 단언하는 법을 알고 싶었다. 그리고 가능하다면 그저 알아내기만 하는 것이 아니라 땅에서, 좇는 동물들에게서 그들이 느끼는 자연스러운 연결감을 똑같이 느끼고 싶었다.

내 성장환경은 사냥과 별 관련이 없지만 내가 누린 문화적 자본은 사실 크게 이질적이지 않았다. 직업 외교관의 아들로서 유럽, 동남아시아, 워싱턴 D. C.에서 어린 시절을 보낸 나는 여덟 살 이후로 〈아웃도어 라이프〉를 끼고 살았고, 나중에는 루아크*와 헤밍웨이의 사냥 이야기로 넘어갔다. 그때만 해도 죽이는 것 말고는 야생동물과 관계 맺는 다른 방법이 있을 수 있다고 전혀 생각하지 못했고, 내게 다른 방향을 알려준 사람도 없었다. 알래스카에서 내 첫 일자리가 사냥 책자 작업을 하면서 기초부터 모든 일, 그러니까 크고 작은 사냥감을 찾아내고 몰래 접근해서 총을 쏘고 가죽을 벗기고 도살하는 방법을 배우는 것이었다는 점은 그리 놀랍지 않다. 곧 사냥 안내는 내 적성이 아니라는 사실을 충분히 깨달았지만, 나는 기술을 배우는 중이었기 때문에 사냥은 꾸준히 다녔다. 그리고 종종 나이 지긋한 이누피아크 남자들과 함께 다니면서 그들로부터 대학원 세미나에서나 배울 수 있는 지식과 경험을 얻었다. 나는 절대 전문적인 추적자나 명사수는 아니었지만 눈이 밝고 힘이 좋고 끈기도 있는 편이었다. 그리고 항상 살상과 관련된 상황에 부닥칠 때마다 억세게 운이 좋았던 것 같다. 몇 년 만에 동물의 사체와 가죽이 셀 수 없을 정도로 많이 쌓였고, 동물의 살이 내 살과 뒤섞였다. 나는 그들의 가죽을 입었고 그 위에

● 미국의 작가이자 칼럼니스트.

서 잠을 잤다. 동물 뼈와 뿔은 내 오두막의 장식품이었다.

　　시간이 흘러 클래런스는 내 사냥 파트너이자 친한 친구가 되었다. 일찍이 그는 내게 검은 늑대는 다르다고 말했다. 다른 동물보다 더 똑똑하고 더 강인하고 더 잡기 어렵다는 것이다. 그리고 믿거나 말거나 내가 알래스카 생활 9년 만에 처음으로 쏜 늑대의 색은 검은색이었다. 40킬로그램짜리 암컷이었던 그 늑대와 나는 각자 1988년의 어느 춥고 맑은 4월 오후에 혼자서 잉기축산 등성이에서 여행을 하고 있었다. 그 늑대가 쓰러진 순간, 흥분과 승리감이 감정의 밑바닥을 쓸쓸하게 적시는 자책과 뒤섞였다. 마을로 내려오자 내 에스키모 친구들은 고개를 끄덕이며 말없이 찬사를 보냈고 내 상처를 치료해주었다. 민니 그레이 할머니가 무두질해서 기워준 그 가죽의 일부는 파카의 목 부분과 가장자리가 되어 북극의 추위로부터 내 얼굴을 보호해주었다. 나머지 가죽은 민니 할머니에게 드렸는데, 이 선물은 내가 처음 할머니의 카리부 고기를 얻고서 잡다한 일을 도와드렸을 때부터 시작된 오래된 유대를 더욱 굳건하게 다져주었다. 당시 나는 마을 학교의 교사였지만 이비사파트미우트 Iviisaapaatmiut, 즉 레드스톤 부족의 생활 양식을 공유하는 사냥꾼이기도 했다.

　　민니 할머니와 클래런스 모두 동물은 기꺼이 스스로를 내주고, 니길룩nigiluk(숨통을 틔워서 영혼이 벗어나도록 해주는 것) 같은 적절한 위무 행위가 있으면 끝없이 돌고 도는 영혼을 가지고 다시 태어난다고 믿었다. 내 불안감을 이해하는 이웃은 아무도 없었다. 내가 사랑했던 대상을, 한 번도 아니고 반복해서 죽이는 짐은 나 혼자 져야 했다. 그러니까 나는 착한 늑대도 아니었고, 입양되어 잘 적응한 이누피아크 사람도 아니었다. 민니 할머니가 나를 '아들'이라고 부르고, 내 부모님이 알래스카에 방문했을 때 자신을 내 에스키모 엄마라고 소개하긴 했어도 말이다.

　　하지만 나는 설상차와 스키를 타고, 카누와 소형 보트를 타고, 그리고 내 두 다리로, 때로는 동행과 함께, 하지만 주로는 혼자서 수만 킬로미터 오지를 꾸준히 떠돌았다. 나의 먹거리 대부분과 내가 몸에 걸치는 것의 일부를 위해 꾸준히 사냥을 했지만, 훨씬 더 많은 시간 동안 총 대신 카메라를 들고 야생동물을 그저 관찰하거나 그들에게 몰래 다가갔다. 어느 날 나는 살아 있는 것에게 언제 마지막으로 총을 쏘았는지 기억나지 않았다. 사냥꾼의 시절이 끝난 것이다. 난 총과 가죽을 사람들에게 나눠주었다. 할 수만 있다면 그동안 쏘았던 총알도 회수하고 싶었다. 나는 내가 과거에 어떤 사람이었는지 일깨워주는 동물의 두개골들을 비롯해서 과거 생활의 몇 가지 증표를 간직했다.

내가 동물을 사랑하는 열혈 페타PETA* 회원인 셰리와 결혼한 건 우연이 아니었다고 생각한다. 그녀는 자기 신념에 얼마나 철저했던지 열일곱 살이던 고등학교 때 생물 수업에서 척수를 제거한 개구리 해부에 참여하지 않으려고 학교를 중퇴하고 검정고시를 볼 정도였다. 나는 얼굴이 있는 건 절대 먹지 않는다는 그녀의 정신에는 한참 모자라는 사람이었지만, 원칙을 뚝심 있게 밀고 나가는 그녀를 존경하지 않을 수 없었다. 게다가 난 사랑에 빠져서 제정신이 아니었다. 나는 북극에 있는 집을 떠나서 그녀의 직장과 터전이 있는 주도 주노로 옮겨왔다. 주노는 내가 20년간 떠돌던 오지에 비하면 대도시였다. 그녀는 북쪽에 사는 내 친구들이 보내준 카리부 고기를 요리하는 나를, 나는 한 치의 양보도 없이 동물권 옹호 논리를 펼치는 그녀를 한숨 쉬며 받아들였다. 우리는 살아 있는 모든 것에 대한 사랑, 드넓은 알래스카의 야생을 통해 하나가 되었다. 이제 이 모든 것은 우리 집 문밖에 있는 이 늑대에게 응집된 듯했다. 내가 과거를 다시 쓸 수는 없겠지만 이 늑대의 존재는 내게 어떤 속죄의 기회처럼 보였다.

그래서 우리의 멕시코 휴가는 북쪽으로 살짝 방향을 틀게 되었다. 우리는 짚으로 만든 해변의 파라솔 아래에서 마르가리타를 홀짝이고 태양이 작렬하는 모래 위에서 느긋하게 즐기는 대신, 멘덴홀 빙하의 그늘 속

* 동물의 윤리적 처우를 바라는 사람들People for the Ethical Treatment of Animals의 약자로 대표적인 동물권 단체다.

에서 벌벌 떨면서 파카와 스노부츠로 몸을 꽁꽁 싸맨 채 동지 직후의 한 주를 보냈다. 낮은 점점 기운이 쇠해서 희미한 빛이 두어 시간 이어지다 끝났다. 산은 더 깊어졌고 날씨의 숨결이 우리를 엄습했다. 깊고 선명한 추위가 눈과 번갈아 가면서 찾아왔는데, 때로 땅거미가 내린 하늘에서 눈이 얼마나 빠르게 내리던지 우리가 지나온 길이 덮이는 걸 직접 목격 할 정도였다. 우리는 처음에는 스키를 탔다. 눈이 너무 깊이 쌓여서 스키 를 타고 움직이기 힘들 정도면 길을 만들어가며 터벅터벅 걸었고, 개들 은 머리 위로 쌓인 눈가루 속에서 자맥질하듯 오르락내리락하며 우리 뒤 를 따라왔다. 높은 곳으로 갈수록 큰 눈이 내렸다. 폭풍우 사이사이에 어 둠 속에서도 빛을 발하는 산들이 나타났다. 빙하는 반쯤 묻힌 것처럼 보 였다.

　그리고 검은 늑대는 희고 고요한 세상에 떠 있는 검은 생명의 신호등 처럼 시야에서 보이다가 안 보이다가 했다. 우리는 녀석 때문에 우리의 계획을 변경했지만 출근하지 않을 때 규칙적으로 하는 일들, 그러니까 보통 매일같이 뒷문으로 나가 호수나 부근 오솔길에서 개들과 운동하는 일상은 거의 바꾸지 않았다. 처음부터 우리는 녀석과의 접촉을 하루에 한 번, 많아야 두 번, 그리고 일반적으로 한 번에 30분 이하로 제한하기로 정했다. 어쨌든 녀석에겐 다른 용무가 있었다. 그중에서 가장 중요한 생 존은 외톨이 늑대에겐 힘든 과제였다. 나는 녀석이 호기심이 반짝 동해 우리를 구경한다는 생각 이상으론 상상할 수 없었고, 우린 그 상황을 유 지하고 싶었다. 하지만 우린 절대로 우리 앞에 다시는 펼쳐지지 않을 이 광경을 정말로 보고 싶기도 했다.

　늑대는 우리를 기다리는 것 같았다. 우리가 우리 집 뒷문에서 800미 터 정도 떨어진 빅록으로 향할 때 녀석은 꼬리를 등과 같은 높이로 꼿꼿 하게 뻗은 채 조용히 수풀에서 나타났다. 자신감은 있지만 특별한 감정 이 섞이지 않은 중립적인 상태라는 신호였다. 우리가 서쪽 호숫가로 움 직이면 녀석은 우리가 멈추는 곳에서 멈추고, 우리가 움직일 때 움직이면서 나란히 걸었다. 우리가 개들을 가까이 데리고 있는 한, 녀석은 약 100미터 이내로 들어오지 않았다. 이 거리는 인간과 개와 늑대, 이 세 종 모두에게 효과가 있는 거리였다. 늑대와 개는 마치 일본 사업가들이 명 함을 주고받을 때처럼 눈은 거의 쳐다보지 않고 적당한 거리에서 냄새 표시를 교환했다. 각자가 서로에 대해 무엇을 읽어냈는지 알 길은 없었 다. 우리는 맥기니스산의 굴곡진 어두운 그림자 속에서 은신처 같은 만 을 형성하고 있는 서쪽 호숫가의 곡선을 따라 움직였다. 산책로가 그물 망처럼 얽힌 호수의 동쪽과는 거리가 있어서 인적이 드문 곳이었다. 우 리는 빅록을 지나자마자 나오는 턴아일랜드 뒤에 몸을 숨겼다. 그곳에 자리를 잡으면 지나가는 사람들 대다수의 시선을 피할 수 있었다. 우리 가 멈춰 있는 동안에도 개들이 계속 움직이도록 우리는 개들이 제일 좋 아하는 놀이를 했다. 테니스공을 던지고 노는 것이었다. 개들에게는 각 자의 공이 있었고 순서가 있다는 것도 알았다. 개들은 놀이에 워낙 몰입 해서 공을 좇느라 대부분의 시간 동안 자기 보호자들이 늑대를 구경하고 있고, 늑대가 우리를 구경하고 있다는 사실을 잊었다.

검은 늑대는 오리나무 숲 끝에서부터 귀를 쫑긋 세웠고 빠른 리듬으 로 날카롭게 우는 소리를 냈는데, 잘 모르는 사람이 들으면 새가 우는 것 처럼 들렸을 것이다. 다코타는 검은 이방인을 향해 귀를 쫑긋 세우고 같 이 낑낑대는 소리를 내면서 늑대가 있는 방향으로 껑충껑충 뛰어갔는데, 가끔은 늑대와의 거리에서 절반을 넘어가기도 했다. 하지만 우리가 부르 면 다코타는 돌아왔고 늑대도 더는 따라올 기색을 내비치지 않았다. 우 리가 팔을 흔들면 늑대는 깜짝 놀라서 도망가곤 했다. 어쨌든 우린 녀석 을 더 가까이 불러들일 생각은 없었다. 체이스는 이 약탈자에 대한 입장 이 눈곱만큼도 바뀌지 않았고 앞으로도 그럴 생각이 없음을 만천하에 명 백하게 알렸다. 거스는 가끔씩 걱정스러운 듯 작게 중얼대곤 했지만 수 풀 속에 숨어 있는 늑대의 검은 그림자를 대체로 모른 체했다.

친구 어니타가 우리의 개들보다 공놀이를 훨씬 더 좋아하는 자신의 개 두 마리, 슈거와 존티를 데리고 우리와 합류하자 우리 팀은 무모하게 여기저기 쑤시고 다니는 사람 셋과 시끄러운 개 다섯 마리로 구성된 대부대가 되었다. 내 친구 조엘이 커다란 삼각대와 전문가용 영사기를 들고 몇 번 따라붙기도 했다. 우리 모두 앞에 무엇이 있는지 정확히 알았고, 동시에 제대로 된 방법으로 제대로 된 일을 하려고 의식적으로 노력했다. 너무 몰려다녀서도 안 되었고 늑대가 도망갈 만한 행동을 해서도 안 되었다. 녀석이 가버리면 그냥 가게 놔두고 가까이 다가오면 가만히 앉아 있었다. 주도권을 쥔 건 녀석이어야 했다.

　늑대는 이 이상한 떼거리와 이들의 광대짓에 당황한 것 같았지만 깊은 호기심도 보이며 호수 가장자리에서 구경을 했다. 우리가 녀석이 따라오지 않을 때까지 호수 쪽으로 더 멀리 갔다가 빙 둘러서 집으로 돌아오면 녀석은 개들의 냄새 표시를 맡고 그것에 알아서 화답하며, 우리 뒤를 따라왔다. 코로 이 세상에 대한 정보를 얻는 모든 생명체라면 해독하고 이해할 수 있는 메시지를 남기면서 말이다. 그다음에는 주둥이를 들어올려 하늘에 대고 하울링을 했다. 외톨이 늑대의 길고 긴 외침.

　초반 언젠가, 아마 세번째로 셰리와 나와 세 마리 개 모두가 밖에 나갔을 때 같은데, 우리 사이에 자리 잡았던 이해의 균형이 바뀌었다. 우린 섬 뒷부분의 안쪽으로 가서 공 던지기 놀이를 했다. 빛이 너무 시원찮아서 굳이 카메라 장비를 가져올 생각도 하지 않은 날이었다. 셰리는 캠코더의 뷰파인더로 풍경을 살피며 이 말도 안 되는 장면, 마음대로 돌아다니는 개들을 구경하고 낑낑 소리를 내면서 호숫가에서 서성이는 늑대가 있는 풍경을 촬영하고 있었다. 공놀이를 시작한 지 몇 분 정도밖에 안 되었을 때 다코타에게 던진 공이 빗나가서 얼음 덩어리를 맞추고는 호숫가로 굴러가버렸다. 우리가 공을 어떻게 가져올지 고민하는 사이에 갑자기 늑대가 공을 향해 돌진하더니 채 갔다. 녀석은 호숫가로 신나게 뛰어가서는 공중에 공을 던지고 발로 공을 차고는 다시 공을 움켜잡았다. 늑대 특유의 강세가 더해지긴 했지만 모든 개가 일반적으로 하는 행동이었다.

하지만 녀석은 장난감에 대해, 그러니까 먹을 것도 아니고 생존과 직결된 가치가 전혀 없는 물체에 대해, 사회적 합의나 개체의 기분을 통해 놀이의 중심이 되는 그것에 대해 두말할 것 없이 정확하게 이해하고 있었다.

이건 닭이 먼저냐, 달걀이 먼저냐 하는 문제와 같았다. 늑대가 개를 따라한 걸까, 아니면 우리 개들이 그리 멀지 않은 조상에게 물려받은 행동을 해온 걸까? 어쨌든 공을 좇고 물어오는 것은 가령 토끼를 추격하고 가져오는 것과 같은 포식 동물의 본능과 대단히 밀접하다. 정상적인 환경 속에 놓인 늑대라면 그걸 사냥감처럼 생각하는 게 논리적으로 당연할 것이다. 또한 순전히 진화론적 관점에서 보면 늑대 같은 복잡한 사회적 동물에게 놀이는 충분히 합리적이다. 몸싸움, 장난감 놀이, 좇고 쫓기기는 어린 동물들에게 중요한 생존 기술을 발달시켜주고 무리로서 결속력을 다지기 위해 꼭 필요한 사회 구조를 강화하는 데 유익하다.

그리고 인간의 다양한 변덕에 맞게 여러 세대에 걸쳐 품종 개량을 통해 만들어진 개는 우리의 관습에 맞춰 다듬어진 순화된 늑대가 아니면 무엇이겠는가. 최근의 한 연구에 따르면 늑대와 개의 유전자 꾸러미는 겨우 0.02퍼센트밖에 차이를 보이지 않는다. 1990년대만 해도 고고학 기록뿐만 아니라 주류 과학의 승인을 받은 연구들은 이 두 종이 겨우 1만 5000년 전에 중국이나 중동에서 분화되었다고 지적했다. 하지만 그 이후로 여러 연구와 근거들(인간의 인공물과 함께 시베리아의 한 동굴에 매장된 3만 5000년 된 개의 두개골과, 입 속에 들어 있는 뼈와 함께 매장된 개의 골격)은 그보다 훨씬 전인 5만 년 전부터 12만 5000여 년 전 사이에 두 종이 분화했음을 보여주었고, 따라서 여러 대륙에서 다양한 가축화의 시기가 존재했을 가능성이 커졌다.

상상하기는 어렵지만 다코타도 99.98퍼센트는 늑대였다. 그러니까 맹렬한 속도로 물건을 쫓아가서 추격의 메아리를 희미하게 남기며 자신의 무리로 그 물건을 물고 오는 것을 그렇게 좋아하는 다코타의 습성도 실은 늑대의 피 때문에 생겼는지 몰랐다. 어떤 개들은 유전자에 새겨진 대로, 잡아서 죽이는 사냥 본능을 분출할 방법이 이런 놀이밖에 없어서 유달리 공 던지기 놀이를 좋아하는 건 아닌가 싶은 생각도 들었다. 같은 상황이라면 늑대는 더 편안하게 놀이를 즐기는 것 같다. 바로 그때 우리가 보았던 검은 늑대와 내가 이제까지 보았던 많은 야생 늑대들이 그랬듯. 어쨌든 늑대는 살기 위해 매일 사냥을 한다. 장난감을 가지고 노닥거리는 것은 심각한 생존의 사투와는 동떨어진 휴식, 순전히 그 자체에서 즐거움을 찾는 행동에 더 가깝다. 반대로 충동을 해소하지 못한 래브라도 레트리버와 보더콜리에게 공놀이는 단순한 놀이 이상일 때가 더 많다. 그건 이들의 일이다. 몹시 심각한 일.

당연히 귀하신 늑대가 테니스 공을 접해봤을 리는 만무하다. 하지만 인간에게 포획된 늑대든 완전한 야생 늑대든 연령대를 막론하고, 늑대들은 혼자 혹은 여럿이 놀이를 하고, 때로 장난감의 정의에 딱 맞는 물건을 가지고 놀기도 한다. 때에 따라 그건 오래된 뿔일 수도 있고 들꿩의 날개일 수도 있다. 나는 운 좋게도 야생에서 늑대가 놀이를 하는 장면을 몇 번 본 적 있는데 그중에서도 특히 기억에 남는 광경이 있다. 15년 전쯤 혼자서 늦겨울에 노아턱 계곡 북쪽으로 여행을 하는 동안 열두 마리로 이루어진 한 무리에서 몇 마리가 떨어져나와 내 야영지에 접근했다. 난 가만있지 못하고 더 좋은 각도에서 촬영하려다 두 마리를 놀래서 달아나게 만들었다. 자책하면서 텐트로 터덜터덜 돌아가는데 문득 무언가가 있다는 느낌이 들었다. 비스듬하게 몸을 젖힌 회색 수컷 한 마리가 내 코앞이나 다름없는 곳에서 아주 분명한 나의 존재를 무시하고는 수풀에 몸을 반쯤 숨기고 고개를 든 채 여유를 부리며 아래쪽에 있는 다른 늑대들을 굽어보고 있었던 것이다. 결국 녀석은 하품을 하더니 몸을 일으켜 기지개를 켜고, 마치 나를 봤지만 별로 신경 쓰지 않는다는 것을 알리려는 듯 가볍게 눈을 맞췄다. 내가 우리 둘 사이에 있는 수풀을 돌아가려고 움직이자 녀석은 전혀 긴장하는 기색 없이 느긋한 걸음걸이로 떠나갔다.

그러다가 갑자기 녀석은 무언가를 응시하다가 목표물을 향해 달려가 덮쳤다. 난 들다람쥐나 마멋이라고 확신했다. 난생처음으로 늑대가 다른 생명을 죽이는 광경을 직접 목격하는 줄 알았다. 하지만 녀석이 찾아낸 건 두께 5센티미터에 길이가 60~90센티미터 정도 되는 평범한 버드나무 조각이었다. 래브라도 레트리버들이 물고 돌아다니기 좋아하는 딱 그런 종류의 가지였다. 녀석은 이것 좀 보라고 자랑하는 듯한 갯과 동물 특유의 자세로 머리와 나무 조각을 흔들면서 몸을 돌려 나를 힐끗 쳐다봤다. 이건 다가오지 말라는 뜻이기도 했다. 그러더니 녀석은 나뭇가지를 옆으로 길게 물고서 마치 고적대장처럼 산사면을 따라 행진하듯 내려갔다. 나는 카메라 따위는 까맣게 잊은 채 멍하니 입을 벌리고 앉아 있었다.

장난감 놀이였을까? 당연히 그랬겠지만 그게 다가 아니었다. 내가 가까이 있었고(그리고 난 그런 사실 때문에 그 모든 일이 일어났다고 생각한다) 곁눈질까지 했다는 점에서 나 역시 아무리 잠시였다 해도 그 놀이의 일부였다. 술래잡기를 하는 늑대와 까마귀처럼 서로 다른 종 간의 사회적 제스처인 놀이 말이다. 이 일은 몇 년 뒤에 검은 늑대를 통해 완성될 사건의 전조와도 같은 순간이었다.

검은 늑대가 인간과 개의 놀이 시간에 뛰어든 건 테니스 공 사건이 끝이 아니었다(이 늑대가 파티의 불청객인지 아니면 반가운 참가자인지는 관점에 달려 있다). 어떤 경우든 녀석은 그저 몸풀기만 했을 뿐이다. 며칠 뒤 녀석은 공을 하나 더 빼앗아 갔고, 그 이후 몇 개월, 몇 년 동안 이 녀석과 공 던지기 놀이와 장난감 훔쳐 가기에 얽힌 이야기가 한 번씩 생기곤 했다. 녀석의 좀도둑질 행각은, 늑대는 믿을 게 못 된다는 일각의 주장이 틀린 말이 아님을 보여주었다.

어쨌든 그 시절은 지나갔지만 우리에겐 지난날을 돌이키게 해주는 증표가 남아 있다. 녀석이 훔쳐갔다가 결국 잃어버린 주먹만 한 크기의 노란 공은 몇 년 뒤 이빨 자국 하나가 선명하게 찍힌 채 셰리의 기념품이

되었다. 그 옆에는 다코타의 꼬리털 한 다발, 회반죽으로 떠서 만든 손바닥만 한 늑대의 발이 자리 잡았다. 우리는 그거면 충분하다는 듯 그렇게 작은 것들을 간직한다.

늑대에 대한 우리의 시각은 이미 한 번 바뀌었지만, 테니스 공 사건 직후 몇 분 만에 당시 한 살이던 우리의 블루힐러 체이스 덕분에 한 번 더 바뀌었다. 우리에게 있던 래브라도 레트리버 두 마리는 모두 예의 바르고 얌전하게 행동하는 개였다. 하지만 체이스는 달랐다. 힐러(공식적으로는 오스트레일리아 셰퍼드와 혼동하지 않도록 오스트레일리아 캐틀도그라고 한다)는 충분히 말썽을 일으킬 수 있었다. 겨우 한 세기 전에 가축화된 개와 딩고●를 교배하여 만들어 1960년대에 미국애견협회의 승인을 받은 힐러는 변이가 많이 생겨나는, 새로운 품종이다. 가장 골치 아픈 녀석들은 떠돌이 습성을 노골적으로 드러낸다. 일반적인 개가 늑대와 유전적으로 얼마나 가깝든지 간에 힐러는 원래 딩고의 혈통인 데다가 야생에서 격리된 지 얼마 되지 않아서 고유성이 강하다. 공식적인 품종 설명서에는 "눈에 의혹의 빛이 서려 있다"라는 표현이 들어 있고, 미국애견협회의 전국 오스트레일리아 캐틀도그 전문 쇼에는 '가장 유서 깊은' 육체적 특징(이는 내면에 있는 늑대 같은 특성의 잔재에 대한 평가로 귀결된다)으로 개를 판별하는 콘테스트가 있다. 물론 많은 힐러들이 상냥한 동반자이고 훌륭하고 정력적이다. 하지만 조상의 특성이 조금이라도 더 섞이면 문제적인 개가 되고 만다.

체이스는 그런 개였다. 괜찮은 날엔 끊임없이 움직였고, 최악일 때는 대형 사고를 쳤다. 우린 체이스가 생후 8주였을 때부터 데리고 있었다. 체이스는 소름 끼칠 정도로 똑똑해서 속임수와 온갖 복잡한 행동들(여러분은 "오늘은 누가 잘했어?" 하고 물어보면 엉덩이를 댄 채 일어나 앞다리 하나를 들고, 명령을 하면 장난감을 하나하나 바구니에 던져넣는 개를 몇 마리나 알고 있는가?)을 빠르게 배웠다. 하지만 모르는 개만 보면 반사적으로 달려가 이를 드러내며 공격하는 체이스의 경계성 성격장

● 야생 들개로 오스트레일리아에 서식한다.

애 성향을 우리는 다스리지 못한 상태였다. 체이스는 분명 속으로 자신이 우리를 살상의 위협으로부터 보호해준다고 생각할 터였다. 체이스는 보스턴테리어든 그레이트데인이든 개란 개는 모두 너무 가까이 다가오면 혼쭐을 내려 했다. 하지만 처음엔 거세게 밀어붙이다가도 공격의 대상이 반격하면 보통 비굴할 정도로 몸을 사렸다. 그렇다고 해서 그걸 교훈으로 삼는 일은 없었다. 물론 체이스는 자라면서 결국 네 번에 세 번 꼴로 그런 행동을 더는 하지 않았지만, 우린 항상 그런 환경에서는 우리의 무법자 십 대 개의 줄을 붙들고 있었다.

늑대가 테니스 공을 물고 간 지 몇 분 뒤에도 우리는 하던 일을 계속하고 있었다. 셰리는 아직 캠코더를 들고 있었고, 나는 래브라도 레트리버에게 공을 던지고 있었고, 늑대는 우리를 구경하기도 하고 낑낑대기도 하면서 서성거리고 있었다. 난 잠시 두 손이 다 필요해서 체이스의 목줄 손잡이를 내 신발로 밟았다. 혹은 그렇게 했다고 생각했다. 그런데 갑자기 체이스가 뛰쳐나가더니 으르렁거리는 흐릿한 형체가 마치 코넌 도일의 소설 《배스커빌가의 개》에 나오는 15킬로그램에 육박하는 하운드라도 되는 양 늑대를 향해 곧장 날아갔다. 자기가 늑대에 비하면 몸무게가 반의반밖에 안 되고 힘은 20분의 1밖에 안 된다는 사실을 무시한 채. 늑대는 체이스의 공격을 깨닫고 정면으로 응수하기 위해 뛰기 시작했다. 나는 제때 도착하지 못하리라는 사실을 알면서도 임박한 충돌을 향해 내달렸다. 뷰파인더를 통해 저쪽으로 뛰어가는 체이스와 이쪽으로 달려오는 늑대를 본 셰리는 캠코더를 떨어뜨리고는 있는 힘을 다해 체이스를 불렀다. 어쩌면 셰리는 유성이 아무런 충격도 가하지 않고 멈춰주기를 바라는 게 나았을지도 모른다. 늑대와 체이스가 만나는 순간, 눈보라가 일었다. 늑대는 턱을 쩍 벌리고 뛰어올라 앞발로 우리 개를 찍어 눌렀다. 심장이 내려앉는 그 순간, 체이스가 늑대 아래로 완전히 자취를 감췄다. 늑대는 턱을 낮췄다. 그렇게 우리 개가 가버린 것이다. 죽었구나. 내가 다 망쳤구나. 절대 날 용서하지 못하리라.

바로 그때 청회색 형체가 눈 속에서 솟구치더니 돌진할 때만큼이나 빨리 줄행랑을 치며 소리를 질렀다. 체이스는 개의 주인이라면 누구라도 알아볼 수 있는 활짝 웃는 표정으로 입꼬리를 올리고 있었고, 늑대는 체이스와 1미터 정도 간격을 두고 뒤에서 뛰어오다가 체이스가 우리와 가까워지자 눈을 살짝 뒤집어쓴 채 물러났다. 체이스는 덜덜 떨고 있었고 털은 얼어붙은 침 때문에 뻣뻣해져 있었지만 아무리 살펴봐도 맞은 흔적이나 멍 같은 건 찾을 수 없었다. 늑대는 한입에 체이스의 목을 으스러뜨려 간식으로 해치우거나, 호되게 엉덩이를 들이받아서 동물병원 집중치료실에 보내버릴 수도 있었다. 하지만 이 검은 늑대는 앞발과 잇몸을 부드럽게 사용해서 마치 삼촌 늑대가 자기 무리의 새끼들에게 보일 법한 웃음기 섞인 관용으로 폭력에 대처했다. 체이스도 자신이 얼마나 운이 좋았는지 이해한 것 같았다. 기회가 그렇게 많지는 않았지만, 그 뒤로 몇 년 동안 체이스는 다시는 늑대에게 달려들지 않았다. 안전한 거리를 두고 가끔 투덜대긴 했지만 말이다.

본능적으로 치밀어오르는 쿡쿡 쑤시는 듯한 통증 외에 이 첫 만남들에서 무엇을 기대해야 할지 우리는 알지 못했다. 하지만 양측은 한발 앞으로 다가갔고, 우리 사이에는 이상한, 거의 기괴할 정도로 이해할 수 없는 휴전 상태가 이어졌다. 일부 호전적인 사람들은 다르게 주장할 수도 있겠지만, 목숨이 위험한 건 우리가 아니라 늑대였다. 녀석이 자기 앞에 늘어선 수십 채의 집 안에서(다른 생명체의 것이긴 하지만 어쨌든 우리 집을 포함해서) 풍기는 자기 종족의 두개골과 가죽 냄새를 맡을 수 있었다면, 꼬리를 밖으로 뻗은 채 수평선을 향해 달려갔으리라. 하지만 녀석은 주위를 맴돌며 우리 집 개들에게 수작을 걸려 했고, 그러면서도 마치 우리가 갯과 동물들의 우정을 중개하는 사람이라는 듯 우리에게 믿을 수 없을 정도로 느긋하고 예측 가능한 방식으로 처신했다. 녀석은 최소한의 무례조차 범하지 않으려 애쓰며 우리의 사회적 어울림의 규칙을 알아내려고 노력하는 외국인처럼 행동했기에 예의 바르다는 생각마저 들었다.

우리는 녀석의 행동을 설명할 수 있는 단서를 찾아서 다시 되돌아가 곤 했다. 어릴 때 머리를 다쳐서 멍청이가 된 건가? 늑대 나라에서 염탐을 하거나 협상을 하려고 보낸 사절인가? 늑대의 탈을 쓴 외계인인가? 농담을 빼고 나면 한 가지 가능성이 남았다. 녀석은 인간에게 포획된 늑대이거나 반만 늑대인 혼종인데, 자라서 다루기가 너무 어려워지자 주인이 놔줬는지 몰랐다. 알래스카에는 늑대 포획이 분명 존재하지만 극히 드문 데다 허가증을 힘들게 얻어야만 합법인데, 보통 몇 안 되는 야생 동식물 공원에만 발급된다. 개와 늑대 혼종은 어떤 경우든 알래스카주에서는 불법이어서 즉시 압류된다. 어떤 경우든 주노처럼 작고 긴밀하게 짜인 마을에서는 숨기기가 어렵다. 어쨌든 녀석은 길들여진 동물이 야생성을 찾아가는 연기를 한 게 아니었다. 오히려 그 반대인 것 같았다. 나는 포획된 늑대는 많이 보았고 혼종 늑대는 몇 번 보았는데, 이들은 아무리 자신들에게 익숙한 폐쇄 환경이라 해도 활달한 성격을 여지없이 드러냈다. 녀석들은 연기 같은 걸 하는 법이 없었다. 항상 자신만만하고 자기 세계에 있는 것처럼 편안해한다. 태어날 때부터 야생에서 차단된 채, 밀폐된 곳에서의 판에 박힌 일상과 사육사에게 익숙해진 늑대나 혼종 늑대가 방사된 지 얼마 안 되었다면 정상이 아닐 수도 있었다. 하지만 이 녀석은 먹을 걸 기대하고 우리에게 접근하는 게 아니었고 다분히 정상적인 상태 같았다. 가장 유력한 설명은 가장 단순했다. 대자연의 어머니가 주사위 굴리기를 좋아하는데, 거의 무한에 가까운 유전자 조합 중에서 이 친절한 늑대 한 마리가, 우리가 예상하는 그런 원형적인 늑대가 아니라, 독특한 개체로서의 늑대가 나타나게 된 것이다. 생물학자 빅 밴 밸런버그 박사(34년간 주로 무스를 연구했지만 동시에 늑대도 많이 연구하고 관찰했다)는 이렇게 말한다. "모든 동물은 독특한 성격을 가진 개체다…… 특히 늑대들 간의 차이는 놀랄 정도다. 어떤 늑대는 몇 번을 마주쳐도 거리를 유지한다. 하지만 같은 무리에 있는 다른 늑대는 시종일관 상당히 느긋하고 관대하다."

역설적이게도, 인간의 공포 감각기관을 가장 크게 자극하는 동물이 바로 천 년 전만 해도 우리와 함께 난롯불가에 앉아 있던 이 엄청나게 관대한 동물이다. **왜 이 녀석은 겁이 없지? 겁을 먹어야 하는데. 겁을 먹지 않는다면 위험한 애야. 너무 가깝잖아. 광견병에 걸렸을지도 몰라. 저 무시무시한 크기 좀 봐. 무슨 생각을 하는 걸까?** 늑대와 별반 차이가 없는 개는 인간과 잘 섞여도 늑대는 인간과 절대 잘 어울려본 적이 없다. 공포의 그림자 같은 존재를 집 안으로 불러들여 우리의 가장 좋은 친구라고 부르면서, 우리의 의지 밖에서 살아가는 자유분방한 그들의 조상에게는 뿌리 깊고 무서운 불신과 때로는 증오에 가까운 감정을 품는다는 것은 기묘하고 불합리한 상황이 아닐 수 없다.

이 늑대의 사연이 무엇이든 간에, 그리고 우리가 그의 존재를 얼마나 열심히 함구하려 하든 간에 이 소식은 새어나갈 가능성이 컸다. 벤저민 프랭클린의 격언에 따르면 셋일 경우엔 둘이 죽으면 비밀을 지킬 수 있지만, 우린 이미 한계를 넘긴 상태였다. 게다가 우린 늑대에게 다니던 길을 벗어나지 말고 하울링도 하지 말고 숨어 지내라고 말할 수도 없었다. 녀석은 한번 하울링을 하면 밤이고 낮이고 몇 분씩 이어졌다. 사람도 그렇지만 늑대라고 해서 전부 〈아메리칸 아이돌〉에 나갈 정도의 목청을 지닌 것은 아니다. 어떤 때는 깽깽대는 것 같고 어떤 때는 요들을 부르는 것 같거나 아니면 뭐라고 말하기 어려운 때도 있다. 목소리는 늑대의 육체적 모습과 대단히 유사해서 예측을 할 수 있다. 길게 끄는 낭랑한 소리가 점차 고조되다가 가성으로 갈라진 뒤 낮은 배음으로 깔리는데, 이 울부짖음은 마치 주위의 자연 경관만큼이나 거대해서 쉽사리 잊히지 않는다.

멘덴홀 빙하 휴양지는 개를 데리고 산책하는 지역 주민들과 등산객, 스키어 수십 명이 매일같이 찾는 곳이다. 그리고 주말이 되면 주노 사람들이 제일 좋아하는 겨울 놀이터인 이 24제곱킬로미터의 넓은 땅에는 젖먹이를 썰매에 태워 끌고 오는 가족들부터 빙벽 타기 전문가들까지 온갖 사람이 몰려들었다. 인근에는 수직에 가까운 인적 없는 야생이 있지만 이 지역의 핵심부에는 구불구불한 동물들의 통로에서부터 휠체어용 길, 가파른 등산로, 6킬로미터 남짓 되는 말쑥한 크로스컨트리 스키루프까지 거미줄처럼 온갖 길이 나 있었다. 눈이 밝게 빛나는 온화한 일요일이면 하루 종일 수백 명이 온갖 곳에서 방문하는 곳이기도 했다. 눈이 많이 오고 평소보다 더 추워지기까지 하면 일시적으로 사람들의 물결이 줄어들고 하울링을 낮추는 데도 도움이 되었으며 길의 흔적이 사라지기도 했지만, 유니콘이 벽장에 숨어 있을 거라는 환상을 품은 꼬마처럼 늑대가 비밀을 지켜주리라 기대할 순 없었다. 그리고 우리가 아무리 늑대를 숨길 능력이 있었다 해도 늑대는 우리의 소유물도 아니었다.

녀석에게 유리한 측면이 하나 있기는 했다. 좋아하는 사람이든 싫어하는 사람이든 주민 대부분이 인정하듯, 주노는 알래스카의 다른 도시들과는 다르다. 주노는 알래스카주 전체에서 녹지가 가장 넓고 가장 진보적인 마을 중 하나로, 세라 페일린*이 시장 선거에 출마하면 낭패를 볼 수도 있는 곳이었다(그리고 페일린은 주 전체에서는 인기가 높았지만 이 지역의 주지사 선거에서는 표를 많이 얻지 못했다). 주노는 미국령이던 시절부터 광업 신흥 도시이자 어업 항만인 데다 주도였고 여기엔 자유로운 사상이 꿈틀대는, 오래된 알래스카 평등주의가 곳곳에 스며 있는 듯하다.** 주노는 사람들이 뒤끝 없이 끝장 토론을 하는 데 익숙한 도시이자, 주 정부의 고위 관료들이 슈퍼베어 식료품점에서 줄을 선 채 삼대째 내려오는 어부들과 한담을 나누는 곳이다. 알래스카 스테이트 페리의 갑판원은 삼림 개발과 새로운 금광 허가권 혹은 숲 변두리를 떠도는 검은 늑대에 대해 대학 교수와 다를 바 없는 환경주의적 관점을 설파한다. 역사적으로 주노 주민의 다수는 늑대에게 우호적인 관리 정책을 지지해왔고 주 정부가 후원하는 육식동물 통제에 반대했다. 사실 주 전체를 통틀어 충분히 많은 사람들이 늑대에게 절반 정도의 생존 가능성을 허용하는 큰 도시는 주노뿐이었을 것이다. 지금이야 사람들로 둘러싸여 있어도 별 탈이 없지만 번쩍거리는 쇼핑몰이 있고 도시가 엉망진창으로 뻗어나간

* 부통령 후보로 미국 대선에 출마할 정도로 유력한 알래스카 주지사 출신의 공화당 정치인.

** 미국은 1867년에 러시아로부터 알래스카 지역을 헐값에 사들여 1912년에 자치령으로 인준하고 1959년에는 49번째 주로 만들었다.

인구 30만 명의 로스앵커리지 가장자리에서 배회하다간 무슨 일이 일어날지 몰랐다. 북쪽 멀리 있어서 알래스카의 변경에 더 가까운 느낌이 들고 크기는 4분의 1 정도인 페어뱅크스는 어떨까? 아무도 알 수 없다. 사실 알래스카의 도시와 마을 수십 곳 대부분은 거의 대륙 수준으로 거대한 알래스카주에 흩어져 있어서 늑대의 생존을 가늠하기가 거의 불가능하다. 하지만 주노에서는 최소한 40퍼센트가 이 문제에 대해 우파 내지는 강경 우파의 입장을 고수한다. 이들에게 늑대는 직접적인 위협까지는 아니더라도 최소한 귀찮은 존재이자, 자신들이 재미를 위해서나 식량을 얻기 위해 사냥하는 사슴과 무스, 산양을 채가는 달갑지 않은 경쟁 상대다. 그래서 아무리 대다수 주민들이 이 늑대를 좋은 동물로 인식하거나 최소한 무익한 대상으로 보더라도 여기에 반대하는 시각을 가진 사람들이 단단한 층을 이루고 있었다.

어느 맑은 1월 아침, 셰리와 개들과 나는 서쪽 호숫가로 걸어갔다가, 만의 북쪽 끝에서 밝은 색 파카를 입은 사람들과 신이 난 개들이 모여 있는 광경을 보았다. 그리고 바로 그곳에 녀석이 있었다. 끄트머리에서 구경하는 것도 아니고 그 무리 속에 섞여서. 멀리서 보면 마치 녀석은 놀고 있는 개들 가운데 한 마리 같았다. 우리는 목줄을 꼭 붙들고 70미터 정도 떨어진 곳에서 지켜보았다. 모두 지역 주민인 세 여성이 고개를 저었고 우리를 향해 환하게 웃더니 어리둥절한 표정으로 어깨를 으쓱했다. 한 명은 늑대가 있는 풍경을 향해 소형 카메라를 들이대더니 마치 증거를 남기려는 듯 사진을 찍었다. 한 사람이 늑대가 수풀 속에서 나타났다고 소리쳤다. 그리고 그게 뭔지 알아채기도 전에, 혹은 공황 상태에 빠질 겨를도 없이 개들이 꼬리를 흔들며 늑대를 따라다녔다고 한다. 개가 말도 안 듣고 오지도 않으려고 하지만, 괜찮아 보인다고 이들은 말했다.

최소한 개들의 몸짓에 관한 한 이 여성들이 옳았다. 늑대는 개들에 비해 터무니없을 정도로 몸집이 컸지만 아기 동물의 발랄함을 한껏 뿜어냈다. 녀석은 낑낑댔고, 놀자고 하며 몸을 낮췄으며, 꼬리를 낮게 접어넣은 채 개들에게 쫓겨 다니면서 미켈란젤로가 조각한, 늑대의 몸을 한 한 살짜리 래브라도 레트리버처럼 부드러우면서도 생동감 있게 천진난만함을 드러냈다. 여성들과 개들이 호수 아래쪽으로 옮겨가자, 녀석은 우리를 반기며 꼬리를 들어올렸고 그 어느 때보다 가까이 총총거리며 다가왔다. 그리고 공놀이를 하면서 늑대가 공을 물어가거나 개와 늑대가 접촉하는 일은 없었지만(우리는 거리를 유지하기 위해 뒤로 물러났던 터라 막 떠난 그 여성들만큼 가깝지는 않았다) 녀석은 전보다 두 배 더 가까운 곳까지 다가왔다. 50미터, 가끔은 그 절반도 안 되는 곳까지. 우리가 팔을 흔들거나 녀석이 있는 쪽으로 몇 걸음을 뛰면 녀석은 몸을 돌려 몇 걸음 방방 뛰다가 멈춰서 결국 더 가까이 다가왔다. 물론 이 모든 장면이 전율을 일으켰고 사진 찍기에 안성맞춤이었지만(결국 간직할 만한 사진 몇 장을 건졌다) 걱정스럽기도 했다. 공격성이나 불편한 심기가 조금이라도 뿜어져 나오는 게 문제가 아니었다. 냉랭한 시선도, 털을 곤추세우거나 입꼬리가 씰룩대는 것도 걱정할 일은 아니었다. 녀석이 잘못된 사람, 즉 몸짓을 제대로 읽을 줄 모르는 사람, 전에 늑대를 본 적 없는 사람, 가까이 다가온다는 이유만으로 자기방어의 핑계를 찾거나 삼림청이나 알래스카 어업수렵부에 불만 접수를 하는 사람에게 다가가면 어쩌지?

어느 날 동트기 전 새벽, 녀석의 하울링 소리가 두꺼운 단열벽과 이중창을 뚫고 테너 음색으로 진동하는 바람에 침실에서 눈을 떴다. 우리는 삼림청 야영지 길과 인근 호숫가를 따라 이어진 길, 우리 집 뒷문에서 50미터 정도 뻗은 길, '스케이터스 캐빈(스케이터의 오두막)'이라고 불리는 공공 휴식처 옆에 있는 길을 뒤졌다. 녀석은 어둠 속에서 바로 우리 동네 가장자리까지 찾아온 것 같았다. 뭘 찾는 걸까? 사냥을 하는 건가? 그렇다. 눈신토끼, 비버, 밍크, 그 외 여러 먹이가 인근의 이차림과 소습지에 출몰하곤 했다. 하지만 그날의 하울링은 마치 **나 여기 있다**고 외치는 것만 같았다. 녀석이 무엇 때문에 여기까지 왔건 간에 한때 맥기니스산 아래 호수 가장자리까지 물러났던 늑대가 조금씩 거리를 좁혀왔고 점점 떠날 기색을 보이지 않았다. 안으로 점차 들어온다는 것은 늑대로서 자기의 영역을 넓히면서 그 안에 있는 것들을 탐색한다는 의미에 가까웠다. 우리가 좋든 싫든, 그런 어울림의 규칙은 차츰 우리의 통제를 벗어나고 있었다.

그다음 몇 주 동안은 꿈을 꾸는 기분이었다. 동트기 전 하루의 첫 커피를 들고 밖을 내다보면 늑대가 꽁꽁 언 호수를 건너오거나 눈 속에서 몸을 웅크리고 있었다. 까만 점처럼 보이는 이 생명체는 땅을 가득 채우다 못해 흘러넘쳤고, 내가 발 딛고 선 장소와 그곳을 지나는 생명체에 대한 이해를 바꿔놓았으며, 늑대의 본성을 다시 정의했다. 저 바깥 어딘가에 당신이 고향이라고 부르는 곳을 떠돌아다니는 늑대가 있다는 사실을 알고 있는 것과, 당신이 먹고 잠을 자는 곳에서 늑대를 보는 것은 전혀 다른 일이다. 후자의 경우, 당신과 야생 사이에 있던 벽들이 갑자기 얇아진다. 누가 늑대를 관찰하면서 이를 닦는단 말인가. 이 모든 것이 내 상상의 결과물이라고 생각한 게 한두 번이 아니었다.

하지만 늑대는 그저 상상 속에서가 아니라 바로 그때, 그곳에 분명히 있었다. 그리고 바람에 쓸린 발자국, 풍화된 뼈, 잠시 나타났다가 순식간에 사라져버리는 재바른 동작 같은, 일반적인 늑대의 자취보다 훨씬 많은 것들이 있었다. 나는 사진작가 에드워드 웨스턴이 '대상 그 자체'라고 하는 것을 충분히 응시했다. 당연히 어느 쪽 창문을 지나치든 바깥을 살피는 데 전보다 훨씬 오랜 시간을 보냈고, 종종 하던 일을 중단하고 카메라 장비와 쌍안경, 스키를 집어들고 한 번에 몇 시간씩 바깥에서 보내곤 했다. 이제까지 무스나 울버린 같은 야생동물과 마주칠 때는 거의 전부가 처음 보는 낯선 동물이었고, 이 중에서 잠시나마 인간이 가까이 오게 내버려두는 동물은 얼마 되지 않았다. 시냇가에 있던 소나무담비가 긴장한 기색 없이 호기심이 가득한 눈으로 나를 바라보던 때처럼 평화로운 시간은 대체로 길어야 몇 초 정도였다. 물론 가끔 몇 시간씩 이어질 때도 있었다. 내가 레드스톤 계곡 상류에 있는 가을빛 가득한 툰드라에서 낮잠에 빠진 수컷 카리부 수십 마리에 둘러싸여 누워 있었을 때처럼 말이다. 이들은 내 존재를 전적으로 인지하고 이를 차분히 받아들인 채 커다란 뿔이 달린 머리를 끄덕이며 졸았다. 그런 시간에는 온 세상이 변신을 하며, 우리가 자연계의 일부이고 자연계가 우리의 일부였던 시절을 상기

시킨다. 우리 인간은, 그 시절 이후 대부분의 야생 생명체들이 경험을 통해서든, 유전적으로 각인된 본능을 통해서든 고도의 위협으로 여기는 외부의 존재로 변모했다. 이렇게 위협으로 인지된 인간들이 방어-공격적 반응을 보이는 경우는 드물다. 지금까지 가장 일반적인 대응은 회피다. 말없이 관조하며 물러나기부터 손쓸 수 없을 정도로 공황 상태에 빠지기까지.

　　상황이 어떻든, 그리고 그 관계가 일시적이든 지속적이든, 점진적이든 즉각적이든, 나는 이제까지 한 번도 일정 기간 동안 매일 거대한 야생 육식동물을, 그것도 익명의 유기체가 아닌 개별적인 존재로서 대면한 경험이 없었다. 나는 구체적인 속성과 행동뿐만 아니라 녀석에게만 있는 개성을 파악하기 시작했다. 그리고 내가 아는 사람 중에서 그런 경험을 해본 사람은 전업 연구자 몇 명 말고는 없었다. 그런 경우라 해도 자유롭게 떠도는 야생 늑대를 연구하는 생물학자들은 일부 공원과 보호 지역, 혹은 엄청난 오지에서 저공비행하는 비행기나 관찰 장치를 달아놓은 굴 속에서 위성이나 무선 송신기의 도움을 받아, 과학자들이 있다 해도 별로 낯설어하지 않는 (그러니까 겁을 내든 공격을 하든 반응을 전혀 하지 않는) 무리를 대상으로 연구를 수행하는 경우가 거의 대부분이다. 이 경우는 달랐다. 여기는 내가 그랬듯 많은 사람이 늑대를 보겠다는 희망을 품고 찾아오지만 성공하는 경우는 거의 없는 곳들, 가령 옐로스톤도, 데날리 국립공원도, 내가 일생의 절반을 살았던 외딴 브룩스산맥도, 캐나다 북극에 있는 뱅크스섬도 아니었다. 게다가 녀석은 우리만큼이나 자주 먼저 접근해왔고 다른 세상으로 가는 문을 열어주었다. 우리가 1999년에 서쪽 호숫가가 내다보이는 이 땅을 샀을 때, 그리고 내가 기초공사용 콘크리트를 처음 붓기 위해 물기를 머금은 봄눈과 빙력토를 삽으로 퍼낼 때 이런 일은 꿈도 꾸지 않았다. 나는 언제나 집을 지을 때 가장 중요한 건 전망이라고 생각했는데, 우린 정말 끝내주는 전망을 얻었다. 호수 위로 우뚝 솟아오른 완벽한 빙하, 가파르게 굴곡진 산들, 그리고 주위를 떠도는 귀한 외톨이 늑대까지. 우리 집 창문에서 늑대를 볼 수 있는 것만으로도 집 지을 때 겪은 시련이 충분히 가치 있는 일로 느껴졌다. 이제 이 경험을 통해 우리는 탐구자인 동시에 탐구 대상인 어떤 미지의 영역으로 들어가게 되었고, 우리 사이에 오가는 것들은 관찰이라기보다 서로 다른 종 간의 말 없는 대화처럼 여겨졌다. 우리는 당연히 서로를 알아보았고, 전인미답의 땅을 향해 더듬더듬 앞으로 나아갔다. 문제는 이 관계가 어떤 모습인지, 그리고 얼마나 지속될지 혹은 지속되어야 하는지였다.

물론 늑대가 우리에게 다가왔지만, 그렇다고 해서 책임감이 사라지는 건 아니었다. 녀석은 몇 주 전에 가버렸어야 했다. 어떤 아득한 욕구를 느끼고, 이곳에 대한 흥미를 잃고 자신의 세계로 돌아갔어야 했다. 우리 때문에 머물러 있는 건가? 아니면 우리와 상관없이 그냥 여기 있기로 선택한 건가? 녀석이 떠나도록 우리가 뭔가를 할 수 있을까, 혹은 해야 할까? 여기서 우리의 영향을 받으며 지내는 건 녀석에겐 사형선고일 수 있다. 셰리와 나는 심호흡을 하고 행동에 들어갔다. 우린 녀석을 향해 달리며 고함을 치고 두 팔을 휘젓고 단단한 눈뭉치를 날렸고, 녀석은 간단하고 우아하게 눈을 피했다. 다음 날 아무것도 바뀐 것이 없다는 듯 녀석이 다시 집 앞에 나타났다. 이 녀석과 접촉했던 모든 사람이 우리와 같이 했더라면 녀석을 쫓아 보낼 수 있었을지도 모르겠다. 하지만 어쨌든 이 녀석은 떠날 기색이 전혀 없었다.

나는 최소한 실용적인 측면에서(실제로 야생의 생명체들은 생존 문제에 관한 한 대단히 실용적인 편이다) 녀석이 자신과 다른 종인 동물과 어울리느라 굶어 죽을 가능성은 없다는 생각을 하며 마음을 조금 달랬다. 녀석은 자신의 필요에 맞는 장소와, 그저 목숨을 부지하는 정도가 아니라 여유 있게 즐길 수 있을 정도로 넉넉한 먹이를 근처에서 찾은 게 틀림없었다. 모든 생명체가 그렇듯, 배고픈 늑대는 놀이라는 사치를 누릴 여유가 없다. 인간도 그렇지만 배가 고프면 절박한 행동을 하기 마련이다. 개를 먹거나, 어쩌면 사람을 공격할 수도 있다. 그런데 이 녀석은 든

든하게 먹은 것 같았고, 털로 단단히 무장을 했고, 사교성에다 여유까지 갖추고 있었다. 하지만 녀석의 생존 능력이나 개와 어울리고 싶어하는 욕망보다 더 문제가 되는 것은 녀석이 지내기로 한 장소였다.

녀석은 당연히 점점 더 과감해졌고 그만큼 눈에 띄었다. 녀석은 곧 빅록에서 몇백 미터밖에 안 되고 우리 집에서는 800미터도 안 되는 얼음 위에서 이른 아침마다 몸을 웅크리고 있는 습관을 들였다. 오가는 모든 사람이 목격하기에 더할 나위 없이 완벽한 장소였다. 개와 스키어들은 휴양지에서 늘 하던 일을 하면서, 즉 아이들과 함께 스케이터스 캐빈 앞 마당에서 하키를 하거나, 크로스컨트리 연습을 하거나, 친구와 함께 개를 산책시키며 시간을 보내면서 주차장이나 호수 끝으로 이어진 산책로에서 꾸준히 조금씩, 혹은 어떤 날엔 줄을 지어 나타났다. 그런데 이제 상황이 바뀌었다. 늑대가 나타난 것이다. 보이지 않거나 멀리 형체만 보일 때도 있었지만, 사람들이 모를 수 없을 정도로 거대한 야생의 존재감을 뽐내며 총총 걸어나와 개와 장난을 칠 때도 있었다. 이제까지는 화근이 될 만한 사태가 없었지만 눈 깜짝할 사이에 모든 게 바뀔 수도 있었다.

검은 늑대의 사진이 〈주노 엠파이어〉 1면을 선명하게 장식하자 분위기가 공식적으로 술렁거렸다. 카메라 셔터가 찰칵 눌리고 인쇄기가 척 돌아가니 귓속말로 전해지던 비밀과 소문이 하울링을 하고 숨을 쉬는, 피와 살이 있는 현실의 존재가 되었다. 일각에서 부르는 이름대로 하자면 이 빙하 늑대는 갑자기 슈퍼베어 식료품점과 알래스칸 바, 선더산 카페의 계산대 앞처럼 도시 곳곳 사람들이 모이는 장소에서 대화의 주제가 되었다. **"네, 늑대요…… 크고 검은 늑대가……"** 호숫가에 있는데…… **거기 가서 내가 봤어요……** "무슨 일이죠?" "모르겠어요, 그치만 확실히 크긴 크더라고요."

신문 1면을 통해 비밀이 공식적으로 탄로 나자 사람들이 늑대 이야기를 풀어놓기 시작했다. 그리하여 우리만 그렇게 열심히 비밀을 지키기 위해 애쓴 건 아니었다는 사실을 알게 되었다. 몇몇 다른 사람들도 자신만을 비밀 늑대의 수호자로 여기고 우리처럼 입을 꼭 다물고 있었던 것이다. 녀석은 최소한 6개월 동안 여기저기 돌아다니면서 대다수 사람들에게 아주 잠깐 모습을 드러냈고, 몇몇에게는 점점 규칙적으로 목격되었다. 셰리가 일하는 병원의 한 환자는 지난 늦봄에 드레지 호수 산책로에서 개와 산책을 하다가 자신들을 따라오는 검은 늑대를 본 적 있다고 말하기도 했다. 가을에는 하필이면 가까운 사냥터를 가로지르는 모습이 목격되었는가 하면, 우리 집에서 3킬로미터 정도 떨어진 몬태나크리크로에서 목격된 적도 있었다. 주노의 동료 작가 린 스쿨러는 우리가 처음으로 목격하기 두어 주 전인 11월 중순에 호숫가에서 녀석을 봤다고 했다. 스키를 타다가 만난 한 남자는 이른 아침 래브라도 레트리버 두 마리를 데리고 산책할 때마다 자신들을 그림자처럼 따라오곤 했다고 말했다. 그리고 도로 아래편에 사는 한 여성은 마당 건너편에서 허스키와 캐틀도그가 섞인 듯한 크고 검은 개를 본 적 있는데, 이제 와서야 그게 개가 아니었음을 깨달았다. 그리고 우린 이미 우리 외에 늑대를 만난 적 있는 사람을 최소한 두 명 알고 있었다. 이야기는 계속 쌓여갔고, 우리가 직접 듣는 이야기보다 직접 듣지 못한 이야기가 훨씬 더 많은 것 같았다.

　이상하게도 우리 한가운데에 늑대가 있다는 소식이 공식적으로 처음 밝혀진 뒤에도 호수의 풍경은 거의 바뀌지 않은 듯했다. 주노 사람들은 대체로 늑대의 존재를 당연한 일로 받아들였다. 어쨌든 그곳은 알래스카였으니까. 사람들이 늑대를 봤다면, 좋은 일이다. 그건 야외 활동의 일부가 되었다. 굳이 보러 오거나 멀리 떨어져 있어야 할 이유가 아니라 추가적인 보너스였다. 어떤 사람들은 녀석이 자신들에게 아무런 영향을 미치지 않는 한, 늑대가 있든 없든 굳이 보려고 애쓰지 않았고 별로 개의치 않았다. 어떤 사람들은 이 흔치 않은 기회에 신이 나서 이를 적극적으로 받아들였고 검은 늑대 중독자가 되었다. 이 즉석 팬클럽에는 연령과 외모에 관계없이 온갖 사람이 자원했고, 꾸준히 규모가 커졌다. 이 중 몇몇은 이 상황에 대해 아무것도 모르는 늑대를 떠받들며 노골적인 숭배자

를 자처했다. 생물학자, 자연 애호가, 사냥꾼, 전문·비전문 사진작가, 그리고 주 의원에서부터 가게 점원과 대학생, 기계공 등 다양한 시민들이 생애 처음으로 살아 있는 늑대를 가까이서 보거나 듣고, 어쩌면 몇 장의 사진을 찍거나 영상을 남길 수 있을지 모른다는 희망을 품고 찾아왔다. 물론 이 휴양지는 전체적으로 구경꾼과 늑대를 흡수하고도 충분히 여유가 있을 정도로 컸다. 하지만 늑대를 완전히 다르게 인식한 사람들은 불만을 터뜨리기 시작했다. **"늑대가 돌아다니다가 집이나 아이들한테, 개한테 너무 가까이 다가오면 어떡해?" "늑대가 못된 동물이라는 건 다들 알잖아." "망할, 뭐라도 해야지."** 그리고 그 '뭐라도'가 무엇인지는 공적으로, 사적으로 꾸준히 토론 주제가 되었다.

여기서 관련된 사람들 모두를 나열하기엔 내 기억력이 턱없이 부족하다. 검은 늑대가 처음 출현하고 결국 〈주노 엠파이어〉와 KTOO 라디오에서 공개적으로 늑대 이야기가 나오고 공개적인 논쟁에 불이 붙은 지 몇 년이 지난 지금도 나는 종종 다른 데도 아니고 호수에서 검은 늑대를 봤을 때의 충격을 고백하는 지역 주민들을 만나곤 한다. 하지만 어떤 입장에 속했든 모든 사람이 똑같이 호수를 찾았고, 늑대를 보거나 보지 못했고, 늑대 소리를 듣거나 듣지 못했으며, 마음을 쓰거나 그러지 않았다. 그리고 말은 지역 사회 전체에 퍼져나갔고, 이와 함께 어느 오후, 특히 해가 떠 있고 산책로가 만들어져 있고 눈이 다져져 있으면 멘덴홀 호수에 잠깐 들러보겠다고 생각하는 사람들의 수가 천천히, 하지만 꾸준히 늘어갔다. 로미오의 일생 동안 소용돌이치게 될 반응의 색깔은 이미 뒤죽박죽이었다. 복잡하고 모순적인 색조들은 분간하기 어려울 뿐 아니라 이름조차 붙이기 어려울 정도로 뭉개져 있는 경우가 많았다. 어쨌든 우리 생각보다 사랑과 공포는 밀접하다. 그리고 나는 녀석의 안전을 걱정할 때 내 가슴속에 두 가지 감정이 뒤얽힌 채 일어나는 것을 느꼈다. 나이 든 클래런스 우드가 나를 바라보며 고개를 젓고 있는 것만 같았다. 그가 수년간 늑대를 사냥할 때 그 옆을 지켰던 여행 동반자인 내가 이제는 늑대 한 마리 때문에 조바심하고 있다. 내 귀에는 그의 숨소리가 섞인 낮은 목소리가 들리는 것만 같았다. "정말 좋은 가죽이군. 눈 깜짝할 새면 저걸 손에 넣을 수 있어." 그리고 저 밖에는 이와 똑같은 생각을 하는 사람들이 있다는 걸 나는 알았다.

우리가 공간을 얼마나 비워두든 무심한 늑대는 산책로 여기저기서 점점 늘어나는 개들을 맞이하는 일에서부터, 짧은 사냥, 좋아하는 장소에서 낮잠 자기, 자기가 고른 천연 공연장에서 하울링 하기, 얼음판 위에서 어슬렁대기, 발목과 따로 노는 것 같은 거대한 발로 몇 킬로미터를 걸어 눈이 높이 쌓인 산기슭 오르기 등 바쁜 일과 중에 한 번씩 빠르게 발을 놀리며 우리에게 다가왔다. 녀석이 다니는 길은 잘 갖춰진 산책로뿐만 아니라 얼어붙은 비버 습지와 오리나무가 빼곡히 자라는 에스커esker,* 나무가 울창한 산비탈로, (나처럼 늑대가 막 남긴 흔적을 따라다니지 않는다면) 아무도 갈 생각을 하지 않는 장소들로 이어졌다. 나는 오래된 것이든 최근에 만들어진 것이든 버드나무 사이에 있는 녀석의 흔적을 따라 움직였고, 녀석이 잠자리로 삼았던 장소를 살펴보았고, 녀석의 배설물을 헤쳐보았고, 녀석이 시야에 보이든 그렇지 않든 몇 시간씩 주위를 관찰했다.

어린 시절을 카리부 가죽으로 지은 텐트에서 살면서 활과 화살로 들꿩을 잡았던 오래된 이누피아크 사냥꾼 넬슨 그리스트는 늑대는 자기 영역 안에서 좋아하는 장소를 규칙적으로 돌아다니는데, 그 경로가 워낙 정확해서 때로는 어떤 관문을 지날 때 어디를 밟고 가는지 센티미터 단위로 예측할 수 있다고 수십 년 전 내게 말한 적 있다. 따라서 이런 관문은 덫이나 올가미를 놓기에 이상적인 장소라는 이야기였다. 넬슨은 고개를 끄덕이며 이렇게 말했다. "녀석들이 다니는 길을 따라가. 그러면 뭔가 발견하게 될 거야." 넬슨의 법칙은 북쪽 지방에서 내가 했던 경험을 통해 오래전에 입증되었다. 가령 내가 직접 본 적은 없지만 이동 경로를 통해 알게 된 늑대 한 쌍은 1982년 겨울부터 1984년 겨울까지 약 2주 간격으

* 빙하가 녹으면서 만들어지는 제방 형태의 퇴적 지형.

로 노아턱 마을 북쪽에 있는 멀그레이브힐스의 어떤 도랑을 정확히 같은 지점에서 건너곤 했다. 이동 경로와 냄새 표지(규칙적으로 소변을 보는 장소)밖에 모르는 또 다른 늑대 하나는 어느 해 봄 내내 앰블러 마을 근처를 배회했는데, 그 후 몇 년 뒤 다시 3월과 4월에 같은 늑대 혹은 같은 심상 지도mental map를 지닌 어떤 늑대가 돌아왔고, 녀석이 다니는 길은 거의 일주일 간격으로 같은 장소에서 내 스키 경로와 교차했다.

이 검은 늑대의 행동 패턴도 범위는 대단히 좁았지만 점점 시계처럼 정확해지기 시작했다. 녀석의 범위는 내가 알거나 들어본 사례 중에서 가장 좁았다. 멘덴홀 호수의 서쪽 가장자리를 중심으로 위로는 맥기니스 산비탈까지 올라갔고, 북쪽으로는 몬태나크리크 계곡 위로 1.6킬로미터 정도 확장되었다. 동쪽으로는 비버 습지와 개간된 자갈 채취 연못 사이를 미로처럼 가로지르는 인간의 산책로와 동물의 산책로가 얽힌 드레지 호수 건너편, 불러드산의 급격한 경사면과 선더산이라고 불리는 90여 미터 높이의 산등성이로 이어졌다(천둥이라는 뜻의 선더Thunder는 골이 진 북쪽 산비탈 쪽에서 겨울철 산사태가 일어날 때 나는 굉음 때문에 붙여졌다). 멘덴홀강 바로 건너편 드레지 호수의 남서쪽 모퉁이에는 삼림청 캠프장 오솔길이 나 있는, 어린 습지형 나무들로 이루어진 작은 숲이 있다. 그리고 그 바로 아래에는 캠프장이나 멘덴홀강 상류를 경계로 우리 집을 비롯한 주택가가 나타나기 시작한다. 계곡의 심장부를 관통하고 내려와 호수를 형성한 멘덴홀의 차가운 녹회색 풍경과 그 옆의 드레지 호수, 브라더후드 브리지 녹지에는 나무가 울창한 통로가 길게 이어져 있었다. 이 통로는 동네와 학교, 교회와 상업 지역, 쇼핑몰 그리고 주노 공항 인근, 조수의 영향이 미치는 풍부한 습지 옆 산업 지구로 이루어진 바둑판 모양의 개발지를 관통해서 바다 쪽으로 쭉 뻗어나갔다. 대체로 그 시절 늑대의 겨울철 핵심 영역은 총 11제곱킬로미터 정도였다. 보통은 수백, 심지어 수천 제곱킬로미터가 되어야 하는데 말이다.

인간이 보기엔 11제곱킬로미터도 엄청나게 넓어 보일 수 있지만 늑대에겐 전혀 그렇지 않다. 그런데 한편으로 녀석은 무리가 아니라 외톨이였고 이곳에선 신참이었으니 영역이 제한된 것이 어쩌면 정상인지 몰랐다. 녀석이 영역 안에서 들고 나는 일은 규칙적인 예외를 빼면 정말로 예측 가능했다. 녀석은 가끔 하루나 며칠씩 종적을 감추곤 했다. 우리가 녀석이 돌아왔을 거라고 생각했을 때 녀석은 바로 자기가 지내던 은신처로 돌아와 있곤 했다. 녀석은 단기 체류하는 늑대처럼 뒤로 퇴로를 확보해놓고 가까운 곳에 은신처를 만들어놓은 것 같지도 않았다.

새로운 환경에 들어온 늑대는 조심하는 편이 유리했다. 생물학자들의 표현에 따르면 야생 늑대가 목숨을 잃는 주요 이유 중 하나는 무리 내 갈등이다. 즉, 다른 가족 집단의 확실한 영역을 침범한 경우, 이 늑대들에게 목숨을 잃을 수 있다. 늑대에게 우리가 어떤 모습으로 비쳐질지 생각해보자. 녀석은 지금 죽음을 각오하고 이 거대하고 이상한 무리의 땅을 침범하고 있다. 인간의 잣대든 늑대의 잣대든, 어느 잣대로 봐도 녀석의 행동은 대담하기 그지없었다. 하지만 다른 한편, 혼자 떠돌아다니는 동물은 목숨을 잃거나 쫓겨나지 않을 경우, 어떤 무리의 가장자리에서 살면서 이들의 노획물뿐만 아니라 어쩌면 희미한 소속감마저 얻으며 위성 늑대가 되기도 한다. 아니면 위성 늑대는 일정 기간 무리 주위를 맴돌며 몰래 숨어 들어가 짝짓기를 하거나, 아예 무리의 일원이 될 기회를 얻을 수도 있다. 어쩌면 자기만의 무리를 만들기 위해 이 떠돌이는 언제든 떠날 준비가 된 이성 늑대를 유혹할 수도 있다. 따라서 새로운 영역에서 벌이는 과감한 행동은 유전적 특성을 다음 세대에 이어지게 해줄 수 있다는 점에서 충분히 생물학적 보상을 얻을 수 있다. 각각의 상황이 정확히 어떤 식으로 전개되는지는 해당 개체의 특성과 시기, 환경의 문제다. 그러니까 결국 이번에도 운명의 열쇠는 자연이 쥐고 있다. 어쩌면 좀 이상하고 뒤죽박죽이긴 하지만 수천 년 전 우리 조상의 모닥불 가장자리에서 그랬듯, 지금 여기에서 벌어지고 있는 일도 이와 같은 것인지 몰랐다. 요컨대 미래의 협력자가 초대받기를 기다리고 있는 것이다.

내가 개를 데리고 나갈 때면 보통 말괄량이처럼 억세면서도 숙녀 같은 다코타나 상냥한 거스, 둘 중 한 마리를 데려갔다. 늑대가 우리 막내 개 체이스에게 베풀어준 관용에 어느 정도 마음이 놓이긴 했지만 그래도 체이스는 지극히 당연하게도 가장 순번이 낮았다. 나는 나를 위한 외출과는 별도로 개 세 마리를 전부 운동시키기 위해 늑대가 없는 직선 구간을 찾아나섰다. 개를 다 데리고 나가면 늑대를 가까이서 마주칠 가능성이 더 높아질 거라고 확신했다. 녀석은 시끌벅적할수록 더 좋아했던 것 같았기 때문이다. 그래도 나는 산만하게 돌아다니는 개들 틈에서도 한두 번 사진을 찍을 수 있길 바랐다. 아무리 넋이 나가더라도 이 진기한 풍경에 홀리지 않고 이 늑대에 대해 더 알고 싶었고, 알고 지내고 싶었다. 게다가 늑대가 아무리 개와 주인에게 무해하다고 확인되더라도 개를 미끼로 이용한다는 생각은 꺼림칙했다. 돌발 변수가 나타날 수도 있었으므로, 난 선례를 남겨서 다른 사람들이 내 행동을 따라하게 하고 싶지 않았다. 개 덕분에 늑대와 마주치는 경험에서 조금씩 벗어나려면 한 마리만 가까이 끼고 있는 편이 괜찮은 타협인 것 같았다. 그리고 시간이 지나면서 나는 종종 혼자서 스키를 타거나 걸어서 늑대를 찾아나서기도 했다. 늑대를 홀로 대면하는 시간은 쉽게 찾아오지 않았지만 말이다.

우리의 의향과는 아무 관계없이 다코타에게는 태생적으로 늑대가 잘 따라붙었고, 이 둘을 떼어놓기도 어려웠다. 인간의 미학이라는 기준에서 보았을 때 다코타는 그야말로 눈부시게 빛났고 아름다웠다. 가슴이 두껍고 허리가 잘록했으며 조각 같은 근육은 부드러운 벨벳 코트 같은 털과 두툼한 꼬리로 완벽하게 둘러싸여 있었다. 섬세하게 움푹 꺼진 얼굴에서는 검은색 천연 아이라인이 그려진 갈색 눈이 부드럽게 빛났다. 물론 우리는 각자의 개가 모두 완벽하고 아름답다고 생각하지만, 우리 개라서 예뻐 보이는 게 아니라고 입증이라도 하듯 다코타는 몇 년 전 주노에서 에디바우어• 카탈로그 촬영이 진행될 때 모델견 오디션에서 선발되어 돈을 받고 크게 대접도 받고 사람들 품에 안기며 자기만큼이나

• 아웃도어 의류 브랜드.

완벽한 인간들과 함께 빙하에서 뛰어놀았다. 그리고 우리도 덕분에 돈을 벌었다.

우리 눈에는 다코타가 아름다웠지만 생물학적 매력은 다른 문제였다. 다코타는 어릴 때 중성화 수술을 받았고 늑대와 처음 마주쳤을 때 거의 아홉 살이어서 갯과 동물들의 짝짓기 욕구를 좌우하는 도발적인 페로몬을 거의 뿜어내지 못했다. 유전적 특성이 얼마나 가깝든지 간에 다코타는 늑대와 다른 종이었고, 외형적으로는 아무리 좋게 봐도 늑대의 외형과 별나게 유사하지 않았으며, 덩치는 평균적인 암컷 늑대의 3분의 1밖에 안 되었다. 인근에는 늑대에게 훨씬 매력적으로 보일 것 같은, 다코타보다 어리고 늑대에 더 가까운 허스키 혼종도 많았고, 허스키 셰퍼드들도 좀 있었으며, 맬러뮤트도 드문드문 있었다.

하지만 설명할 수 없는 이유에서 이 검은 늑대와 다코타의 관계는 바로 불이 붙었다. 둘의 관계는 아마 늑대가 수년간 10여 마리와 나누었던 로맨틱한 관심에 가까운, 또는 우정 가운데 하나였으리라. 녀석이 무엇이었든 혹은 무엇이 아니었든, 녀석의 행동은 만화 속에서 음흉한 미소를 짓는 늑대의 낡은 이미지를 날려버렸다.

이 검은 늑대는 다코타가 시야에 들어오면 아무리 멀더라도 껑충껑충 뛰어와 낑낑대고, 얼쩡대고, 도발적인 어린 수컷 개의 자세를 취하고, 우뚝 서서 귀를 모으고 꼬리를 들고 끝을 부드럽게 흔들면서 온갖 바보짓을 했다. 그리고 다코타는 늑대의 기분과 그날의 상황에 따라 간격을 다르게 유지한 채 꼬리를 빠르게 흔들고 유혹하듯 고개를 주억거리고 낑낑대는 소리를 내면서 늑대에게 화답했다. 우리가 다코타를 가만히 내버려두면 둘은 마치 중학교 댄스파티에서 만난 호르몬 왕성한 열두 살짜리들처럼 껑충거리며 어울렸으리라. 우리는 혈기 넘치는 십 대 아이들을 감독하는 엄격한 부모처럼, 다코타가 한 번씩 늑대를 만나 잠깐 어울리는 것도 양측의 간곡한 애원에 굴복해서 긴 토론 끝에 마지못해 허락했고, 다코타가 늑대와 어울리고 나면 바로 불러들이곤 했다. 그러면 늑대는 집에 가는 우리를 따라오다가 차츰 거리를 두고 눈밭에 홀로 서서 하늘을 보고 하울링을 하곤 했다.

자연계에서 늑대의 울부짖음만큼 슬픈 소리는 거의 없지만 당시 검은 늑대의 하울링 소리는 낮게 깔린 더없는 적막감을 전해주는 것 같았다. 때로 녀석은 평소처럼 중간에 멈추지 않고 우리 집까지 거의 다 따라와 우리보다 앞질러 달린 뒤 우리를 집 반대 방향으로 몰고 가기도 했다. 물론 늑대는 우리와 우리 개를 모두 알고 있었다. 하지만 이제 녀석은 좋건 나쁘건 우리가 살고 있는 높고 이상하게 생긴 나무 굴도 확실히 알았다. 셰리는 녀석이 마당 끝에서 낑낑대며 서성일 때 문을 닫는 게 너무 가슴 아프다고 말했다. 나는 셰리가 어떤 평화로운 상상 속의 나라에 살았다면, 녀석을 잘 구슬려 집에 들인 뒤 목욕을 시키고 귀를 닦아주고 우리의 귀여운 다른 개들과 함께 침대 발치에서 자게 했으리라고 확신한다. 그리고 우정을 갈망하는 듯한 녀석의 서성거림과 낑낑대는 소리는 녀석이 정말 원하는 바를 얻기 위해 돌진할지도 모른다는 생각을 심어주기에 충분했다.

물론 모든 사람이 내 아내처럼 이 큰 늑대가 착하다고 생각하지는 않았다. 눈 내리는 어느 날, 내가 만난 한 신경질적인 노인은 눈밭에 나와 있는 로미오를 찡그린 표정으로 쳐다보고 난 뒤, 자신의 스패니얼을 내려다보고 침을 뱉으며 이렇게 말했다. "망할, 늑대를 어떻게 믿는담." 그러더니 반대편으로 가버렸다. 한 여성은 눈밭에서 우리 친구 어니타를 불러 세우더니 마치 녀석이 아이들을 물어가기라도 했다는 듯 '그 깡패 늑대'를 본 적 있는지 물었다고 한다. 이렇듯 서서히 불만이 쌓이고 있다는 사실이 점차 분명해지고 있었다.

어느 날 아침 셰리가 침실 블라인드를 걷었더니 회색빛 여명 속에서 늑대 혼자 우리 집을 응시하며 눈밭에 앉아 있었다. **"아, 로미오가 또 있어."** 하고 셰리가 중얼거렸다. 처음 셰리는 굳이 이름을 붙일 생각은 아니었지만, 로미오라는 호칭이 워낙 잘 어울려서 우리끼리 대화할 때는 그렇게 굳어져버렸다. 셰리는 어쨌든 녀석을 그냥 '그 늑대'라고 계속 부르기엔 그동안 너무 잘 지냈을 뿐 아니라 오래 알고 지냈다고 말했다. 셰리는 치과의 동료들, 환자들과도 우리의 사적인 호칭을 계속 썼다. 그래서 로미오라는 이름은 주노다운 의미를 담은 채 입소문을 타고 점점 퍼져나갔다.

주노의 로미오는 운명의 손아귀에서 벗어나지 못하는 사랑 대신 다음과 같은 상황을 맞닥뜨렸다. 주변이 어둑어둑한 가운데 다코타가 낑낑대며 끈이 팽팽해지도록 로미오에게 가려고 안달하면, 셰리와 나는 그런 다코타를 꼭 붙들었고, 그런 상황에서 늑대는 우리와 일정한 간격을 유지한 채 숲으로 사라졌다가 나타났다가 하면서 빠른 속도로 달려 앞마당까지 왔다. 그러면 나는 녀석을 쫓아버리기 위해 눈덩이를 날렸다. 가능하기만 하다면, 나는 녀석에게 이유를 설명해주고 싶었다. 애정 어린 마음을 잔인한 행동으로 표현해야 할 때 가슴은 더 찢어진다. 가까이에 늑대를 싫어하는 이웃이 사는 데다 스케이터스 캐빈 로드에서는 빠른 속도로 달리는 차들도 있기 때문에 우린 녀석이 우리 집 근처에서 지내게 내버려두거나 녀석이 영역의 경계로 삼고 찾아오도록 마냥 방치할 수는 없었다. 우리는 마음을 단단히 먹고 할 수 있는 유일한 선택을 했다. 그 둘을 떼어놓는 것이었다. 이 문제에 대해 셰리는 어쩌면 우리가 외출을 중단하거나 최소한 삼가야 한다는 입장이었다. 늑대는 우리를 따라다녔고, 이 때문에 점점 많은 사람과 개들이 몰려오면서 좋지 못한 상황이 연출되었기 때문이다. 사람들이 우리 집까지 밀고 들어오자 우리는 이 문제를 놓고 재차 논쟁을 벌였고 결국 외출을 확 줄였다.

검은 늑대는 성적인 관계를 바라고 접근하는 것 같았지만, 내가 본 바에 따르면 녀석과 함께 어울리던 수백 마리 다른 개들과는 음탕한 행동은 시도조차 하지 않았다. 녀석은 (확신할 수는 없지만) 정상적인 충동을 가진 거대한 수컷이었고, 분명 녀석을 받아줄 만한 물오른 암컷을 최소한 두어 마리는 만났을 텐데 말이다. 심지어 어떤 엉뚱한 여성이 그 첫 계절에 혼종 새끼들을 얻고 싶은 마음에 자신의 발정 난 허스키를 눈밭에 데리고 갔을 때도 그런 성적 행동이 일어났다는 이야기를 전혀 듣지 못했다. 이런 현상은 그 몇 년 동안 커다란 수수께끼 중 하나였다. 호수 위에서는 로맨틱한 접촉이나 냄새 맡기, 궁둥이 핥기도 전혀 볼 수 없었고, 그냥 장난이나 지배의 표현으로라도 올라타기 같은 것도 거의 없었다. 가끔 올라타기를 시도한 예의 없는 개들을 그다지 저지하지 않긴 했지만 말이다. 사실 늑대의 짝짓기 철은 1년에 한 번, 늦은 겨울부터 이른 봄까지 잠깐이지만, 수컷 늑대와 늑대 혼종들은 발정 난 개에게 연중 반응한다고 알려져 있다. 그런데 이 녀석은 그러지 않았다. 녀석의 장비가 손상된 것도 아니었는데 말이다(늑대는 털이 워낙 빽빽하고 층이 많아서 개에 비하면 눈에 훨씬 잘 드러나지 않긴 하다). 무엇 때문에 짝짓기 충동이 억제된 건지는 알 수 없지만(외부자로서 본능적인 반응이었거나, 혹은 호르몬에 의한 반응 때문에 보통 1년에 딱 한 번 서열이 가장 높은 암수만 새끼를 낳는 습속을 유지하려고 애썼던 건지도 모른다), 그 덕분에 그 시절 긴장의 근원 하나는 줄어들었다. 이미 상황은 충분히 부담스러웠으므로 다행스러운 일이었다.

나는 늦은 오후의 비스듬한 빛을 받으며 빙하가 있는 북쪽으로 스키를 타고 갔다. 그날 두번째로 10킬로미터 거리의 순환로를 도는 것이었다. 첫번째에는 잠시 늑대가 없는 야영지에서 개들을 데리고 달렸고, 이번에는 혼자서 전력 질주를 했다. 저 멀리에서 무슨 일이 벌어지고 있는지 알아보고 싶은 사람에겐 이만큼 좋은 핑곗거리가 없었다. 1600미터 앞에 놓인 눈밭에서 이미 친숙해진 장면이 펼쳐지고 있었다. 스키를 신은 사람들이 앞서거니 뒤서거니 뛰어다니는 개를 지켜보며 서 있는 가운데, 늑대가 물러섰다가 같이 어울리다가 하는 풍경이었다. 가까이 다가가 보니 정기적으로 늑대를 보러 오는 몇몇 개들과 개 주인들 속에 신참내기 한둘이 섞여 있는 것 같았다. 어떤 사람들은 개를 데리고 호수 건너 저 멀리서 이곳을 찾아오기도 했다. 나는 그때까지, 이미 늑대와의 파티를 충분히 즐겼을 테니 이런 식의 어울림이 아마 2~3분, 길어야 30분 정도 지속되리라고 생각했다. 우리가 처음으로 늑대를 만난 지 4개월이 지난 2004년 3월 중순의 상황은 그랬다.

참신한 뉴스거리였던 로미오는 이제 아무도 부정할 수 없는 유명 인사의 지위를 얻었다. 낮이 길어지고 엽서에 나올 법한 환상적인 날씨가 이어지면서 주노 주민들이 대거 빙하 지역으로 홀린 듯 찾아들었고 우리는 상석을 차지하고 앉아 그런 광경을 구경했다. 산은 새털구름이 점점이 흩어진 높은 하늘 아래서 하얗게 빛났고 몇 킬로미터에 달하는 스키 트랙과 산책로가 사람들을 유혹했다. 그리고 그곳에는 마치 컴퓨터로 만들어낸 영상 같은 검은 늑대가 기다리고 있었다. 눈을 비비고 나면 이 영상은 아른거리다 사라질 것만 같았다. 하지만 눈에 찍힌 손바닥 크기만 한 발자국도, 선명하게 뿜어져 나오는 입김도, 녀석의 눈에서 기이하게 일렁이는 호박색 불길도 녀석이 살아 있는 현실임을 알려주었다.

녀석은 곳곳에서 나타났다. 빅록은 당연했고, 웨스트글레이서 트레일의 주차장 쪽과 동쪽의 여러 곳, 강 하구부터 드레지 호숫가까지 어슬렁댔다. 이곳들은 모두 늑대 친화적인 특성이 있다는 점에서 어떤 늑대든 만남의 장소로 여길 만했다. 시각적으로도 후각적으로도 늑대에게 유리했고, 그물망처럼 뻗어 있는 익히 알려진 산책로로 접근할 수 있었으며, 울창한 은신처로 쉽게 도망칠 수 있는 길이 나 있었고, 좋은 사냥터와 이동 경로가 가까이에 있었다. 이 장소들은 녀석이 우리의 개들, 그리고 자동으로 우리와 만날 장소로 택한 무대 같은 곳이었다. 우린 이 장소들을 우리의 영역으로 생각했을지 모르지만(우린 그 장소들을 만들거나 형태를 잡았고 인근 땅에 우리의 흔적을 남겼다) 우리가 감지할 수 없는 냄새와 겨우 짐작만 할 수 있는 의미를 지닌 하울링으로 규정된 늑대 로미오의 장소이기도 했다. 준비가 됐건 안 됐건, 마음만 먹으면 누구든 심지어 차에 탄 채 주차장에서 늑대를 볼 수 있는 완벽하게 희한한 광경이 주노에서 펼쳐졌다. 그건 무슨 리얼리티 프로그램의 공식 같았다. 인구 3만의 도시와 커다란 검은 늑대를 같은 냄비에 넣고 휘저은 다음 한발 물러나 구경하기.

늑대 구경꾼들은 원래 빙하 지역을 드나들던 이용객들에 더해 그 수가 점점 늘어났다. 가족들과 십 대 무리들이 호수 위에서 어슬렁대다가 고개를 젖히고 로미오의 울음소리에 화답하여 하울링을 했다. 엉큼한 사람들은 수상쩍은 시간대에 몰래 호수 가장자리를 배회했다. 적당한 개만 있으면 늑대를 가까이 불러낼 수 있다는 말이 이미 사방에 퍼지고 있었다. 마치 알래스카에서 하나밖에 없는 놀이공원에서 기구를 타듯, 걱정할 건 전혀 없고 모든 것이 대단히 환상적이라는 말과 함께. 거대한 야생동물을 접해본 경험이 전무하고 자기 개를 거의 통제하지 못하는 사람들마저 거리낌 없이 개를 데리고 나가 무슨 일이 벌어지는지 구경하곤 했다. 개가 없는 사람들은 개를 빌리거나 어떻게든 기회가 생기기를 바라는 마음으로 다른 사람들을 따라다니며 행렬에 동참하기도 했다. 거대한 야생 육식동물을 눈앞에서 본다는 건 뭔가 도발적인 일이었고 그 분위기는 온갖 부류의 사람들을 빨아들였다. 그러다보니 개중에 사리에 어두운 몇몇은 어리석은 행동을 벌이기도 했다. 난 이들이 그냥 집에 있었으면 싶었지만 그렇다고 이들을 탓할 수는 없었다. 나라고 이들과 얼마나 달랐겠는가. 엄청나게 많은 사람들에게 둘러싸인 검은 늑대는 초연해 보였다. 녀석은 호수 가장자리에서 구경을 하다가 사람들이 100미터도 안 되게 다가오면 수풀로 사라졌다. 하지만 100미터도 보통 늑대의 기준에서 보면 터무니없이 가까운 거리였다.

종종 그렇지만 일부 주민들은 지나치게 허물없는 태도에 이맛살을 찌푸렸다. 많은 사람들이 개에게 끈을 채우거나 말로 통제했지만 다양한 크기, 형태, 기질의 개들이 늑대와 뭘 하든, 그러니까 늑대를 향해 짖든, 함께 놀든, 늑대를 쫓아다니든 내버려둬도 해롭지 않다고 여기는 사람도 있었다. 적지 않은 사람들이 자신들의 개와 이 잘생긴 검은 이방인을 이용해 최고의 사진을 얻겠다는 마음에, 겁을 먹거나 짜증이 난 자신들의 반려동물더러 로미오에게 다가가보라고 적극적으로 독려했다. 그렇다면 내년 크리스마스카드에 넣을 사진을 얻기 위해 아이들을 세워놓고 포즈를 취한 뒤 늑대와 함께 가족사진을 찍는 것이 안 될 게 뭔가. 미친 소리 같을 수 있지만, 나는 첫번째 겨울이 끝날 무렵에 사람들이 어린아이들을 데리고 그런 종류의 일을 감행하는 모습을 보았고, 해가 갈수록 그 빈도가 계속 늘었다. 그런 행동을 감시하려고 밖에 나갔다가 늑대를 배경으로 단체 사진을 찍어달라며 내게 사진기를 들이미는 사람을 맞닥뜨린 게 몇 번은 됐다. 많은 사람이 늑대의 행태나 인간의 올바른 처신에 무지하다는 점을 감안했을 때, 모든 게 로미오의 마음에 달려 있었다. 뭔가 잘못되었을 때 크게 비난받는 쪽은 로미오이리라. 일부 사람들이 감행하는 노골적인 미친 행동들—너무 가까이 다가가고, 때로는 녀석을 둘러싸고, 갑자기 움직이고, 가끔 오리나무 숲까지 녀석을 따라가는 등—을 보면 녀석이 인간이나 개를 상대로 방어-공격적 반응을 배제할 수 없었다. 아무리 사교적인 늑대라 해도 한계는 있기 마련이었다.

그러는 한편, 이런 구경꾼들보다는 더 진지한 사진작가들이 일생에 한 번 얻을까 말까 한 사진을 얻기 위해 장비를 메고 꾸준히 호수로 밀려

들어 구경꾼 무리에 섞였다. 특히 알래스카의 재능 있고 유명한 프로 자연 사진작가 존 하이드가 거의 매일 나타나기 시작했고 곧 호수에서 붙박이처럼 지냈다. 그는 나처럼 이 기회가 얼마나 중요한지 잘 알았고, 사진을 얻기 위해 기꺼이 한계를 넘어설 각오를 하고 있었다. 나는 가끔 이를 갈며 분노했지만 일에 끼어들어 참견하고 싶은 충동을 억눌렀다. 한가지는 확실했다. 만일 로미오가 사진 촬영 부스를 만들고 포즈를 한 번 취하는 데 50달러씩 받는다면 사람들이 **늑대**라는 단어를 듣고 상상하는 것과는 다르게 떼돈을 벌었을지도 몰랐다.

난데없이 등장한 로미오는 큰 파문을 일으켰고 토지를 관리하고 일반 대중의 안전과 행동을 감시하는 관련 기관 입장에서는 이를 무시하기 힘들었다. 멘덴홀 빙하 휴양지는 거대한 통가스 국유림(면적이 7000제곱킬로미터에 가까워, 미국에서 가장 클 뿐만 아니라 전 세계 국유림 중에서도 매우 큰 곳 중 하나다) 중 아주 작은 일부로 구성되어 있다. 그래서 삼림청이 그 땅과 이용객의 행동 관리를 책임진다. 가장 큰 감시 집행권을 보유한 곳은 연방의 관련 기관인데, 이 때문에 주의 집행권과 어느 정도 교집합을 이루기도 하지만 일반적으로 연방에서는 야생동물 관리 문제, 특히 과도하게 살가운 어떤 늑대의 경우는 알래스카 어업수렵부에 일임한다. 소유권에 대해 말하자면 늑대가 돌아다니는 땅 대부분은 연방 정부 관할이고, 늑대는 알래스카 관할이며, 늑대의 관리와 관련된 법률은 연방 정부와 주 정부 양측에 걸쳐 있다. 하지만 로미오는 종일 여기저기 돌아다니는 동안 연방 토지에서 출발해 사유지에도 들어갔다가 시유지를 가로질러 주 소유지를 지나 다시 빙하 지역으로 돌아올 수 있는데, 각각의 지역에는 자체 규정과 법규, 쟁점이 있다. 관리, 치안, 집행 문제는 어떤 일이 어디에서 벌어지는지에 따라 알래스카 어업수렵부, 알래스카주 야생동물 담당 경찰, 미국 어류야생동물관리국, 미국 삼림청, 심지어 주노 경찰에서 맡는다. 이렇게 행정기관이 뒤얽혀 있고 사람들의 감정까지 실린 문제였음에도, 그 첫해 겨울에 이 검은 늑대에 대해 모든 관청이 취한 행동은 단 한 단어, 가장 적극적인 의미의 '수수방관'으로 압축할 수 있다.

공식 레이더망에서 늑대라는 동물은 경계 대상이었지만 녀석 특유의 행동은 긴장을 늦추는 데 기여했다. 사교성이 좋은 늑대에게 무슨 조치를 취하겠는가. 그것도 일시적 현상이 아니라 꾸준히 지속되는 규칙적 현상이라면. 이런 늑대에 대해 들어본 사람은 아무도 없었다. 녀석은 거대하고 어두운 그림자를 드리웠고, 소수의 사람들은 녀석을 보면 화를 내거나 아니면 반대로 대책 없이 아끼는 개나 아이들을 늑대 옆에 바짝 다가가게 만들었으나, 아직 녀석은 밍크나 산양보다 더 크게 말썽을 일으킨 적 없었고 쓰레기통을 뒤지는 평범한 곰보다도 훨씬 얌전했다. 어업수렵부는 주민들에게 늑대에게 너무 가까이 다가가지 말고, 상식 수준에서 행동하고, 개를 잘 다스리라는 주의 사항을 담은 경고 편지를 〈주노 엠파이어〉에 실었다. 인간이나 개의 안전 문제 외에도 개가 질병이나 기생충을 늑대에게 옮기고 그 여파로 야생동물 전체가 감염될 수도 있었다. 말하자면 늑대가 사람에게 위험한 게 아니라 사람이 늑대에게 위험한 존재였다. 일부 시민들 역시 늑대에게 과도하게 친절하게 구는 행위에 대해 우려나 분노를 담은 편지를 신문사에 보내기도 했다. 이들의 메시지는 명료했다. 사람과 늑대는 서로 어울려서는 안 된다는 것이었다.

늑대나 개 혹은 다른 누군가가 〈주노 엠파이어〉를 읽었다 해도 전혀 동요하지 않았을 것이다. 그리고 돌아가는 상황 전체를 고려했을 때, 그러니까 이 지역의 면적, 무수한 접근 지점, 이 늑대가 개들과 어울리고 싶어하는 충동, 여기에 간여하려는 사람들의 수, 그리고 사람들에게 점점 관대해지는 늑대와 그에 비례해서 사람들이 녀석에게 자석처럼 끌려 들어가는 상황을 모두 고려했을 때, 늑대와의 접촉을 차단할 방법은 휴양지 전체를 폐쇄하는 것 말고는 없었다. 코앞에서 늑대를 마주하는 일은 피할 수 없었고, 거의 매일같이 일어났다. 당시 삼림청에서 지역의 삼림 관리원들을 감독하던 피트 그리핀은 "우리는 미지의 영역 안에 있었어요"라고 말했다. "우리에겐 그럴 이유가 없었으니까 아무런 조치를 취하지 않기로 했던 거예요…… 알래스카의 국유림 안에 늑대가 있는 건 아주 적절해 보였어요." 그는 생각에 잠긴 듯 눈을 가늘게 뜨더니 씩 웃었다. "사실 난 녀석이 우리 주위에서 지내는 게 상당히 멋지다고 생각했어요. 진짜 관리 대상은 늑대가 아니라 사람이었죠. 그리고 대다수 사람들은 훌륭하고 책임감 있게 행동했어요." 몇몇 두드러지는 예외와 사소한 실수가 무수히 있긴 했지만, 그의 주장이 맞았다. 이제까지 모든 것이 더할 나위 없이 좋았다.

당연히 누구도 늑대에게 전반적인 상황에 대해, 무엇보다 반짝이는 상자를 타고 와서 놀이 친구와 잠재적인 무리 구성원들을 이유도 없이 내줬다가 휙 데려가버리는, 수다스러운 낯선 존재들에 대해 아무런 조언도 해주지 않았다. 반면 녀석의 행동은 빅록에 선언문을 붙여둔 것만큼이나 명백하게 우선순위를 드러냈다. 구체적으로 말해, 개들을 만나는 게 제일 먼저였다. 사냥이나 다른 늑대들이나, 사람들을 피하는 게 더 중요했다면 녀석은 다른 곳에 있어야 했다. 이 분명한 사회적 충동이 녀석의 행동을 지배했다. 동시에 녀석이 이곳에 있다는 것은 녀석의 생존에 필요한 기본 조건들이 충족되고 있다는 뜻이기도 했다. 녀석은 언제든 마음만 내키면 아무도 따라올 수 없는 곳으로 사라졌다가 돌아오거나, 계속 떠나 있을 수 있었다. 하지만 최소한 행동 반경이 큰 늑대의 관점에서 보았을 때 녀석은 아무 데나 갈 생각은 별로 없는 것 같았다.

전형적인 겨울날이면, 녀석은 출근 전 이른 아침에 개를 데리고 산책 나온 군중을 만나려고 동트기 전부터 자세를 잡고 기다리곤 했다. 시계처럼 정확했다. 물론 녀석도 선호에 따라 움직였지만 누구라도 유사시에는 그렇게 할 것이다. 늦은 오전이 되어 인적이 뜸해지면 녀석은 가까운 관찰 지점에서 잠시 낮잠을 자려고 물러났다. 퇴근 후 사람들이 밀어닥치는 늦은 오후나 어스름 무렵까지 계속 사람들의 눈에 띄는 날도 있었다. 보통 날씨가 나쁘면 사람과 개의 수가 줄었으므로 덜 이상적인 환경에, 가능하면 동트기 전이나 저녁 어스름일 때 외출하는 것이 합리적이었다. 대부분의 늑대가 그렇듯 로미오는 상황이 괜찮으면 아무 때나 사냥하고 자고 이동할 수 있긴 하지만, 빛이 흐릿할 때 가장 활동성이 높은 편이었기 때문이다.

곳곳에 흩어져서 사는 강인한 지역 주민들은 그 어떤 불편도 우습게 여겼다. 매부리코에 팔다리가 길고 보폭이 크며 커다란 검은 래브라도 레트리버 혼종을 데리고 다니는 어떤 남자는 특히 차원이 남달랐다. 나는 가끔 그 남자가 다른 사람들은 죄다 집 안에 머물 수밖에 없는 날씨일 때 동트자마자 자기 집에서 나와 빙하를 향하는 모습을 보았고, 저녁에도 늑대와 드레지 호수를 서성이며 얼마나 오래되었는지 알 수 없을 만큼 긴 시간 동안 서성이는 장면을 목격하곤 했다. 나는 그 남자의 끈기를 존경하지 않을 수 없었지만 동시에 어두운 소유욕이 마음을 어지럽히는 걸 느꼈다. **저 남자는 어디서 나타난 거야? 대체 뭘 하는 사람이람?** 그 무렵에는 몇 년째 그 사람의 이름도 몰랐고 얼굴을 직접 본 적도 없이 그저 전화로 통화하거나 가끔 무뚝뚝한 손인사 정도만 하면서 수백 미터 정도 거리를 두고 지나쳐본 게 전부였다. 그러다가 그 사람, 해리 로빈슨과 나는 훗날 몸은 서로 멀리 떨어져 있어도 로미오에 대한 공통된 유대로 묶인 협력자이자 친구가 되었다. 몇 년 뒤 나는 그의 이야기를 온전히 들었다.

해리와 브리튼은 우리가 이 검은 늑대를 처음 만난 때와 비슷한 시기에 녀석을 처음 만났다. 이들이 녀석을 마주친 곳은 빙하가 아니라 멘덴홀 계곡에서 5킬로미터 정도 떨어진, 브라더후드브리지 산책로의 인적 드문 산비탈 쪽 길이었다. 이 산책로는 난개발이 하상河床 전체를 집어삼키기 일보 직전이던 1980년대 말 주노시에서 따로 떼어놓은, 멘덴홀강에서 바다 방향으로 늘어선 삼림 보호 지역을 관통했다. 주택가와 상업 지구에 맞닿아 있는 브라더후드브리지는 빙하와 해안 지대를 연결하는 중요한 생태통로의 일부이자 인기 있는 휴양지였다. 해리는 캄캄한 겨울,

출근 전 이른 아침에 브리튼을 데리고 그곳에 가곤 했는데, 브리튼은 가끔 산책로 위편 언덕배기 숲으로 사라졌다가 해리가 부르면 여전히 숲속에 있는 보이지 않는 무언가에 마음이 빼앗긴 듯한 상태로 돌아오곤 했다고 한다. 그러다가 해리는 한 친구와 함께 개를 데리고 산책하던 중 갓 내린 눈 위에 찍힌 손바닥만 한 발자국을 발견했다. 그 주위로 인간의 흔적은 찾을 수 없었다. 두 남자는 브리튼만큼 큰 개가 줄이 풀린 채 먼저 돌아다녔나보다고 생각했다. 산책로 다음 모퉁이를 돌면 작은 초지가 나오는데, 이들은 그곳에서 자신들의 반려동물들이 발자국의 주인과 함께 놀고 있는 장면을 목격했다. 그것은 전혀 개로 보이지 않았다.

"호리호리했어요." 해리가 말했다. "그렇지만 정말 컸죠. 그리고 마치 살롱에서 몸단장이라도 막 하고 온 것처럼 고급스러운 실크 코트를 입고 있었어요." 브리튼과 늑대는 둘 다 굉장히 편안하고 친해 보여서 해리는 브리튼이 사라졌을 때 아마 둘이 만나고 있었던 게 아닌가 생각했다. "그들은 오랜 친구처럼 서로 코를 맞대고 몸을 부볐어요." 그는 이렇게 회상한다. "내 친구 개에게는 거의 관심도 없더라니까요…… 어느 순간에는 녀석이 브리튼 옆에 붙어 서 있다가 등을 뛰어넘었어요. 정말 놀라웠죠." 두 남자는 잿빛 어둠 속에서 흩뿌려지는 눈을 맞으며 멍하니 서 있었다. 개들의 안전이 걱정되었지만 뭘 해야 할지 난감하기만 했다. 초창기에 우리 모두가 그랬듯이 이들 역시 상황을 제대로 파악할 수 없었다. 결국 이들은 개들을 다시 불러들여 줄을 채웠다. 그러자 늑대는 주둥이를 하늘로 치켜들고 쉼 없이 하울링을 하기 시작했다. 그게 어떤 의미인지 —흥분을 차곡차곡 쌓아 공격 태세를 갖추기 위한 건지 아니면 다른 무엇인지— 알지 못한 채 두 남자는 늑대에게서 물러났다.

내가 그랬듯 해리 역시 첫 장면을 잊지 못했다. 그는 산과 들로 둘러싸인 환경에서 어린 시절을 보냈다. 어릴 때부터 아버지(한때 사냥 가이드였고 방랑벽이 있는 만능 재주꾼)는 그에게 동물 추적과 생존 및 사냥 기술을 가르쳤다. 해리가 네 살 때 가족들은 어미 잃은 퓨마 새끼를 집에 들였고 해리는 녀석과 친구가 되었다. 해리는 성인이 되어서도 거친 야생과 온갖 종류의 동물에게 매혹되어 지냈다. 그는 워싱턴 대학교에서 지질학 학위를 받고 나서 시애틀에 있는 레이REI[*]에서 시간제 야생 가이드가 되어 중앙 캐스케이드산맥에 있는 오래된 폐광으로 가는 여행을 이끌었다. 또한 혼자서 길도 없는 오지를 탐험하기도 했는데 그런 곳에서 해리는 야생 늑대를 스쳐 지나가듯 본 적이 있었다(공식적으로는 늑대가 전혀 없다고 알려진 곳들이었다). 그는 시애틀의 우드랜드파크 동물원에서 자원봉사를 하며 동물원에 있는 새끼 늑대들과 시간을 보내게 되었고 이들과 특별한 유대 관계를 쌓았다.

1996년에 해리는 일자리와 모험의 기회를 좇아, 그리고 자신보다 먼저 북쪽으로 온 오랜 여자친구와의 로맨스를 따라 주노로 이주했다. 여자친구와의 관계는 결국 시들해지고 말았지만 해리는 바깥세상(알래스카 사람들이 본토 48개 주라고 부르는)을 등지고 그곳에서 지내며 자리를 잡았고 거기에 길들여졌다. 그는 주위 산에서 오랜 시간 등산을 했는데, 많은 경우 혼자서 길이 아닌 곳을 걸어다녔다. 동네 동물애호협회에서 브리튼을 입양한 뒤로 브리튼은 변함없이 해리의 동반자가 되었다. 그리고 사건이 벌어졌을 때 브리튼은 야생의 심장부와 교신할 수 있는 사절이 되어 있었다.

해리는 대부분 아침에 동이 트기 전에 브라더후드에서뿐만 아니라 멘덴홀 습지 야생 피난처의 북쪽 끝에서 늑대를 만났다. 멘덴홀 습지는 충분한 생태 조건을 갖춘 넓은 감조 습지^{**}로 나무들이 드문드문 섬처럼 외롭게 서 있었고, 주택가와 바둑판 같은 산업 지구, 공항과 가까웠다. 이제 야생의 상징이 이 지역을 돌아다님으로써 이 지역에 새로운 의미를 부여한다는 점만 빼면, 알래스카의 관점에서는 거의 야생이라고 볼 수 없는 곳이었다. 늑대가 해리와 브리튼을 찾아내기도 했지만, 그에 못지않게 이들 역시 늑대를 찾아냈다. 이들은 점점 자주 서로를 찾아냈다. 브리튼은 중성화 수술을 한 암컷이었지만(종종 예외도 있긴 하지만 이런

* 아웃도어 제품과 관련 서비스를 제공하는 협동조합형 기업.

** 간조 시 수위가 매우 낮아지는 습지.

경우엔 어떤 패턴이 있는 것 같았다) 몸집과 신장이 컸고, 힘이나 우아함 면에서는 모자라지만 무게로 봤을 때는 개 중에서 이 늑대와 가장 필적할 만했다. 두 녀석은 서로를 완벽하게 이해하는 듯했고, 늑대는 브리튼이 장난으로 깨물고 어깨를 밀치고 자기를 놀리도록 그저 내버려두었다. 로미오는 계속해서 짓궂은 장난을 묵묵히 받아주기만 할 뿐 전혀 응수하지 않았다. 온순한 관용이 천성에 박혀 있는 듯했다. 한편 해리는 늑대가 자신에게 조금이라도 관심을 가지리라는 환상은 전혀 품지 않았다. 해리는 자기 자신이 늑대에게 점점 매혹되자, 서로에게 똑같이 매력을 느끼는 듯이 보이는 브리튼과 로미오를 위해 움직였다. 해리가 스스로 인정하든 그렇지 않든, 이 관계에서 브리튼의 역할은 차츰 중재자에서 아바타로 옮겨가고 있었다. 해리는 그 어떤 거부 의사도 표출하지 않고 느긋하게 평정을 유지하는 중립적 존재 옆에 서서 그들의 무리 안에 어느 때보다 더 가까이 다가섰고, 받아들여졌다.

첫 만남이 이루어진 두어 주 동안 해리와 브리튼과 늑대는 만남의 장소를 빙하 쪽으로 옮겼고, 이로써 그곳은 당시 늑대의 영역에서 본부 역할을 하게 되었다. 해리가 보기에 멘덴홀 빙하 휴양지는 야생동물 피난처나 브라더후드보다 더 유리했다. 훔쳐보는 눈길과 개입이 적었고 활보할 수 있는 공간이 더 넓었기 때문이다. 이 셋은 동트기 전뿐만 아니라 저녁 시간에도 만나기 시작했고 한 번에 몇 시간씩 드레지 호수의 산책로를 벗어나 사라지기도 했다. 해리는 주차장에 도착하면 하울링을 두어 번 했고(진짜 하울링과는 별로 닮지 않았다고 그도 인정한다) 그러면 몇 분 만에 늑대가 나타나곤 했다. 하울링이 아무리 형편없어도 로미오는 거기에 담긴 메시지와 그 메시지를 전하는 사람을 분명히 알아챘다. 그러면 이들은 함께 떠났고, 늑대는 앞장서서 자신의 영역을 지나 다른 누구도 밟아본 적 없는 한적한 장소들과 빈터로 이끌었다. 가끔 해리는 계획보다 훨씬 오래 머물기도 했다. 다행히도 그가 하는 일은 일정을 다시 조정하기가 어렵지 않았다. 그리고 걱정거리가 거의 없는 싱글 남성인

데다 집중력이 뛰어난 그는(워싱턴주에서 살 때 그는 최고 수준의 당구 선수였다) 최선을 다해 개와 늑대의 관계를 돌봤다. "늑대한테는 브리튼을 만나는 것이 엄청난 의미가 있는 것 같았어요." 해리가 말했다. "녀석이 브리튼을 만났을 때 보이는 반응을 보면 알 수 있어요. 우리가 떠나려 하면 가끔 녀석은 엄청나게 실망하기도 하죠. 나는 녀석을 실망시키는 게 너무 싫었어요." 검은 늑대—해리는 녀석을 '울피'라고 불렀다—는 해리의 생활에서 중심을 차지했다. 해리는 자기 앞에 찍힌 손바닥만 한 발자국을 홀린 듯 좇았고 거기에 집중하면 다른 건 전혀 안중에 없었다.

나도 해리처럼 혹독한 환경에서 혼자 돌아다녔다. 눈이 너무 많이 와서 늑대의 등과 머리에 하얗게 소복이 쌓일 때도 있었고, 추위가 강타해서 녀석의 주둥이와 속눈썹에 서리가 앉고 하울링을 하는 녀석의 입에서 하얀 입김이 나올 때도 있었고, 갑자기 날이 풀리는 바람에 호수의 가장자리가 녹아 호수가 진창으로 엉망이 되는 날도 있었고, 화이트아웃* 때문에 그림자가 사라지고 깊이 감각이 완전히 증발해버려 한 걸음 한 걸음이 불안할 때도 있었다. 그런 환경에서 녀석을 추적하다보면 한 가지 진실이 명확해졌다. 늑대는 우리의 짐작을 뛰어넘는 거친 세상에서 매일 살아가고 움직인다는 점이었다.

　햇살이 따뜻한 늦겨울에 호수의 주요 산책로로 나서는 일도 만만치는 않았다. 야생의 체험과 군중이 뒤섞인 신기한 조합은 때로, 특히 주말 같은 때면 축제 같은 분위기를 자아냈다. 매주 수십 명의 사람과 개들(매일 들락거리는 골수 팬부터 단순히 호기심에 한번 와본 사람들까지 다양하게 뒤섞인)이 외톨이 늑대를 향해 행진하듯, 종종거리며, 발을 끌며, 성큼성큼, 미끄러지듯 다가왔고, 마치 녀석이 우리 동네 아이돌이라도 되는 양 주위를 에워쌌다.

　이 모든 상황에서 로미오는 믿을 수 없을 정도로 놀라운 자질을 한결같이 보여주었다. 심지어 혈통이 썩 좋지 못한 어떤 작은 테리어 혼종이

* 강설과 산안개로 시계 전체가 흰색이 되어 원근감이 없어지는 현상.

버릇 없이 입술을 뒤집고서 우아하게 뻗은 늑대의 코를 물었을 때도, 명랑한 스키어와 개 들이 자신들도 모르게 늑대를 에워싸고 녀석의 도주로를 차단한 채 의도치 않게 위협을 가했을 때도 그랬다. 개들은 대부분 자신의 주인들처럼 싹싹한 로미오를 상냥하게 대했다. 조심스러워하거나 겁을 내는 개도 있었고 완전히 무심한 개도 있었지만, 처음부터 부아를 돋우는 개는 극소수였다. 개가 공격성을 띠면 늑대는 공격자에게 달려드는 대신 꼬리를 말아넣고 가볍게 질주하거나 갑자기 껑충 뛰어올라 공격자를 피한 뒤, 장난을 치듯 몸을 놀리곤 했다. 50킬로그램이 훌쩍 넘는 억센 늑대가 자기 무릎에도 못 미치는 혼종견 앞에서 누가 봐도 애원하는 자세를 취하고, 눈 깜짝할 새에 때려눕힐 수 있는 무례한 수하들과 함께 순하게 장난하는 기이한 광경에 우리 모두는 차츰 익숙해졌다.

그리고 이 검은 늑대는 모든 유명 인사가 그렇듯, 우리가 내내 품고 있던 질문들을 비롯해 온갖 소문과 추측을 양산했다. 가장 풀리지 않는 의문 중 하나는 녀석의 사연이었다. 대다수 사람들은 녀석이 2003년 4월에 멘덴홀 빙하 방문자 센터 근처에서 택시에 치여 죽은 검은 늑대와 동족 관계일 거라고 생각했는데, 이는 충분히 논리적인 추측이었다. 당시 목격자들은 사고가 일어난 뒤, 숲에서 늑대 여러 마리가 하울링 하는 소리를 들었다. 죽은 암컷은 태어날 날이 몇 주 안 남은 새끼 네 마리를 임신한 상태였다. 어쩌면 로미오는, 나중에 한 여성이 사랑스럽게 표현한 것처럼, 자신의 줄리엣을 끝없이 찾아다니며 시공에 갇혀버린 상심한 짝은 아닐까? 많은 주노 시민들은 로미오라는 이름이 이런 상상 속의 관계에서 영감을 얻은 것이라고 생각했다. 그리고 어쩌면 이 관계가 **로미오**가 왜 떠나지 않는지를 설명해주는지도 몰랐다. 그 이름은 기분 좋은 의인화를 통해 이야기와 그럴싸하게 잘 이어졌다. 셰리가 처음 그 단어를 중얼거렸을 때, 이런 걸 염두에 두지는 않았을 것이다. 이름이라기보다는 즉흥적 느낌이었을 테니. 하지만 우리는 그때쯤 되자 이 이야기가 스스로 생명을 얻어 우리를 넘어, 그리고 늑대마저 넘어 멀리 떠돌아다녔음을 알게 되었다.

연구와 실제 목격담에 따르면, 한번 부부의 연을 맺은 늑대들은 많은 인간들이 부끄러움을 느낄 정도로 동물의 왕국에서 가장 신실한 일부일처 관계를 맺고 죽을 때까지 이를 이어간다. 늑대 연구자 고든 하버 박사는 한 수컷 늑대가 (주 정부에서 허가한 육식동물 통제 작전에서 항공기 사냥꾼들에게 사살당해) 죽은 짝을 발견하고는 이 암컷을 묻은 뒤 열흘 동안 암컷이 묻힌 자리에 누워 있었던 사례를 보고했다. 10년쯤 전, 나는 클래런스와 내가 가죽을 벗긴 두 늑대, 즉 검은 수컷과 한 무리 안에서 우두머리 역할을 했음이 거의 확실해 보였던 거대한 회색 수컷의 사체가 있는 곳을 다시 찾았다가 다른 늑대들이 남겨놓은 원형의 흔적을 발견했다. 이 흔적은 한 가족이 망자와 함께 어디에 앉아 있었는지를 또렷이 보여주었다. 이 기억은 내가 이미 지나온 길을 따라 더 멀리 움직이게 만들었고 지금까지도 나를 붙들고 놓아주지 않는다.

늑대의 유대가 얼마나 끈끈한지는 집에서 키우는 개들, 이들이 인간 동반자를 향해 보여주는 조건 없는 충성, 사랑, 희생의 무수한 사례의 기록을 보면 더 피부에 와닿을 것이다. 개들은 화재에서 아기를 구하기도 하고, 죽은 주인의 무덤에서 떠나지 않기도 하고, 수백 킬로미터를 헤맨 끝에 집을 찾기도 하고, 전설과 역사, 문학에서 종횡무진한다. 라틴어에 뿌리를 두고 있는 파이도Fido("나는 충성한다")를 개의 이름으로 널리 쓰는 데는 그만한 이유가 있었고, 이렇게 강력한 사회적 유대를 형성·유지하고, 이를 발판으로 행동하는 경향의 원천은 갯과 동물의 유전자 안에 깊이 자리잡고 있다. 사냥하고, 어린 자식을 키우고, 영역을 방어하는 복잡한 집단행동(무리로서 성공하려면 이 세 가지가 중요하다)에는 우리가 반려동물에 대해 높이 평가하는, 가족에 대한 깊은 헌신이 필요하다. 갯과 반려자의 사랑스러운 눈을 들여다보면 조심스럽게 목소리를 낮추고 형태를 갖춘 늑대의 영혼을 만날 수 있다. 개와 늑대의 핵심적 차이란, 선발 번식을 통해 길들여진 개들은 인간에게 충성심을 표하리라고 확신할 수 있다는 데 있다. 즉 개들은 인간을 위해 일할 뿐만 아니라 우리를 자신과 똑같이, 혹은 자신 이상으로 사랑한다는 확신을 품게 된 것이다. 이는 안정감과 먹을 것과 지도력을 제공하는 무리의 지배자에게 보이는 당연한 반응일 수도 있다. 많은 개 행태학자들은 우리가 개들을 억제된 청소년기에 묶어놓았다는 이론을 지지하는데, 이는 충성심을 인간에게 이전시키는 데 필요한 조건이다. 반면 야생 늑대들은 한결같이 서로만 바라본다. 그리고 우리는 존경과 의혹, 두려움이 뒤섞인 감정으로 그림자에 가려진 이들의 모습을 바라본다.

늑대가 놀라운 사회적 응집력을 유지할 수 있게 해주는 근원은 무리의 핵을 형성하는 암수 한 쌍 사이의 강력한 유대다. 사실 이 둘은 그 자체로 하나의 무리로 간주된다. 인간의 관점에서 이 둘은 느슨하게 조직된 군중을 뜻하는 '무리'라기보다는 가족이라고 하는 편이 훨씬 더 정확한 표현이다. 연구자들을 통해 다양한 변주와 예외가 기록되어 있긴 하지만, 하나의 무리에서 번식하는 한 쌍은 지배자 격인 암수 한 쌍뿐일 때가 많다. 이 둘은 서로에게 세심한 애정을 자주 적나라하게 드러낸다. 주둥이를 비비고, 부드럽게 장난을 치고, 서로에게 몸을 기대고, 서로 털을 골라준다. 이 무리 안에 다른 늑대들이 있는 경우, 주로 짝짓기를 하지 않는 새끼들이고 어쩌면 떠돌이 한 마리 정도가 입양되어 섞여 있을 수도 있다. 자기 부모와 서로에게 강한 유대로 묶여 있는 이 어린 동물들은 우세한 늑대에서부터 가장 순종적인 늑대에 이르는 무리 내의 위계를 따르는데, 이 질서는 먹이의 획득 가능성과 무리 내의 동학, 육체의 크기, 성격에 따라 놀이, 싸움, 사냥, 섭식, 이동 같은 일상적인 상호 활동을 통해 정해진다. 몸집이 큰 늑대는 일반적으로 작은 늑대보다 우위를 차지한다. 사실 무리에서 가장 큰 성인 늑대가 지배적인 수컷인 경우가 가장 많다. 어릴 때는 가족 집단 전체로부터 금이야 옥이야 관심을 한 몸에 받지만 번식 연령까지 생존하는 새끼는 극히 일부다. 늑대의 번식 연령은 두 살 정도인데, 운이나 기회, 개체의 욕구에 따라 실제 짝짓기는 종종 몇 년

씩 더 미뤄지기도 한다. 혹독한 시기가 되면 어리고 작은 늑대가 종종 제일 먼저 최후를 맞는다. 늑대는 번식을 빨리 하고 군집 수를 빠르게 복원하기 때문에 어린 늑대보다는 성인 늑대가 생물학적으로 더 가치 있다. 경험이 없는 새끼들은 잘못된 판단을 할 수 있고, 그러면 부상을 피하기 힘들다. 예를 들어 만일 인간과 가까운 곳을 지나칠 때면 어린 늑대는 자연스러운, 때로는 대담한 호기심 탓에 덫에 걸리거나 총에 맞기 쉽다. 인근에 머무는 무리와의 싸움에서 목숨을 잃거나 굶주림으로 죽는 경우도 많다.

살아남은 어린 늑대는 보통 생후 1년에서 4년 사이에 무리를 떠나 자신의 짝과 영역을 찾아가는데, 그 과정에서 종종 광대한 거리를 활보한다. 물론 외톨이 늑대의 비율은 지역의 역학 관계와 군집에 따라 크게 달라질 수는 있지만, 한 연구에 따르면 늑대의 약 15퍼센트는 일정 기간 혼자 지낸다. 이런 외톨이들은 대부분 어린 방랑자들이다. 그 외에는 인간 때문에 자신이 속했던 무리가 궤멸된 경우이거나, 일시적으로든 (이런 경우는 훨씬 드물지만) 영구적으로든 설명할 수 없는 이유에서 독자적 삶을 선택한 희귀한 늑대들이다. 이유가 어떻든 이런 방랑자들의 사망률은 일반적인 무리 안에서 살아가는 늑대보다 훨씬 높다. 위험은 여전히 도처에 도사리고 있는데 크고 유대가 끈끈한 집단을 통해 보호받지 못하기 때문이다. 생물학자 하버는 외톨이 늑대는 죽은 늑대라고 말하기도 했다. 어느 정도 과장 섞인 표현이긴 하나 그다지 심한 과장이라고 할 수도 없을 것이다. 로미오 앞에 놓인 역경은 과거에도 늘 엄청났고 지금도 마찬가지였다.

검은 암늑대가 우리 집 가까이에서 택시에 치여 죽은 시기가, 짝짓기 철이 두어 주밖에 지나지 않았고 굴을 파고 긴밀하게 공조하며 혼신의 힘을 다해 새끼들을 키우기 몇 주 전이었던 점을 감안하면, 이 죽은 암늑대의 짝은 이 늑대가 죽고 난 뒤 숲에서 하울링 소리를 내던 인근의 늑대 중 한 마리일 가능성이 높았다. 혹은 일시적으로 떨어져 있던 녀석은 몇 주까지는 아니더라도 며칠 동안 하울링을 하고 냄새 지점과 만남의 장소들을 확인하고 다니며 이 암늑대를 찾아다녔을 것이다. 정황 증거로 보면 로미오가 죽은 늑대의 짝이라는 이론이 맞는 것 같았다. 로미오는 암늑대가 죽은 현장에서 겨우 1.6킬로미터 정도 떨어진 드레지 호수에 바로 그다음 여름부터 나타나기 시작했으니 말이다. 하지만 녀석의 나이를 보면 이 시나리오의 신빙성이 떨어졌다. 두 살 된 수컷 늑대가 기존 무리 안에서 짝짓기할 기회를 얻는 경우는 거의 없다. 짝짓기는 이보다 더 나이가 많고 지배력이 큰 늑대도 힘들게 쟁취하는 권리이기 때문이다. 하지만 한편으로는 어떤 특수한 상황에서 어린 수컷이 번식 기회를 잡는 것이 불가능하지는 않은데, 이 경우도 여기에 해당할 수 있었다. 어업수렵부의 기록에 따르면 작년에 너깃크리크 분지 지역(빙하 남쪽에 있는 곳으로, 불러드산과 선더산 사이에 있으며 경사가 가파르고 물이 잘 빠지는 구릉 지역)에서 늑대 세 마리가 합법적으로 포획되었다. 거리로 볼 때 이들은 같은 무리의 일원일 가능성이 높았고, 어쩌면 이 중 한 마리가 죽은 암늑대의 원래 짝일지도 몰랐다. 원래의 짝이 없으면 그보다 어린 늑대가 자기 발로 왕이 되어 암컷에 딸린 새끼들을 보살핀다. 연구자들은 분열된 늑대 무리 안에서 이루어지는 이런 식의 유동적 역학 관계에 대한 기록을 남기기도 했다. 늑대 가족은 유전적으로 번식욕이 강하다. 번식철을 놓친 무리는 소멸까지는 아니더라도 개체수가 줄어들 위험에 노출된다. 로미오 역시 크기로 보면 어떤 갑작스러운 일 때문에 자기보다 작은 늑대들을 통솔하게 되었고 죽은 암컷의 짝이 되었다고 볼 수도 있었다.

그 외에도 여러 가능성이 있었다. 로미오는 대타로 짝이 된 게 아니라 지난 계절에 태어난, 죽은 암컷의 새끼이거나 남매일 수도 있었다. 그리고 로미오는 죽은 늑대와 같은 무리의 일원일 가능성이 가장 높긴 했지만, 암늑대가 죽고 몇 달이 지난 뒤에 살아남은 늑대들이 흩어지고 난 다음, 공백이 된 영역을 메우기 위해 나타난 아무 관련 없는 늑대일 수도 있었다. 무리가 붕괴하면 그 구성원들이 흩어질 수도 있으니 말이다. 국립공원관리청 소속의 생물학자 존 버치가 2011년 2월 찰리강 상류의 한 지류에서 위치 추적 장치를 채운 45킬로그램짜리 수컷 늑대는 자신의 짝이 죽고 난 뒤 넉 달 동안 2400킬로미터라는 놀라운 거리를 이동했다. 알래스카 중북부에서 출발한 이 늑대는 캐나다의 유콘령을 지나 더 멀리 동북쪽 매켄지 삼각주를 찍고 다시 알래스카를 향해 서쪽으로 움직여 프루도만에 있는 데드호스와 무질서하게 뻗은 유정油井이 위치한 30여 킬로미터 이내로 돌아왔다. 그 과정에서 이 늑대는 하천과 강 수십 개를 건넜는데, 그중에는 차디차고 유속이 빠른 유콘강, 드넓은 포큐파인강, 브룩스산맥의 험준한 하천들도 있었다. 어째서 그 먼 거리를 돌아다녀야 했는지 아무도 알 수 없으나 그렇게 멀리 돌아다니지 않아도 충분히 자신의 짝이나 영역을 찾을 수 있었으리라는 점은 분명하다. 생각해보자. 지능이 대단히 높고 사회적이며 영역의 동물인 이 늑대가 알지도 못하는 험한 고장을 완전히 홀로 돌아다녔다. 늑대는 뿌리 깊은 종의 전략에 따라 이런 일을 규칙적으로 하기도 하지만, 그렇다고 해서 그런 행동이 쉽다는 뜻은 아니다. 이는 절대 양으로 측정할 수 없는 내적 희생을 요구한다. 우리에겐 이 외톨이 수컷의 구불구불한 여정을 추적할 GPS 수신 장치, 그리고 데이터를 비교해볼 수 있는 연구들이 있지만, 우리의 시각을 통해 그의 기억과 경험의 형태를 그려보거나 그의 감정을 정확하게 투사해볼 수는 없다. 하지만 인간이 오랫동안 감지했듯이, 개가 깊은 슬픔의 무게를 느낄 수 있다면 늑대도 최소한 개만큼 복잡한 감정을 지닐 수 있다고 말해도 무리는 아닐 것이다.

이 복잡한 내면의 감정적 풍경에 대한 생각은 개와 늑대의 상대적 지능에 대한 궁금증으로 이어진다. 순수하게 육체의 관점에서 개의 뇌(몸 전체 크기와의 비율로 따졌을 때)는 야생을 떠도는 늑대보다 25퍼센트 더 작다. 이 상당한 차이만 봐도 어느 정도 지적 능력이 감소했으리라고 짐작할 수 있다. 하지만 이 분야에서 실험을 진행하는 연구자들은 종의 경계를 넘어 지능을 비교하는 일은 위험한 발상이라고 입을 모은다. 내가 아는 이누피아크 연장자들은 일생 동안 썰매개와 함께 일하고, 늑대를 관찰하고 사냥하고 늑대용 덫을 놓고, 개와 늑대에 대해 여러 세대 동안 이어져온 경험에 뿌리를 둔 구전 지식을 보유했는데, 그런 그들은 평균적인 늑대가 평균적인 썰매개보다 훨씬 더 똑똑하다는 데 의견을 모았다. 그러니까 늑대의 관점에서, 저 멀리 야생에서 그렇다는 것이다. 먹이를 찾고 죽일 때, 덫을 피할 때, 경험을 통해 배울 때, 문제를 해결하고 개선할 때 등등의 상황에서 늑대는 개보다 훨씬 낫다. 반면 이누피아크 개 썰매꾼들은 늑대 새끼나 혼종 늑대는 '너무 거칠어서' 썰매 끄는 법이나 사람과 협력하는 법을 배우지 못한다고 생각했다. 대부분의 개-늑대 혼종은 유전적 특성으로서는 가치 있게 평가되지만, 쉽게 흥분하고 까다로우며 심지어 위험하기도 했다. 노아턱에는 이런 늑대-개가 한 마리 있는데, 드와이트 아널드라는 오래된 전통 이누피아크이자 내 이웃이 키우는 이 동물은 크고 팔다리가 길었다. 이 혼종은 흉포하고 잡아먹을 듯한 턱으로 공격성을 드러내는가 하면 드와이트를 제외하고는 누구의 접근도 허락하지 않아서, 드와이트는 다른 개들이 녀석과 섞이지 않도록 칸막이를 쳐놓아야 했다. 이런 혼종에게서 일하는 데 유용한 개를 얻으려면 여러 세대에 걸쳐 조심스럽게 번식을 시키고 선별해야 할 것이다. 요컨대 북극의 북서 지역에 사는 늑대와 개는 유전적으로 대단히 유사하지만, 이들을 잘 아는 사람들이 볼 때 특히 한 가지 중요한 점에서 상당히 차이가 있었다. 그것은 바로 인간과 우호적으로 상호작용할 의지 혹은 능력이었다.

사람 손에서 성장한 늑대와 길들여진 개의 문제 해결 능력과 학습 패턴을 비교하며 이 문제를 연구하는 과학자들은, 개는 인간을 문제 해결의 협력자로서 의지한다는 데 동의한다. 늑대는 아무리 어릴 때부터 사람 손을 타고 조련사에게 감정적으로 애착을 느껴도 독립적으로 생각하고 행동하는 경향이 있다. 게다가 늑대는 물리적 원인과 결과를 좀더 복잡하게 이해하는 듯하지만 개(특히 보더콜리나 블루힐러 같은 목축견들)는 인간 언어의 미묘한 차이를 훨씬 잘 포착하고 어느 정도는 인간의 말을 번역하고 이에 반응한다. 하지만 늑대와 개의 전반적인 지적 능력을 통계적으로 의미 있게 비교하기는 힘들다. 이 문제를 다루는 실험이라고는 똑똑한 개(대부분의 피실험 개들은 인간의 관점에서 보았을 때 훈련을 대단히 많이 받고 총명한 개들이었던 것으로 보인다)와 포획된 늑대를 비교하는 것들뿐인데, 야생의 늑대들과 비교하면 이런 억류된 늑대들은 환경적으로, 사회적으로 열악한 데다 비선발 번식 때문에 둔해졌을 가능성이 크다. 영악한 사육사라면 인정하겠지만, 모든 개는 타고난 지능, 학습 의지, 능력이 천차만별이다. 그들 대부분은 인간들 사이에 존재하는 지적 능력의 차이와 같은 차이가 존재하리라는 데 동의할 것이다. 그렇다면 늑대들 사이에서도 이와 유사한 편차가 존재한다고 추정해볼 수 있다. 유전자 풀에서 열등생을 추려내는 야생의 자연 도태가 포획 상태에서는 일어나지 않다보니, 포획 상태에서 성장한 늑대를 근거로 연구 결과를 도출할 경우에 문제가 더 꼬일 수 있지만 말이다. 그다음으로, 우리에겐 유전자를 통해 전달된 전래의 지식과 개체가 환경에 따라 유연하게 바꿀 수 있는 적극적 인지의 차이를 분간하고, 전자를 (개가 늑대보다 도덕적으로, 지적으로 탁월하다고 예찬했던 노골적인 애견인인 다윈을 비롯한) 빅토리아 여왕 시대 사람들처럼 야만적인 본능이라고 일축하는 대신, 그것이 지능에 영향을 미치는 정도를 분석해야 하는 더 어려운 문제도 남아 있다. 우리가 상대적으로 분명하게 말할 수 있는 것은 두 종이 아무리 많은 면에서 비슷하다 해도 각각의 지적 능력은 서로 중첩되면서도 상이하고, 이는 저마다 고유한 환경의 필요에 의해 결정된다는 점뿐이다. 나는 경험과 공부를 통해, 평균적인 야생 늑대는 순수한 지각 능력과 문제 해결 능력이 최소한 똑똑한 개와 같거나 그 이상이라고 믿게 되었다. 그리고 로미오는 당연히 우리와 함께 지내면서 최소한 정말로 끝내주게 똑똑한 늑대임을 입증했다.

일부 구경꾼들은 여전히 로미오가 도망 나온 개-늑대 혼종이 틀림 없다고 생각했다. 이들은 녀석이 이상할 정도로 개를 좋아하고 사람에게 대단히 관대한 것은 그래서라고 말했다. 그리고 그래야만 완전히 큰 야생 어른 늑대가 그렇게 어이없을 정도로 친근한 행동을 할 수 있다는, 믿어지지 않는 생각을 차단할 수 있었다. 하지만 100여 년 동안 수백 가지 동물과 함께 늑대를 경험해본 많은 사람들은 혼종 늑대라고 해서 항상 그렇지만은 않다고 지적했다. 조엘 베넷만 그런 게 아니다. 내 오랜 친구이자 동료 작가이자 사진작가인 세스 캔트너는 늑대와 카리부가 마음껏 노니는 브룩스산맥의 지저분한 농가에서 나고 자랐는데, 남쪽을 방문하러 왔다가 호수에 들러서 나와 함께 이 검은 늑대를 관찰하더니 녀석은 의심의 여지없이 야생동물이라는 데 동의했다. 캐나다 북서부 출신으로 역시 늑대를 볼 만큼 본 내 이웃, 팀 홀 역시 그 의견이 가장 유력하다고 말했다. 어느 고요하고 화창한 3월의 아침, 팀은 나와 함께 멈춰 서서 호수 가장자리에서 노니는 로미오를 감상하면서 호숫가에서 스키 트랙을 만들 때 사용하던 거대한 설상차의 손잡이에 몸을 기댔다. "아니야." 그가 늑대를 향해 고개를 끄덕이며 말했다. "저 녀석은 원본이야."

죽은 암컷과 로미오의 DNA를 비교하는 과학 실험을 할 수는 없는 노릇이었으므로(사람들은 그런 실험을 입에 올리긴 해도 차마 시도해보지는 않았다) 늑대의 기원을 둘러싼 모든 이론은 그런 식이었다. 우린 우리가 품고 있는 어떤 질문에도 확실한 대답을 전혀 얻지 못했고, 그리고 어쩌면 점점 쌓여만 가는 그런 미스터리가 이 이야기에 가장 적합한지도 몰랐다.

이 검은 늑대가 어디에서 왔건 간에 우리는 모두 한 가지 점에 의견을 같이했다. 그것은 지구상 어디에도 이 광경에 비할 만한 것은 없다는 점이었다. 무리와의 상호작용은 전혀 없었지만, 여전히 바로 저곳에 한 마리 늑대가 그 누구도 들어본 적 없을 정도로 다가가기 쉽고 믿음직한 외양을 하고 있다. 이미 초창기부터 녀석은 우아하고 느긋한 동작으로 주노의 풍경 중 일부가, 우리를 규정하는 잔주름 중 하나가 되었다. 누군가에게 녀석은 그저 호기심의 대상이었지만 점점 늘어나는 구경꾼들에게 녀석은 새로운 이웃이자 카리스마와 사교성을 타고난 친구, 모두가 파티에서 함께 어울리고 싶어하는 그런 부류였다. 녀석은 이 마을에서 사실상 마스코트가 되어가는 중이었다.

알래스카 안에서 검은 늑대는 이제 비밀이 아니었지만 역설적으로 이 늑대는 우리들만의 비밀로 남아 있었다. 물론 〈주노 엠파이어〉에 실리는 건 뭐든지 앵커리지와 페어뱅크스의 신문에 포착되었고, 나는 〈알래스카〉지에 싣는 내 칼럼에서 처음으로 늑대에 대한 이야기를 펼쳐놓았다. 하지만 CNN이나 〈투데이 쇼〉에 제보하는 사람은 아무도 없었다. 당시에는 유튜브도 페이스북도 트위터도 없었다. 만일 있었더라면 늑대 로미오 현상은 몇 편의 스마트폰 영상만으로도 폭발적인 인기를 얻고도 남았으리라. 그리고 매년 관광객 100만 명이 크루즈를 타고 주노를 통과하고, 이 중 3분의 1 이상은 주마간산 식의 세 시간짜리 관광을 하면서 결국 빙하를 찾겠지만, 이 인파는 3월부터 9월까지 한정된 현상이다. 컴컴하고 폭풍이 휘몰아치는 우림의 겨울은 절대적으로 지역 주민과 그들의 늑대만을 위해 존재했다. 주노에서 벌어지는 일은 최소한 당분간은 주노 안에 머물렀다.

5

쳐라, 파묻어라 그리고 입을 닫아라

2004년 4월

　나는 익숙한 소리에 단잠에서 깨어났다. 총구의 울림이 이중창과 침실에 드리워진 방음 블라인드를 흔들어놓을 정도로 가까운 곳에서 발사되는 대구경 권총 소리였다. 그리고 한 번 더. 귀마개를 한 셰리는 몸을 뒤척이며 웅얼거렸다. 내가 비척비척 창문으로 다가가자 개들이 고개를 들었다. 나는 무슨 일이 벌어지고 있는지 너무나도 잘 알았다. 어떤 멍청한 작자가 우리 집 뒷문에서 200미터도 안 되는 곳에서 대구경 권총을 발사하고 있었다. 스케이터스 캐빈에서 가까운 그 호숫가는 지역 사람들이 이 지역이 10여 년 전 같은 그런 야생 지역이 아니라는 사실을 망각한 채 가끔 야성미를 한껏 뽐내는 인기 있는 파티 장소였다.

　그런데 갑자기 이런 총질은 근처 집주인들에게 소란에 대한 분노와 가족에 대한 위협을 넘어서는 문제가 되었다. 첫 총성이 울려 퍼졌을 때 나는 '그 늑대'라는 생각을 언어보다는 이미지에 가까운 형태로 제일 먼저 떠올렸다. 지금 어둠 속을 뚫고 달려가봤자 정적만 울려퍼질 뿐, 허사라는 생각을 하지 못하고 서둘러 청바지와 부츠, 재킷을 집어들었다. 총을 쏜 사람이 누구였는지 몰라도 이미 사라지고 없었다. 아마 내 발이 마룻바닥에 닿기도 전에 트럭에 뛰어올라 굉음을 내며 떠나갔으리라. 경찰 신고 센터에 전화를 걸었지만 담당자는 알래스카 식의 작은 놀이를 수사하기 위해 촌구석에 수사관 파견하는 일을 달갑잖게 여기는 게 분명해 보였다. 나는 침대에서 자고 있는 아내 옆으로 다시 들어가 누웠지만 사위가 회색으로 밝아올 즈음 눈밭에서 내가 무엇을 발견하게 될지 걱정하느라 셰리의 알람이 울릴 때까지 잠들지 못했다. 쌍안경을 집어들고 블라인드를 걷어올린 순간, 쌍안경은 필요 없다는 사실이 분명해졌다. 800미터쯤 밖에 로미오가 그날의 첫 놀이 친구가 되어줄 개가 나타나기를 기다리며 고개를 들고 긴장한 채 몸을 웅크리고 있었다. 그날의 총성이 술 취한 사람들의 장난이었는지 아니면 이 늑대의 목숨을 노리고 계산된 불법적 시도였는지는 지금도 알 수 없다. 어쨌든 이따금 늦은 시간에 호수를 가로지르는 총성이 울려퍼진 건 그때가 처음도 마지막도 아니었다.

초창기 알래스카와 관련된 이야기에서부터 지난주 뉴스 기사에 이르기까지 늑대는 알래스카 곳곳을 떠돌아다녔고, 이들의 무시무시한 형체는 검고 씁쓸한 향신료가 되어 많은 알래스카인들에게 사랑받고 있는 듯하다. 심지어 가장 큰 목소리로 불만을 늘어놓는 사람들마저 (어쩌면 누구보다) 그 풍미를 즐기는 것 같았다. 늑대에 대한 불만은 사냥감을 먹어버린다는 데 거의 집중되어 있지만, 인육을 먹을지도 모른다는 상상 속의 위협은 어쩔 수 없이 늑대 일반, 특히 로미오처럼 영역이 인간과 중첩되는 동물을 살상하는 정당한 사유로 제시된다. 앵커리지나 페어뱅크스 외곽 같은 준도시 지역에서 주 정부의 감시하에 이런 동물들을 선발, 살상하는 일은 일련의 사건과 불만이 이어진 뒤(보통은 어떤 지역 내에서 인간이 겁 없고 무모한 늑대와 마주치거나 반려동물을 공격하는 일이 일어난 뒤)에야 이루어진다. 하지만 많은 허세꾼들은 주저 없이 먼저 총질을 하고 나중에 일어날 일에 대한 걱정은 나 몰라라 한다. 이런 살상은 종종 불법적이고 보고도 되지 않는다. '쏴라, 파묻어라 그리고 입을 닫아라'라는 말이 있을 정도다.

알래스카의 살인 늑대라는 위협을 크게 부풀린 건 생존을 위해 사투를 벌이는 이야기가 전개되는 2011년의 누아르 영화 〈더 그레이〉였다. 리엄 니슨은 항상 총을 차고 보초를 서는, 세파에 찌든 늑대 생물학자 역을 맡아 총체적 공격이라는 꾸준한 위협으로부터 노스슬로프 송유관 일꾼들을 지켜낸다. 니슨과 다른 노동자들을 실은 비행기가 로미오와는 딴판인 어떤 끔찍한 검은 늑대가 이끄는 늑대 무리의 영역에 추락한 뒤, 초라하고 꾀죄죄한 이 인간들은 가차 없는 추격에 시달린다. 이 영화가 강렬한 이야기인 것은 분명하지만, 한 가지 문제가 있다. 처음부터 끝까지 온통 할리우드의 터무니없는 헛소리라는 점이다. 그리고 이 영화는 우리의 집단 무의식에 똬리를 틀고 있는 무시무시한 늑대가 과거 속으로 사라지지 않고 아직도 건재한다는 증거이기도 하다. 사실 변신을 하는 흡혈귀/늑대가 나오는 〈트와일라잇〉 시리즈와 톨킨의 중간계 영웅소설을 영화화한 피터 잭슨의 작품 등 최근의 주류 영화 몇몇에는 사악한 살인 늑대 신화를 다음 세대까지 영속시키기 위해 맞춤 설계라도 한 것처럼 공포감을 극대화하는 외모에 하울링을 하며 바다 괴물을 타고 다니는 늑대괴물이 가득하다.

〈피터와 늑대〉나 〈빨간 모자〉, 러시아의 스텝 지역에서 여행객들을 쫓아다니는 식인늑대 이야기는 또 어떤가. 최근 200년간 육식동물의 공격이 가장 많이 일어난 곳은 인도와 아프가니스탄과 파키스탄의 오지들로, 공식적인 기록은 남아 있지 않지만 주로 천연 먹이의 감소와 인간의 빈곤, 늑대 서식지 침입, 가축을 어린아이들에게 맡기는 전통 때문에 수백 건의 사망 사고가 일어난 것으로 보인다. '모글리'라는 아이가 다정한 늑대들에게 입양되는 이야기를 담은 러디어드 키플링의 《정글북》(인류의 문헌 중에서 늑대를 인간에게 우호적인 존재로 재현하는 몇 안 되는 작품이다)은 현실감 넘치는 위협에 긍정적 색채를 입히기도 했다. 식인 늑대의 사례는 유럽 곳곳에도 산발적으로 기록이 남아 있지만, 대부분이 입증할 수 없거나 진지하게 파고들면 신뢰하기 어려운 것들이다.

전염병과 전쟁의 물결이 아메리카 대륙을 휩쓸던 시절에 늑대(열심히 적극적으로 사체를 파먹는 동물)는 분명 인간의 시신을 먹었고, 이 때문에 목격자들은 두려움에 떨며 늑대를 피에 굶주린 식인동물로 표현했다. 구세계의 늑대인간 전설에도 당연히 뿌리가 있으리라. 인육을 맛본 늑대들이 인간을 먹잇감으로 인식하게 되어 겁 없이 전보다 자주 인간을 노리게 되었다고 상상해볼 수도 있다. 하지만 이런 전개를 입증할 수 있는 구체적인 근거는 부족하다.

북아메리카의 경우, 1944년에 스탠리 P. 영이라는 연구자가 1900년 이전에 북아메리카 대륙에서 발생한 늑대의 공격 사례 30건과 그 때문에 사망했으리라 추정되는 여섯 인간에 대해 살펴본 적이 있다. 서론에서 그는 "이 이야기들이 풍부한 상상력의 산물인지 진실인지는 판단하기가 어렵다"라고 밝힌다. 즉, 그는 여섯 건의 사망 사건 모두(아메리카 개척자들이 곳곳으로 뻗어들어가면서 많은 늑대와 인간이 충돌했다는 사실을 감안하면 놀라울 정도로 적은 수다) 실제로 일어나지 않았을 가능성의 문을 열어두었다. 하지만 기록된 사건에서는 분명 야생 늑대가 인간을 공격했음을 부정할 수 없는데, 상대적으로 최근에 보고된 건은 주로 알래스카에 집중된다. 2002년 주 소속 생물학자 마크 맥네이는 1970년부터 2000년까지 인간과 늑대 사이에서 일어난 80건의 상호작용을 가지고 사례 연구를 했는데, 몇 가지를 빼면 전부 알래스카와 캐나다가 주 무대였다. 몇 건은 심각한 부상이었지만 생명이 위태로운 부상은 한 건도 없었다. 심각한 부상 여섯 건 가운데 네 건에서 피해자가 어린이였는데, 그중에 2000년 알래스카 아이시만의 벌목 캠프에서 피해를 입은 여섯 살 남아 사건은 언론을 통해 널리 알려져 논쟁을 불러일으키기도 했다. 사실 맥네이가 직접 밝힌 바에 따르면, 그가 보고서를 작성하게 된 것은 이 사건을 계기로 늑대가 인간에게 어떤 위험을 가하는지 재평가하고 싶어서였다. 늑대는 놀고 있는 이 남아를 공격해서 입에 물고 끌고 다녔다. 그러자 반려견인 검은 래브라도 레트리버와 가까이 있던 어른들이 끼어들었다. 조사 결과 총에 맞아 죽은 이 늑대는 1년 전부터 사람들 사이에 나타나 사람들이 주는 먹이에 길들여진 동물로, 공격이 있기 전 몇 주 동안 캠프 직원들에게 먹이를 얻어먹었던 것으로 드러났다.

맥네이는 늑대가 인간을 공격하는 요인들을 완벽하게 분석하지는 않았지만 그의 보고서를 주의 깊게 읽어보면 그 함의를 추정하고 부족한 부분을 덧붙일 수 있다. 여기서 핵심은 먹이에 길들여지는 것이다. 사람의 존재에 익숙해지는 것 자체가 직접적인 원인은 아니지만, 그러면 인간에게 가까이 다가올 가능성이 높아지므로 일이 잘못될 가능성이 높아질 수 있다. 또한 아이처럼 작은 존재나 작고 약해 보이는 행동—자세를 낮추거나, 혼자 있기—은 공격의 위험성을 가중시키는 것으로 보인다. 공식적인 공격 사건 10여 건(대부분이 육체적 접촉 없이 끝났다)에서 늑대는 자기 자신이나 새끼, 무리의 구성원 혹은 사냥감을 인간으로부터 지키려 했던 것으로 보인다. 늑대들이 인간을 다른 먹이로 착각하고 공격하려 했다가 실수를 알아차리자 물러난 것으로 보인 경우도 있었다. 그중에 인간의 손을 타지 않은 야생 늑대가 아무런 이유 없이 심각한 공격을 가한 경우는 극소수였고, 특히 인간에게 어떤 식으로든 상해를 입힌 경우는 거의 없었다.

아이시만 사건을 비롯해 총 39건의 공격 사건 중 개를 동반한 인간이 관련된 사건은 여섯 건이었다. 맥네이는 늑대가 인간을 공격하는 데 개가 모종의 역할을 했다고 지목하진 않았지만, 그럴 가능성을 시사하긴 했다. 어쩌면 그건 영역에 따라 어떤 무리의 늑대들은 모든 갯과 침입자에게 적개심을 품기 때문일 수 있다. 낯선 늑대, 코요테, 여우, 개는 보통 늑대의 눈에 띄기만 하면 추격당해 목숨을 잃고 종종 먹히기도 한다. 이것이 사실이라면, 로미오가 사람과 개에게 보이는 숱한 평화의 상호작용은 더욱더 빛을 발한다.

상상의 산물이든 실제 현실이든, 위협에 그치거나 무는 정도에서 끝난 사건을 제외하면 알래스카의 전 역사에서 광견병에 걸리지 않은 야생 늑대가 인간을 공격해서 목숨을 빼앗은 확실한 사건은 단 한 번뿐인데, 그것도 최근에 일어난 일이다. 2010년 3월 8일, 갓 부임한 펜실베이니아 출신의 젊은 교사 캔디스 버너는 치그닉레이크라는 알래스카 반도의 외딴 마을에서 3킬로미터 남짓 떨어진 곳에서 목숨을 잃었다. 목격자가 없어서 정확한 정황은 알 수 없다. 버너는 동료에게 운동을 하고 싶다고 말한 오후 4시 반경에 마을 학교에서 마지막으로 목격되었다. 그녀가 주민 73명이 거주하는 알루티크 에스키모 마을로 이어지는 좁고 구불구불한 덤불길을 나섰을 때는 시속 56킬로미터의 강한 서풍을 타고 눈보라가 휘몰아치고 있었다. 그녀는 교외에서 달리기를 하는 사람들이 흔히 그렇듯, 별생각 없이 헤드폰으로 음악을 들으며 마을 바깥을 향해 걷거나 달렸다. 한 시간 뒤 마을 주민 네 명이 설상차를 타고 가다가 버너의 엄지장갑 한 쪽과 핏자국을 도로에서 발견했고, 수십 미터 언덕 아래에서 찢기고 부분적으로 먹히기까지 한 그녀의 시신을 찾았다. 버드나무 덤불로 뒤덮인 현장은 동물 자국과 싸움의 흔적이 남아 있었다. 일행 중 셋은 도움을 청하러 떠나고, 남아 있던 젊은 남자는 설상차를 타고 주위를 돌아보다가 늑대 한 마리가 덤불에서 나와 도망치는 모습을 목격했다. 버너의 시신은 몇 미터를 질질 끌려간 상태였고 나중에 무장한 사람들이 그녀의 유해를 수습해 마을로 가져갔다. 알래스카주 경찰들은 그다음 날 아침에 도착해 인간에 의한 범죄 가능성을 염두에 두고 지문 채취용 가루, 섬유 샘플, 강간 검사용 면봉 같은 것들을 들고 와서 수사에 착수했다. 하지만 야생동물이 관련되었다는 증거가 거의 분명해지자 이들은 사건을 어업수렵부로 넘겼고, 어업수렵부는 자체적으로 수사에 들어갔다. 어업수렵부 직원들은 악천후 속에서도 헬리콥터를 타고 두 마리 늑대를 추격해서 사살했고, 이어 민간에서 고용한 전문적인 늑대 항공 사냥꾼 두 명이 그 일대를 샅샅이 뒤져 3주 동안 그 마을의 25킬로미터 반경 안에서 여섯 마리를 더 죽였다.

늑대가 인간을 공격했다는 확실한 소식은 알래스카 전체를 들끓게 했다. 늑대를 싫어하는 사람들은 여 보란 듯 만족스러운 미소를 띠고 이게 바로 늑대가 위험한 증거라고 말했다. 하지만 일부 저명한 생물학자와 야생동물 전문가를 비롯한 많은 알래스카인들은 여전히 회의적이었다. 동네 개가 범인일 수도 있지 않을까? 어쨌든 매년 알래스카인들 수백 명이 집에서 키우던 개에게 공격을 당하거나 때로 사망으로 이어지기도 하는 이런 사건들은 안타깝게도 오지 마을에서는 아주 흔하다. 나는 썰매개에게 심각하게 부상을 당한 어린아이 몇 명을 알고 있고 커다란 허스키 혼종과 직접 싸워서 물리친 적도 있다. 나보다 더 작거나 공황 상태에 빠진 사람이었다면 별 저항을 하지 못한 채 목숨을 잃을 수도 있었을 것이다. 어쩌면 버너는 그런 동물과 마주쳤는지도 모른다. 아니면 쓰레기를 뒤져서든 일부러 주는 것이든, 마을 사람들을 통해 먹이를 얻던 늑대들이 사람을 보면 먹이를 연상하게 된 것은 아닐까? 아니면 사람에게 살해당해서 마을 바깥에 버려진 사체를 늑대나 개가 뜯어먹었는지도 모른다. 버너의 사건이 발생한 지 1년이 흐르도록 어업수렵부가 사건에 대한 최종 발표를 하지 않고 세부 사항을 철저히 함구하고 있다보니 갖가지 소문이 가라앉지 않고 꾸준히 흘러다녔다. 결국 어업수렵부의 보고서가 발표되었고, 나는 두 기관의 조사를 모두 확인하기 위해 주 경찰관 댄 새들로스크와 어업수렵부의 지역 생물학자 렘 버틀러를 인터뷰했다. 두 사람 모두 기꺼이 도와주었고, 솔직했다. 두 기관의 발표 사이에는 사소한 차이가 분명하게 있었고 초기에 미디어가 내놓은 발표와도 미미하게 달랐지만, 나는 공식적인 결론을 부인할 근거를 전혀 찾지 못했다. 눈 위의 흔적들과 시신에서 얻은 DNA 분석 결과를 가지고 판단했을 때 캔디스 버너는 최소 두 마리에서 최대 네 마리 정도의 늑대에게 목숨을 잃었다. 마지막에 사살된 늑대 중 한 마리의 DNA가 이 샘플들과 일치했다. 버너는 늑대에게 많은 곳을 물렸는데, 특히 목이 치명상이었고, 엉덩이와 어깨, 팔의 일부를 먹혔다. 만일 그녀의 시신을 수습하지 않았더라면, 늑대의 사냥감들이 그렇듯 머리털과 뼛조각까지 늑대의 입에 들어갔을 가능성이 높았다.

어째서 버너가 희생자가 되었는지를 설명할 수 있는 특이 사항은 많았다. 기상 상황이 열악했고 생기 없는 빛과 눈보라 때문에 거리가 왜곡되어 형체를 분간하기 어려웠다. 그녀가 공격을 당한 곳은 좁고 구불구불한 덤불길이었다. 버드나무 덤불에 남아 있는 늑대의 흔적에 따르면 늑대는 버너의 뒤를 몰래 밟지 않았다. 그보다는 아마 서로 수십 미터 떨어진 채 빽빽한 덤불에 막혀 보이지 않는 커브 길을 돌다가 만나는 바람에 둘 다 깜짝 놀랐으리라. 버너의 시신을 발견한 마을 주민 중 한 명은 버너의 흔적으로 봤을 때 그녀가 어떤 지점에서 마을로 되돌아가려고 했던 것으로 보인다고 진술했다. 그녀는 놀라서 방향을 틀어 달렸을 것이고, 늑대는 새끼 무스 같은 일반적인 먹잇감을 예상하고 사냥 태세로 전환해 도망치는 모호한 형체를 좇았을 것이다. 버너의 키가 150센티미터도 안 되다보니 더 만만해 보였을 수도 있다. 육식동물과 마주쳤을 때 도 망치면 추격해서 먹이로 삼으려는 충동을 자극한다. 만일 버너가 가만히 서서 적절한 몸짓을 했더라면 늑대들은 멈춰 서서 충분히 살펴본 뒤 거리를 유지하거나 물러났을 것이다. 그렇다고 해서 그녀의 반응이 터무니없었다거나 그녀의 탓이라는 뜻은 아니다.

하지만 아무리 여러 요인이 이런 상승 효과를 일으켰다 해도 인간과 늑대의 상호작용 대다수(알려지지 않은 수만 건)는 늑대 쪽에서 아무런 공격의 낌새도 보이지 않은 채 막을 내린다는 점에서, 어째서 이 한 번의 조우가 전면적 살육으로 이어졌는지를 이해하기는 어렵다. DNA가 일치했던 죽은 늑대의 신체 상태는 대단히 양호했고, 가능성은 열어둘 수 있지만 어쨌든 늑대들이 인간에게 익숙했다거나 먹이에 길들여졌다는 확실한 증거도 없었다. 생물학자 버틀러의 보고서는 과거 치그닉 주위에서 늑대가 동네 개와 고양이를 먹은 적이 있다고 밝힌다. 늑대의 자취는 울타리가 있긴 하지만 완벽하게 잠기지 않은 마을 쓰레기통 주위에서도 발견되었고, 동네 개가 쓰레기 봉지를 질질 끌고 가는 모습이 목격된 적도 있었다. 분명 늑대도 그와 같은 행동을 했을 것이고, 그래서 사람을 보면 먹이를 연상했을 수도 있다.

기록으로 남아 있는 사건 중에 한 북아메리카 주민의 죽음에 건강한 야생 늑대가 관련된 사건이 딱 하나 있다. 2005년 11월, 캐나다 서스캐처원의 외딴 지질 탐사 캠프장에서 쓰레기장을 배회하던 이 늑대들은 대담했을 뿐 아니라 사람에게 익숙했고 먹이에 길들여진 상태였던 것으로 보인다. 켄턴 카네기라는 젊은 지질학자는 공부를 마치고 산책을 하러 나섰다가 한 마리 이상의 육식동물에게 공격을 당해 목숨을 잃었고 부분적으로 먹힌 뒤 은닉되어 있었다(외진 곳에 끌려가서 가려져 있었다). 카네기의 죽음은 북아메리카에서 야생 늑대가 사람을 살해한 최초의 사건일 수도 있었던 터라 자연스럽게 심도 깊은 조사로 이어졌다. 몇몇 존경받는 생물학자들은 범인이 흑곰일 가능성이 높다고 주장했고, 마크 맥네이를 비롯한 일부 학자들은 증거가 늑대를 가리킨다고 주장했다. 하지만 연구자 데이비드 메치를 비롯한 다른 사람들은 최종 판단을 보류했는데, 그것이 공식적인 결론이었다. 정말로 늑대가 간여했다면 인간과 늑대가 서로 교류해온 400여 년 동안 북아메리카 대륙 전역에서 늑대가 인간을 포식한 공식적인 사례는 단 두 건이다. 같은 기간에 수많은 사람들이 돼지, 망아지, 사슴, 라마를 비롯한 다양한 가축과 야생동물에게 목숨을 잃었다. 미국 한 곳에서만 집에서 키우는 개에게 사람이 목숨을 잃는 사건은 연 평균 30여 건이고, 수천 명이 이른바 우리의 가장 친한 친구들에게 심하게 물린다.

늑대와 직접 마주친 많은 경우에 내가 만만해 보일 수도 있는 상황이었는데도(내가 엉덩이 높이까지 쌓인 눈 속에 파묻혀 있을 때 늑대가 나를 향해 뛰어온다든지, 어둠 속에서 주위를 맴도는 상황 같은) 정말로 위협을 받았다고 느낀 건 딱 한 번뿐이었고, 그나마 어린 암컷이었던 (그리고 일생 동안 만나온 많은 늑대들처럼 검은색이던) 그 늑대에게 나를 해칠 의도는 없었던 것 같다. 그 암컷은 무리의 다른 늑대들과 함께 궁지에 몰린 무스를 쫓다가 옴짝달싹도 하지 않는 설상차를 붙들고 씨름하던 내 희미한 형체를 수풀 속에서 발견했다. 그러고는 약탈 의도를 품은 채 돌진하는 듯하다가 10미터 정도 떨어진 곳에 멈춰 서서는 눈을 크게 뜨고 나를 살펴보다 반대 방향으로 힘껏 달려갔다. 물론 그때 그 암컷과 로미오를 제외하고, 몇십 미터밖에 안 되는 가까운 거리에서 나를 보고 반응했던 다른 태평한 늑대들은 조심스럽게 호기심을 표출하거나 무심했고, 내 존재를 예외로 차분하게 받아들이는 것 같았다.

한편 내가 접했던, 덫에 걸리거나 상처 입은 늑대들은 모두 고분고분하거나 두려워하는 듯한 몸짓을 했다. 그도 아니면 필사적으로 탈출하려 했다. 으르렁대거나 물려는 행동은 대상이 가까이 다가오거나 자신을 쿡 찔렀을 때 이에 대한 완전히 방어적인 반응으로, 적개심이 아니라 갈등을 피하고 싶다는 뜻이다. 한 무리의 늑대가 사납게 으르렁대며 이를 드러내는 영화 속 장면들은 사실 사냥감 가까이에 모인 늑대들이 자기들은 편하게 식사를 하고 싶다고 주위에 알리는 행위에 해당한다.

내 경우 30여 년간 늑대와 마주치고도 별 고초를 겪지 않았던 반면, 같은 기간에 10여 마리의 회색곰과 그보다 세 배쯤 많은 무스로부터 공격과 추격을 당하거나 저돌적으로 접근해오는 경험을 했다. 또 사향소 몇 마리가 내게 돌진해왔으며, 흑곰 몇 마리와 북극곰 암컷 한 마리가 으르렁대면서 물려고 하거나 위협적으로 겁을 주기도 했고, 부상당한 수컷 카리부가 고개를 낮추고 들이받으려 해서 달랑 칼 한 자루를 쥐고 녀석의 뿔에 맞서야 했던 적도 있다. 내가 개인적으로 아는 사람 중에서도 불곰이나 회색곰에게 공격을 당한 사람이 적지 않았다(몇몇은 친구였고, 한 명은 목숨을 잃었다). 하지만 여러 세기에 걸친 야생의 경험이 축적된 정착민과 사냥꾼을 포함해 내가 아는 어떤 사람도 건강한 야생 늑대에게 그렇게 많이 공격당한 사례는 없다. 애낙투배크패스 출신인 클래런스 우드의 오랜 이누피아크 친구, 잭 휴고는 열네 살이던 1943년에 한 늑대에게 공격을 당했는데, 그와 그의 아버지가 이 늑대의 행동을 근거로 판단했을 때 광견병에 걸린 것으로 추정되었다. 카리부 가죽으로 된 옷을 입은 덕에 생명을 지킨 잭은 이제 노인이 되어, 몇 년 전 날씨가 궂은 4월의 어느 날 커피를 마시며 내게 그때 이야기를 들려주었다.

겁 없이 달려드는 늑대는 광견병으로 의심되는 경우가 많았다. 알래스카 남동 지역과 중남 지역에는 이 바이러스가 거의 없지만, 알래스카 서부와 북극 지역에서는 몇 년에 한 번씩 발생한다. 체계적으로 뇌를 파괴하는 이 치명적 바이러스에 공격당한 포유동물은 이상할 정도로 온순하거나 겁이 없어 보일 수 있다. 그리고 휘청거리거나 침을 흘리기도 하고, 드물지만 맹목적인 공격성을 띠기도 한다. 알래스카에서는 잭 휴고의 사례 말고도 광견병 늑대에게 공격당한 사례 몇 건이 기록으로 남아 있는데, 그중 최소한 두 건에서 피해자가 늑대에게 물린 뒤 역시나 치명적인 병에 걸려 목숨을 잃었다. 하지만 이런 사례는 지금도 지속되고 있는 공중 보건의 위험에 비하면 지극히 부차적인 각주에 불과하다.

우리가 풀어야 할 문제는 어째서 버너와 카네기가 늑대에게 공격을 당해서 목숨을 잃었는지가 아니라, 북아메리카 대륙, 남-중앙아시아의 오지를 제외한 거의 모든 지역에서 늑대가 인간을 공격하는 일이 이렇게 희귀한가이다. 늑대는 눈치가 빠르고 적응력이 높은 포식 동물이다. 그런데 어째서 대부분의 야생 먹잇감에 비해 느리고 작고 약한 인간을 일상적으로 공격하지 않는 걸까? 물론 만일 북아메리카의 늑대들이 인간을 잠재적 먹이로 여겼다면 수천 명이 늑대에게 물려서 목숨을 잃었을 것이다. 하지만 겨우 두 명이다. 잡아먹으려는 의도가 아니라고 해도 늑대는 〈더 그레이〉에 나오는 괴물 늑대처럼 자기 영역을 방어하기 위해 인간을 공격하지는 않는다. 사실 굴 근처에 있는 늑대들은 아무리 새끼와 함께 있더라도 놀라서 개처럼 짖거나, 하울링을 하거나, 공격하는 척하거나, 불안해하다 꽁무니를 빼지만 이상할 정도로 인간의 침입에 공격성을 드러내지는 않는다(곰이라면 공격을 할 텐데 말이다). 왜 그러는 걸까? 오랜 공진화共進化와 자연 선택을 거치며 어쩌면 우리는 늑대의 유전적 기억 속에 반신반인이나, (이게 더 그럴싸한데) 피해야 할 심각한 위협으로 각인되어 있는지 모른다. 아니면 그저 우리가 필적할 상대가 없을 정도로 워낙 낯설어서 이 이질적인 존재감이 두려움을 불러일으키는지도 모른다. 최소한 우리가 늑대를 두려워하는 만큼 늑대 역시 우리를 두려워하는 듯 보이는 것은 그래서이며, 따라서 우리의 두려움은 사실 근거가 희박하다고 볼 수 있다. 그러니까 우주에서 날아온 쓰레기에 맞아 죽을 정도로 엄청나게 재수가 없지 않는 한, 늑대에게 목숨을 빼앗기기는 힘들다는 말이다.

그렇다면 그다음 질문은 이것이다. 어째서 수세기 동안 북아메리카에서 늑대에게 목숨을 빼앗긴 사람이 한 명도 없다가 21세기 초에 두 명이 죽게 된 걸까? 그저 우연일까 아니면 인간과 늑대의 접촉이 늘어나면서 피할 수 없었던 사고일까? 아니면 늑대에 대한 인간의 박해가 줄어들면서 늑대가 겁이 없어지고 있는 걸까? 물론 사례가 워낙 적다보니 의미 있는 일반화에 도달하기는 불가능하다. 북아메리카에 사는 늑대들도 심한 육식동물 통제 작전과 스포츠용 사냥과 덫에 시달린다. 최신 설상차와 ATV 덕분에 그 어느 때보다도 오지에 접근하기가 쉬워졌고 알래스카에서는 이런 기계들을 타고 늑대를 추격하는 일은 합법적 행위다. 그리고 알래스카를 제외한 북아메리카 48개 주에서는 스포츠용 사냥이 최근까지 (몬태나, 아이다호, 와이오밍, 미시간, 미네소타, 위스콘신 등의) 멸종 위기종 관리법에 따라 관리되었는데도 많은 사상자를 냈다. 자연 선택의 원리에 따라(용감하고 겁 없는 늑대는 인간에게 목숨을 잃을 위험에 훨씬 더 자주 직면한다) 늑대들은 역사상 그 어느 늑대들보다 인간을 경계해야 했을 것이다. 매년 알래스카 늑대의 약 10퍼센트가 인간의 손에 목숨을 잃었고, 기록되지 않은 살상까지 포함하면 사태는 훨씬 심각할 수 있음을 고려해보자. 실제 수치는 이보다 두세 배 더 높을 수도 있다. 내가 살았던 북극의 작은 원주민 마을에서는 1년에 늑대 20여 마리가 잡혔지만, 반드시 있어야 하는 어업수렵부의 기록용 인장이 찍힌 늑대 가죽은 거의 보기 힘들었다. 그 일대와 알래스카 전역의 유사한 마을에서 이와 비슷한 수의 늑대가 신고되지 않은 채 목숨을 잃었다고 추정한다면 1년에만 총 수백 마리가 이런 식으로 죽어갔을 것이다. 따라서 오늘날 늑대들이 알래스카에서 학대를 겪다보니 차츰 인간을 피하게 되었음이 틀림없다. 하지만 알래스카에서 이 두 종 간의 접촉이 줄고 있다는 흔적은 어디에도 없다. 그리고 이 접촉의 대부분은 늑대에게 불리한 방향으로 진행된다.

　로미오가 그 첫 겨울에 많은 인간들에게 가까이 다가왔다가 누군가가 쏜 총을 피했다는 사실은 그리 놀라운 기적은 아니었다. 만일 허기가 종을 넘어선 사회성보다 더 강력했더라면 로미오는 그 첫 몇 주 안에 무지개다리를 건넜을 것이다. 로미오는 초반에 개나 인간과 우호적으로 혹은 중립적으로 접촉했지만, 사람들은 알래스카의 과거사를, 신화와 전설에 담긴 더 어두운 이야기들을 알고 있었다. 로미오는 대부분의 늑대와 달리 별생각 없는 사냥꾼들에게도 쉬운 표적이었다. 그저 적절한 시간에 웨스트글레이셔 트레일 주차장으로 차를 몰고 가서 한 발 날리거나, 가까운 덤불에 독을 섞은 미끼를 던져놓거나, 녀석이 다니는 길목에 덫을 한 무더기 설치하기만 하면 끝이었다. 그리고 늑대가 엉뚱한 마당을 어슬렁대다가 인간에게 발각되어 자기방어라는 핑계로 사살될 가능성 역시 점점 높아졌다. 로미오가 총총걸음으로 호수를 가로지르는 광경은 전율을 일으킬 수도 있지만, 많은 구경꾼들은 이 광경에 두려움을 느꼈고 이 두려움은 우리가 그를 알고 지내는 몇 년 동안 주기적으로 쓸려왔다가 쓸려가면서도 결코 멈추지 않았다. 대부분의 경우, 목숨을 유지하는 일은 녀석에게 달려 있었다. 그리고 생명의 실을 잣고 가늠하고 끊어버리는 운명에 달려 있었다. 우리는 입을 다무는 것 말고는 그의 안전을 위해 할 수 있는 게 전혀 없었다. 철학과 영성에 통달했다면 긴장을 풀고 불가피해 보이는 미래에 대한 두려움을 떨쳐버릴 수도 있겠지만, 난 절대로 그럴 수가 없었다.

때때로 곳곳을 떠도는 로미오의 습성이 문제를 더 꼬이게 만들었다. 로미오 혹은 외모와 행동이 정말 똑같은 한 마리 이상의 검은 늑대가 점점 자주 멘덴홀 계곡의 이곳저곳에 불쑥 나타나기 시작했다. 선더산 인근의 한 동네에, 공항에서 1600미터도 안 되는 멘덴홀 습지에, 심지어 북쪽으로 40여 킬로미터 떨어진 아말가 항구 근처(이건드라이브, 글레이셔 고속도로 아니면 그냥 더로드라는 다양한 이름을 가진 80킬로미터 남짓 되는 해안 간선도로이자 양 끝이 모두 막힌 주노의 커다란 고속도로 위)에 나타난 적도 있다. 빙하 근처에 있는 로미오의 본거지는 사냥이 허용된 지역이 아니었지만, 웨스트글레이셔 트레일에서 4미터 떨어진 가상의 선을 넘거나 몬태나크리크를 어슬렁거리기만 해도 총알이 이리저리 날아다닐 터였다. 그리고 녀석은 때로 그보다 훨씬 멀리 가곤 했다. 자칭 스포츠맨 군단이 달려들면 합법적으로든 아니든, 거대한 최고급 늑대 가

우리 집 앞에서 기다리는 로미오

죽을 인상적인 전리품으로 손에 넣을 수도 있었다. 그러면 주노의 검은 늑대는 전원에서 종적을 감추고 아무도 녀석의 운명을 알지 못한 채, 누군가의 집에서 만화책에 나오는 것처럼 이빨을 드러내고 눈을 번뜩거리며 벽에 걸리게 될 터였다. 하지만 온갖 역경 속에서도 로미오는 목숨을 부지했을 뿐만 아니라 왕성한 활동성을 뽐냈다.

단 한 마리의 동물이 사회적 쟁점이 되는 경우는 거의 없지만, 로미오는 일생 동안 지역사회를 갈라놓았고 동시에 뭉치게 했다. 로미오는 알래스카에서 살아가는 사람과 늑대라는 거대한 진행형의 주제에서 살아 숨 쉬는 중심이었다. 사실 로미오를 둘러싼 의견은 정확히 두 진영으로 나뉘지 않았다. 그보다 한쪽에는 일부 열렬한 늑대 지지자들이 있고, 반대편 극단에는 똑같이 열정적인 목소리를 내는 소수의 사람들이 있으며, 대다수는 무심함을 비롯한 다양한 반응을 아우르는 그 중간 어디에 해당하는 식으로 다양한 입장이 긴 띠를 이루며 펼쳐져 있었다는 것이 진실에 더 가까우리라. 하지만 이 늑대에 대해 거의 모르고 녀석을 한 번도 보지 못한 사람이라 해도 필요하면 늑대의 존재에 대한 의견을 피력할 수도 있다. 그런데 이 검은 늑대에게 깊은 적의를 품은 주노 시민들은, 동료 시민들을 존중하는 마음에서였든 이웃과 지역 사회가 분노로 들끓는 걸 원치 않았기 때문이든, 뒤로 물러나 있었다. 이런 자제가 없었더라면 아마도 늑대는 살아남지 못했을 것이다.

지형을 고려했을 때 늑대가 인간에게 가장 중요한 쟁점이 되는 것은 당연했다. 총 5208제곱킬로미터에 달하는 주노 자치구는 남북으로 160킬로미터 가까이 뻗어 있고, 동쪽으로는 조수가 드나드는 깊은 피요르드를 가로질러 많은 섬들(특히 가까운 더글러스섬), 해안에 거대한 불곰이 많기로 유명한 크고 외딴 애드미럴티섬의 일부를 포괄한다. 실제로 도로가 깔린 지역은 산과 바다 사이에 낀, 좁은 연안 대륙붕을 따라 이어진 80킬로미터에 그친다. 주노는 알래스카 내에서뿐만 아니라 로스앤젤레스, 시카고, 뉴욕을 포함한 미국 전체에서 면적이 가장 큰 도시로 꼽힌다. 1890

년대 골드러시 시절에 주노를 성장시킨 주역들은 시의 행정 구역과 세수 기반 안에 최대한 많은 땅을 포함시키기 위해 통 크게 사고하는 전략을 채택했다. 인구 밀도는 제곱킬로미터당 열 명밖에 안 되지만 이런 통계만으로는 실제 이미지를 포착하기 어렵다. 어떤 사람들은 아무리 소리를 질러도 이웃에게 들리지 않을 정도로 인적이 드문 곳에서 살고 완전히 야생에서 고립된 채 살아가는 사람도 없지 않지만, 3만여 명 되는 주민 대다수는 인구가 밀집된 계곡에서 끝나는 작업도나 순환로를 따라, 또는 해안을 따라 30킬로미터에 걸쳐 있는 좁은 지역에 모여 산다.

한편으로는 사면이 너무 가팔라서 눈사태의 위험 때문에 건물을 지을 수 없고, 다른 한편으로는 조수 때문에 개발이 가로막혀 있다. 주노에 포함된 땅들은 대부분 사람이 살지 않는 야생의 영토로 구성되어 있고, 개발이 이루어지더라도 상당히 밀도 있게 진행된다. 주의 관청 건물과 관광 용품점, 식당이 늘어선 시내 큰길을 비롯한 주도의 가장 도시다운 구역도 1600미터가 안 되는 주요 야생동물 서식지 내에 위치해 있다. 밤이 되면 주 의회 건물 바로 앞마당에서 흑곰들이 조용히 돌아다니고, 해안가의 주택 인근에서는 범고래가 바다표범에게 추근댄다. 주도든 아니든, 의도적으로 생각했든 우연이었든, 주노는 알래스카뿐만 아니라 다른 어느 곳에 있는 같은 크기의 도시들보다 야생과 훨씬 잘 어울린다. 그러니까 그 속에 늑대 한 마리가 추가된다고 해서 누가 놀라겠는가.

사실 늑대의 등장으로 주노에서 논쟁이 벌어진 건 이번이 처음이 아니었다. 2001년 봄과 여름, 한 무리(다 큰 늑대 두 마리와 한 배에서 나온 새끼들)가 주노 중심지에서 가스티노 해협만 건너면 보이는 더글러스섬에 출현했다. 아무리 만조라고 해도 거리가 8미터도 안 되어서 늑대가 어렵지 않게 수영해서 닿을 수 있는 거리였다. 수십 년간 더글러스에서 늑대를 본 사람은 없었다. 그래서 이 늑대들이, 보트와 카약을 타고 자신들을 구경하는 사람들을 그다지 의식하지 않은 채 이 섬 뒤편에 있는 외진 암석 해안에 꾸준히 출현하자 관광객뿐만 아니라 주민들 역시 크게 흥분했다. 그해 겨울, 지역의 한 사냥꾼이 반쯤 자란 어린 늑대 일곱 마리(아마 전부였을 것이다)를 덫으로 잡아 죽인 뒤 가죽을 벗겼다. 그의 행동은 전적으로 합법적이었고 늑대가 이 섬에서 사슴의 씨를 말려버릴 거라고 주장했던 일부 지역 사냥꾼들은 환호했다. 하지만 뒤이어 일어난 분노는 인간이 아닌 늑대의 편을 들었다. 열렬한 늑대 반대 집단이 이를 갈며 광분했지만 더글러스에서 덫으로 늑대를 잡는 행위는 금지되었다. 어쩌면 사람들이 로미오에게 보여준 관용은 불과 2년 전에 있었던 이 작은 내전의 잔향이 있었기 때문이었는지도 모른다.

이보다 훨씬 알려지지도 않았고 이제는 거의 잊혔지만, 10여 년 전에도 한 사건이 커다란 그림자를 드리웠다. 1988년 어느 늦겨울 날, 주디스 쿠퍼라는 개썰매꾼이 시베리아허스키 세 마리를 데리고 웨스트글레이셔 트레일로 산책에 나섰다. 산책로에 접어든 지 얼마 안 되었을 때 개들이 쿠퍼에게 앞에 뭔가 있다는 신호를 보냈고 뒤이어 쿠퍼 역시 철겅거리는 이상한 소리를 들었다. 산책로에서 60~90미터 떨어진 곳에 검은 늑대 한 마리가 네 다리 중 세 다리가 강철 덫에 걸린 채 고통으로 번들거리는 눈을 하고 누워 있었다. 눈이 짓눌리고 피가 사방에 튄 데다 쇠약해진 상태를 봤을 때 이 젊은 수컷 늑대는 그 상태로 며칠을 보낸 듯했다. 쿠퍼는 도망치거나 서둘러 지나가는 대신 가까이 다가갔다. 늑대를 물고 있던 덫은 아마추어가 만든 티가 역력했지만 효과는 충분했다. 근처 나무에는 사슴 다리 몇 개가 걸려 있었고, 그 주위에는 뉴하우스에서 나온 4번 족쇄 덫이 같은 나무에 연결된 채 둘러싸고 있었다. 이 늑대는 구릉 지대에서 웨스트글레이셔 트레일을 따라 내려왔고 곳곳에 냄새 흔적을 남겼는데, 주디스는 나중에 녀석의 흔적을 따라가 보고 이 사실을 확인했다. 언덕 아래에서 갈팡질팡하던 녀석의 코가 결국 녀석을 곤경에 빠뜨렸다. 첫번째 강철 덫은 앞다리 위를 꽉 물었다. 녀석은 몸부림을 치다가 다른 두 개의 덫을 밟아버렸고 결국 옴짝달싹 못하게 되었다. 100년이 넘도록 디자인이 바뀌지 않은 이 기구에 갇힌 늑대들은 여기서 벗어나려고 발을 빼내거나, 뼈와 힘줄을 씹어 끊어내려 한다고 알려져 있다. 그러다가 결국 많은 늑대가 발가락이 잘리거나 동상으로 발을 잃고 만다. 이 어린 검은 늑대는 빠져나가기 위해 사투를 벌이다가 덫 주위의 가죽과 살이 해진 상태였고 어쩌면 뼈도 몇 개 부러진 것 같았다. 그로부터 23년 뒤 칠십 대가 된 주디스는 눈을 가늘게 뜨고 이렇게 회상했다. "사방에 얼어붙은 피가 있었어. 늑대는 움직일 수도 없는 지경이었지. 그 녀석은 으르렁대지도 않고 공격성을 전혀 드러내지도 않았어. 우리 개 중 한 녀석의 눈을 들여다보는 것 같았어." 그녀는 내게 이렇게 말했다.

쿠퍼는 주저하지 않았다. 산책로를 황급히 되돌아가 차로 달려간 뒤에 남자 둘을 데리고 돌아왔다. 그중 한 명은 지역 수의사였다. 이들은 이 위력적인 덫을 풀어내는 동안 올가미가 늘어진 방어용 기둥을 세웠지만 큰 의미는 없었다. "늑대는 우리를 물려고 하거나 싸울 생각은 하지도 못했어." 쿠퍼가 말했다. "우리가 도와주고 있다는 걸 이해하는 것 같았지." 쿠퍼와 동료들은 늑대를 덫에서 풀어준 뒤 물러나서 지켜봤지만 탈진해서 일어나지 못했다. 결국 세 사람은 우회로를 통해 산책로 위쪽으로 올라가 최대한 시끄러운 소리를 내기로 했다. 그리고 이 작전은 통했다. 늑대는 놀라서 일어서더니 다리를 절뚝이며 숲속으로 사라졌다. 주디스 쿠퍼가 현장 사진을 찍어두고 그 산책로를 일상적으로 다니는 개 수십 마리에게 가할 수도 있는 위험에 대해 증언한 덕분에 알래스카 수렵위원회는 (당시 위원이던) 조엘 베넷의 지휘 아래 멘덴홀 빙하 휴양지에 있는 모든 산책로 4미터 이내에 덫을 놓는 행위를 금지시켰다. 그리고 수년 뒤 바로 이 산책로에서 로미오가 거의 매일같이 돌아다니게 된다. 쿠퍼는 그 어린 검은 늑대의 목숨을 살려줬을 뿐만 아니라 몇 년 뒤에 등장한 로미오의 목숨을 구해줬는지도 모른다. 여기엔 또 다른 의미가 숨어 있을 수도 있다. 수년 전 늦겨울 오후, 절뚝거리면서 사라진 그 부상당한 늑대가 어쩌면 생을 이어가다가 우리가 로미오라고 부르는 늑대에게 생명을 준 혈족이 되었을 수도 있으니 말이다.

낮은 하늘에서 눈발이 흩날리는 가운데 눈 덮인 얼음 위에 앉아 카메라의 뷰파인더를 들여다보았다. 거스는 항상 그렇듯 참을성 있게 내 옆에 웅크리고 있었다. 20킬로미터쯤 떨어진 곳에서 로미오가 빅록을 등지고 서 있었고, 나는 손가락을 셔터에 올린 채 녀석이 고개를 들고 하울링하기를 기다렸다. 조용한 오후, 생긴 지 얼마 안 된 얼음은 너무 얇아서 발밑에서 삐그덕 소리를 내며 울렁거렸다. 어김없이 겨울은 고산지대에서 서서히 떠내려왔고, 그와 함께 검은 늑대도 다시 우리 곁으로 돌아와 두번째 겨울을 맞았다. 지난겨울부터 올봄까지 그 녀석이 이곳에 머무른 것만도 충분히 기적이었는데, 4월의 어느 저녁에 우리가 예상했던 대로 홀연히 사라졌다가 몇 달 뒤 다시 나타난 것은 훨씬 더 놀라운 사건이었다. 물론 우리는 녀석이 어디선가 최후를 맞았을까봐 가슴 졸이며 걱정했지만, 어디선가 살아남아 새로운 무리와 함께 가족을 이뤘기를 염원하기도 했다. 어느 쪽이 진실인지 확인할 방법은 전혀 없었고, 어느 쪽이든 우리는 그저 최대한 흘러가는 대로 내버려둘 수밖에 없었다. 그런데 녀석이 돌아온 것이다. 새하얀 눈과 대비되는 녀석의 외로운 형체와 사람들이 다니면서 낸 길들의 뚜렷한 선 때문에 녀석은 그 어느 때보다 더 비현실적으로 느껴졌다. 녀석이 우리와 함께 보냈던 첫 계절은 그저 우연이었을 수도 있다. 그런데 녀석은 이제 한 번도 아니고 두 번이나 이 땅을 선택했고, 이로써 이 외톨이 늑대, 이 장소에 얽힌 녀석의 사연은 한층 더 미궁에 빠졌다.

2004년 가을에 로미오를 처음 만난 사람은 맥기니스산의 등성이에서 웨스트글레이서 트레일을 따라 가던 해리 로빈슨이었다. 그는 산 위에서 희미하게 하울링 소리가 들리는 것 같다는 생각에 형편없는 어조로나마 여러 번 거기에 응답했다. 그리고 호숫가를 따라 등산로를 내려오는데 로미오가 있었다. "녀석이 우리를 보더니 꼬리를 치켜올리고는 막 달렸어요." 해리는 몇 년을 거슬러 올라가 이렇게 회상했다. "녀석이 브리튼을 보고 행복해하는 게 분명했죠. 나도 녀석을 보니 같은 기분이었거든요." 사실 해리의 등산 파트너였던 변호사 잔 밴 도트는 그 늑대가 해리를 보고 반가워하는 것 같았다고 말했다. 해리는 로미오가 브리튼의 냄새를 맡아서, 그리고 어쩌면 자신의 하울링을 따라 웨스트글레이셔 트레일을 따라왔다고 생각했다. 해리는 감정을 별로 드러내는 편이 아니지만, 벌써 여러 해가 지난 일을 떠올리는 그의 눈은 감미로움에 물들어 있었다.

처음에 로미오는 마치 다른 데 마무리할 일이 있다는 듯 왔다가 돌아갔다. 호수와 습지가 얼어붙고 덤불이 무성하던 늪이 단단한 땅으로 바뀌자 목격자도 늘어났다. 이 녀석이 지난번 그 녀석이 맞는지 의심이라도 할세라 녀석은 전과 똑같이 간절한 고음으로 칭얼거리듯 자신이 좋아했던 개들에게 초대의 인사를 전하며 뛰어갔고, 이와 함께 불확실성은 눈 녹듯 사라졌다. 그리고 우리는 녀석의 턱과 왼쪽 어깨에서 전에 봤던 것과 똑같은 희끗한 줄을, 그리고 턱 아래에 있는 작은 흰색 브이 자를 확인했다. 이 녀석은 물론 같은 늑대였지만 그렇다고 변함없는 것은 아니었다. 녀석을 알고 지냈던 우리에게는 두툼해진 턱과 가슴, 엉덩이가 보였다. 전에도 윤기가 돌았지만 이번 겨울의 코트는 전보다 훨씬 더 광채가 났다. 녀석은 이번 여름에 그저 목숨을 부지한 게 아니라 보란 듯이 잘 살았던 것이다. 그리고 이제 최소한 세 살이 되어 십 대라기보다는 어른에 가까워진 녀석은 황금기를 향해 다가가고 있었다. 청춘의 폭발적인 복원력과 함께 근육과 뼈가 그 어느 때보다 강인하고 두툼해지는 시기였다.

정신적인 측면에서 녀석은 우리가 마지막으로 본 이후로 더 지혜로워졌음이 틀림없고, 녀석이 숨을 쉬는 한 지혜가 더 깊어질 것이다. 수명은 지식과 판단력이 얼마나 성장하는지에 좌우된다. 생물학자들에 따르면 야생 늑대에게 고령은 일곱 살에서 열 살인데, 사실 대개는 그렇게 오래 살지 못하고 그 나이를 넘기는 늑대는 일부에 국한된다. 로미오처럼 젊은 외톨이 늑대는 위험한 상황에 훨씬 더 자주 처한다. 다른 많은 늑대에 비해 무리의 연장자들로부터 영역과 사냥 전술(어느 산등성이가 지름길인지, 어느 서식지에 마멋이나 염소가 있는지, 고산 빙원을 가로지르려면 어느 길로 가야 하는지, 인근 무리와의 경계는 어디인지)을 배울 기회가 적기 때문에 녀석은 어쩔 수 없이 혼자 방법을 찾아내야 했으리라. 반년간 인간 근처에서 어슬렁대기로 한 녀석의 선택은 이상해 보였지만, 녀석은 멀쩡하게 살아남아 정신이 멀쩡하다는 것을 입증했다. 나는 녀석이 거의 매일 내리는 독특하고도 능동적인 판단들을 근거로 녀석이 그저 정신이 멀쩡한 정도가 아니라 똑똑하다고 주장했다. 한 연구에 따르면 사냥과 덫 놓기가 완전히 금지된 데날리 국립공원 내에서도 사고나 질병, 굶주림, 다른 무리와의 싸움 같은 일반적인 자연의 힘 때문에 늑대의 평균 수명은 고작 3년밖에 안 된다. 특히 다른 무리와의 싸움은 매년 데날리 국립공원에서 죽는 늑대 중 25퍼센트에 해당할 정도로 주요 사망 원인이다. 보호 장치가 분명하진 않지만 —분명 녀석에게는 다른 침략자 늑대를 물리쳐줄 가족의 방패막도 없고 인간이 덫을 놓거나 사냥을 하지 않는 지역은 대단히 제한적이다— 이 검은 늑대는 이미 본전치기는 한 상태였다.

첫번째 겨울 이후부터는 녀석의 능력 밖에 있는 힘들이 녀석의 운명을 결정할 수도 있었다. 녀석에 대한 소문은 녀석을 한 번도 본 적 없는 사람들과 앞으로도 절대 볼 일 없는 사람들의 귀에까지 들어갔다. 늑대가 다시 출현하자 그 즉시 마치 스포트라이트를 비추듯 이목이 집중되었고 환희와 불안이 오락가락하는 날들이 다시 시작되었다. 구경꾼 중에는 녀석의 운명을 결정할 힘을 가진 사람들도 있었다. 그게 늑대에게는 별 의미가 없었지만 말이다.

로미오는 돌아왔지만 녀석의 친구들 모두가 기다리고 있다가 반갑게 맞아주진 못했다. 날렵한 근육질 몸매에서 알 수 있듯 항상 건강했던 다코타가 초여름의 어느 아침에 어둠 속에서 갈색 눈에 애원의 빛을 가득 담은 채 우리를 깨웠다. 몇 시간 뒤 수의사는 장폐색 진단을 내렸다.

원인을 알 수 없는 치명적인 장 질환이었다. 다코타는 응급 수술을 견뎌냈고, 우린 녀석이 깨어나 다음 날이면 집에 올 수 있다는 사실을 확인한 뒤에야 겨우 마음을 놓았다. 하지만 다코타는 그날 저녁에 혼자 숨을 거뒀다. 편안히 눈을 감을 수 있도록 우리가 다독여주지도 못한 채 말이다. 원인은 알 수 없었지만, 그건 중요하지 않았다. 상실은 원인이나 결과를 넘어서, 그 자체로 힘들고 텅 빈 영역이다. 슬픔의 무게를 견디기 위해 할 수 있는 일은 한동안 그 영역을 배회하는 것 말고는 아무것도 없다. 무엇보다 이런 문제를 감당하기엔 마음이 너무 여린 셰리에게는. 차분해진 개들은 한 번씩 사라진 친구를 찾았다. 몇 년이 지난 뒤에도 아직 녀석들은 다코타의 이름이 들릴 때마다 귀를 쫑긋 세웠고, 산책로 모퉁이를 돌다가 다코타와 닮은 밝은색 래브라도 레트리버를 만나면 낑낑거렸다. 두 번째 겨울에 로미오가 우리에게 다가왔을 때, 녀석 역시 사라진 우리 무리의 일원을 사방에서 찾으며 의아해하는 것 같았다. 하지만 늑대의 이름을 짓는 데 기여했던 그 개는 마치 아예 존재한 적 없었던 것처럼 사라져버렸다. 우리 중 몇은 목 놓아 울었고, 세상은 계속 움직였다. 그리고 어떤 검은 형체가 우리의 가장자리에서 생을 개척하며 여전히 움직였다.

처음에는 이상하다고 생각했지만, 겨울철 영역을 선택한 로미오의 안목은 충분히 합리적이었다. 위에서 보면 호수는 인간이 만든 산책로와 동물의 산책로, 생태통로가 사방으로 뻗어나간 거대한 바퀴의 중심과도 같았다. 늑대는 저항이 가장 적은 길을 택하는 편이다. 생존은 끝없는 험로에서 잃는 에너지보다 얻는 에너지가 더 많아야 한다는 지엄한 원칙에 좌우된다. 실패는 곧 죽음이다. 사냥에 나섰다가 어려움에 처한 늑대 무리는 보통 하루 25킬로미터에서 50킬로미터 정도 일렬종대로 이동하고, 부담이 큰 선두는 서로 돌아가면서 맡는다. 이는 방랑벽이 아니라 필요, 즉 텅 빈 위를 먹이로 채울 필요에서 나온 행위다. 연구에 따르면 늑대는 사냥에 성공할 때보다 실패할 때가 훨씬 많고, 아무리 배가 고파도 끼니의 대가—부상의 위험뿐만 아니라 추격과 살상에 들어가는 소중한 칼로리—가 너무 클 것이 자명해 보이면 눈앞에 있는 동물이라 해도 공격은커녕 관심 있게 뜯어보지도 않는다고 한다. 건강한 어른 무스, 카리부, 사슴은 불리한 상황에 처하면 노려볼 만한데도, 사냥 중인 늑대가 자기 눈에 띈 많은 동물들(한 연구에서는 90퍼센트 이상이라고 했다)에게 공격은 고사하고 시험 삼아 덤벼보지도 않는다는 사실은 늑대들이 주로 아프고 약하고 부상당한 동물을 노린다는 증거라고 할 수 있다. 대초원의 늑대를 '버펄로의 목동'이라고 불렀던 루이스와 클라크는 굳이 과학 연구의 힘을 빌리지 않고도 이 관계를 이해했던 것 같다. 말하자면 늑대는 버펄로 떼를 괴롭히는 게 아니라 튼튼하게 해주는 관리자라는 것이다. 한 번도 급습을 당해보지 않은 무스는 어떻게 해도 뛰지 않고 땅에 가만히 서 있기만 한다. 하지만 이런 식으로 무능한 동물들을 먹이로 삼아 도태시키려면 종종 험난한 환경에서 한없이 움직여야 한다. 생물학자 데이비드 메치는 러시아 속담을 가지고 늑대의 삶을 압축적으로 표현한다. 늑대는 발로 먹고산다.

그렇다면 같은 칼로리를 쓰더라도 다져진 눈길이면 세 배 더 빨리 이동할 수 있는데 굳이 가슴께까지 쌓인 눈을 헤치고 다닐 이유가 뭐가 있겠는가. 단단한 산책로는 대단히 매혹적이어서 덫으로 사냥을 하는 내이누피아크 친구들 중에는 종종 늑대가 있을 것 같은 산야로 설상차를 몰고 가서 설상차의 바로 뒤, 그러니까 설상차의 바퀴 자국이 남아 있는 한가운데에다 덫을 놓는 이도 있었다. 그러면 움푹 꺼진 바퀴 자국에 자리 잡은 덫 위로 다시 눈이 덮이기 때문에 주위에 고기 부스러기와 산패한 물개 기름을 뿌려두기만 하면 별로 속임수를 쓸 것도 없었다. 몇 년 동안 나는 내가 낸 설상차나 스키의 자국을 되짚어 가다가, 울버린에서부터 무스에 이르기까지 내가 단단하게 밟아놓은 길을 이용한 거의 모든 종류의 야생동물을 숱하게 확인했는데, 그중에서도 가장 자주 발견되는 건 늑대였다. 이미 다져진 눈길은 다니기 쉬울 뿐만 아니라 그 길을 따라

가다보면 그 길을 만든 생명체든 아니면 다른 육식동물이 사냥했지만 뭔가 먹을 게 남아 있는 사체든 먹을 것이 나온다. 로미오는 멘덴홀 호수를 영역의 정박지로 선택함으로써 이미 갖춰진 교통 네트워크를 이용할 수 있었다. 이 네트워크는 로미오의 용도에 아주 완벽하게 맞아떨어져서 녀석이 설계했다고 해도 믿을 수 있을 것 같았다. 생존의 관점에서 기존의 이 산책로들은 로미오가 선택한 땅에서 가장 중요한 특징이라 할 수 있었다. 강설량이 많은 전원에서 ─그리고 멘덴홀 계곡 상류 역시 눈이 많이 왔다─ 외톨이 늑대는 아무리 좁은 지역이라 해도 눈을 헤치며 길을 만들면서 에너지를 원활하게 유지하기가 벅찰 수밖에 없다. 어쩌면 로미오는 매일 산책을 하면서 평균적인 늑대만큼 이동했을 수는 있지만, 대개 쉬운 길을 택해 짧게 끊어지는 길을 앞뒤로 왔다 갔다 했다. 녀석은 평균적인 늑대보다 에너지를 적게 소모했을 뿐만 아니라 먹이가 적게 필요했고, 이는 사냥에 더 적은 시간을 쓰고 육체적 스트레스를 적게 느끼는 동시에 휴식과 사회적 활동에 더 많은 시간을 쓴다는 뜻이었다. 다져진 길들이 지닌 의미는 여기가 끝이 아니었다. 어쩌면 이런 길들 때문에 검은 늑대가 애초에 이곳에 왔을 수도 있었다. 하지만 녀석이 몇 달 동안 이곳에 머물렀고 다시 돌아오기까지 했다는 것은, 녀석이 이 길에서 먹이를 풍부하게 발견했음을 의미했다.

사실 늑대의 먹이 운은 발굽이 있는 대형 피식자 종─알래스카에서는 지역에 따라 다르지만 주로 무스, 카리부, 시트카사슴, 산양, 돌산양─의 운명과 밀접하게 얽혀 있다. 각각이 만만찮은 사냥감인 이 발굽동물은 수천 년간 이어진 상호 적응의 무기 경쟁을 통해 늑대의 형태에 영향을 미쳤으며, 역으로 늑대의 영향을 받아 형태 변화를 겪었다. 알래스카의 일부 무리는, 생물학자들이 무스 늑대 혹은 카리부에 의존하는 늑대라고 부를 정도로, 한 가지 종만 집중적으로 사냥하고, 어떤 무리는 기회에 따라 두세 가지 종을 돌아가면서 사냥하기도 한다. 그리고 내 오랜 친구인 어업수렵부의 지역 생물학자 짐 도와 동료들이 연구하는 스포츠형 사냥 집단은 두루두루 사냥하면서도 대단히 성공률이 높은 무리다. 하나의 종으로서 늑대는 이렇게 발굽동물과 관계가 있지만, 저녁으로 뭘 먹을까 하는 만고의 고민에 대한 답을 찾는 데 기회를 잘 포착하고 대단히 적응력이 높다는 점이 확인되었으며, 일부 개체들은 먹이에 대한 이런 탐색을 완전히 새로운 차원으로 바꿔놓기도 한다.

건강하고 활동적인 늑대는 하루에 3킬로그램에 가까운 식량이 필요하고, 기회가 되면 10킬로그램 이상을 한 번에 먹어치울 수 있다(그러고 난 뒤 배가 불룩해져서 거의 혼수상태로 몇 시간을 자는데, 내 에스키모 친구 클래런스는 이를 두고 '고기에 취했다'라고 표현한다). 그리고 늑대는 필요하면 한 달이나 그 이상 먹지 않고 버틸 수 있는데, 야생 늑대에게서 종종 확인되는 높은 아사율은 많은 늑대들이 적정량은 고사하고 최소량도 제대로 섭취하지 못함을 보여준다. 늑대의 개체수는 먹이의 풍족도에 정비례해서 증가하거나 감소하고 재생산이 빨리 일어나므로, 아무리 상대적으로 먹이가 풍족한 시기라 해도 일부 개체는 굶기 십상이다.

넉넉하게 계산했을 때, 로미오 크기의 먹성 좋은 늑대는 1년에 소화 가능한 먹이 900킬로그램 정도가 필요하다. 소화 불가능한 재료 200킬로그램 정도를 더 추가하면 1년에 늑대 한 마리가 먹어치우는 생식품은 1톤이 훌쩍 넘는다. 크기에 따라 다르긴 하지만, 이는 사슴을 기준으로 하면 20~30마리, 무스를 기준으로 하면 여러 마리에 해당한다. 늑대는 자기가 먹는 동물의 거의 모든 부위, 즉 씹어서 부술 수 있거나 삼킬 수 있을 정도로 충분히 작은 부위인 골수가 찬 뼈, 살, 육즙, 장기의 지방, 가죽 전체, 연결 조직 등에서 영양분을 얻는다. 늑대들은 연약한 부위인 장기, 피, 지방, 살부터 차근차근 해치워나간다. 늑대가 악의적으로 살상을 한 뒤에 혀나 간만 빼 먹고 나머지는 썩게 놔둔다는 이야기가 끊이지 않지만, 사실 늑대는 방해만 받지 않으면 한 사체를 숱하게 다시 찾아오는 경향이 있다. 때로는 그냥 확인하기 위해, 어쩌면 추억 삼아 들르기도 하면서 결국 사체에서 먹을 수 있는 게 조금도 남지 않을 때까지 몇 달, 심지어 몇 년에 걸쳐서 찾아오는 식이다. 죽은 지 얼마 안 되었는데 거의 입도 안 된 채 버려졌음이 분명한 사체가 있다면, 그건 접근하는 인간이 있거나 근처에서 기다리는 늑대들 때문에 잠시 자리를 떠났다가 곧 돌아올 늑대의 소행일 가능성이 크다. 먹이를 손에 넣기가 워낙 어렵기 때문에 그렇게 함부로 버리지 않는 것이다. 이른바 잉여 살상, 다시 말해 늑대가 손쉬운 기회를 발견하고 바로 먹을 수 있는 것보다 더 많은 사냥감을 죽이는 경우는 비난할 정도로 자주 일어나는 일이 아니다. 설사 그런 일이 일어났다 해도 그 늑대는 사체를 먹고 사는 동물들에게 밀리거나 다른 문제가 없는 한, 아마 그 고기를 살뜰하게 이용할 것이다.

우리는 늑대의 배설물만 잠깐 살펴봐도 엄청나게 많은 정보를 얻을 수 있다. 색이 어둡고 물기가 있는 변은 그것의 주인이 아프지는 않지만 갓 사냥한 먹이에서 기름기가 많은 최상급 부위를 많이 먹었음을 뜻한다. 약간의 뼈와 털이 섞여 있고 형태가 완벽한 변은 그 주인이 이 지점을 지나갔을 때 유용한 영양을 듬뿍 섭취하고 있었음을 뜻한다. 거의 털과 뼈로만 이루어진 변은 그 주인이 잡은 지 얼마 안 되는 사냥감을 거의 다 먹어치울 만큼 먹었거나, 오래된 사냥감에서 뭐라도 긁어먹으려고 애쓸 만큼 굶주린 상태, 어쩌면 절박한 상태였음을 뜻한다. 춥고 거의 사막에 가까운 브룩스산맥에서는 이처럼 반쯤 화석화되고 탈색된 변이, 박테리아마저 포기하고 다른 곳으로 옮겨가고서 몇 년이 지난 뒤까지 보존될 수 있다. 나는 여러 해 동안 텅 빈 협곡 위에서나 바람이 세찬 산등성이에서 이 친숙한 유물들을 표지 삼아 늑대를 쫓았고, 심지어 이런 분변을 친구로, 산과 들을 덜 외롭게 만들어주는 소중한 존재로 여기기도 했다. 그리고 모든 분변은 늑대의 고단한 삶의 증거이기도 했다.

그저 운이 좋아서였든 생존 기술이 뛰어나서였든, 로미오는 멘덴홀 계곡 상류에서 또 한 번 잭팟을 터뜨렸다. 그곳은 50년 전만 해도 볼 수 없었던 상대적으로 풍족한 오아시스였다. 알래스카 빙하의 90퍼센트 이상이 그렇듯, 멘덴홀은 지난 100년 동안 꾸준히 줄어들고 있었다. 하지만 1970년대 말에 이 쇠락은 급격히 악화되고 말았다. 30년쯤 전 내가 멘덴홀을 처음 본 이래로 그 험준한 산마루는 1600미터 정도 뒤로 물러났고, 새로 생겨난 폭포 몇 개가 깎아낸, 찔릴 듯한 화강암의 우락부락한 형체가 드러났다. 빙하의 수직 몸체는 수백 미터 줄어들었고, 오랜 세월을 버틴 무지막지한 양의 얼음이 회복 불가능한 속도로 사라져버렸다.

빙하 저 아래에선 수십 년 전까지만 해도 멘덴홀 빙하 하천의 유량이 워낙 적어서 자갈이 굴러다니는 모래 바닥이 드러나고 물은 거미줄처럼 연결된 연못과 진창에만 남은 정도여서 하천에 얼음과 침적토만 있었다. 그런데 이 냉혹한 광경은 파괴와 창조가 종이 한 장 차이의 관계라는 교훈을 준다. 빙하가 서서히 줄어들고 난 뒤, 계곡 상류의 빗물을 머금은 우중충한 기후와 빙하의 기름진 침적토에서 양분을 얻은 선구식물pioneer plant●이 폭발적으로 늘어난 것이다. 미루나무, 오리나무, 시트카 스프루스가 뒤섞인 가운데 관목, 이끼, 키 작은 풀 들이 자라나자 눈신토끼, 비버, 고슴도치, 북방청서, 쥐, 들쥐 같은 작은 초식동물과 다양한 새, 곤충, 미생물이 급증했다. 한 세기 전만 해도 존재한 적 없던 여러 물줄기가 호수나 하천에 물을 대고 있고, 그 안에선 여러 종의 연어 떼가 노닌다. 이와 함께 매년 해양 에너지가 내륙으로 쓰나미처럼 밀려들어와 토양을 풍부하게 만들어주고, 연약한 이끼에서부터 거대한 연안의 불곰에 이르기까지 먹이사슬 전반에 속한 생명체에게 자극을 준다.

그렇지만 멘덴홀 상류에서는 늑대 크기만 한 전통적인 먹잇감, 즉 늑대와 함께 진화해온 발굽동물이 아직 희귀하다. 몇 년간의 기록에서 잠시 스쳐 지나간 몇 마리를 빼면 무스는 먹이를 찾기가 힘들고 푹푹 빠지는 깊은 눈 때문에 그림자도 볼 수 없다. 호수 가장자리에 그 거대한 무스 10여 마리가 겨울 한철 동안 노닌다 해도 늑대 한 마리가 그걸로 꾸준히 연명하기는 쉽지 않다. 외톨이 늑대들도 무스를 사냥한다고 알려져 있기는 하지만, 아프거나 부상당한 어른 무스를 쓰러뜨리는 작업도 몹시 위

● 천이 초기에 나지에 먼저 정착하는 식물.

험하고 고되어서 보통 며칠 동안 최소한 두 마리가, 그보다는 한 무리가 온전히 집중해야 할 정도다.

　계곡 상류와 그 주위 산야에는 산양이 적지 않다. 이 성질 고약한 동물은 여름과 가을, 초겨울에는 외톨이 늑대에겐 힘든 표적이다. 산양은 종종 거의 수직에 가까운 경사로 도망가버리기 때문이다. 산양이 좀 만만해지는 시기는 수목 한계선 아래로 내려와 지내는 한겨울, 그리고 갓 나온 잎을 찾아 낮은 곳에서 풀을 뜯고 새끼들이 태어나는 봄이다. 하지만 산양은 한 장소에 붙박여 지내는 외톨이 늑대가 연중 기대어 배를 불리기에는 수가 많지도 않고 기회를 얻기도 어렵다. 알렉산더 제도 늑대 대다수의 주식이자 체구가 아담한 시트카 검은꼬리사슴은 빙하 지역에선 드물고, 몇 킬로미터 떨어진 해안 쪽에는 좀더 많은 편이다. 로미오는 가끔 그 기회를 이용하는 게 분명했다.

　그보다 더 큰 먹이를 노릴 가능성도 있었다. 가끔 늑대들은 신중하게 곰—새끼이거나 아직 어린 불곰이나 회색곰일 때도 있지만 특히 흑곰인 경우가 많다—을 먹이로 노린다. 알래스카와 캐나다에는 이런 포식성 공격에 대한 기록이 많은데, 한 무리의 늑대가 겨울잠을 자던 곰을 끌어내 죽이고 먹었다는 기록도 최소한 한 번 있었다. 30여 년 전 내가 직접 목격한 늑대와 회색곰의 싸움은 실제로 포식을 하기 위해 벌어진 것은 아니었지만, 일반적으로 늑대와 곰이 서로에게 얼마나 적개심을 품고 있는지를 보여주었다. 좀더 최근에는 늑대가 흑곰에게 분명 두려움을 불러일으키는 존재라는 걸 똑똑히 목격하기도 했다. 몇 년 전 봄, 글레이서만의 외딴 입구에서 사진작가 마크 켈리와 나는 영역과 짝짓기 권리를 두고 싸움을 벌이는 거대한 수컷 곰 두 마리, 싸우다가 생겼음이 역력한 상처를 가진 이 두 녀석을 카메라로 지켜보면서 큰 화강암 바위 위에 자리 잡고 있었다. 그런데 갑자기 흐릿한 회색 형체가 나무 사이에서 튀어나오더니 곧바로 곰을 향해 달려들었다. 그러자 그 곰 두 마리는 싸움을 중단하고 40킬로그램에 가까워 보이는 늑대를 피해 달아났다. 이 늑대는 포식을 위한 공격을 감행했다기보다는 아마 가까운 굴이나 사냥터에서 곰들을 쫓아내려 했던 것 같지만, 두 곰은 누가 봐도 부정할 수 없을 정도로 확실히 공황 상태에 빠졌다. 불곰과 회색곰과 흑곰 모두 멘덴홀 상류에서 발견되었지만, 훨씬 흔한 건 흑곰이다. 그리고 어른 곰보다 훨씬 만만한 어린 곰들은 로미오 같은 외톨이 늑대의 능력치만으로도 어떻게 해볼 수 있을 때가 많았다. 하지만 제한된 지역 안에서 어린 곰의 수는 너무 적어서 믿을 만한 먹이 공급원으로 삼기는 힘들었다.

로미오에게 가능한 메뉴는 이게 전부였다. 양이 많고 쉽게 접근할 수 있는 먹잇감은 늑대보다는 코요테의 식량에 더 가까웠고, 늑대의 일반적인 식량은 부족하거나 구하는 데 문제가 있었다. 그렇다면 녀석은 뭘 먹었을까? 나는 이 검은 늑대의 자취를 따라가다 먹다 남은 사냥감과 마주쳤고, 분변을 수십 번 헤집어보았다. 나는 그 속에서 이 녀석의 신체를 유지시켜주는 물질의 증거가 담긴 뼛조각과 털을 찾아냈다.

분변과 먹다 남은 사냥감, 위의 내용물뿐만 아니라, DNA에 담긴 특징적인 화학적 자취들(죽이지 않고도 진정제를 투약한 뒤 털이나 수염 샘플을 얻어 검사하면 된다)을 분석해보고 직접 관찰해보면, 많은 알래스카 늑대들은 발굽동물이 아닌 동물에게 놀라울 정도로 많은 에너지를 쏟고 동시에 거기서 많은 에너지를 얻는다는 걸 알 수 있다. 남동 알래스카 해안 지역과 브리티시컬럼비아의 알렉산더 제도 늑대 아종들이 다른 지상의 육식동물처럼 해변을 뒤지며 조류에 떠밀려 오는 것들은 뭐든지, 물개, 고래, 생선, 바닷새의 너덜너덜한 사체들까지 확보하는 데 많은 시간을 보내고, 이런 해안의 늑대 중에는 대합을 비롯한 여러 조개류 역시 먹이로 삼는 경우가 많다는 사실은 그리 놀랄 일도 아니다. 해변을 따라가다보면 먹이를 구할 수 있을 뿐만 아니라 해변은 이동이 편리한 평지이거나 곰의 통로여서 먹이의 흔적을 찾기도 좋다. 연어 떼를 접할 수 있는 해안의 늑대들은 연어 떼가 작은 개울을 거의 메우다시피 할 정도로 넘쳐나는 짧은 기간에 지방이 풍부한 이 생선을 많이 잡아먹기도 한다.

늑대의 관점에서 이런 선택은 당연하다. 최소한의 에너지 소비와 최소한의 부상 가능성으로 고영양식을 얻을 수 있으니 말이다(다만 건강 측면에서 보면 늑대는 연어들에게 구멍을 숭숭 뚫어놓는 촌충 낭포를 피해야 한다. 기생충이 없고 영양이 풍부한 머리와 껍질, 알을 집중적으로 먹으면 되는데, 녀석들이 이 사실을 어떻게 알았는지는 미스터리다). 물고기를 잡는 일부 늑대들은 실력이 정말로 끝내준다. 브리티시컬럼비아에서 이루어진 한 연구에 따르면 한 어른 늑대는 곱사연어를 한 시간에 무려 스물일곱 마리나 잡았는데 성공률이 49퍼센트였다. 어업수렵부 소속 생물학자였던 데이브 퍼슨 박사가 알래스카 남동쪽 끝에 있는 프린스오브웨일스라는 거대한 섬에서 실시한 DNA 연구에 따르면 최소한 그곳의 일부 늑대들은 여름과 가을에 식단의 20퍼센트를 연어로 채웠다. 이 섬에는 사슴의 군집 수가 넉넉한데도 말이다.

하지만 훨씬 북쪽에 있는 알래스카의 들쭉날쭉한 반도 해안(이곳 해안선의 총 길이는 지구의 적도 둘레보다 더 길다) 근처에 사는 늑대들 역시 사정은 다르지 않다. 그곳에서 이루어진 DNA 분석에서도 해양 포유류의 흔적이 강하게 나타나고 어떤 경우에는 물개에게서 나타날 법할 수준의 해산물 흔적이 나타나기도 한다. 남서 알래스카의 카트마이 해안을 따라가다보면 가끔 늑대들이 해안의 불곰들과 나란히 연어를 잡는 모습을 목격할 수 있다. 심지어 내륙으로 수백 킬로미터 들어온 곳에서 이루어진 한 DNA 연구에서도 물고기를 접할 수 있는 내륙의 늑대들은 연어 소비량이 많은 것으로 나타나고, 그보다 훨씬 북쪽인 코북 계곡과 노아턱 계곡 상류에서 나는 연어가 산란을 많이 하는 하천을 따라 늑대의 활동 밀도가 높다는 사실을 종종 확인하기도 했다. 이 늑대들은 카리부와 무스를 주식으로 삼는 게 분명한데도 말이다. 그렇다면 자기 영역에 네 종류의 연어, 구체적으로 7월 초부터 10월까지 산란기가 겹치는 곱사연어, 백연어, 홍연어, 은송어가 있으니, 로미오의 분변이 계절에 따라 비늘, 지느러미, 가시로 뒤덮이는 건 당연한 현상이다. 녀석은 칼로리를 효율적으로 이용할 줄 아는 합리적인 늑대인 것이다.

로미오의 배설물에는 사슴이나 산양의 털은 거의 없었지만 작은 먹잇감—북방청서, 밍크, 물새, 쥐와 들쥐(아마 팝콘을 먹듯 먹었으리라), 그리고 지금까지 가장 많은 건 눈신토끼와 비버—의 털, 깃털, 뼛조각이 종종 들어 있었다. 녀석을 알고 지내는 동안 나는 녀석이 턱에 흰 토끼를 달랑달랑 물고 호수를 총총 가로지르는 모습을 두 번 보았고, 피가 흩뿌려진 눈 위에 물어뜯긴 발과 털뭉치가 뒹구는 사냥의 흔적을 종종 마주쳤다. 늑대는 그렇게 민첩한 먹이를 공격하기에는 충분히 날렵하지 않다고 생각하거나, 그렇게 작은 먹이를 사냥하는 일은 에너지 효율이 낮다고 여길 수도 있다. 하지만 일부 늑대들은 (상대적으로 더 작은 여러 종류의 토끼든, 극북 지방에 사는 훨씬 더 큰 북극토끼든) 토끼를 굉장히 잘 잡는다. 이런 늑대들은 토끼의 도주로를 따라가면서 개체군이 밀집한 덤불 지역을 수색하는데, 그러다보면 필연적으로 도주의 주인공들을 더 편하게 잡을 수 있는 환경을 만난다. 늑대는 두 전략 중 하나를 택할 수 있다. 덤불을 밟고 들어가 토끼들이 혼비백산하게 만들든가, 아니면 눈처럼 위장하고서 꼭꼭 숨어 있는 토끼를 예민한 감각으로 감지하여 조심스럽게 살금살금 사냥하든가. 어떤 전략을 취하든 갑자기 속도를 올려 날렵하게 덮치면 주린 배를 충분히 채울 수 있다. 외딴 브룩스산맥의 크리크 계곡에 덤불이 무성하던 달에 세스 캔트너와 나는 버드나무 숲에서 토끼 사냥을 하던 자그마한 회색 늑대를 발견했다. 흔적이 이리저리 중첩되는 걸로 보아 녀석의 사냥은 며칠간 이어졌음을 알 수 있었다. 생물학자 고든 하버도 토끼의 개체수가 폭발적으로 증가한 동안 다양한 토끼를 주식으로 삼은 데날리의 한 늑대 무리에 대한 기록을 남겼다. 과거에는 이런 전통이 전무했다고 한다. 하지만 기회에 적응하는 늑대의 사례는 이게 다가 아니다.

로미오의 사냥 흔적과 잔여물은 녀석이 계곡 상류 건너편에 있는 많은 비버 굴과 댐에도 꾸준히 드나들었음을 보여주었다. 해리 로빈슨과 사진작가 존 하이드도 각각 로미오가 성공적으로 사냥하는 광경을 목격했다. 이처럼 건장하고 거대한 수생 설치류들은 때로 20킬로그램을 훌쩍 넘길 때도 있어서 죽이기 쉽지 않은 상대지만, 두 사람은 늑대의 공격력이 압도적이었다고 기억한다. 하이드는 늦봄에 호수의 북서쪽 가장자리에 앉아 있다가 중간 크기의 비버 한 마리가 모래 기슭으로 기어 올라가는 모습을 보았다. 그는 검은 물체가 덤불에서 번개처럼 튀어나와 이빨과 앞발로 먼저 공격하기 전에는 늑대가 가까이에 있는 줄도 몰랐다. "녀석은 괜히 다른 데 힘을 빼지 않았어요." 하이드는 이렇게 회상한다. 비버의 "목뒤를 세게 앙 하고 문 다음에 두어 번 세게 흔드니까 비버가 죽더라고요." 그리고 난 뒤 늑대는 15킬로그램에 가까운 동물을 마치 다람쥐처럼 들고는 호젓하게 만찬을 즐기기 위해 그 자리를 총총 떠났다. 인간도 그렇지만 늑대는 먹는 동안 구경꾼이 꼬이는 걸 별로 좋아하지 않는다. 그리고 남은 먹이는 나중에 간식으로 먹기 위해 자기만의 장소에 따로 숨겨두는데, 이런 행태는 뼈와 장난감을 묻어두는 개들의 습성에도 반영되어 있다.

남동 알래스카의 상당수 늑대들처럼 로미오는 특히 위험한 먹잇감에 능했다. 고슴도치는 발도 느리고 기지도 별로 없을 것 같지만, 고슴도치를 잡아먹으려는 동물에게는 가시가 치명적인 문제다. 말하자면 그게 가장 핵심이다. 고슴도치는 가시를 던져서 공격할 수는 없지만 위협을 받으면 꼿꼿하게 털을 세운 등을 보란 듯 과시하며 깜짝 놀랄 정도로 빨리 꼬리를 휘두르고 몸을 웅크린다. 총 3만 개쯤 되는 가시는 끈적끈적하고 날카로울 뿐만 아니라, 살짝만 건드려도 박혀서 안을 파고들다가 근육을 지나 장기를 뚫고 때로 불구가 될 정도의 치명상을 일으켜 힘들게 고생하다가 사망에 이르게 하는 극소 미늘로 뒤덮여 있다. 대다수 포식자는 고슴도치를 절대 건드리지 않고 자손들에게도 이를 분명하게 학습시킨다. 후대에 유전자를 남기지 못하고 죽을 위험을 감수하고 싶지 않은 녀석들은 말이다. 하지만 이 고약한 가시를 잘 처리하기만 하면 지방이 풍부한 식사를 쉽게 손에 넣어, 옛날 개척자들이 고슴도치를 지칭하던 가시돼지라는 이름에 걸맞게 고영양식을 즐기며 살아갈 수 있다. 관건은, 가시가 없는 부위여서 고슴도치가 보호하려고 애쓰는 두개골이나 배를 재빨리 깨물어 죽이는 것이다. 그다음에는 가시를 아래로 향하게 한 상태에서 껍질을 끊어지지 않게 한 덩어리로 벗기면서 안쪽부터 먹어치우면 되는데, 그러면 최종 결과물은 가시가 박힌 오렌지 껍질처럼 된다. 로미오가 정확히 어떤 기법을 쓰는지는 모르지만(나는 녀석이 가시를 최대한 피하기 위해 정면에서 물 거라고 생각한다) 여러 해 동안 이 따끔거리는 난제를 숱하게 해결한 게 분명했다. 녀석의 영역 곳곳에는 고슴도치 허물이 널려 있었고, 녀석의 분변에서 작고 부드러우며 아직 미늘이 돋지 않은 보충용 가시를 정기적으로 발견했다. 어느 초여름 저녁에는 로미오가 작은 미루나무 아래에 기대어, 몇 개 안 되는 가지 위에서 겁먹은 채 앉아 있는 게 분명해 보이는 고슴도치를 노리는 모습을 본 적 있다. 다음 날 아침이 되자 둘 다 사라지고 없었지만, 고슴도치가 비척거린 흔적, 몇십 미터 떨어진 곳에 흩뿌려져 얼어 있는 핏방울은 고슴도치의 최후를 알려주었다. 가시 달린 가죽을 물어간 건 독수리임이 분명했다. 이 전문가 같은 기술을 어떻게 성공적으로 마무리했든, 이 고슴도치가 죽은 지 한참 지난 뒤라 해도 한 번만 잘못 물거나 오판을 했더라면 녀석은 죽은 목숨일 수도 있었다. 운이 좋았다고 할 수도 있지만, 녀석은 마치 노련한 포커 선수처럼 위험한 먹이뿐만 아니라 모든 일에 능란한 것 같았다.

늑대는 포식자로 알려져 있지만, 다른 모든 늑대와 마찬가지로 로미오는 능숙하고 열정적인 쓰레기 청소부였다. 도망치거나 반격하지 않는 고깃덩어리보다 더 좋은 식사는 없다. 어슬렁거리는 늑대들은 항상 크기를 불문하고 어디 공짜 점심이 없는지 촉각을 곤두세우고, 때에 따라 사냥보다는 주워 먹기 위해 놀라울 정도로 먼 거리를 이동하기도 한다. 고든 하버가 데날리 국립공원에서 관찰했던 한 무리의 늑대는 2주 이상 시

늑대 살상의 흔적, 브룩스산맥

간을 들여 눈사태로 깊이 파묻힌 무스 두 마리를 파내기도 했다. 60센티미터가 넘게 쌓인 눈 밑의 죽은 동물을 탐지하는 것은 후각이 발달하기로 유명한 블러드하운드마저 우쭐해할 만큼 어려운 일이다. 그리고 눈사태로 무너진 눈을 파본 사람이라면 알겠지만, 그런 눈을 파는 것 자체가 대단히 힘든 일이다. 그런데 이 모든 일이 늑대의 치아 상태를 검증할 수 있을 만큼 단단하게 얼어붙은 두 사체 때문에 일어났다. 이 모든 노력이 살아 있는 무스 두 마리를 찾고 추격하고 끝내 무너뜨리는 것보다 더 매력적인 가능성임이 분명했다. 이 사례는 늑대의 사체 청소 욕구를 보여준다. 덫으로 사냥하는 사람들이 바로 이 욕구를 이용한다는 점도 곱씹어볼 만하다. 늑대는 먹이를 쉽게 확보할 수 있다고 유혹하며 냄새를 풍기는 미끼로 유혹하기가 가장 쉬운 동물이다. 로미오에게 주워 먹을 무스가 없었다면 녀석은 겨울에 동사한 양과 사슴에서부터 고약한 냄새가 나는 오래된 연어 사체까지 꾸준히 기회를 찾아냈을 게 분명했다. 그런데도 먹을 것이 없을 때는 많은 늑대들이 그렇듯이 잡식성으로 변신했을 것이다(배설물을 분석해보면 때로 장과류, 다양한 식물 부위, 곤충 등 비동물성 물질이 놀라울 정도로 다량 나타난다).

처음부터 로미오에게는 한 가지 루머가 따라다녔는데, 이는 녀석의 확연한 온순함을 설명해주었을 뿐만 아니라 애초에 이곳에 나타난 이유를 이해하는 데 도움이 되는 것 같았다. 어떤 사람은 걱정스럽게 중얼거렸고 어떤 사람은 대놓고 투덜거렸다. "누군가가 그 망할 늑대에게 먹이를 주고 있어." 그게 사실이라면 잠재적으로 위험할 수 있는 먹이 길들이기가 진행되는 중이었다. 그리고 어업수렵부의 생물학자 닐 바튼이 2004년에 로미오의 분변 몇 개를 분석해보았더니 실제로 녀석이 개 사료 상당량을 소화했다는 사실이 드러났다. 이렇게 의문이 해소되는 듯했다. 만일 일부러 먹이를 주는 게 아니었다면(어느 날 아침 멘덴홀 빙하 방문자 센터 주차장에 마른 개 사료가 몇 줌 흩뿌려져 있었다) 녀석은 뒷마당에 있던 개 사료 그릇에서 훔쳐냈을 것이다. 야생동물 관리의 측면에서도, 늑대 애호가의 관점에서도 좋은 소식은 아니었다. 맥네이가 기록한 자료를 비롯해, 늑대와 인간 사이의 우호적인 상호작용이라고 부를 만한 사례를 담은 기록을 슬쩍 훑어보니 평화로운 행동의 많은 사례들(같이 놀자고 초대하는 행위에서부터 겁 없이 호기심을 보이며 접근하는 경우에 이르기까지)이 인간에게서 어떤 식으로든 먹을 것을 얻는 늑대들의 경우였다. 먹이에 길들여지는 일은 야생의 캠프장, 외딴 고속도로, 벌목 캠프장 같은 충분히 예상할 수 있는 장소에서 일어나는 편이다. 먹이 주기는 의도적일 수도 있고 단순히 우발적일 수도 있다. 어쨌든 행위가 반복될 경우, 전부는 아니더라도 일부 늑대들은 먹이에 길들여질 가능성이 높아진다. 다시 말해 늑대들은 사람을 보면 먹이를 연상하게 되고, 그 결과 점점 내성을 갖게 된다. 그리고 인간과 접촉할 방법을 적극적으로 모색할 수도 있다. 이 내성은 때로 가방이나 신발처럼 먹을 수 없는 물건을 훔치고 씹거나, 캠핑 장비와 사람들까지 뒤지고 다니는 행동으로 확대되기도 한다. 많은 경우에 이런 겁 없는 행동은 공격으로 연결되었는데, 어쩌면 아이시만의 어린이 공격 사건과 켄턴 카네기의 죽음, 캔디스 버거의 사례도 여기에 해당할 수 있다. 겁 없는 행동은 아무리 수위가 낮아도 해당 늑대의 목숨을 위협하는 골칫거리로 인식된다. 따라서 "사람에게서 먹이를 얻어먹는 곰은 죽은 곰이다"라는 오래된 격언은 늑대에게도 최소한 동등하게 적용된다. 늑대 로미오 역시 같은 운명에 처할 위험이 높아 보였다. 친절하고 장난기 많은 행동과 장난감 훔치기는 사회적 성격을 보여주는 증거가 아니라 먹이에 길들여졌음을 의미할 수 있었으니 말이다. 어떤 사람들은 사태가 악화되는 건 시간문제라고 생각하기도 했다.

어째서 이런 주장이 나왔을까? 생각 없는 주민들이 악취를 참아가며 돈을 들여서 폐기물 처리장까지 갔다 오지 않으려고 아니면 자기네 집에 곰이 꼬이는 게 싫어서 도로나 주차장에 상습적으로 버린 사슴 내장과 냉동 중에 변질된 큰 넙치나 연어를 로미오가 먹은 건 거의 확실했다. 어쩌면 녀석은 가끔 뒤쪽 현관에서 개 사료를 슬쩍했을 수도 있다. 그리고 잘 알지 못하는 사람들이 녀석에게 일부러 먹이를 줬을 가능성도 있다. 나는 이런 소문에 해리 로빈슨과 존 하이드뿐만 아니라 내 이름까지 엮여 있음을 알게 되었다. 로미오와 이런 사람들이 그렇게 가깝게 지내는 걸 달리 어떻게 설명하겠는가. 존경받는 자연 연구자이자 은퇴한 어업수렵부 생물학자, 밥 암스트롱은 개 사료가 드레지 호수를 따라 늘어선 버드나무 아랫부분에 흩어져 있는 걸 본 적 있다고 내게 말했다. 그 사료를 로미오 때문에 뿌려놓은 건지, 로미오가 그걸 먹었는지 확인할 수 있는 증거는 전혀 없지만 말이다. 드레지 호수 근처에서 사는 한 여성은 몇 년 뒤 내게 겨울 한파가 몰아닥친 동안, 그녀와 한 친구가 로미오가 찾을 수 있을 만한 장소에 사슴 머리와 냉동 생선 몇 마리를 놔뒀다고 인정하기도 했다. 나는 수십 명에게 물어봤지만 로미오에게 일부러 먹이를 주려 했다고 인정한 사람은 이 여성뿐이었다. 다른 한편 나는 녀석이 먹이를 기대하고 사람에게 다가가거나, 누군가가 녀석에게 뭔가를 주는 모습을 단 한 번도 보지 못했다. 그리고 녀석의 분변에서는 야생 먹잇감의 잔여물 말고는 다른 어떤 것도 찾지 못했다. 물론 나는 어업수렵부가 녀석의 배설물에서 개 사료를 찾아낸 것 같은 그런 호화로운 실험실을 갖추지는 못했다.

정말로 로미오가 그 사료들의 원주인이었을 수도 있지만, 나는 그 사료 중 많은 경우가 이차적으로 섭취되었다고 확신한다. 이 지역에는 매일 많은 개가 돌아다니기 때문에 개똥 무더기가 곳곳에 흩어져 있을 수밖에 없는데, 특히 한 달분의 눈이 녹으면 한 달분의 개똥이 나타났다. 나는 늑대의 자취가 갈색으로 얼룩진 한쪽 눈밭에서 다른 쪽 눈밭으로 이어지고 사람이 치운 흔적은 전혀 없는데 똥 무더기가 확연하게 사라진 경우를 심심치 않게 접했다. 존 하이드도 똑같은 이야기를 했다. "그건 확실해요." 그는 내게 이렇게 말했다. "그 늑대는 특히 한 살이나 두 살 때 똥을 뒤지고 다녔어요." 분변 섭취를 일컫는 전문적인 용어는 분식증

coprophagia이라고 하는데, 갯과 동물들을 비롯해 많은 야생동물과 가축에게는 상당히 흔한 행태다. 내 관찰은 하이드의 설명에 딱 들어맞았다. 이 녀석은 똥을 먹었지만 이제는 그런 행동을 하기엔 커버렸거나 아니면 칼로리가 부족한 빈궁기 대비책으로 어쩌다 한 번씩 먹었는지도 몰랐다.

의도적이었든 우연의 일치였든, 빙하에서 주로 작은 먹이를 공략하는 로미오의 일반적인 전략은 생존경쟁에서 크게 효과가 있었다. 우선 로미오는 자신의 사냥 지역 대부분을 독점하며 편의점 드나들듯 편하게 드나들었다. 녀석은 인위적인 산책로에서 벌어지는 다른 늑대들과의 직접적 경쟁을 피했을 뿐만 아니라 치명적인 영역 싸움에 노출될 가능성을 낮췄다. 야생의 다른 늑대 무리는 인간에게 내성이 있는 늑대들의 주의를 돌리는 데 도움이 된다. 또한 녀석은 실제 사냥 스트레스를 최소화했다. 무스와 달리 연어와 비버는 사지를 발로 차지 않고 시간을 들여 소모적인 사냥을 할 필요가 없으며, 물어뜯다가 이가 손상될 정도로 거대한 뼈도 없다. 특히 뼈의 굵기는 중요한 문제다. 치아가 마모되거나 부러진 늙은 늑대는 제일 먼저 굶어 죽는다. 데이비드 메치 박사의 기록에 따르면 꽁꽁 얼어붙은 무스의 사체를 확보한 한 무리의 늑대 중 어리고 치아가 튼튼한 늑대들은 살아남았지만, 그렇지 못한 개체는 사체를 먹지 못해 최후를 맞았다.

그리고 로미오의 먹잇감은 다루기 쉬운 크기였다. 이는 에너지를 절약할 수 있다는 점에서 엄청난 장점이다. 늑대 생물학자들 사이에서 공인된 한 이론에서는, 어째서 늑대가 집단 사냥 동물로 진화했는지를 설명한다. 가치가 높고 큼직한 먹잇감을 공격하기 위해서라기보다는 죽은 동물을 노리는 다른 동물들보다 선수를 치기 위해서라는 것이다. 불곰과 회색곰은 종종 늑대의 노획물을 빼앗고, 여우와 울버린 같은 작은 포유류는 능력껏 좀도둑질을 한다. 그중에 최악은 새들인 경우가 많은데, 알래스카에서는 까마귀, 갈매기, 독수리, 어치, 까치가 주를 이룬다. 한 연구에 따르면 늑대 한 마리가 사냥한 사슴을 다 먹는 동안, 까마귀들이 먹어치우는 양이 60퍼센트에 이를 때도 있다고 한다. 늑대에게는 숟가락 엎기의 명수인 이 새들이 달가울 리 만무하다. 따라서 무리를 지을 경우, 사냥감을 먹는 속도가 훨씬 빨라지므로 힘들게 얻은 고기를 좀더 많이 지킬 수 있다. 늑대 10여 마리가 몇 시간 정도 간격을 두고 두어 번 성대한 만찬을 하면 무스 한 마리―먹을 수 있는 부분이 300킬로그램에서 450킬로그램 정도 된다―를 해치울 수 있다. 남는 거라곤 잘근잘근 씹어 먹은 뼈들과 털뭉치, 원형으로 짓밟힌 어두운색의 되새김 위 한 무더기밖에 없다. 나는 너덜너덜하게 해체된 사체를 많이 봤는데, 골수까지 알뜰하게 먹느라 모든 뼈가 끊어져 있었고 피 얼룩이 진 눈도 살뜰하게 먹어치운 상태였다. 이는 식탐이라기보다는 불가피한 효율성의 증거에 가깝다. 아무리 로미오 같은 외톨이 늑대가 무스를 때려눕혀서 최대한 빨리 먹든, 지키려고 용을 쓰든, 남은 걸 숨겨놓든, 아마 반 이상은 까마귀와 까치에게 뺏길 것이다. 늑대 로미오는 다른 장점도 여럿 있었을 뿐 아니라 한자리에서 먹어치울 수 있는 먹이에 집중함으로써 자신의 에너지 흐름을 잘 관리했던 것이다. 만일 녀석의 정신에서 영감을 얻어 정부의 낭비를 줄여간다면 가장 적은 노력으로 충분히 효율을 끌어올릴 수 있을 것이다.

결국 누구도 이 검은 늑대가 인간에게서 먹이를 얻는지, 만일 그렇다면 얼마나 자주, 얼마나 직접적으로 얻는지 확실하게 말할 수 없다. 로미오 주변에서 많은 시간을 보낸 사람은 그 누구도 녀석이 꾸준히 먹이를 얻어먹는다고 생각하지 않았다. 녀석의 행동은 굉장히 영리하고, 매우 한결같고, 아주 편안해서 본성의 자연스러운 발현이라고 볼 수밖에 없을 것 같았다. 우리가 로미오라고 부르는 늑대를 두고 복잡하고 아슬아슬한 상황이 전개되긴 했지만, 인간에게 공격성을 드러냈다는 보고는 한 건도 없었고, 지금까지 개에게 으르렁댄 적도 거의 없었다. 하지만 녀석이 사람들에게서 실제로 음식을 받아먹었든 그렇지 않았든, 고난의 시기는 목전에 와 있었다.

로미오와 제시

　　팀과 모린 홀 부부의 암컷 보더콜리 제시가 호수를 가로질러 질주하자 50킬로그램이 훌쩍 넘는 로미오가 제시를 향해 전력으로 달렸다. 이들은 마치 오래 헤어져 있던 연인처럼 황홀경 속에서 2인무를 추며 만났다. 제시는 몸을 움찔대며 아양을 떨었고 로미오는 꼬리를 높이 들고 경중경중 뛰며 제시 주위를 빙글빙글 돌았다. 두 녀석 모두 함께 있음을 순수하게 기뻐했다.

　　사실 이들은 항상 서로를 보고 있었다. 제시는 우리 집에서 두 집 떨어진 곳에서 살았고, 앞마당에서 나와 507미터 길이의 숲만 지나면 호수가 나왔다. 어떤 때는 로미오가 홀 부부의 집 뒷마당 끝에 나타나서 한때 다코타를 기다릴 때 그랬던 것처럼 꼬리를 발가락에 말고 기다리기도 했다. 15킬로그램이 안 되는 양치기 개와 그 정반대의 거구―(최소한 이론상) 이 양치기 개가 지키는 양에게 몰래 다가가 먹어치우는 거대한 야생 늑대―로 이루어진, 불가능해 보이는 한 쌍은 만나면 몇 시간씩 사라지곤 했고, 최소한 한 번은 같이 밤을 보내기도 했다. 제시와 로미오가 끈끈한 음양의 궁합이라는 건 분명했다.

　　물론 로미오는 개들과 어울리고 싶어했다. 두번째 겨울, 녀석은 자신에게 다가오는 거의 모든 개와 기분 좋게 인사를 주고받았다. 보통은 꼬리를 흔들고 냄새를 맡고 같이 놀자고 유혹했고, 가끔은 개들의 관심이 다른 데 쏠리거나 인간이 끼어들거나 아니면 로미오 자신이 더 재미있는 기회를 포착하고는 호수 건너 1600미터쯤 떨어진 곳이든 어디든 황급히 뛰어가버릴 때까지 정신없이 엉겨붙어서 놀기도 했다. 바쁜 날에는 서른 마리나 되는 개를 만나서 환영 의식을 치렀는데, 대개는 1~2분쯤이었지만 한 시간 이상 지속되는 경우도 있었다. 기억해둘 만한 드문 예외도 몇 번 있었지만, 로미오는 분명 다른 늑대보다 더, 갓 잡은 비버로 포식하는 한 끼 식사보다 더, 다른 무엇보다 더 개를 좋아했다. 이런 끌림은 그저 놀고 싶어서 상냥하게 구는 것을 넘어서 대단히 똑똑하고 가족 지향적인 동물에게서 기대할 수 있는, 거리감을 메우려는 일종의 개인적 유대로 확장되는 경우가 많았다. 그리고 이는 번식을 하거나 사냥 및 순찰 파트너(함께 사냥감을 죽이거나 영역을 방어하기에 좋은 상대)를 물색하는 것 같은 순수한 생물학적 목적의 발로가 아니었다. 로미오와 다른 개들과의 사회적 상호작용은 생존에 명백하게 이롭지 않았고, 녀석이 쏟는 에너지와 시간을 가지고 판단했을 때 오히려 정반대인 경우가 많았다. 하지만 녀석에게 개들이 갖는 의미는 먹을 것이나 비바람을 피할 곳만큼이나 현실적인, 어떤 복잡한 필요를 시사했다. 일부 개들과의 이런 유대는 자체의 고유한 가치를 지닌 사회적 접촉, 그러니까 우리가 보통 생각하는 우정이라고 부르지 않을 수 없었다. 인간관계가 그렇듯, 이런 유대는 강력한 이해관계에서부터 때로는 이유를 설명할 수 없는 무조건적인 숭배까지 온갖 범주로 나타났다.

옛날에는 이런 유대를 인간의 희망에 의거한 상상의 산물이라며 무시했지만, 유튜브에서 공식 언론에 이르기까지, 그리고 이제는 점점 학술 연구에서도 —고양이와 이구아나, 사자와 가젤, 개와 코끼리 같은 어울리지 않는 조합을 비롯해— 종을 뛰어넘는 많은 우정의 사례가 자주 등장한다. 이 주제를 다룬 책 중에는 구하기 쉬운 것들도 많다. 〈내셔널 지오그래픽〉의 수석 작가 제니퍼 홀랜드가 쓴 《뜻밖의 우정Unlikely Friendships》●과 생물학자 마크 베코프가 쓴 《동물의 감정The Emotional Lives of Animals》은 동물 행태주의, 즉 야생동물이든 가축이든 동물은 같은 종끼리만이 아니라 다른 종끼리도 부모자식 사이 같은 애정 어린 유대를 때로 대단히 놀라울 만큼 복잡한 수준으로 형성하는 능력을 갖고 있다는 인식에 초점을 맞춘 새로운 사조의 사례를 보여준다. 나이 든 개가 눈이 멀고 난 뒤부터 개를 안내하고 보호하는 어떤 고양이의 사례에 대해 홀랜드가 이야기한 것을 생각해보자(다양한 다른 자료에 서로 다른 종의 동물이 '보는 눈'이 되어주는 관계로 짝을 이루는 몇몇 사례가 기록되어 있다). 그렇다면 늑대와 개도 친구가 될 수 있을까? 좌뇌의 관점에서 냉정하게 보면 이 생각을 받아들이는 것보다 묵살하는 편이 훨씬 어

● 한국어판 제목은 《네가 있어 행복해》이다.

렵다. 논란이 되는 것은 그것의 성격과 깊이밖에 없다.

로미오가 가장 좋아하는 개를 굳이 선택하려 하지 않았다는 점만은 아주 분명했다. 매주 우리는 마치 녀석의 명령이라도 받은 듯 온갖 크기와 형태의 개 수십 마리, 때로는 수백 마리를 녀석에게 선보였다. 주노는 야외 활동의 도시이기도 하지만 개의 도시이고, 이 두 가지 요소는 서로 자연스럽게 섞여든다. 친구들과 짧은 스키루프에 가거나 온 가족이 썰매를 탄다? 한 친구와 오붓하게 긴 산책을 하거나 점심 식사 후에 짬을 내서 짧은 산책을 한다? 빙하는 완벽한 장소였고 ―대단히 아름답고 종잡을 수 없는 모양을 한 데다 인적이 드물지만 접근성이 좋다― 물론 개들도 당연히 사람을 따라왔다.

늑대에게 최적화된 빙하 지역의 형태와 관리 규정은 로미오에게 완벽한 환경을 제공했다. 멘덴홀 빙하 휴양지는 로미오가 사냥하는 데 이상적인 장소였다. 그뿐만 아니라 대부분의 도시 주변과는 달리, 이 휴양지는 벌금을 물거나 눈총을 받을 위험 없이 개의 목줄을 풀어놓을 수가 있어서 개에게 마음껏 달릴 자유를 주고 싶은 사람들에게는 대단히 매력적인 장소였다. 그 결과 거의 목줄을 하지 않은 채 산을 울리는 보호자의 목소리에 따라 움직이는 개들의, 군침을 돌게 하는 거대한 옥외 만찬이 완성되었다. 우리가 우리 소유라고 생각했던 개들을 탐색하고 싶어하는 외로운 늑대에게는 완벽한 조건이었다. 덕분에 개들은 자신들의 과거와, 영구적으로는 아니더라도, 최소한 얼굴을 맞대고 어느 정도 시간을 보냈다.

로미오는 상냥했고, 항상 새로운 친구를 사귀는 데 주저함이 없었지만 자기가 뭘 제일 좋아하는지 확실히 알았고, 종종 첫눈에 알아보고 나면 그 이후로 죽 이어지는 듯했다. 둘 중 어느 개를 더 좋아했는지는 알 수 없지만, 어쨌든 로미오는 다코타와 제시를 좋아했다. 녀석은 여러 해 동안 최소한 10여 마리의 개에게 이런 식으로 강렬하게 빠져 지냈는데, 어느 한 마리에게 완전히 빠진 것 같다가도 내적 갈등 같은 것은 전혀 느끼지 않은 채 다른 개로 옮겨갈 수 있었다. 그러니까 로미오보다는 돈 후안에 더 가까웠던 것이다(어떤 내장된 생물학적 감각을 자극할 만한 성적 관계는 이상할 정도로 없었지만 말이다). 녀석이 다코타나 제시에게 끌리는 건 이상해 보일 수도 있지만, 나름의 이유가 있었다. 어쨌든 두 마리 모두 귀엽고 사교적인 암컷이었고 로미오가 이들에게 빠진 만큼 이들도 로미오에게 빠진 듯했다. 어쩌면 두 개가 짝짓기 상대를 대신하는 역할을 맡았다고 볼 수도 있었다.

그런데 우리 친구 어니타의 커다란 검은 수컷 슈거의 경우를 생각해보자. 중성화 처치를 한 뉴펀들랜드 래브라도 레트리버 혼종인 슈거는 완전히 얼뜨기였다. 머리가 크고 눈에 총기가 없었고 갑자기 발작하듯 짖을 때면 턱에 침이 흘렀고 완전히 구제 불능이어서 시트콤 소품처럼 보일 정도였다. 장난감을 빼앗으려고 어린 꼬마에게 달려들고, 악취 나는 곰 배설물에서 뒹굴고, 고슴도치를 재미 삼아 씹어먹고, 절대로 괜찮은 맛이 날 리 없는 응고된 유성 페인트를 들이켜서 죽다 살아나기도 하는 그런 개였다. 내가 이런 사실을 아는 건 앞에서 열거한 모든 행위를 직접 목격했기 때문이다. 그런데 이게 다가 아니었다. 녀석은 어니타가 '소중한 테디'라고 부르는 거대한 곰인형을 올라타 줄기차게 마운팅을 했는데, 매일같이 벌어지는 이 음란한 의식은 상상에 맡기는 게 가장 좋을 것 같다. 어니타는 슈거가 껑충한 청소년기였을 때 구조했다. 결국 녀석에게 두 손 두 발 든 누군가가 내다버린 게 분명했다. 녀석을 몹시 사랑하는 (그리고 그 대가로 썩은 연어 냄새가 풍기는 키스 세례를 받는) 마음씨 고운 어니타마저 이 거대 못난이는 머리도 제일 나쁜 데다가 운도 별로 따라주지 않았던 게 틀림없다고 인정했다. 그러니 이 엉성하기 짝이 없는 멍청이 개가 늑대에게 무슨 매력이 있겠는가. 우리는 계속해서 답을 구했지만, 안 그래도 이미 기묘한 이야기가 훨씬 더 이상하게 전개되었다.

슈거는 역겨운 것이란 역겨운 것은 모두 입에 넣기, '소중한 테디'와 즐기기 말고도 한 가지 엄청난 열정을 보이는 일이 있었다. 그것은 바로 날아가는 물건을 쫓아가서 물어오기를 반복하는 것이다. 막대기든 인형이든 공이든 상관없었다. 아마 슈거의 뇌 한쪽을 깨워놓는 방법을 알아냈다면 잠자는 동안에도 달려가 물건을 물고 왔을 것이다. 어니타는 슈거와, 그리고 보더콜리 혼종 존티와 함께 시간을 보낼 때 대개 우리가 그녀에게 빌려준 셋방의 뒷문 밖에 펼쳐진 호수에서 던지기 놀이와 산책을 했다. 어니타와 슈거 모두 운동이 필요했고 서로에게 푹 빠져 있었는데, 이는 설명할 수 없는 매력이 무엇인지를 보여주는 또 하나의 사례였다. 이들의 조합은 대체로 완벽했다.

　로미오를 만난 첫해에 녀석을 본 지 며칠 안 됐을 때 우리는 어니타를 데리고 로미오를 보러 갔다. 그 일이 있기 불과 며칠 전 어느 추운 오후, 개들이 앞서거니 뒤서거니 하는 가운데 호수로 산책 나갔던 어니타는 슈거가 겨울 모자뿐만 아니라 점점 어두워지는 그녀의 귀청이 무색해질 정도로 시끄럽게 공을 다시 던지라고 짖어대는 사이사이의 고요 속에서 눈 밟는 뽀드득 소리를 듣고 다른 무언가가 있다고 느꼈다. 그녀가 몸을 돌렸더니 늑대가 있었다. 어니타 일행 뒤에서 종종걸음으로 다가온 녀석은 자신에게 다가오라며 고음의 세레나데를 칭얼대듯 불러댔다. 물론 어니타는 마치 혼자 외출했다가 늑대와 마주친 사람처럼 넘어질 뻔했다. 하지만 로미오는 꼬리를 흔들고 씩 웃으며 안심하라는 메시지를 뿜는 몸짓을 했다. 그리고 우리는 녀석에게 이미 그녀와 그녀의 개들을 소개한 상태였다. 어니타가 몸을 돌려 쳐다보면 로미오는 움직이지 않았다. 그리고 그녀가 등을 돌려 걸어가면 녀석은 10미터쯤 거리를 두고 따라왔다. 그러는 동안 슈거는 낯선 이는 안중에도 없이 물어오기 놀이에 계속 빠져 있었다. 로미오가 침 범벅이 된 테니스 공을 물어가지 않는 한 만사형통이었다. 입술을 씰룩대며 ―로미오는 한 번도 취해본 적 없는 공격 방식이다― 별로 사교적이지 못한 성격을 드러내곤 하는 존티는 결국 만일에 대비해서 목줄에 묶이는 신세가 됐다.

이렇게 기묘한 4인조가 한 주에도 여러 번 뭉치곤 했다. 책을 좋아하고 야외 활동을 별로 즐기지 않는 사십 대의 어니타가 두 마리 개를 앞세우고 집을 나서면, 무심하기 짝이 없는 슈거와 어디론가 간다는 게 좋아 죽겠다는 티를 감추지 못하는 커다란 검은 늑대가 20~30미터 정도 뒤에서 줄기차게 낑낑 소리를 내며 사뿐사뿐한 걸음걸이로 따라왔다. 나는 그 망할 개가 로미오에게 반응은 고사하고 알은체하는 것도 본 적이 없다. 로미오는 완전히 안 보이는 존재 같았다. 어니타의 경우, 그녀는 늑대를 보지 않았고 눈도 절대 마주치지 않았다. 움직임 역시 침착하고 예측 가능하도록 신경 썼다. 나는 로미오가 그런 행동에 담긴 메시지를 마음속으로 이해했다고 확신한다. 로미오는 거의 매일 시달리던 모든 시선과 재잘거림이 사라진 그 순간을 음미했는지도 몰랐다. 어니타는 슈거에게 그랬듯 아무런 조건 없이 로미오를 받아들였다. 그리고 늑대가 만났던 거의 모든 사람과 달리 그녀는 아무런 보상을 바라지 않았다. 어니타는 절대 카메라를 가져오지 않았고, 다른 사람들을 달고 다니지 않았으며, 수작을 걸며 접근하거나 어떤 식으로든 로미오에게 다가서려 하지 않았다. 나는 어떤 때는 쌍안경으로 몇 분 동안 멀리서 지켜보았고 어떤 때는 호수에서 어니타와 그녀의 무리를 만나 담소를 나누고 사진을 한두 장 찍고 스키를 탔다. 빙하가 성당처럼 우뚝 솟은 가운데 비스듬한 겨울빛 속에서 어니타와 개들이 순례를 하고 그 뒤를 검은 늑대가 따르는 풍경은 상징과 꿈으로 가득한, 살아 숨 쉬는 살바도르 달리의 그림 같았다.

　•　어니타와 그녀의 개들은 절대로 늑대를 찾지 않았다. 항상 먼저 이들을 찾아내서 따라오고 자신의 선택에 따라 관계를 굳히는 쪽은 로미오였다. 어느 오후, 거스와 내가 건장한 어부 두 명과 이들의 래브라도 레트리버들과 함께 담소를 나누며 빅록 근처에 자리를 잡고 있을 때 로미오가 50미터 정도 떨어진 곳에 서서 언제든 어울릴 태세로 끼어들 타이밍을 가늠하고 있었다. 그런데 호수에서 800미터쯤 떨어진 스케이터스 캐빈 근처의 빙판 위에 누군가 나타났다. 어니타와 그녀의 개들이었다. 로

미오는 고개를 획 돌리더니 마치 누가 끈을 당긴 것처럼 어니타 일행을 향해 달려갔다. 녀석은 그들이 누군지 정확히 알았다. 두 어부가 입을 쩍 벌리고 이 광경을 지켜보는 가운데, 어니타 일행은 북쪽으로 움직였고, 로미오는 언제나처럼 몇 발자국 간격을 유지한 채 따라 걸었다. "음." 어부 한 명이 입을 열었다. "늑대가 저렇게 쫓아가는데 저 여자 배짱 한번 두둑하네." 나는 어니타에게 각별히 용기나 의지가 있는 것은 아니라는 자명한 사실을 지적해봤자 입만 아플 것 같아서 토를 달지 않았다.

이 기묘한 갯과 동물들의 조합에 많은 사람들이 어리둥절해했지만, 크기에 관한 한 분명한 차이가 있었다. 슈거가 달리 '거대한 못난이'였던 게 아니다. 슈거는 한참 근육이 많을 때 몸무게가 40킬로그램 정도였고 달릴 때는 굵은 뼈로 이루어진 골격이 길고 호리호리하게 늘어났다. 녀석이 조금만 더 차분하게 생활했더라면 7킬로그램 정도는 손쉽게 더 나가면서도 여전히 '몸짱'이었을 것이다. 하지만 로미오 옆에 서면 슈거는 어린애처럼 보였다. 이 점에서는 슈거보다 몸무게가 더 나가는 몇 안 되는 개뿐만 아니라 다른 모든 개가 그랬다. 로미오의 다리 길이, 겨울 털의 밀도, 조각 같은 머리와 가슴은 녀석을 실제 크기보다 훨씬 커 보이게 했다. 어떤 개라 해도 눈밭에 로미오와 나란히 찍힌 발자국을 보면 작아 보이기만 했다. 한시도 가만있지 못하는 못난이의 커다란 발은 로미오의 발바닥 안에 쏙 들어갔다.

어떤 개들과 그들의 인간들은 로미오와 플라토닉한 사연을 간직했다. 내 친구나 그저 얼굴 정도만 아는 사람들, 일면식도 없는 사람들도 그랬다. 늑대 추종자들 대다수는 프라이버시를 지켰는데, 이는 때로 정성스럽게 이루어졌다. 이런 밀회를 즐기는 사람들은 모두 자신들의 경험이 고유하다고 생각했고 그 생각은 절대적으로 옳았다. 계곡 여기저기와 그 너머에 있는 비밀스러운 밀회 장소와 비밀스러운 시간에, 소수의 관객 앞에서 거의 똑같은 일을 하는 다른 사람들이 줄을 서 있다는, 누구나 다 아는 사실만 빼면 말이다. 몇몇은 개와 함께, 두엇은 개 없이 이런 경험을 즐겼다.

　　내 경우 늑대와의 이런 유대 중에서 가장 기억할 만한 경험은 친구 조엘 베넷과 그의 아내 루이자 사이에 있었다. 로미오가 처음 나타나기 몇 년 전 루이자는 유방암 진단을 받았다. 고된 수술과 항암 치료, 방사선 치료를 받는 사이사이에 그녀는 스키를 타거나 걸어서 조엘을 보러, 그리고 가끔은 나와 함께 로미오를 보러 규칙적으로 순례에 나섰고, 그때마다 루이자의 얼굴에는 환한 미소가 번졌다. 몸도 정신도 아름다운 루이자는 통증과 질병에 시달리면서도 한 번도 불평하지 않았다. 나중에 조엘이 말해준 바에 따르면 늑대를 보러 갈 수 있었던 덕분에 루이자는 생기와 희망이 넘쳤다. 그리고 셰리와 조엘과 나처럼 루이자는 그림 같은 산에 들어앉은 빙하를 등진 로미오의 우아한 실루엣이야말로 알래스카에 대한 자신의 사랑이 압축적으로 녹아 있는 풍경이라고 생각했다.

　　하지만 다른 누구보다도 해리 로빈슨과 그의 검은 래브라도 레트리버 혼종 브리튼은 로미오와의 사회적 접촉에 대해 판이한 기준을 세웠다. 해리와 브리튼과 로미오의 관계는 처음부터 가까웠는데, 두번째 겨울에는 더 깊어졌다. 끌림과 공동의 경험이 서로 뒤얽히면서 시간의 틀을 벗어났다. 이 셋은 함께 더 많은 곳을 누비기 시작했다. 날씨가 좋든 궂든, 드레지뿐만 아니라 웨스트글레이셔 트레일을 따라 훨씬 높은 숲속을, 선더산의 기슭을, 검은 늑대가 이끄는 곳이면 어디든 돌아다녔다. 가면 갈수록 이들은 사회적 기능에 따른 하나의 무리가 되었다. 이들은 함께 영역을 순찰했고 휴식을 취하고 놀이를 했다. 휴식과 놀이에는 해리도 함께했다. "녀석은 가끔 나를 스쳐 지나가면서 내 다리를 코로 문지르곤 했어요." 해리는 이렇게 회상했다. "녀석은 눈천사라고 해야 하나, 눈늑대라고 해야 하나, 이름이 뭐가 되었든 그런 걸 만드는 걸 좋아했어요. 눈사람이라도 만드는 것처럼 앞발로 눈 덩어리를 굴려서 내밀고는 마치 '내가 이거 했어, 한번 봐봐'라고 말하듯 늑대 미소를 크게 지으면서 나를 바라보곤 했죠." 이런 여행 중에 로미오는 가끔 사냥 태세로 바뀌기도 했

로미오와 브리튼

다. 목적의식을 가지고 잠시 사라져서 먹이를 찾다가 다시 해리와 브리튼에게 합류하곤 했다는 뜻이다. 그리고 사람과 개, 늑대로 이루어진 하루짜리 모임—이 세 종의 동물은 설명하기 어려운 놀라운 방식으로 뭉친 3인조였다—은 습관으로 굳어졌다. 로미오는 종종 웨스트글레이셔 트레일 주차장 가장자리에서 기다리다가 해리의 자동차 엔진 소리가 들리면 경중경중 뛰며 모습을 드러냈다. 해리는 늑대가 보이지 않으면 크게 실망했고 때로 걱정하지 않을 수 없었다. 가끔 해리와 브리튼이 늑대를 만나러 가지 못하면 늑대 역시 풀이 죽었으리라고 해리는 확신했다. 분명 개 친구와 단골손님이 나타나지 않아서 실망했으리라는 것이다. 이 셋은 남들이 가지 않은 길을 함께 걸었고, 빛과 그림자를 묵묵히 뚫고 몇 킬로미터를 함께했다.

　나는 셰리와 함께 첫해 겨울 중반에 정해놓은 방침을 꾸준히 고수했다. 나는 사실 로미오를 매일, 어떤 때는 하루에도 여러 번 봤지만, 그리고 녀석이 종종 우리 집에서 100미터 정도 떨어진 곳에서 기다리기도 했지만, 약간 물러선 자세를 유지한 채 전반적으로 지칠 줄 모르는 슈거나 상냥한 거스를 중재자로 내세우고 직접적인 접촉을 삼갔다. 하지만 로미오는 분명 나를 알았고, 나 역시 녀석을 알았으며, 우리는 서로 편안하고 살가운 관계였다. 개가 같이 있든 없든 녀석은 나를 알아보면 종종 나를 따라와서 편하게 하품을 하고 인사를 했고, 내가 원하면 다가가는 걸 허락하기도 했다. 하지만 셰리를 제외한 다른 사람과 있을 때는 그러지 않았다. 내가 스키를 타고 그 뒤를 개들이 따라 달리면 한동안 옆에서 같이 달릴 때도 있었고, 빙판 위에서 아주 가까이에 앉아 휴식을 취할 때도 있었다. 내가 그 거리를 좁히고 싶은 유혹에 얼마나 시달렸는지 녀석은 짐작도 못 하겠지만, 그래도 녀석이 너무 가까이 다가오면 나는 개들을 내 곁으로 불렀고 스키 스틱을 흔들어댔다. 인적 없는 브룩스산맥의 계곡 어딘가였다면 달랐을 수도 있지만, 우리가 있는 곳은 여기였다. 내 마음과 달리 나는 주변 집들과 이목을 모른 척할 수 없었다.

한편 주노 전체는 이와 동일하지만 좀더 폭넓은 친밀함에 차츰 익숙해졌다. 사람들은 그저 스쳐 지나가기만 하는 게 아니라 우리 주위에서 살아가는 늑대가, 그 고유성을 알아차릴 수 있는 개체가, 그저 **어떤 늑대**가 아니라 **그 늑대**가 존재한다는 사실을 깨달았다. 야생동물, 그중에서도 특히 크고, 인형처럼 껴안는 게 힘든 육식동물에게 이름을 지어주는 일은 의인화의 환상에서 기인한 헛짓이라고 믿는 일부 야생동물 관리인과 전통주의자가 보기에는 한심하게도, 이제 로미오라는 이름은 아주 일반화되어 한 번도 녀석을 본 적 없는 사람들마저 그렇게 불렀고, 로미오라고 하면 으레 누구를 지칭하는지 모두가 알았다.

이름 문제는 일부 알래스카 어업수렵부와 삼림청 관료들의 특히 아픈 곳을 건드렸다. 당시 주노 보호 지구 담당자였던 피트 그리핀의 말에 따르면 "동물에게 이름을 지어줄 경우, 존재하지 않는 관계에 대한 환상이 만들어진다." 피트는 그 늑대가 우리 주위에서 어슬렁대는 것을 '상당히 멋지다'라고 생각하는 사람이었기에, 그가 말하는 환상이란 동물 자체라기보다는 동물에게 이름을 지어주는 행위가 상징하는 모든 것과 관련있었다. 피트의 논리는 이랬다. 야생동물에게 이름을 지어주면 사람들은 자연스레 인간과 같은 특성을 부여하고 상호 유대, 즉 우정이나 최소한 상호 이해가 어느 정도 존재한다고 믿게 된다. 이런 믿음을 갖게 되면 대상 동물에게 과도하게 친밀감을 느끼고 근거리에서 지내는 것이 익숙해지며, 그러다보면 갈등이 생기기 마련이다. 조만간 부상자나 사상자가 나온다. 만일 인간 피해자가 발생할 경우, 해당 동물도 어쩔 수 없이 피해를 입는다. 대다수 생물학자와 관리자가 지적하는 뼈아픈 교훈은, 인간과 야생동물의 관계는 얼마 못 가서 틀어진다는 것이다.

이름 짓기에 관한 방침은 충분히 분명하고 상식적이긴 하지만 알래스카나 그 외 다른 지역의 관련 기관 사이에서, 심지어는 삼림청 내부에서도 일정하지가 않다. 가령 주노에서 남쪽으로 300여 킬로미터 떨어져 있고 케트치칸 보호 지구에서 관할하는 아넌크리크 야생동물 관측소에서는 흑곰과 불곰, 회색곰이 여름마다 나타나서 이 개울에 넘쳐나는 곰 사연어를 포식한다. 그 지역의 직원들은 새로운 곰을 어느 정도 식별할 수 있게 되면 외모나 성격에 맞춰, 중학생들이 서로에게 별명을 갖다붙이듯, 사적이고 비과학적인 방식으로 엉뚱한 이름을 지어주곤 한다. 남서 알래스카에 있는 맥닐강(알래스카 주 정부 관할)과 브룩스 폭포(국립공원청 관할)의 경우도 마찬가지다. 서로 다른 세 기관이 간단한 이유로 똑같은 시스템을 차용한다. 이름은 부르기 쉽고 숫자에 비해 혼동할 가능성이 적기 때문이다. 그리고 이름을 사용하면 누가 쇼티 혹은 앨리스인지, 그 곰은 어떤 식으로 행동하는지, 그 녀석이 주로 어디서 시간을 보내는지 모두가 바로 알 수 있다. 이때 이름은 과학과 관리라는 목적에 충실한, 행정적 수단일 뿐이라고 주장할 수도 있지만, 여기에는 분명 더 깊은 맥락이 있다. 20년 전 브룩스 폭포에서는 다이버가 누구인지, 맥닐에서는 화이트 부인이 누구인지 사실 모든 사람이 알았다. 그뿐 아니라 직원과 관광 안내인, 곰에게 매료된 관광객 수천 명이 외모와 습관, 성격으로 구분할 수 있고 이름이 있는 각각의 곰 이야기를 오며 가며 공유하는 덕에, 이런 식으로 이름만 대면 다 아는 곰이 수십 마리는 더 있었다. 이렇게 곰들과 가장 긴밀하게 유대감을 느끼는 사람들 중 일부는 순진한 관광객들이 아니라 이 동물들을 가장 잘 알고, 대부분의 경우 이들에게 직접 이름을 지어준 담당 기관 현장 직원이었다. 이름이 문제로 이어질 수 있다는 주장에도 불구하고 이 풍광 좋은 세 지역은 인간과 동물의 상호작용이 수십만 건 일어나도록 아무 문제가 없어서 안전의 모범 지역으로 인식될 정도다. 그리고 알래스카나 다른 지역에서 동물의 이름이 관리 문제로 이어진 구체적인 사례를 찾기는 어렵다. 사실 이름을 지을 것인가 말 것인가를 둘러싼 논쟁은 실질적인 문제라기보다는 본질을 흐리는 곁다리처럼 보인다. 누군가가 그런 짓은 적합하지 않다고 중얼거리면 다른 사람이 왜 안 되느냐고, 가끔 동물에게 이름을 지어준다고 해서 나쁠 게 뭐냐고 묻는다. 어떤 야생동물을 독특한 개체로 인식하면 안 될 이유가 뭔가. 많은 사람들에게 이 늑대는 너무나도 분명하게 독특한 개체이자 그 이상이었다.

이름을 지어주지 말자는 심리에는 물리적 거리뿐만 아니라 **감정적 거리를 유지해야 한다**는 메시지가 깔려 있다. 엄밀히 말해서 늑대는 다른 야생동물처럼 얼굴 없는 자원이고, 식별 가능하고 사람들에게 인기 있는 개체를 관리하는 데서 올 수 있는 골칫거리—특히 '관리'가 동물을 없애거나 죽이기, 혹은 합법적인 사냥이나 덫 놓기를 허용하는 것을 뜻할 경우—를 비롯한 다양한 이유 때문에 그런 식으로 늑대를 관리하기를 더 선호하는 사람들이 있다.

태도의 스펙트럼 한쪽 끝—이는 자칭 스포츠맨들 사이에서 흔하다—에는 야생동물을 지각 있는 존재로 인정하고 관계를 맺고자 하는 사람들을 향한 뿌리 깊고 자동적인 경멸이 도사리고 있다. 그런 사람들이 볼 때 해리처럼 늑대와 친구로 지내는 것은 문화적 금기에 가깝다. 이들은 그런 행동이 그릇되었을 뿐 아니라 대단히 모욕적이며, 현대의 스포츠 사냥 전통에 위험하다고까지 생각하기 때문이다. 전통적인 수렵-채집 사회에서는 얻고자 하는 동물과의 깊은 영적 유대를 강조했고, 이들에게 존경심과 의미를 담은 이름을 지어주었으며, 일반적으로 이런 동물들을 초자연적 힘을 가진 존재까지는 아니더라도 자신들과 동등한 존재로 인식했던 점을 감안하면, 이상한 단절이 아닐 수 없다. 오스트리아의 신학자 마르틴 부버는 이런 전통 수렵-채집 사회에서 맺어진 인간과 동물의 관계를 '나-당신의 관계'라고 일컬었다. 아웃도어 스포츠 전문 텔레비전 채널과 잡지에서 재현하는 현대의 주류 스포츠 사냥은 부버 식으로 표현하자면 '나-그것의 관계'를 강조한다. 다시 말해 얼굴 없는 생명체를 재미나 이윤을 위해, 아니면 그저 충동적으로 추적하고 죽이는 일을 합법적 권리로 여기면서 동물과 관계를 맺기보다는 대상화한다. 알래스카 연안의 불곰들에게 부블이나 컵케이크 같은 깜찍한 이름을 붙이고 여러 해 동안 이들과 어울려 다님으로써 사회적 한계를 밀어붙이다가 여성 동료와 함께 어떤 곰에게 목숨을 잃은 캘리포니아의 곰 보호 운동가 티머시 트레드웰은 생전에도 사후에도 사냥 애호가 집단 내에서 조롱의 대상이 되었다. 만일 트레드웰이 전리품 사냥꾼이어서 올드 볼디라는 이름의 곰을 추적하다가 부상을 당해 레버액션 소총 .45/70을 꼭 쥐고 최후를 맞이했더라면 조롱이 아닌 애도의 대상이 되었을 것이다. 그리고 애도자들은 '악당 같은' 곰이든 늑대든 다른 어떤 동물이든 반드시 추적해서 죽일 수만 있다면 이름을 지어주고 마지못한 존경심을 바탕으로 개인적 관계를 형성해도 괜찮다고 생각할 것이다. 하지만 이 검은 늑대에 대해서는 이와는 완전히 다른 어떤 일이, 위험할 정도로 올바르지 못한 어떤 일이 진행되고 있었고, 그 일은 모두 그 망할 이름과 함께 시작되었다.

그 검은 늑대가 그저 형용사와 보통 명사의 결합으로, 혹은 일반적인 연구에서 그러는 것처럼 W-14A 같은 중립적인 표기명으로 불렀더라면 어땠을까? 그랬다면 지금까지 벌어진 일들이 어떤 식으로든 바뀌었고, 녀석의 운명이, 혹은 우리가 녀석을 인식하는 방식이 달라졌을까? 그 늑대는 이름 없이 우리 곁에 왔다가 시간이 지나면서 성격과 행동을 통해 이름을 얻은 것이지 처음부터 이름이 있었던 게 아니다. 그리고 인류의 역사를 통틀어 얼마나 많은 야생 늑대에게 이름이 있었을까? 분명 한 줌 정도 되는 악명 높은 늑대에겐 이름이 있었겠지만, 애정이 담긴 늑대 이름은 없었을 것이다. "이름이 다 무엇인가요?" 셰익스피어의 줄리엣은 생각에 잠겨 말했다. "우리가 장미를 다른 이름으로 부른다 해도 향기는 여전히 달콤할 텐데." 어쩌면 그로부터 몇 세기 뒤, 완전히 달라진 세상에서 줄리엣의 연인의 이름을 얻은 야생동물에게도 이와 똑같이 말할 수 있었으리라.

로미오는 오후 햇살을 받으며 몸을 늘인 채 강어귀 근처 얼음 위에 혼자 누워 있었다. 내가 100미터가량 떨어진 곳에서 스키를 타고 움직이자 녀석은 고개를 들어 나를 보더니 하품을 하고, 빛을 받아 눈을 찡그리긴 했지만 일어서지는 않았다. **아, 당신이군요.** 녀석은 이렇게 말하는 것 같았고, 다시 한번 한쪽 눈을 뜨고 자는 늑대 식 낮잠에 빠져들었다. 나는 잠시 멈춰 서서 녀석의 친숙한 무심함과 녀석의 존재에 대해 고마운 마음을 담아 고개를 끄덕인 뒤 스키를 타고 빙하를 향해 달렸다. 이 늑대와 함께하는 우리의 두번째 겨울은 거의 지나갔다. 영혼마저 무디게 만드는 1월의 어둠이 짧아지고 낮이 점점 길어지면서 봄이 오고 있음을 느낄 수 있었고, 우리 대부분이 감히 희망했던 것보다 모든 게 더 원만해졌다. 분명 어떤 트집은 집요하게 이어졌지만, 이제는 배경 소음처럼 자리를 잡았다. 로미오를 포함한 모두가 인간과 그들이 집에서 키우는 동물들과 날이면 날마다, 몇 주씩, 몇 달씩, 그리고 그보다 더 오랜 시간 동안 마음대로 돌아다니며 평화롭게 노닥거리는 거대한 야생 육식동물에 대한 새로운 기준을 마련하고 있는 듯했다. 그리고 바로 그곳은 질서를 강제하는 제복과 규율이 있는 야생 공원 구역 안이 아니라, 그런 상호작용이 마음껏 일어날 수 있는 알래스카의 도시에 가까운 공간들이었다. 뒷마당과 주차장을 비롯한 다양한 공간에서 늑대와의 마주침이 숱하게 이루어졌고, 여기에 불안해하는 인간과 개의 에피소드가 버무려졌지만, 아직은 어느 쪽에서도 판도에 영향을 미칠 만한 행동을 개시하지는 않았다. 위협적인 행동도, 반려동물이 살해되는 일도, 일각에서 예상한 그보다 더 나쁜 일도 없었고, 늑대가 죽는 일도 없었다.

　녀석은 우리 주위에 있을 때 더 안정되고 편안해 보였고, 우리 역시 마찬가지였기에 녀석을 없애는 건 그 어느 때보다 식은 죽 먹기였다. 그래서 녀석의 목숨은 항상 일촉즉발의 상태였다. 주노 사람들은 대부분이 크고 착한 늑대가 문 밖에 있는 풍경이 '새로운 일상'이라는 기이한 생각을 받아들이는 것 같았고, 이런 관점을 공유하지 못한 사람들은 상당한, 심지어 존경할 만한 인내심을 발휘하고 있었다. 물론 이 모든 상황은 오래 지속되기에는 도가 지나칠 정도로 이상적이었다.

3월 중순, 릭 휴트슨이라는 스무 살 동네 청년이 친구들과 개 두 마리를 데리고 산책을 하고 있었다. 휴트슨에 따르면 두 살짜리 비글인 탱크의 목줄을 벗겼더니 탱크가 갑자기 쏜살같이 달려 숲에 들어가서는 무언가의 흔적을 열심히 찾았다. 비글로서 지극히 정상적인 행동이었다. 휴트슨은 탱크를 다시 불러들이기 위해 그 뒤를 따라 정신없이 달렸다고 한다. "불과 몇 초 후에 바로 내 앞에서 낮게 으르렁대는 소리를 들었는데, 탱크가 시야에서 안 보였어요." 휴트슨은 〈주노 엠파이어〉의 기자에게 이렇게 말했다. "몇 초 있다가 그 늑대가 나를 피해 달아나는 걸 보고는 탱크가 녀석 입에 들어갔다는 걸 알았어요." 휴트슨과 그의 친구들은, 죽었든 살았든 그 개를 찾을 수 없었다. 휴트슨은 어업수렵부에 이 사건을 보고했고, 그다음 날 어업수렵부의 지역 생물학자 닐 바튼과 함께 수색이 재개되었다. 바튼은 표준 현장 수색 규정의 일환으로 고무탄을 장전한 12구경 산탄총을 어깨에 걸었고, 만일을 대비해 주머니에는 기습하는 회색곰을 쓰러뜨리고도 남을 화력의 슬러그탄을 몇 개 챙겼다.

바튼과 휴트슨은 그 덤불 지역을 수색했다. 봄눈은 수색을 어렵게 했다. 워낙 단단해서 전날의 자국이 거의 남아 있지 않았고, 반복적으로 눈과 얼음이 녹으면서 토끼와 다람쥐 같은 여러 작은 동물들과 늑대, 개, 인간의 오래된 흔적이 뒤죽박죽으로 섞여 있었다. 어떤 곳에는 단단한 얼음 아래에 물이 있었고, 어떤 진창의 얼음은 녹기 시작했다. 휴트슨은 바로 전날 그곳에 왔었지만, 바튼은 이 젊은 남자의 이야기를 뒷받침할 만한 분명한 흔적이나 자취를 전혀 찾지 못했다. 이들은 얼어붙은 눈에 젖은 핏자국을 찾아내긴 했지만 양이 얼마 안 되어서 언제 생겼는지 알아내기가 어려웠다. 게다가 개털 뭉치도 뼛조각도 명약관화한 증거가 될 수 있는 목줄도 보이지 않았다. 또한 휴트슨의 설명은 어딘가 석연치 않았고 어떤 세부 사항에서는 모호했다. 그리고 바튼은 휴트슨이 육식동물 호출기를 소지하고 있었다는 점에 주목했다. 바튼이 보고 있을 때 그가 부주의하게 주머니에서 꺼내는 모습을 본 것이다. 사람들이 이런 도구를 쓰는 이유는 단 하나였다. 근처에 있는 육식동물을 끌어내리려는 목적으로, 부상당한 토끼의 비명을 흉내 내려는 것이다. "왜 그걸 가지고 있느냐고 물었어요." 바튼이 말했다. "그랬더니 그 사람은 더듬대면서 자기네 마당에서만 분다고 하더군요." 바튼은 휴트슨이 늑대를 유인하려 했고 결국 성공했다는 시나리오를 제시했는데 그건 충분히 가능한 일이었다. 가벼운 식사를 하려고 만반의 준비를 하고 달려온 로미오는 토끼만 한 크기에 색깔까지 비슷한 동물이 덤불을 향해 돌진하는 모습을 보고 포식자 본능이 발동했으리라. 어쨌든 그 지역은 토끼들의 통로가 교차하고 있어서 로미오가 좋아하는 사냥터 중 하나였다. 이런 상황에서, 게다가 휴트슨이 자신의 개를 통제하지 못했다는 점을 감안했을 때, 바튼은 늑대에게 책임을 묻기 어렵다고 생각했다. 게다가 로미오가 그 비글을 죽였다는 확실한 증거도 없었다. 그 피는 토끼의 것일 수도 있었고, 탱크가 대담한 독수리의 먹이가 되었을 수도 있기 때문이다(주노에 사는 내 친구는 그 가능성을 강조하기라도 하려는 듯 실제 사건이 일어난 지 몇 년 지나고 나서 내가 이 글을 쓰고 불과 며칠 뒤에 어떤 독수리가 출처를 알 수 없는 어떤 개의 사체 일부를 자기 마당에 떨어뜨렸다고 알려왔다).

휴트슨은 바튼에게 그 늑대를 찾아서 총으로 쏴달라고 부탁했지만, 바튼은 거절했다. 몇 년 뒤에도 바튼은 자신이 올바른 선택을 했다고 생각했다. "그 늑대를 죽일 정당한 이유가 전혀 없었어요. 그 늑대가 전날 나타나서 다음 날 그 비글을 죽였다고 보기는 힘들었거든요. 그 늑대와 개들이 평화롭게 잘 지낸 사례가 아주 많았어요." 그 후 해리 로빈슨도 그 일대를 정찰해보았지만 아무런 소득이 없었다. 그 역시 피 묻은 눈을 찾아냈어도 비글의 흔적은 전혀 없었고, 탱크가 반쯤 녹아서 위태로운 얼음을 향해 간 것으로 보이는 흔적만 찾아냈다. 마지막 정황적인 반증. 탱크가 사라진 지 두어 시간밖에 안 되었을 때 셰리의 지인과 그의 개가 호수 북서쪽 모퉁이에서 로미오를 만났는데, 한 번도 개를 해쳐본 적 없고 그럴 만한 행동도 해본 적 없는, 전과 다름 없는 바로 그 늑대 같아 보였다고 했다.

비글 실종 사건을 일종의 범죄 수사라고 했을 때, 지금까지 이 사건이 흘러온 정황은 다음과 같다. 일단 사체도 없고, 살해를 했다는 근거도 없으며, 범죄 현장으로 추정되는 곳에 피의자가 있었다는 확실한 증거도 없다. 그리고 피의자는 이와 유사한 숱한 환경에서 과거에 나쁜 행실을 보인 이력이 전혀 없었고, 오히려 그와 정반대였다. 마지막으로, 모든 사건은 목격자 단 한 명의 문제적 증언을 토대로 하고 있었다. 요컨대 분별 있는 지방검사라면 기소 이유를 찾아내지 못했으리라.

하지만 사건에 대한 바튼의 관점과 다른 사람들의 관찰, 그리고 육식동물 호출기와 관련한 세부 사항은 언론에 전혀 실리지 않았거나, 공공연한 소문의 영역에 진입하지 못했다. 그 대신 주노 주민들은 며칠 뒤 아침 커피를 마시다가 "호수의 늑대가 분명 비글을 죽였다"라는 대문짝만 한 기사 제목과, 그 아래에 딸린 "개 주인은 늑대를 죽이거나 다른 곳으로 보내길 원해"라는 소제목을 접했다. 이어지는 기사는 기본적으로 정확했고 절제된 결론을 내렸지만 원인과 결과를 함축한 기사 제목과 그 기사 안에 포함되지 않은 내용은 오해를 양산하기에 충분했다. 또한 해당 기사는 다른 해석의 여지를 두지 않은 채 휴트슨의 관점에서만 사건을 서술하고, "이 늑대의 위치와 늑대가 인간에게 미치는 위험에 대해 자주 경고하고 표지판을 마련했더라면 나나 내 개들이 위험에 몰리지 않았을 것"이라는 휴트슨의 말만 인용했다. 요컨대 휴트슨은 작년에도 이 늑대를 봤다고 인정했고 바튼에게는 그 늑대가 주위에 있다는 걸 알았다고 말했으면서도 당국이 태만했다는 주장을 펼친 것이다.

주 정부의 입장을 방어한 사람은 바튼이 아니라(〈주노 엠파이어〉의 기사는 이상하다 싶을 정도로 바튼을 빼놓았다) 당시 알래스카 어업수렵부의 야생동물 보호 담당관 맷 로버스였다. 부처의 장관 바로 밑에 있는 고위 행정관이 동물 한 마리와 관련된 지역 사안의 언론 보도에 개입하는 것은 대단히 이례적인 일이었다. 몇 년 뒤 로버스는 내게 자신이 기자의 전화를 받은 것은 계획된 게 아니라 우연이었고(심지어 그는 바튼의 직속 상관도 아니었다), 바튼이 올바르게 발언하고 처신했으리라고 전적으로 신뢰한다고 말했다. 하지만 이 사건은 민감한 문제였고, 주노의 오랜 주민이던 로버스는 이 점을 잘 알았다.

주노에서는 로미오에게 우호적인 정서가 강력했지만, 알래스카주의 다른 지역에서 어업수렵부는 최근에 재개된 논란 많은 항공기 늑대 통제 정책으로 갈등의 불씨를 키우고 있었다. 주목받는 독특한 동물을 전형적인 캐릭터로 만들어 관련 없는 포괄적인 사안에 등장시키는 나쁜 언론 보도가 한 번 더 나오면 어업수렵부가 남동 지역에서도 늑대 통제 정책을 시행하는 것은 시간 문제였다. 과거 1990년대 초 월터 히켈 주지사 시절, 주 정부의 감독하에 이루어지던 늑대 살상은 격한 반발을 불러일으켜 알래스카 전역의 관광이 보이콧되는 사태가 빚어졌고 결국 알래스카주의 늑대 살상 정책은 유예되었다. 이런 더 큰 문제와 지역의 실제 정치 사이에 끼어 있는 어업수렵부는 조심스럽게 패를 고를 필요가 있었다. 다른 한편, 이 사건으로 로미오에게 반대하는, 많지는 않지만 목소리가 큰 주노 주민들이 술렁거렸다. 휴트슨의 어머니는 어업수렵부에 분노가 서린 장황한 서한을 보냈고 드레지 지역을 포함한 마을 전체에 한 쪽짜리 전단지를 게시했다. 그녀가 〈주노 엠파이어〉에 보낸 열정 넘치는 편지는 "뭘 기다리고 있는 건가? 야생 늑대에게 사랑하는 동물이 끌려가는 것을? 아니면, 설마 귀여운 조니를 늑대에게 빼앗기는 것을? …… 어업수렵부가 이곳에 사는 사람들을 지키기보다는 관광객을 끌어모으기 위해 늑대를 지키는 데 더 관심이 많다고는 생각하기도 싫다"라며 불길을 뿜었다. 물론 어업수렵부는 그 늑대를 보호하는 데 별로 관심이 없었고, 사실 손가락 하나 까딱하지 않았다. 게다가 호수에 차량이 늘어난 것은 전적으로 지역 주민들 탓이었지 관광객은 거의 없거나 아예 없었다.

사람들이 이 동물에 대한 안전 장치를 요구했음을 보여주는 기록도 전혀 없었다. 하지만 아무리 편지의 내용이 부정확하건, 잔뜩 부풀려지기만 했건 간에 신문에 그대로 실렸고, 피해는 명약관화했다. "**녀석은 이걸로 끝일 것 같아.**" 나는 셰리에게 한숨을 쉬며 말했다. 셰리는 무엇이 문제인지 정확히 파악하고 고개를 끄덕였다.

이 검은 늑대는 사람들에게 위협적인 존재라는 오명을 제대로 뒤집어썼고, (한 일은 없지만 자동으로) 이런 우려를 자아낸 책임을 떠안은 담당 부처인 어업수렵부는 손을 쓰라는 압력에 직면했으며 이를 무시하기 어려운 상황에 처했다. 로버스는 비글의 죽음과 관련하여 불확실한 증거를 반박하거나 단서를 달지 않았을 뿐 아니라, 비글이 실제로 그 늑대에게 살해당한 것 같다는 의견에 동의했다. 어업수렵부가 어떠한 방식으로 행동하지 않아서 누군가가 해를 입었다면 (연방의 관련 부처인 삼림청은 말할 것도 없고) 두고두고 기억될 만한 고약한 소송에 휘말릴 수도 있었다. 어업수렵부의 생물학자들에겐 네 가지 선택지가 있었다. 이제까지 죽 해왔던 대로 가볍게 모니터링 활동을 하면서 중립적인 태도를 견지하거나, 검은 늑대를 다른 곳으로 이동시키거나, 녀석이 인간이나 개와의 접촉을 피하도록 훈련을 시켜보거나, 아니면 죽이거나. 손 놓고 있는 것은 법적 문제로 비화할 가능성이 있어서 제외되었다. 그리고 늑대를 죽이는 안은 테이블 뒤쪽 어딘가에 놓여 있는 게 분명했지만, 유독한 낙진이 떨어질 게 분명한 핵무기 같은 선택이었다.

반면 다른 곳으로 보내는 것은 전혀 치명적이지 않으면서 성공 가능성이 있는 대안이었다. 생물학자들로 이루어진 팀이 마취총으로 늑대를 확보하고 안정시킨 다음, 녀석이 돌아오기 힘들 정도로 충분히 멀리 있는 적당한 방류 지점, 가령 타쿠인렛 남쪽에 있는 린캐널 피요르드 끝이나, 북쪽으로 150킬로미터 정도 떨어진 칠캣 계곡 상류 같은 곳으로 이동시키는 것이다. 마취총은 공인된 포획 방식이고, 알래스카주는 몇 년 전 실험적인 정책을 통해 유콘강 상류인 포티마일강 인근에 살던 많은 늑대를 남쪽으로 수백 킬로미터 떨어진 케나이 반도로 이동시킨 경험이 있었다. 누가 이런 계획을 욕할 수 있겠는가. 늑대도 안전하고, 사람도 안전하고, 그러면 이야기는 끝이었다.

하지만 마취총을 쏘는 일은 까다로운 작업일 수 있다. 약물이 강력하고, 어깨에 걸머지는 무기로 정확한 용량의 약물을 투여하기가 쉽지 않으며, 북극곰에서 무스에 이르는 숱한 야생동물이 마취약 투약 후에 스트레스와 약물 부작용, 그리고 총 자체로 인한 부상 때문에 목숨을 잃는다. 일반적으로 마취총의 치사율은 1퍼센트 정도지만 가끔 이보다 훨씬 높을 때도 있다. 그리고 이동 과정에서 여러 가지 이유로 목숨을 잃는 경우도 있다. 사실 포티마일강에서 케나이 반도로 이송되던 늑대 중 몇 마리도 바로 이렇게 목숨을 잃었다.

늑대를 아무리 성공적으로 이동시켜 방류했더라도, 녀석을 봄눈이 끝도 없이 쌓인 낯선 환경에 떨어뜨려 놓는 것은 곧 사형선고가 될 수 있다. 꼭 아사가 아니더라도, 이동 과정에서 힘이 빠지고, 수적 열세인 데다, 방향 감각을 상실한 외지 동물로부터 영역을 방어하려는 기존의 무리에게 공격을 받을 수 있기 때문이다. 그리고 이 늑대의 이동과 운명은 포획 뒤에 채워질 위성 추적 목걸이를 통해 기록될 가능성이 높은데, 연구용이나 관리용으로 알려진 개체의 움직임을 추적하는 데는 나은 방법이지만, 일부 생물학자는 이 1킬로그램 안팎의 짐은 생명을 더 위태롭게 만들 수 있다고 생각한다. 눈 위에서 얼마나 사뿐히 움직일 수 있는지와 속도가 생존을 좌우하는 동물에게 이런 무게가 추가된다는 것은, (말 그대로) 인생이라는 레이스에 들어선 마라토너에게 돌덩어리 몇 킬로그램을 지고 달리게 하는 것과 같다. 문제를 더 복잡하게 만드는 것은, 특히 이렇게 관심도가 높은 사안에서는 늑대의 이동 경로 데이터를 종종 공개적으로 얻을 수 있어서, 그러다보니 이 늑대를 우발적으로 죽이거나, 혹은 어쩌면 간접적인 살상 장면이 노출되면서 관계 기관의 이미지가 실추되는 사건으로 비화할 수 있다는 점이다. 로버스는 이런 딜레마를 압축적으로 요약해서 이렇게 말했다. "많은 사람들이 늑대를 그곳에 두고 싶어합니다. 사람들은 그것이 야생을 즐길 수 있는 환상적인 기회라고 생각하죠. 우리가 그 동물을 제거하거나 죽이려고 한다면 지금보다 더 많은 비판에 직면할 겁니다. 우리에게는 답이 없는 상황이죠."

　　마지막 대안, 이 늑대를 부정 효력 훈련이라고 하는 원칙에 따라 훈련시켜서 인간을 더 조심하게 만들려는 시도는 위험도가 낮으며 완벽한 방법이었다. 일반인이 보기에는 대단히 간단하다. 개 한 마리와 함께 생물학자들을 내보낸다. 늑대가 가까이 오면 치명적이지 않은 방법으로 녀석을 괴롭힌다. 가령 육체적인 해가 지속되지 않는 방식으로 녀석을 찌르거나 놀라게 만든다. 이런 상황을 몇 차례 되풀이하고 나면 녀석은 이론적으로 사람과 개를 불쾌한 경험으로 각인하고 거리를 유지한다. 어업수렵부는 이른바 고무탄(늘 고무인 것은 아니지만 목숨을 위협하지 않도록 고안된 발사 무기)과 빈백탄bean bag round, 폭죽, 이 세 가지 도구를 활용해 괴롭힌다. 이 세 가지 모두 문제가 되는 거대한 야생동물을 쫓아버리거나 훈련시키는 데 사용해왔다. 권총이나 엽총 혹은 특수 용도의 화기로 발사하는 고무탄은 가장 멀리서 쏠 수 있고 충격도 가장 크다. 하지만 고무탄은 절대 유하지 않다. 전 세계에서 폭동 진압 경찰이 발포한 이런 발사 무기는 수십 명의 인명을 앗아갔고 수천 명을 불구로 만들었다. 따라서 사람에게 해를 입히거나 목숨을 빼앗을 수 있는 무기는 당연히 늑대에게도 마찬가지 작용을 할 것이다. 늑대를 상대로 고무탄을 발포한 사례는 극히 드물지만(늑대는 보통 눈에 잘 띄지 않고 대치하는 일이 없기 때문에), 어업수렵부의 생물학자 맥네이는 캐나다의 북극권 지역에서 이런 발사 무기에 의해 늑대가 사망한 사건이 있었다는 기록을 남겼다. 펠렛이 든 작은 주머니인 빈백탄을 12구경 엽총으로 발포하면 부상 가능성이 훨씬 낮지만 정확도가 떨어지고 30미터 이내에서 쏴야 맞출 수가 있다. 마지막 선택지인 폭죽은 엽총을 추진체 삼아 발사하는 도구로, 충격을 주기보다는 그냥 놀라게 하는 효과만 있을 뿐이다.

〈주노 엠파이어〉의 기사에서는 고무탄은 선택이 쉽지 않을 거라고 밝혔다. 하지만 맷 로버스는 몇 년 뒤에 내게 이런 세부 사항은 일종의 오보였다고 말했다. 어쨌든 이런 결정을 내리는 건 로버스의 일이 아니었고, 아마 바튼이 직속 상관과 상의하거나 혼자서 자유롭게 결정했을 것이다. 바튼은 한 인터뷰에서 자신은 처음 시도에서는 빈백탄을 사용했다고 단언했고, 사진작가 존 하이드는 이 첫 시도를 우연히 목격했다. "그런데 빗맞았어요." 바튼이 씁쓸하게 덧붙였다. "하지만 원하는 효과를 낸 것 같았어요······ (그 늑대는) 총소리에 분명히 겁을 먹었어요. 녀석 앞에 떨어진 빈백탄을 제대로 쳐다보기나 했는지 모르겠어요. 그렇지만 녀석은 줄행랑을 치더니 곧장 숲속으로 사라졌고 잠시 하울링을 하더라고요······ 그러고는 그다음 몇 주 동안은 자주 보이지 않았어요." 바튼은 이어서 호수를 몇 번 더 순찰했지만 기회가 없어서 다시 그 늑대에게 발포하지 못했다고 밝혔다. 이 늑대가 브리튼과 해리를 비롯한 많은 친구들과 곧 다시 정기적인 접촉을 재개했다는 점을 감안하면, 개와 인간을 피하도록 로미오를 훈련시키는 데 성공했는지, 아니면 로미오가 그저 바튼만 피하게 되었는지는 논란의 여지가 있었다.

물론 많은 로미오 추종자들은 로미오 괴롭히기 작전을 부당하다고 여기고 못마땅해했다. 또한 이들은 이 늑대를 다른 곳, 그러니까 지금과 같은 보호를 받을 수 없는 곳으로 몰아낼 경우, 녀석이 더 큰 위험에 처하게 되리라고 걱정했다. 해리는 로미오가 사실 고무탄에 맞았고 그 때문에 절뚝였다고 주장했다(실제로 이 늑대는 그해 봄 남은 시간 동안 왼쪽 앞다리를 쓰기도 하고 안 쓰기도 했는데, 어쩌면 이 부상은 미끄러졌거나, 고슴도치 가시에 찔렸거나, 아니면 족쇄 덫을 빠져나오다가 생겼을 수도 있다). 나를 비롯해 이 늑대를 아는 많은 이들은 복합적인 감정에 휩싸였다. 로미오가 우리 같은 사람들을 더 조심하게 만들면 생존에 충분히 도움이 될 것이다. 그리고 우리가 이기적으로 굴지 않는다면, 가장 중요한 건 녀석의 목숨이었다. 빈백탄이든 고무탄이든 괴롭히기 작전은 훨씬 더 나쁜 결과로 이어질 수도 있었던 사건에 대한 절제된 형태의 공식적 반응이었다.

이 늑대는 앞서 최소한 한 달 동안 멘덴홀 호수와 드레지에서 인간과 굉장히 자주 어울렸기 때문에 사태를 악화시키려면 얼마든지 악화시킬 수 있었다. 핑곗거리를 찾는 성난 반늑대주의자들이 과감한 조치를 취해야 한다고 고집을 부리거나, 심지어 그런 일을 직접 벌일 수도 있었다. 그리고 어떤 개들—아마 특정한 방식으로 행동하거나, 특정한 외모를 하고 있거나, 사람에게서 멀어져 길을 잃은 작은 개들—은 이제 오늘의 특별 만찬이라고 판단하게 되었을 수도 있다. 개 한 마리가 사라지고 난 뒤 이어서 또 한 마리가 사라졌다면 어땠을까? 첫 사건에 이어 연달아 두번째 사건이 일어났다면 이 검은 늑대가 비극적인 결말에 처하는 것은 시간문제였을 것이다.

탱크가 사라진 지 며칠 안 되었을 때 빌이라는 젊은 수의사가 아키타라는 생후 12주 된 강아지와 함께 호수의 북동쪽 끝을 따라 산책을 하고 있었다. 주노에도 알래스카에도 상대적으로 익숙지 않았던 그는 로미오의 광팬이었기에 이 검은 늑대가 덤불에서 불쑥 나타나 10여 킬로그램짜리 강아지와 상냥하게 놀기 시작했을 때 당연히 전율을 금치 못했다. 그런데 갑자기 이 늑대는 아키타의 목을 물더니 버드나무 숲으로 경중경중 사라져버렸다. 빌은 미친 듯이 강아지를 불렀지만 돌아오는 건 침묵의 메아리뿐이었다. 믿을 수 없다는 기분과 충격이 가라앉고 나자 슬픔과 후회가 밀려왔다. 그냥 서서 사랑하는 개가 물리는 걸 두 눈으로 지켜보기만 했다니. 애당초 강아지를 거기에 데려가는 게 아니었는데, 얼마나 생각 없고 멍청한가. 그럼 이제 어쩌지? 뭘 할 수 있지? 그는 자신이 이 사건을 신고할 경우 자신이 받아들이기 힘든 죽음이 한 건이 아니라 두 건이 될 거라고 확신했다. 늑대마저 사살될 것이 거의 확실했다. 무기도 없이 혼자서 늑대의 흔적을 따라간다고 생각하자 두려움이 밀려왔지만, 그는 길도 없는 미로를 향해 뛰어들었다. 그런데 30미터도 가기 전에 강아지가 끙끙대면서 그를 향해 달려왔다. 어떻게든 도망친 게 분명했다! 그는 어린 아키타를 팔에 안고 호수 쪽으로 질주한 뒤 멈춰 서서 녀석의 상처를 살펴보았다. 전문적인 손길로 미친 듯이 코끝부터 꼬리까지 샅샅이 살펴보았지만 상처 하나, 멍 하나 찾을 수 없었다. 살짝 긁힌 흔적마저도. 그는 수목 한계선을 훑어보았다. 땅거미가 지는 호수 기슭은 고요했다. 그 검은 늑대는 종적을 감춰버렸고, 빌은 깊은 감사를 느낌과 동시에 대체 무슨 일이 일어났는지 의아해하지 않을 수 없었다. 그는 일생 동안 어디서도 하지 못할 경험을 안고 1년 뒤 알래스카를 떠났다.

정말 무슨 일이었을까? 강아지 아키타는 어떻게 죽음의 문턱까지 갔다가 도망칠 수 있었을까? 그 늑대가 아키타를 놔준 게 분명했다. 왜 그랬을까? 치타가 가젤을 잡느라 에너지를 너무 많이 쓰는 바람에 결국 놔주게 되거나, 사냥 중인 범고래가 아기 물개를 상처 하나 없이 물가로 부드럽게 몰고 가는 자연 다큐멘터리의 장면처럼, 원래는 포식 욕구에서 촉발되었다가 알 수 없는 이유에서 애정 어린 신체 접촉이 되고 만 것일까? 물론 아무리 숙련된 연구자라 해도 늑대 마음속은 짐작만 할 뿐이다. 다른 여러 사람들과 내 가설은 이렇다. 로미오가 포식자가 아니라 보육자처럼 강아지를 보살피려 했다는 것이다. 한 무리 안에 있는 모든 늑대는 자기 가족으로 태어난 새끼들을 세심하게 배려하고 양육 의무를 적극적으로 공유한다는 사실을 떠올려보자. 부모가 아니라 해도 무리의 어떤 구성원들은 자기 무리의 다음 세대를 돌보는 데 각별히 관심을 갖고 믿을 수 없을 만큼 헌신과 인내심을 표출하는 듯하다. 누구도 부정할 수 없을 만큼 상냥하고 부드러운 기질을 가진 로미오는 삼촌 늑대 역할을 하기에 완벽한 후보자였고, 주노의 개들은 녀석의 무리가 된 것이다. 강아지를 어르고 싶은 본능적인 욕구에 압도된 녀석은 뼈마저 으스러뜨리는 그 턱으로 (행동과 외모가 늑대와 너무나 흡사한 종이었던) 아키타를 조심스럽게 집어들어 데려가버렸던 것이다. 빌의 목소리를 듣고 강아지가 돌아가고 싶어하자 녀석은 강아지의 고충을 이해했고 돌아가게 해주었다. 나는 이 외에는 왜 이 녀석이 그 어린 개를 그렇게도 부드럽게 물고 갔다가 다시 놔주었는지 이유를 떠올리지 못하겠다.

하지만 이 늑대에 대한 다른 여러 이야기들처럼 이 이야기는 상대적으로 폐쇄적인 집단 밖으로는 절대 새어나가지 않았다. 혹은 그랬다 해도 세부 사항이 누락되거나 뒤바뀌어, 어떤 경우에는 이 늑대가 또 다른 개를 죽였다는 식으로 왜곡되기도 했다. 비글인 탱크의 경우, 바튼은 의심했지만 나는 로미오가 녀석을 죽였을 수도 있다고 생각한다. 해리 로빈슨과 여러 사람들은 그런 살육은 가능성이 낮고 일어났다 해도 그럴 만한 상황이었을 것이며, 로미오의 성격과는 전혀 어울리지 않는다고 주장했고, 이도 충분히 합리적이긴 하지만 말이다. 아니면 어쩌면 로미오는 그 비글을 데려가려고 했는데 탱크가 공황에 빠졌거나 공격성을 드러내 로미오의 반응을 촉발했을 수도 있다. 혹은 그 비글이 정말로 얼음 사이로 빠졌는지도 모른다. 어떤 경우든, 우리는 사건의 전말을 알 수 없다. 이 늑대를 가장 잘 아는 사람이라 해도 은하계의 먼 끝에서 멀리 있는 별을 바라보는 천문학자처럼 녀석을 바라볼 수 있을 뿐이다.

2005년의 봄이 이어졌다. 때맞춰 비와 해빙이 중재자로 끼어들었고 대다수 사람들과 개들은 몇 주 동안 호수에 접근하지 못했다. 진창과 물 아래 두께 60센티미터가 넘는 단단한 얼음이 남았고, 여전히 늑대는 총총거리며 오갔다. 몇몇 열성 팬은 무릎까지 오는 부츠를 신고 힘들게 돌아다녔다. 드레지 호수 역시 반쯤 해빙되어 물이 흥건한 진창이 되어갔다. 로미오는 항상 나타나던 곳에 출현하는 일이 차츰 줄어들더니 어느 날 사라졌다. 어쩌면 녀석은 언덕 위에서 마침내 짝을 만나 무리를 일구기 시작했는지도 몰랐다. 3월이 지나고, 따뜻한 4월 초봄에 접어들었고, 검고 푸석푸석한 얼음 위에는 아무런 자취도 남지 않았다. 나는 여전히 황혼 무렵이면 밖에 앉아서 산등성이에서 메아리치는 익숙한 하울링 소리를 듣고는 흔적을 찾아 호수 여기저기를 돌아다녔다. 그리고 내가 제대로 알지 못해서였을 수도 있지만, 난 희망을 갖지 않을 수 없었다.

기적의 늑대　9

2006년 3월

땅거미가 질 무렵 그 검은 늑대가 호수의 서쪽 가장자리에 서 있었다. 녀석이 800미터 떨어진 드레지 호숫가를 훑는 동안, 호수 표면은 거울처럼 녀석의 형체를 담아냈다. 녀석과 주위 풍광은 고요했고, 엷은 안개를 뚫고 그 어떤 카메라로도 포착할 수 없는 미묘한 색감으로 쏟아지는 빛 속에 말없이 잠겨 있었다. 나는 이 세상이 숨을 토해내길 기다리며 혼자 서 있었고, 까마귀 울음소리가 건너편 산에서 메아리쳤다. 마침내 그 늑대는 앞으로 발을 내디뎠고 —물속으로가 아니라 물 위로— 내가 보는 가운데 호수를 사뿐히 가로질렀다. 녀석이 발을 내디딜 때마다 은백색 수증기가 일었고, 브이 자 모양의 물결이 녀석이 지나갔음을 알리며 번져나갔다. 저 먼 끝에서 여러 그림자 가운데 하나가 된 늑대가 멈춰섰고, 캄캄한 어둠 속으로 사라졌다.

이 늑대의 호숫가 저녁 산책은 엄청난 사건처럼 보이지만, 사실 수면 아래로 십수 센티미터 내려가면 손쉽게 그 이유를 알 수 있다. 한 주 내내 해빙이 진행되었고 그와 함께 비가 퍼붓듯 내리면서 눈이 녹고 호수가 물에 잠겼지만, 그 속에는 두께가 60센티미터 남짓 되는 단단한 얼음이 아직 남아 있었던 것이다. 하지만 호수 위를 걷는 늑대의 비밀을 알았다 해도 그 장면은 장관이었고 세 번의 겨울을 거치며 이제는 우리와 함께 생을 이어가는 거의 기적에 가까운 현실을 상기시켰다.

다른 모든 야생 늑대처럼 로미오는 이 세상에 태어난 뒤로 굶주림, 적대적인 다른 늑대들, 질병, 부상의 위험 같은 자연의 온갖 위협을 겪었다. 한 번의 실수, 한 번의 불행만으로도 녀석은 저세상 신세가 되었으리라. 녀석이 인간들 가까이 그리고 인간들 틈에서 영역을 택한 것은 분명 자기가 좋아서 한 일이었지만, 그 때문에 여러 이점들을 얻는 대신 일련의 위협들을 마주해야 했다. 역설적이게도 그 위협들은 자신에게 안전을 보장해주는 같은 인간들에게서 나온 것이었다. 아무리 주노 사람들 대다수가 녀석의 무탈을 기원해도 단 한 사람의 행동만으로도 녀석의 목숨은 왔다 갔다 할 수 있었다. 고의로든 부주의해서든, 악의적이든 생각이 없어서든, 합법적이든 그렇지 않든, 결과는 같을 것이었다. 그 누구도 (비유적으로도 실제로도) 총알의 개수를 알 수 없었고 검은 늑대는 활동하는 시기에 몸을 숨기기도 했지만, 우리가 알고 있는 소수의 사람들이 진짜 총알 세례를 암시했다.

덫 놓기는 전업 생계 수단으로는 차츰 사라지고 있었지만 대부분의 알래스카 마을처럼 주노에는 재미 삼아 덫을 놓는 사람들이 모여 사는 곳이 있다. 개중에는 자신은 변경 지역의 핵심적인 전통을 이어가고 있을 뿐 아니라 해로운 동물과 육식동물을 통제함으로써 지역 사회에 봉사를 한다고 주장하는, 숙련되고 고집 센 사람들도 있다. 이들은 조용하게 일을 처리했고 그에 대한 정보도 자기가 속한 집단 내에서만 유통시켰다. 적절한 장소에서 소변 냄새로 유혹하거나 냄새 나는 음식을 미끼 삼아 설치한 올가미나 덫은 사실 특히 암석이 많고 숲이 우거진 지형에서 늑대를 잡아 죽이는 가장 효과적인 방법이다. 로미오의 무리였을지도 모르는 늑대들을 비롯해서 더글러스섬의 늑대들과 그 외 많은 늑대의 운명은 이런 덫꾼들과 이들의 방법이 국지적으로 얼마나 효과적인지 알려준다. 구전 지식과는 반대로 늑대는 대체로 덫에 상당히 취약하다. 강철로 다리를 꽉 무는 덫이 사실상 100년 넘게 같은 디자인을 유지하면서 알래스카를 제외한 북아메리카 48개 주에서 늑대를 퇴치하는 데 중요한 역할을 했다는 사실을 상기해보라. 이런 덫 놓기(직경이 작은 토끼용은 제외하고)는 드레지 호수 모든 지역, 멘덴홀 빙하 휴양지 내, 그리고 인접한 주노시 토지에 포함된 기존 산책로나 도로 400미터 내에서는 불법이었지만, 법은 잘 지켜지지 않았다. 해리 로빈슨을 비롯한 여러 등산객은 몇 년간 여러 차례에 걸쳐 빙하 인근과 다른 지역 산책로에서 불법적인 덫의 증거를 발견했다. 모든 덫이 늑대용은 아니었지만, 일부는 최소한 심각한 부상을 유발할 수 있을 정도였다. 당국에 신고를 해도 별다른 대책은 없었다. 법 집행관들은 취미 생활을 하는 일부 지역 주민들이 벌인 조금 짓궂은 일에 정식 조사를 벌이는 것을 공력 낭비라고 생각했다. 그래서 어떤 사람들은 직접 덫을 해체하거나 제거함으로써 이런 공백을 채우기도 했다.

　로미오가 이런 덫의 희생양이 된 적 있다는 분명한 증거는 전혀 없지만, 늑대 구경꾼들의 관찰에 따르면 로미오는 최소한 두 번은 덫이나 올가미로 인해 생겼을 법한 다리 부상 때문에 확연하게 힘없이 절뚝인 적이 있다(늑대는 워낙 힘이 세기 때문에 덫에서 잘 빠져나오기도 한다). 이 늑대는 2005년부터 2006년으로 이어지는 겨울에 2주 가까이 종적을 감춘 적이 있다. 해리마저 녀석의 행방을 몰랐다. 마침내 로미오가 갈비뼈가 다 드러나고 그때까지 누구도 본 적 없는 후줄근한 모습으로 다시 나타났을 때, 녀석을 아는 사람들은 다 함께 안도의 숨을 내쉬었다. 그리고 그 일은 처음도 마지막도 아니었다. 어쩌면 녀석은 방치된 덫에 며칠 동안 물려 있다가 겨우 빠져나왔는지도 몰랐다. 확실히 알 수 있는 것은 아무것도 없지만 말이다. 이 검은 늑대가 이런 다리 물기 덫이나 굵은 철사 올가미에 걸려본 적이 없다 해도, 여러 해 동안 이런 위험과 수도 없이 마주쳤고 그 주위를 다녔다는 데에는 의심의 여지가 없다. 녀석은 점점 확장되는 경험과 행운을 겸비한 덕에 숱한 늑대가 처한 운명을 어찌어찌 피할 수 있었다.

　덫 놓기뿐만 아니라 휴양지의 많은 지역에서는 대형 동물 사냥도 불법이었다. 하지만 화기 소지는 합법이었다. 빙하 지역의 대다수 방문객들은 총을 챙기지 않았지만 몇몇은 자기보호라는 명목으로 총기를 소지했다. 물론 무엇이 위협인지는 대단히 주관적인 문제다. 내가 아는 알래스카 토박이 중에는 시야에 들어오는 모든 회색곰이나 늑대는 무시무시한 위협이라고 생각하는 사람도 있고, 자기 집 현관에서 얼쩡대는 곰을 마치 커다란 다람쥐라도 되는 양 훠이훠이 쫓아버리고 늑대에게서는 일말의 위협도 못 느끼는 사람도 있다. 내가 여러 번 마주친 칠십 대의 한 로미오 구경꾼—그는 분명 후자 그룹은 아니었다—은 어린 손자들과 산책을 할 때 칼하트* 청바지 뒷주머니에다 권총집에 든 44 매그넘 스테인

● 미국의 의류 회사.

리스 리볼버를 차고 나와서 로미오를 구경하며 자동카메라로 사진을 찍었다. 한번은 그와 짧은 대화를 나누면서 그 무기가 왜 필요한지, 만일 정말 발포했을 때 호수 위에 있는 다른 사람들이 위험해질 수도 있다는 생각은 해보지 않았는지 물었더니, 그는 자신에게는 자기 가족을 보호할 천부권이 있다는 입장을 분명히 밝혔다. 나는 그가 돼지고기를 머리에 묶고서 누워 있는다 해도 전혀 위험하지 않다는 설득에 넘어갈 사람이 아님을 직감하고 스키를 타고 그 자리를 떴다. 그리고 어쨌든 그가 자신에게나 아이들에게 대단히 위험한 일이라고 느꼈다면, 굳이 그곳에 찾아와서 자기를 걱정시키는 동물에게 고의적으로 다가가는 일을 하지 않으면 될 터였다. 나는 로미오가 저 멀리 호숫가에 있는 강아지 친구를 만나러 가다가 이 남자 쪽으로 성큼성큼 다가오는 바람에 결국 유혈이 낭자한 비극이 발생하고 말 것 같다는 상상을 떨칠 수가 없었다.

드레지의 일부 작은 규모의 외딴 지역에서는 토끼와 물새 사냥이 허용되어 있었고(로미오가 이곳을 자주 찾는 건 바로 이렇게 사냥감이 풍부했기 때문이다), 사냥꾼들 다수가 집에서 걷거나 자전거를 타고 오는 동네 조무래기들이었다. 경험이 없는 젊은이들은 사냥을 나오면 늑대 같은 허세 부리기 좋은 목표물뿐만 아니라 밍크든 비버든 무엇이든 움직이는 것만 있으면 쏘고 싶어서 안달이었다. 어느 가을날, 해리와 브리튼은 이런 신출내기 사냥꾼들 때문에 (나머지 우리 모두는 말할 것도 없고) 로미오가 직면한 위험에 대해 생생한 교훈을 얻었다. 이들은 어느 가을 땅거미가 질 무렵, 로미오를 만날 수도 있다는 기대를 품고 드레지에서 산책로를 벗어난 곳을 걷다가 그만 잘못 조준된 12구경 슬러그탄에 맞을 뻔했다. 다행히 총알은 브리튼 위에 있던 나무에 박혔다. 해리가 소리치자 미안한 기색이 역력한 한 십 대가 수풀에서 허둥대며 모습을 드러냈다. 그의 친구는 줄행랑을 놓은 뒤였다. 이들은 검은 형체가 늑대인 줄 알았다며 죄송하다고 말했다. 사고는 그것만이 아니었다. 내 집과 마당에서 나는 종종 이상한 시간에 드레지나 주위 산등성이에서 총성이 한 발씩 울리는 걸 듣곤 했고, 혹시나 그중 한 발은 로미오가 마지막으로 듣게 될 소리는 아닌지 걱정에 휩싸이곤 했다. 인접한 몬태나크리크 계곡 위쪽에서, 스폴딩메도스의 물이끼로 뒤덮인 고지대의 숲에서, 그 너머 허버트강에서, 사냥과 덫 놓기가 제철을 맞아 완전히 합법적인데 이 늑대가 돌아다니는 게 분명한 곳에서 무슨 일이 벌어질지 누가 알겠는가.

　　그리고 뒷마당에서 맞닥뜨린다면 어떻게 할 것인가? 어떤 남자가 뒷문을 열었는데, 늑대가 자신의 반려동물, 어쩌면 자신의 아이와 코가 닿을 정도로 가까이 있다면? 주노의 토박이인 어느 신경질적인 이웃은 내게 녀석이 자기 집에 발을 들이기만 하면 —그의 집은 로미오가 좋아하는 산책로에서 겨우 100미터 정도 떨어진 곳에 있었다— 그날로 제삿날이 될 거라고 음흉하게 웃어 보이며 말하기도 했다. 어린 자녀들과 함께 스케이터스 캐빈 근처에서 산책을 하고 스키를 타는 한 여성 지역 주민은 내게 늑대가 아이들 곁에 절대 가까이 오지 않았으면 한다고 말했다. 하지만 그녀는 여전히 호수에 나와서 돌아다녔고, 이는 늑대와 가까워지는 가장 확실한 방법이었다. 여기에는 분명한 메시지가 있었다. 무언가가 바뀌어야 하지만 자신은 절대 그 대상이 아니라는. 이런 태도는 로미오가 처음 등장했을 때부터 현 상태를 반영했을 뿐만 아니라 이렇게 굳어진 태도는 균열을 훨씬 더 크게 조장하는 것 같았다. 애초부터 늑대를 생각하기도 싫어했던 사람들은 이제 비글 사건을 잊지 않고 로미오가 지역 사회에 위협적인 존재이니 절대 용납하면 안 된다는 증거로 들이밀었다. 반면에 로미오의 지지자들은 어쨌든 우리는 알래스카에 살고 있고, 어떤 일이 벌어졌든, 혹은 앞으로 벌어지든, 책임은 그 늑대가 아니라 인간에게 있다고 주장했다.

　　굳이 빙하나 늑대 근처까지 가지 않아도 끓어오르는 적개심이 감지되었다. 매년 열리는 추수감사제 기념 공예품 축제의 내 사진 부스에서 한 남자는 내게 들으라는 듯 과장된 목소리로 자기 아들들에게 이렇게 말하며 이죽거렸다. "이봐, 아들들, 저 사진 속에 있는 저 늑대 이번 봄에 우리가 가죽을 벗긴 그놈하고 닮지 않았어?" 그리고 어느 겨울 오후, 프레드네 가게 계산대에 줄을 서 있다가 우락부락한 외모에 팔다리가 긴한 남자가 또 다른 남자에게 어떤 녀석이 그 망할 검은 늑대를 '돌보고' 있다고 비밀스럽게 말하는 걸 들은 적도 있다. "얼마 안 가서 아무도 그 녀석을 다시는 못 보게 될 거야, 헤헤헤." 하지만 자신의 어두운 운명을 알리 없는 로미오는 일과처럼 꾸준히 호수를 가로질러 총총 돌아다녔다. 물론 녀석은 운이 좋았지만 그게 다는 아니었다. 이 검은 늑대는 우리의 기분에 휘둘리는 그런 수동적인 존재가 아니었다. 녀석은 지성과 힘, 면도날로 갈아놓은 것 같은 반사 신경과 감각 정보를 갖추고 우리 사이에서, 우리 주위에서 움직였고, 목숨을 좌우하는 의사 결정을 꾸준히 내리고 해석하고 반응했다. 녀석은 인간의 자세와 냄새의 미묘한 차이를 읽어내는 법을, 위험이 속삭일 때는 그림자 속으로 사라지는 법을 분명하게 배웠다.

녀석은 나쁜 의도를 가진 인간들은 몇 번이고 피해갔지만, 개들, 자신이 숭배하게 된 바로 그 존재가 역설적이게도 생존에 가장 큰 위협이 되고 말았다. 통제가 안 되거나, 버르장머리가 없거나, 공격적이거나, 공포 반응을 보이는 개가 연루된 승강이는 치명적인 반응—당연히 그 주체는 개가 아니라 그 주인이다—을 촉발할 수도 있었다. 그리고 드물긴 하지만 이런 상황은 로미오가 등장한 초창기부터 줄곧 피할 수 없었는데, 하루에 늑대와 개가 접촉하는 횟수를 생각하면, 그리고 일부 개 주인들의 무지와 부주의, 혹은 흔하지는 않지만 계획된 의도를 감안하면 이는 당연했다. 개들은 자기가 총격전에 칼(그것도 무딘 칼)을 들고 왔다는 사실도 모르고 가끔 이를 드러내고 목털을 세운 채 이 늑대에게 접근했다. 녀석은 퉁명스러운 개들을 우아하게, 한계를 알 수 없는 인내심을 가지고 꾸준히 회피했다. 하지만 로미오는 때로 신호를 충분히 보내기도 했다. 가령 한번은 줄기차게 도발하는 거대한 맬러뮤트 한 마리를 어깨로 거칠게 밀고 난 뒤, 더는 움직이지 않고 지배하는 늑대의 자세로 그 옆에 버티고 서기도 했다. 목을 한번 물었다 놓기만 하면 쉽게 보내버릴 수 있었는데도 말이다. 나는 녀석이 뚱뚱한 골든 레트리버—가끔 장난기 이상의 열정으로 로미오를 추격하는 세 마리 중 한 마리—의 턱밑에 주둥이를 걸어놓고 고개를 힘껏 젖혀 놀란 개가 공중제비 넘기를 해 뒤로 나자빠지는 모습을 본 적도 있다. 또 한번은 호수를 자주 찾는 사람들 사이에서는 개에게 때로 공격적이라고 알려진 수컷 와이어헤어드 포인팅 그리펀*과 대치하기도 했다. 해리를 비롯한 여러 사람들은 이 그리펀이 로미오에게 으르렁대다가 오히려 로미오에게 제압당해 꼼짝 못 하는 광경을 목격했다. 하지만 이 개 역시 이렇게 옥신각신하면서도 털끝 하나 다치지 않았다. 하지만 개 주인이 이 사건을 어업수렵부에 신고하면서 이 늑대는 공격자가 되었고, 그리펀은 무고한 행인이 되었다. 그 결과 로미오에게는 억울한 감점 요인이 하나 더 늘었다.

　　하지만 일방적인 공격의 압권은 독일셰퍼드 성견 두 마리였다. 녀석들은 세번째 겨울에 아무런 이유 없이 로미오를 급습해서 등에다 깊은 상처를 남겼고, 존 하이드가 이 사건을 똑똑히 목격했다. 로미오는 이 개들을 알았고, 난 녀석들이 최소한 2년간 여러 번 별다른 충돌 없이 로미오와 어울리는 것을 보았다. 하지만 이번에는 달랐고, 그 이유는 아무도 몰랐다. "개들은 아무런 경고 없이 녀석에게 달려들었고, 로미오의 살 한 점과 털뭉치 여러 개를 말 그대로 뜯어냈지"라고 하이드는 전했다. 그는 뽑힌 털 몇 개와 살점을 챙겨두었다. 부상당한 늑대는 이를 드러낸 채 자기 위치를 지켰고, 셰퍼드들은 주인이 재빨리 자신들을 잡아당기자 물러났다. 어업수렵부 생물학자들과 수의사들(이들은 셰퍼드의 공격을 몰랐다)은 이렇게 생긴 등의 상처와 햇볕에 탈색된 듯한 그 주위의 황적색 털들이 이 늑대가 개에게 이가 옮아서 생긴 걸로 판단했다. 그래서 이제는 다른 늑대들에게도 이를 옮겨 치명적이고 파괴적인 결과를 몰고 올 수도 있는 신호로 받아들였다. 이렇게 해서 로미오를 상대로 조치를 취해야 하는 이유가 하나 더 추가되었다. 실제로 10년 전 앵커리지 남쪽의 케

● 프랑스산 사냥개.

나이 반도에서 이런 사건이 일어나 지역 늑대 다수가 목숨을 잃었다. 하지만 몇 주 지나면서 로미오의 상처는 천천히 회복되었다. 볼썽사나운 반점은 몸 전체에 퍼지는 대신 차츰 줄어들다가 사라졌고, 어업수렵부도 다시 조치를 연기했다.

로미오의 주위에는 또 하나의 임의적이고 지속적인 위험이 떠나지 않고 있었다. 곰처럼 드물긴 하지만, 늑대는 서식지를 가로지르는 도로 위 차량의 희생양이 되곤 한다. 곰과 늑대 모두 불빛이 강하지 않을 때 활발하고 활동 반경이 넓으며 눈에 잘 띄지 않고 갑자기 다가오는 위협을 피할 때 비스듬히 달아나는 경향이 있는데, 이 때문에 차가 다가올 때 도로를 가로지르는 경우가 생긴다. 알래스카 내에서 이 위협은 충분히 현실화될 수 있는 문제였다. 멘덴홀 빙하 방문자 센터에는 그 살아 있는 증거가 유리 케이스 안에 서 있다. 바로 로미오가 처음 나타났을 즈음 글레이셔스퍼 로드에서 택시에 치인 검은 늑대다. 글레이셔스퍼를 비롯해 운전자들이 규정 속도보다 훨씬 빨리 달리곤 하는 몇몇 고속도로는 이 늑대가 배회하는 삼림 지역을 가로질렀다. 그리고 사람들로 북적이는 해안을 따라 늘어선 이건드라이브(글레이셔 고속도로 혹은 그냥 더로드라고도 한다)는 주노에서 이동량이 가장 많은 주요 고속도로이지만 다수의 운전자가 시속 100킬로미터 넘게 달리고, 동네의 차로망은 멘덴홀 계곡을 종횡으로 가로지른다. 조금만 둘러보면 로미오가 이런 큰 도로들뿐 아니라 숱하게 많은 작은 도로를 거의 매일같이 건너다닌다는 사실을 알 수 있었다. 녀석(혹은 녀석과 똑같이 생긴 어떤 갯과 동물)은 멘덴홀 계곡 여기저기에서 나타났고, 때로는 북쪽이나 남쪽으로 30킬로미터 이상 떨어진 데서 출현하기도 했다. 이 늑대는 말 그대로 세상 물정에 밝은 게 분명했다. 내가 아는 한 남자는 몬태나크리크 다리 북쪽에 있는 백루프 로드에서 도로가에 서 있는 로미오와 마주친 적이 있다. 그는 차를 갓길에 세우고 로미오를 관찰했는데, 로미오는 마치 잘 교육받은 학생처럼 양쪽을 두 번씩 살펴본 뒤에 아스팔트를 재빨리 가로질러 숲속으로 사라졌다고 한다. 녀석에게는 이런 조심성이 크게 도움이 될 터였다. 해리는 웨스트글레이셔 트레일과 스케이터스 캐빈 사이에 있는 눈 쌓인 좁은 도로에서 한 운전자가 이 검은 늑대를 표적 삼아 들이받아버리려는 의도를 명백히 드러내며 속도를 높이는 장면을 목격하기도 했다. 로미오는 눈더미 위로 뛰어올라 피해를 모면했다. 녀석은 이렇게 또 한 번 아슬아슬한 탈출로 신통하게 목숨을 이어갔다.

하지만 2006년 어느 화창한 여름날, 이 모든 행운과 우아함은 종언을 고했다. 나는 그건 항상 그저 시간문제일 뿐이라고 생각해왔지만, 이런 식의 선견지명은 위안보다는 저주에 가까웠다. 베리를 따라 나갔던 한 여성이 마을의 남쪽 끝에서 검은 수컷 늑대의 사체를 발견한 것이다. 목이 잘리고 총알 자국이 벌집처럼 남아 있는 사체는 암흑가의 방식으로 처형된 하찮은 졸개처럼 도로가에 버려져 있었다. 나는 손에 전화기를 꼭 쥐고 잔물결이 이는 호수의 표면을 가로질러 빙하를 응시하면서 그 소식을 전해 들었다. 눈앞이 캄캄했다.

녀석은 수차례 살해되고 또 살해되었다. 목이 잘린 것도, 그런 장소에 사체가 버려져 있었다는 점도, 분명한 메시지를 담고 있는 듯했다. 알래스카주의 야생동물 생물학자 닐 바튼은 부검을 실시했다. 사진을 보니 크고 검고 젊으며 죽은 게 확실한 수컷 늑대였다. 그 점들로만 보면 로미오여야 했지만, 내가 안다고 생각했던 녀석의 얼굴은 아닌 것 같았다. 로미오는 머리가 더 좁고 주둥이가 더 가늘었다. 그리고 가슴에 있는 흰 반점이 더 크고 위치도 더 높은 곳인 것 같았다. 물론 털이 짧고 볼품없는 여름용 옷을 입은 늑대는 겨울철의 모습과는 완전히 딴판일 수 있고, 무늬나 색깔까지도 시간에 따라 변할 수 있다. 또한 사후에는 특성이 바뀌기도 한다. 나는 그게 로미오라고 믿고 싶지 않았지만 달리 더 뭐라고 설명해야 할지 알 수 없었다. 셰리와 나, 그 외 수백 명은 모든 것이 끝났다고 생각하고 급소를 찔린 사람처럼 반쯤 넋이 나간 채 각자 할 일을 했다.

이 사건에 대한 수사는 알래스카주 야생동물 경찰관에게 배당되었다. 이 살상은 두 가지 이유에서 불법이었다. 사냥철이 아닐 때 사냥 동물에게 총을 쏘았고, 가죽(1년 중 그 시기에는 전리품으로도 판매용으로도 가치가 없었다)을 처리하지 않은 채 사체를 버렸기 때문이다. 하지만 목격자도 단서도 없다보니 범인을 찾을 가능성은 희박해 보였다. 경찰들이 아무리 범인을 찾고자 했어도 이 사건에 많은 시간을 할애하기에는 인력이 너무 부족했다. 이들이 할 수 있는 일이라고는 전화 제보를 요청하는 게 최선이었다.

나의 오래된 영화 제작자 친구 조엘 베넷은 항상 늑대들, 특히 로미오를 보호하는 데 관심을 보이더니 나를 행동에 끌어들였다. "이 사건의 진상을 한번 밝혀보자"라고 그가 제안했다. 나는 별로 희망적이진 않았지만 그를 따라 그 늑대를 처음 발견한 여성을 만났다. 그녀는 우리를 현장으로 안내했지만, 그 가파르고 덤불이 무성한 언덕에는 납작해진 원호 모양의 풀들 외에는 단서가 될 만한 게 없었다. 영화에서처럼 어떤 총인지 짐작할 수 있게 해주는 탄피도 없었고 추적 가능한 이국적인 브랜드의 담배 꽁초도 없었다. 발자국과 피는 비로 씻겨나간 상태였다. 조엘과 나는 그 길을 따라 들어선 집 두어 군데를 두드려보고 전화를 몇 통 해보았다. 그 지역에 사는 폴라 터렐이라는 어부는 처음으로 그 늑대 살해 사건에 적극적으로 관심을 보이며 우리를 도와 탐문에 나섰다. 몇몇 사람이 이틀 전 그 동네를 가로질러 지나가는 검은 늑대를 저물녘에 보았다고 했다. 의심 가는 사람은? 정황상의 이유밖에 없는 몇 사람이 지목되었다. 늑대를 싫어하거나 성질이 나쁘다고 알려진 사람, 닭을 키우고 있어서 늑대가 신경이 쓰일 만한 사람, 뭐든 동기가 되었다. 마치 얼음처럼 차가운 길을 싸구려 고무신을 신고 헤매는 기분이었다. 조엘은 나보다 더 의지가 강했다. 조엘과 린 스쿨러, 그 외 몇몇 사람은 기소로 이어질 만한 정보에 사례금을 주기 위해 돈을 모았다. "좋아." 나도 이렇게 말하고 돈을 보탠 뒤 포스터를 만들겠다고 자원했다. 우리는 사례금 3000달러로 시작했다. 며칠 뒤 셰리와 조엘은 서부 스타일의 사례금 공지 포스터 수십 장을 마을의 게시판마다 붙였다. 몇 장은 바로 뜯겨나갔고, 몇 장은 그 자체로 토론장이 되었다. 누군가가 어떤 포스터에 '**늑대를 모조리 쏴 죽이자**'라고 갈겨썼고, 그 밑에 누군가가 프린트된 글씨로 '**그 대신 당신을 쏴 죽인다면?**'이라고 적어놓은 것이다.

내 전화기는 쉬지 않고 울려댔다. 정보는 없지만 심란함과 격분 사이 어딘가의 감정을 느끼는 사람들이었다. 사냥꾼도 있었고 어둠 속에서 빛을 발하는 환경주의자도 있었지만, 모두 우리 마을에서 총에 맞아 죽은 늑대를 중심으로 하나가 된 마음이었다. 애초에 우리는 모금액을 늘릴 생각이 없었지만, 주노 주민들이 10달러부터 100달러까지 십시일반 돈을 보태면서 포상금은 점점 늘어났다. 게다가 지역의 어느 개 썰매 여행 업체 사장이 자신이 용의자로 지목된 데 대한 반발심도 있고 원래 로미오의 지지자이기도 해서 5000달러를 쾌척하면서 포상금은 9000달러로 껑충 뛰어올랐다. 그 뒤로 모금액은 1만 1000달러를 넘어섰고 그런 다음에도 계속 늘었는데, 워낙 그 속도가 빨라서 포스터를 바꿔 붙이기도 힘들 정도였다.

그러는 동안 나는 몇 년 동안 찍은 사진 수백 장과 부검 사진을 비교하면서 연구했다. 확신이 흔들렸다. 로미오를 가까이서 알며 지냈던 사람들의 입장이 로미오가 확실하다는 쪽과 아니라는 쪽으로 양분되었다. 해리 로빈슨은 로미오가 아니라고 확신했지만, 이 죽은 늑대가 발견된 이후 살아 있는 로미오를 본 사람은 아무도 없었다. 나는 한 가지 질문 앞에 망연해졌다. 서로 다른 검은 수컷 늑대 두 마리가 주노의 시 경계 안에서 살해당할 가능성은 얼마나 될까?

한 달이 넘는 시간이 흘러갔다. 우리가 부여잡고 있던 희망의 끈이 닳고 닳아 이제 한 가닥밖에 남지 않았을 무렵, 첫 소식이 조용히 퍼져나가면서 전세가 완전히 뒤바뀌었고, 연어가 스티프크리크에 출몰하기 시작했다. 누군가가 방문자 센터 근처의 도로를 건너는 검은 늑대 한 마리

포상금 9000달러

7월 16일 일요일경 테인 로드에서 일어난
검은 늑대 불법 살상 및 유기의 관련자를 형사 고발하는 데
도움이 될 만한 정보를 주시는 분께 드립니다.
전화번호 321-5427. 포상금도 모금합니다!

를 보았다고 했다. 그리고 그로부터 얼마 뒤 해리는 자신과 브리튼과 그 늑대가 서로를 발견했고, 전처럼 어울렸다고 알려왔다. 로미오가 다시 한번 지옥에서 돌아온 것이다. 8월 말, 남은 미스터리가 역시나 기적 같은 방식으로 해소되었다. 알래스카주 야생동물 경찰은 익명의 제보를 받고 늑대를 쏴 죽인 두 남자를 기소했다. 이들이 더글러스섬의 한 술집에서 자랑 삼아 떠들어대는 이야기를 누군가 들은 것이다. 이 늑대는 주노가 아니라 배를 타고 가면 남쪽으로 10여 킬로미터 떨어진 타쿠강 어귀 근처에서 살해된 것으로 밝혀졌다. 두 남자는 경찰에게 물가에 나타난 늑대를 쏜 뒤 자신들의 소형 보트에 실었는데, 죽은 줄 알았던 늑대가 꿈틀대자 목을 베었다고 시인했다. 이들은 사냥철이 아닐 때 늑대를 쏘았다는 사실을 뒤늦게 깨닫고 불법 행위로 체포되고 싶지 않아서 사체를 주노로 가져와서 버렸다고 진술했다. 결국 한 남자는 경범죄를 저질렀음을 인정하고 가벼운 벌금형을 받았고, 다른 한 명은 재판까지 갔다. 그런데 그와 비슷한 사람들로 구성된 배심원은, 엄밀히 말해서 법에 대한 무지는 타당한 방어물이 될 수 없음에도 불구하고, 늑대 사냥철이 끝난 줄 몰랐다는 그의 주장을 근거로 그에게 무죄를 선고했다. 이 모든 과정은 알래스카에서 늑대 한 마리의 목숨이 얼마나 하찮게 매겨지는지를 보여주었다. 그리고 로미오는 아직 살아 있긴 했지만 그저 또 한 마리의 늑대일 뿐이었다.

아무도 1만 1000달러의 포상금을 달라고 나서지 않았다. 이는 이름 없는 많은 영혼, 우리 중 그 누구일 수도 있는 평범한 사람들의 소박한 내면을 보여준다. 그리고 로미오는? 2006년 11월 서리가 내린 어느 아침, 내가 이 글을 쓰며 앉아서 호수를 가로질러 저 밖을 내다보니 검은 형체가 등을 곧게 펴고 총총거리는 익숙한 발걸음으로 얼음 위를 미끄러지듯 지나가는 모습이 눈에 들어왔다. 그리고 내 마음속에는 이 장소와 이곳 사람들에 대한 고마움이 물밀듯이 밀려왔다. 빙하의 늑대는 우리 중 누구에게도 소속되지 않았지만, 그는 우리의 일부가 되었다.

늑대와 소통하는 사람   10

2007년 1월

해리와 로미오

전통적인 중국식 달력에서 뭐라고 하든 로미오와 삶이 엮인 사람이라면 2007년을 늑대의 해로 기억할 것이다. 그해에는 눈을 잔뜩 품은 폭풍이 불었고 긴장이 점점 부풀어 올랐으며, 그 밑에서는 한때 부드럽고 참신했던 이야기의 실타래가 돌이킬 수 없을 정도로 얼키고설켜버린 것 같다는 느낌이 감지되었다. 연이은 네 번의 겨울을 거치며 그 검은 늑대와 공간을 공유했던 우리는 차츰 심해지는 지역 내 불쾌한 현실과 싸워야 했다. 의지는 꺾이고 길은 갈라졌으며, 늑대의 적들 사이에서뿐만 아니라 그 지지자들 사이에서도 균열이 생겼다. 그러는 동안 로미오는 우리의 논쟁에는 아랑곳하지 않고 환하고 따뜻한 인간들의 굴 너머에서 오직 늑대만이 알 수 있는 노력을 통해 삶을 이어갔다. 그 외 다른 것들은 늑대의 관심사가 아니었다.

햇살이 환한 어느 1월 말의 한낮, 나는 위층 창가에서 입을 꾹 다문 채 하얗게 뻗어 있는 호수의 풍광을 바라보았다. 우리 집 뒷문에서 800미터밖에 안 되는 빅록 근처에 인파가 몰려 있었다. 인간이 스무 명, 그리고 아마 그 반쯤 되는 수의 개들로 보였다. 물론 나는 그 이유를 알았다. 녀석은 언제나 그렇듯 자신에게 잘보이고 싶어 하는 개들을 데리고 나온 청중 사이에서 눈 위로 가장 어두운 그림자를 드리운 채 서 있었다. 하지만 과거 몇 년과 달리 이는 즉석에서 이루어진 개들의 모임이라기보다 조직된 행사에 더 가까웠고, 한 시간 넘게 이어졌다. 그날뿐만 아니라 전에도 여러 번 그랬고, 지난 2주 동안 불규칙하게 이런 일이 있었다. 망원경을 조정했더니 이 무리의 중심에 등을 꼿꼿하게 펴고 성큼성큼 걸어다니는 한 남자와 커다란 검은 래브라도 레트리버 혼종이 초점에 잡혔다. 해리 로빈슨과 그의 개 브리튼이었다. 늑대가 무리에서 멀어지거나 마치 떠날 준비라도 하듯 호수 저 너머로 시선을 돌리기만 하면 해리는 손만 뻗으면 닿을 정도로 가까이 다가가 그 옆에 섰고, 그러면 브리튼과 로미오는 주둥이를 비비고 몸싸움을 했고, 카메라 세례를 받았다. 늑대가 긴장을 풀고 사람들 가까이로 총총 다가오면 이 개와 늑대 쇼의 무대감독인 해리는 뒤로 물러나 검은 늑대와 그 놀이 친구들에게 중앙 무대를 내주었다.

3년간 황혼 녘에 해오던 늑대와의 산책을 완전히 비밀에 부치진 않았어도 대체로 침묵을 지키던 해리 로빈슨이 갑자기 태도를 정반대로 바꾸더니 로미오와 함께 무시할 수 없는 조명 속으로 뛰어들었다. 그는 웨스트글레이서 트레일 주차장에서 겨우 200~300미터 떨어진 곳에서 은행 업무 시간에 거의 규칙적으로 자리를 잡고 10미터 정도 걸을 수 있는 사람이라면 누구든지 코앞에서 늑대를 접할 수 있는 시대를 열었다. 어떤 때는 군이 방한용 신발로 갈아신을 필요도 없었다. 물론 시간과 노력을 투자한 사람들은 오래전부터 이 늑대를 숱하게 멀리서 구경했고 어쩌면 한두 번쯤은 가까이서 마주쳐 전율을 느끼기도 했으리라. 하지만 인간에 대한 로미오의 사회성은 여전히 상대에 따라 차이가 있었다. 즉, 전반적으로는 상냥했지만 항상 거리를 유지했고 대다수가 낯선 사람일 때, 특히 자기를 응시하며 곧장 들이대며 걸어올 뿐 아니라 데리고 있는 개의 행동이 부적절하거나 아니면 아예 개도 없는 사람에게 둘러싸여 있으면 겁을 내기도 했다. 평균적인 사람들이 보기에 녀석은 대체로 멀리서만 볼 수 있는 수수께끼 같고 겁나는 존재였다. 그런데 이제 해리와 브리튼이 늑대 유인책과 안심 할 만한 가이드라는 2인조 한 팀이 되어 녀석을 가까이 끌어냈고 30미터 이내에, 때로는 그보다 더 가까이 붙들어두고 있었다. 대체 그는 무슨 꿍꿍이로 이런 일을 벌이는 걸까?

그것은 초현실적인 서커스 공연의 1막에 불과했다. 해리가 이른 오후에 떠난 지 몇 분 되지 않아서 개와 사람으로 이루어진 또 다른 무리가 강어귀 근처의 호수 반대편에서 녀석의 주위에 몰려들었다. 어떤 사람들은 마치 이 늑대가 마스터스 골프 대회에 출전한 타이거 우즈라도 되는 양 호수를 가로질러 이쪽저쪽 돌아다니며 녀석을 구경했다. 그곳에 있던 사진작가 존 하이드의 교대조는 해리가 빠져나간 자리를 그대로 꿰어찼다. 그리고 이런 일은 2007년 1월 초쯤부터 사실상 일상적인 행사였다.

하이드는 한결같은 인내심을 발휘하며 한 이웃의 착한 초콜릿빛 래브라도 레트리버 두 마리(영구 대여된 게 분명했다)의 도움으로 지난 2년간 놀라울 정도로 가까운 거리에서, 때로는 거의 코가 닿을 정도로 딱 붙은 곳에서도, 로미오가 자신을 받아들이도록 훈련시켰다. 그는 굳이 로미오를 찾아나설 필요가 없었다. 녀석이 개들을 찾아왔고 더불어 그에게도 찾아왔다. 최고의 야생동물 전문 사진작가인 하이드는 자기 앞에 놓인 기회의 의미를 이해했고, 마치 내일이 없을 것처럼 사진을 찍었는데, 어쩌면 언젠가 그건 사실이 될 수도 있었다. 그는 늘대가 이끄는 곳이면 어디든 따라갔지만, 일부러 빛이 잘 드는 멋진 배경이 있는 장소를 찾곤 했다. 게다가 눈 쌓인 화창한 오후, 강어귀 근처의 드레지 호숫가는 어느 각도에서 보든 말 그대로 흠잡을 데 없이 완벽했다. 게다가 그곳은 로미오가 좋아하는 놀이터이기도 했다. 하지만 손상되지 않은 야생의 풍경이 펼쳐진 탁 트인 장소에서 구경꾼이 모여드는 것을 막을 수는 없었다. 하이드는 공공 장소에서 일했기 때문에 자신과 마찬가지로 기회를 좇거나 늘대의 영험함을 영접하고 싶은 사람들을 쫓아낼 수 없었다. 그에게는 대단히 성가시게도 어떤 때는 한 무리의 사진작가와 구경꾼이 며칠 동안 그림자처럼 따라붙어 그의 작품 안팎을 서성댔고, 늑대와 개들을 산만하게 만들었다. "난 그 늑대를 누구와도 공유하고 싶지 않았어요." 몇 년 뒤 그는 내게 말했다. "순전히 나 혼자서만 녀석과 함께 있고 싶었죠."

　해리와 하이드는 다른 주노 사람들과 함께하는 시간만큼 로미오와 직접 대면하는 시간을 따로 만들었다. 해리는 여전히 혼자서 이 늑대를 보기 위해 하루에 최소한 한 번, 이르거나 늦은 시간에 외출했고, 그래서 하이드보다 접촉 시간이 두 배 이상 많았다. 이 늑대의 아우라 안에서 이 늑대에게 반해버린 나는 두 남자가 느꼈을 유혹을 이해했다. 나는 이들을 비난할 생각은 없었지만 창밖 풍경을 힐끗 보기만 해도 뭔가가 잘못되고 있음을 충분히 알 수 있었다. 한 사람은 이 늑대를 사람들에게 구경시켜주고 싶어하고 다른 한 사람은 독점하고 싶어한다는 차이는 있었지만, 어쨌든 해리와 하이드 쇼라고 불리기도 하는 행동의 최종 결과는 동일했다. 로미오는 늑대 근처에서 행동하는 법에 대해서는 전혀 모르는 사람들을 포함해 많은 사람들에게 어느 때보다 정기적으로 가까이 노출되었다. 동시에 녀석은 사정거리 내에서 다양한 이방인들을 수용하도록 자기도 모르게 길들여지고 있었다. 걱정하기 시작하면 일이 틀어질 경우의 수는 한두 개가 아니었다. 로미오의 목숨은 처마 끝에 매달린 봄눈 신세였다. 까마귀가 날갯짓만 해도 충분히 무너져내릴 수 있었다.

정치적인 뒷이야기는 이런 예감을 더욱 고조시켰다. 2006년 12월, 세라 페일린이 알래스카 주지사에 당선되고 곧바로 자기 식대로 야생동물 관리에 들어갔다. 알래스카에서 무스는 보수주의자의 수와 비슷했고 늑대의 수는 진보주의자의 수와 비슷했는데, 후자가 너무 많다고 생각했던 것이다. 세라는 알래스카 밖에서 늑대 통제와 관련해 종종 비난이나 칭찬을 받곤 했는데, 이는 그녀가 태어나기 훨씬 전부터 이 거대한 땅을 들끓게 하는 주제였다. 세라는 오랫동안 알래스카인들을 거의 같은 수의 두 진영으로 갈라놓은 진행형의 갈등(그리고 언어와 감정으로 보면 분명 전쟁)을 가장 최근에 다시 촉발시켰을 뿐이다. 과거 두 차례의 국민투표로 육식동물 통제 정책이 일시적으로 중단되긴 했지만 그때마다 입법부는 이 정책을 부활시켰고, 2002년 이후로 프랭크 머카우스키 주지사가 집권하면서 꾸준히 강화되었다. 페일린이 등장했을 때는 이미 중서 지역에 있는 주 크기만 한 몇몇 지역이 특별 허가를 받은 사수들과 민간 조종사들의 항공 늑대 사격에 개방되어 있었다. 페일린이 알래스카 어업수렵부와 사냥위원회에 지명한 인물들은 스포츠맨 포 피시 앤드 와일드라이프Sportsmen for Fish and Wildlife나 국제 사파리 클럽Safari Club International 같은 다른 주의 우익 스포츠용 사냥 집단, 주 내의 조직인 알래스카 야외활동 위원회Alaska Outdoor Council 같은 곳들과 연줄이 있었다. 이들은 거대하고 복잡한 생태계에서 육식동물의 수를 통제하면 무스와 카리부, 사슴 수가 자동으로 늘어나 인간 사냥꾼에게 이롭다는 과학적으로 불확실한 주장을 들먹이며 육식동물의 수를 줄일 수 있도록 통제 지역과 통제 수단의 수를 많이 늘리자고 압박했다. 설사 그 주장이 틀렸다 해도 나쁠 게 뭐란 말인가. 늑대 수가 줄어드는 것은 어쨌든 좋은 일인 것이다. 입법부의 집약 관리 규정에 따르면 야생동물을 관리하는 것은 인간의 편익을 위해서라고 나오는데, 사람들은 이를 주어진 지역 내에서 전리품과 식용 동물의 수를 극대화해야 한다는 뜻으로 해석했다(수확물의 극대화). 대부분의 주류 야생 생물학자들은 이런 관리가 지속되면 서식지에 부담을 주고 야생동물의 폭증과 급감이 끊임없이 되풀이되며 육식동물을 끝없이 통제해야 하는 상황이 발생할 것이라고 장담한다. 그리고 그러면서도 어쩔 수 없는 개체수 감소의 책임은 늑대와 곰에게 돌아간다. 그러면 늑대와 곰 역시 상업적으로, 본질적으로 귀중하지는 않을까? 나는 예전에 어업수렵부의 매우 유명한 원로 생물학자가 수확물 극대화는 '신기루'나 마찬가지라고 투덜대는 것을 들은 적이 있다. 생태계의 동학에 대해서 아무것도 모르는 비과학자들이 강요한 불가능한 목표라는 것이다. 하지만 육식동물 통제 계획에 의문을 품었던 주의 생물학자들은 자기 의견을 함구하는 법을 재빠르게 터득했다. 과학적 담론의 원칙들과 반대로, 막후에서 대단히 현실적인 보도 금지령이 부서 내 반대 의견을 틀어막은 것이다. 알래스카 안에서든 밖에서든 항상 분열을 초래하는 이 문제는 어느 때보다 격렬해졌고, 그에 따라 이 정책은 납세자들의 세금으로 고용된 연방의 전업 사냥꾼들이 늑대를 박멸하던 알래스카의 미국령 시절 이래로 그 규모와 강도가 최대였다. 늑대 한 마리당 주어지던 포상금도 마찬가지였다.

페일린이 전국적으로 주목받자 모닥불에 기름 붓는 격이 되고 말았다. 조엘 베넷과 나는 민간 항공기 조종사들과 사수를 이용해 늑대를 죽이지 못하도록 억제하는 한편, 어떤 지역에서 이런 식으로 육식동물을 통제하려면 늑대가 정말로 사냥감의 개체수를 줄인다는 것을 보여주는 국지적 연구를 근거로 첨부하도록 의무화하는 알래스카주 차원의 국민

투표 공동 후원자가 되면서 이 일에 말려들었다(무스, 카리부, 사슴의 수가 줄어드는 주요 촉진 메커니즘은 포식보다는 질 낮은 서식지와 혹독한 겨울일 때가 많다). 어업수렵부 장관은 이중의 안전장치로 생물학적 긴급 사태를 선포하고 부서의 생물학자들을 앞세워 육식동물의 수를 국지적으로 통제하게 할 수 있다. 이 안은 충분히 온당해 보였지만 이 안을 주도한 우리는 늑대 숭배자이자 외부 급진주의자들의 앞잡이로 불렸다. 내가 여러 해 동안 북쪽에서 이누피아크 늑대 사냥꾼들과 어울려 다녔다는 사실은 전혀 생각하지도 않고 말이다. 셰리와 나 그리고 소대륙만큼이나 넓은 알래스카주 곳곳에서 사는 수십 명은 케치칸에서부터 코체부에 이르는 알래스카 여러 도시의 길거리에 서서 이 안을 표결에 부치기 위해 수만 명에게 서명을 받았다. 우리가 바라는 바는 저명한 야생 생물학자들이 이미 주장한 내용이었다. 늑대 관리 프로그램을 정치적 공포와 일반화된 가짜 구전 지식이 아니라 지역에 특화된 과학적 데이터를 근거로 마련하자는 것이었다. 이 일에 앞장섰던 다른 사람들과 마찬가지로 나는 주 전역에서 적을 얻고 친구를 잃었으며, 일면식도 없는 사람들이 퍼붓는 저주에 익숙해졌다. 그리고 이 문제와 관련해 공식적인 인물로 홀로 주목받게 되리라고는 한 번도 생각하지 않았으나 결국 그렇게 되었다. 나는 앞서 두 번의 주민투표와 알래스카 사냥위원회에서 벌인 오랜 활동을 통해 단련된 조엘이 선봉에 서리라고 예상했지만 그에게는 더 중요한 문제가 있었다. 유방암과 오랫동안 사투를 벌이던 아내 루이자가 위독했던 것이다. 조엘은 아내 간병 때문에 시애틀에 있는 병원에 가 있느라 알래스카를 비우거나 집에 머물러야 하는 경우가 많았다. 물론 나는 그가 반드시 그래야 한다고 이해했다.

알래스카에서 늑대를 둘러싸고 오랜 세월 이어진 전쟁 중 이 최근의 교전은 2005년부터 꾸준히 격화되었고, 2008년 투표까지는 아직 거의 1년이 남은 상태였다. 그리고 과거 두 번의 발의와 달리 결국 이번 투표는 여러 가지 중첩되는 요인들 때문에 몇 퍼센트 정도 뒤졌는데, 무시하지 못할 요인 중 하나는 (주에서 선정한) 투표의 표현 방식이 너무 교묘해서 많은 투표자가 잘못된 난에 표기를 한 일이었다. 물론 육식동물 통제 정책을 둘러싼 정치는 우파에게 유리한 방향으로 흘러가고 있었다. 그리고 이런 변화가 일시적인지 아닌지는 정확히 알 수 없었다. 돌이켜 생각해보면, 그때 이렇게 말했더라면 혹은 이렇게 했더라면 결과가 달라졌을 텐데 하는 안타까움을 나는 지울 수가 없다.

　　몇 주 뒤 화사한 늦봄의 어느 날, 우리의 친구 루이자가 집에서 세상을 떠났다. 이틀 전 셰리와 나는 루이자와 조엘이 같이 사는 목가적인 해변 집에 들러 루이자에게 작별 인사를 했다. 창문이 열려 있었고, 친구들이 담소를 나누는 동안 갈색 벌새가 먹이통을 지나쳐 날아갔다. 우리는 한 명씩 가서 루이자의 손을 잡았다. 루이자는 눈을 감은 채 고통 저편에서 의식이 돌아왔다가 혼수상태가 되기를 반복했고 우리의 목소리를 들으며 미소를 지었다. 나는 불과 몇 달 전의 그녀를 떠올렸다. 캠프장 산책로 입구에서 스키 스틱에 기대 서서 마지막으로 한 번 로미오를 보고 싶다는 희망을 품고 빙하 쪽의 호수를 내다보던 루이자. 조엘은 그 자리에, 루이자가 그랬던 것처럼 행인들이 쉬면서 구경할 수 있도록 수제 삼나무 벤치 제작을 의뢰했다. 그 벤치 뒷면에는 몸을 뒤로 젖히고 하울링을 하는 로미오의 모습이 새겨진 청동판이 붙어 있다. 우리는 루이자가 그 소리를 들을 수 있는 곳이 되길 바랐다.

　　당시 남동 지역에서는 체계적인 늑대 도태 작업에 대한 계획이 전혀 잡혀 있지 않았지만 주도인 주노에는 주지사의 대저택과 어업수렵부의 본청이 있었다. 따라서 상명하달이 로미오의 세계까지 파문을 일으키지 않을 수 없었다. 지역의 늑대 반대론자들은 죽여서 통구이로 만들어버리자는 군중 선동형 표현을 기본 방침으로 삼아 더 대담해지기만 했다. 늑대 통제 정책은 합리적인 자원 관리일 뿐만 아니라 야생동물을 구하고 우리 가족을 지킬 수 있는 방법이라면서 말이다. 무엇보다 알래스카에서 가장 유명하고 가장 접근하기 쉬운 늑대에게는 힘든 시절이었다. 그리고 늑대라는 종을 싫어하는 사람들, 특히 자신들이 생각하는 위협적인 늑대의 상과 모순되는 그 녀석을 못마땅해하는 사람들은 녀석의 상냥한 성격에 짜증을 내거나, 심지어 격분하기도 했다. 자기도 모르게 늑대와 인간의 긍정적 관계의 상징이 된 로미오는 아주 좋은 사례라는 이유로 공격을 당할 위험성이 점점 커졌다.

그리고 나는 해리나 하이드에게 뭐라고 말해야 할지 약간 언짢은 기분으로 고민하고 있었다. 두 남자의 중요한 동기는 충분히 이해했다. 해리의 경우, 녀석의 친구로서 로미오와 함께 시간을 보내고 싶을 것이고, 하이드는 전문 사진작가로서 일생에 몇 번 안 될 기회를 좇는 것뿐이었다. 물론 하이드는 그곳에 있는 동안 늑대를 보호하기 위해 할 수 있는 일을 했고, 해리도 그걸 자신의 사명으로 여겼다. 나와 그들이 서로 다른 점은 개인적인 철학과 정도의 문제였다. 우리 세 사람 모두에게 이 늑대는 야생동물이기보다는 가족에 더 가까운 기분을 느끼게 한다고 나는 확신한다. 그리고 무엇보다 로미오는 내가 구하고 싶었지만 그러지 못했던 모든 생명체와 과거의 혼령을 떠올리게 하는 살아 숨 쉬는 존재였다.

로미오를 통해 서로 연결되어 있다는 점을 생각하면 그저 스키를 타고 가서 편하게 담소를 나누다가 본론으로 들어가면 되지 않나 하고 생각할 수도 있다. 하지만 우리 셋 사이에는 그렇게 하기에는 껄끄럽고 복잡한 문제가 있었다. 이상하지만, 해리와 나는 2003년에 늑대를 처음으로 만난 사람이었지만 아직 개인적으로 만나본 적이 없었다. 우리는 로미오의 도플갱어 사건에 대해 의견을 비교하고 늑대에 관련된 다른 정보를 교환하기 위해 겨우 네 차례 정도 전화 통화만 했는데, 그것도 모두 2006년에 이루어진 일이었다. 그리고 하이드와 알고 지낸 지는 몇 년 되었지만 거의 이야기를 나눈 적이 없었다. 이야기를 나눈 당시에도 그저 화기애애한 한담이었지 이 검은 늑대에 대해서 이야기하지는 않았다. 해리와 하이드 역시 서로 데면데면했다. 우리 셋은 짧지 않은 기간 호수 위에서 서로의 모습을 보았지만, 마치 똑같은 이국적인 미인을 놓고 경쟁을 벌이면서 그 인연 때문에 서로 연결되어 있기는 하지만 동시에 공존이 불가능한 구혼자들처럼 서로의 존재마저 거의 인정하지 않았다. 우리의 애착과 그 집중도를 감안하면 이 비유가 충분히 적절했다. 우리는 서로를 무시함으로써 각자의 정당한 지위를 부각시키고 경쟁자의 지위를 인정하지 않았다. 만일 로미오를 가장 잘 아는 우리 세 사람이 녀석의 이익을 위해 뭉치지 못한다면 누가 할 수 있겠는가, 누가 하려 하겠는가.

물론 나는 화가 났다. 그날그날 상황에 따라 짜증과 격분의 중간 어디쯤의 감정을 느꼈다. 해리와 하이드 모두 각자의 이익을 위해 로미오 주위에서 시간을 너무 많이 보내고 있었고, 여기에는 이견이 있을 수 없었다. 하지만 그건 그저 내 의견 중 하나일 뿐이었고, 내게는 이와 정면으로 모순되는 또 다른 생각도 있었다. 셰리와 나, 어니타는 우리 자신도 그렇고 개도 그렇고 모두 로미오에게서 물러나 있기로 선택한 상태였고, 일부 구경꾼들도 항상 거리를 유지했지만, 그렇다고 해서 우리처럼 행동하지 않는 다른 사람들이 반드시 틀렸다는 뜻은 아니었다. 나는 몇 번이고 나 자신에게 이 녀석은 나의 늑대도 아니고 다른 누군가의 늑대도 아니라고 상기시켜야 했다. 그리고 중요한 건 우리가 아니었다. 이 늑대가 원하는 건 뭘까? 이 모든 사람과 그들의 개를 날이면 날마다 기다리고, 한 번에 몇 시간씩 이들과 어울리는 로미오가 어떤 선택을 할 때마다 발로 의사 표시를 하고 잠시 혹은 영원히 풍경 속에 녹아들 수 있다면 좋을 텐데. 해리나 하이드가 로미오에게 해가 될 행동을 하고 있다는 주장은 이상한 상황을 자신에게 유리하게 바꿔놓는, 이미 검증된 재능, 거의 마법에 가까운 녀석의 재능은 말할 것도 없고 가공할 만한 지능을 무시하는 처사였다. 로미오가 이용당하는 게 아니라, 이 사람들을 구슬려서 자기가 가장 목말라하는 것, 그러니까 친한 갯과 동물들과의 친밀하고 규칙적인 접촉을 지속적으로, 같은 무리와 유사한 유대를 형성할 정도로 자주 제공하게 만드는 거라는 주장도 충분히 가능했다. 로미오는 스스로 선택하고 있었고, 우리는 지금까지 녀석 자신에게 대단히 크게 도움이 된 본능과 판단을 존중해야 했다.

하지만 이제는 거의 형식적인 의식에 가까운 근거리 접촉이 점점 늘어나고 그것이 공공연한 볼거리가 되면서 해리와 하이드가 야생동물 주위에서 하면 안 되는 온갖 행동을 하는 상황이 벌어지고 있었다. 늑대의 본성적인 행동에 끼어들기, 늑대가 인간과의 가깝고 지속적인 접촉에 익숙해지게 함으로써 나쁜 의도를 가진 사람에게 취약하게 만들기, 가까이서 스트레스 주기, 공공 자원 독점하기, 다른 사람들에게 나쁜 선례 남기기, 로미오가 사냥이나 휴식에 써야 하는 시간을 축냄으로써 녀석의 생존 가능성 위협하기. 이는 대부분의 야생동물 관리자들과 법 집행관이라면 지지할 만한 (그리고 실제로 지지하는) 일반적인 분석이었고, 대부분의 경우 이런 평가는 정확했다.

하지만 녀석에 대한 모든 점이 그렇듯, 이 늑대의 실제 현실은 이보다 훨씬 복잡했다. 그즈음 최소한 여섯 살이었던 로미오는 눈부신 외모를 자랑했다. 털에서는 광택이 흘렀고, 눈이 또렷했으며, 치아가 완벽했고, 가슴이 두툼했고, 걸음걸이가 부드러웠다. 무엇보다 지구상에서 총총거리며 걷는 동물 중에서 가장 잘생기고 건강한 늑대였다. 나는 녀석이 50킬로그램이 훌쩍 넘으리라고 확신했고 많이 나갈 때는 60킬로그램에 육박하리라고 생각했다. 어떤 기준으로 보아도 예외적인 늑대였다. 아무래도 이 두 남자와 그들의 개와 함께 보내는 시간이 긍정적인 강장제 역할을 하는 것 같았다. 그리고 총이나 덫, 차량, 통제 안 되는 개 혹은 형편없는 판단력으로 나쁜 짓을 하는 사람이 녀석의 생존에 가장 큰 위협 요소라고 생각하는 사람들(이 늑대를 아는 대다수 사람들이 그렇게 생각했다)은 선의의 친구들이 가까이 있으면 그 위험이 거의 사라진다는 점을 실감하기도 했다. 간단히 말해서 목격자가 가까이 있으면 아무도 불법으로 총을 쏘거나 덫을 놓을 수 없을 거라는 말이었다. 수백 명에 달하는 주노 사람들이 의식적으로든 무의식적으로든 이런 보편적인 늑대 감시에 기여했다. 내 경우는 우리 집의 조망이 훌륭하고 로미오의 영역과 가까이 살다보니 어쩌면 가장 자주 로미오를 관찰했다면, 해리와 하이드는 지금까지 가장 자주 최전선에서 로미오를 지키는 인물들이었다. 실용적 관점에서 보면 이 둘보다 더 나은 감시자를 찾기는 어려웠다. 로미오와 가까운 거리에서 편안함과 침착함을 유지하고, 녀석의 버릇과 습관을 알고 있고, 구경꾼들에게 조언을 하거나 정확하게 지적하는 데 주저함이 없고, 무엇보다 날이면 날마다 오랜 시간 동안 같이 있어줄 수 있는 유명한 야외활동 애호가들이었기 때문이다. 삼림청도, 야생동물 담당 경찰도, 어업수렵부도 이들이 자발적으로 하는 일을 할 만한 최소한의 의향은 고사하고 그럴 인력도 없었다. 이들의 동기가 순수하든 이기적이든, 아니면 이 두 가지를 어느 정도 섞어놓은 것이든, 최종 결과—우리가 진정으로 로미오를 생각한다면 정말로 중요한 건 바로 이것이다—는 동일했다. 내 질투심 문제는 (어쨌든 나는 저 밖에서 내가 누구보다 사랑하는 야생동물과 손에 닿을 듯한 거리에서 매일같이 어울리는 건 저들이 아니라 나일 수도 있었음을 너무나도 잘 알았다) 내가 대범하고 너그럽게 마음을 먹는 것이 상책이었다. 이 모든 걸 머리로는 알았지만 여전히 사람들이 모여 있는 광경을 보면 부아가 치밀었다. 너무 많은 사람들이 경험도 없고 충분한 상식도 없이 너무 가까이 다가가는 건 누구에게도 좋지 않았고, 그 누구도 모든 변수를 통제할 수 있다고 기대할 수 없었기 때문이다.

　나중에 밝혀진 바에 따르면 해리의 공공연한 늑대 보여주기 행사에는 이타적 동기가 숨어 있었다. 로미오의 다른 팬들에게서 가이드가 되어 로미오를 보여달라는 부탁을 받은 것이다. 해리는 많은 사람들이 이 늑대가 얼마나 사교적인 동물인지 본다면 녀석을 보호해야겠다는 희망이 강렬해지거나 새로 형성될 테고, 그러면 이를 만천하에 알리는 데 도움이 되리라는 기대를 자연스럽게 품었다. 또한 해리는 이 지역의 한 비행기 조종사가 자신과 브리튼과 이 늑대가 맥기니스의 수목 한계선 위에서 함께 산책하는 모습을 보고 난 뒤에 자신에게 붙여준, '늑대와 소통하는 사람Wolf Whisperer'이라는 별명을 기꺼이 받아들이고자 하는 것 같았다. 해리는 로미오가 당신을 친구로 받아들였느냐고 묻거나, 혹은 반대로 당신이 로미오를 친구로 여기느냐고 묻는 사람들에게 자랑스러운 어조가 아니라 차분하고 침착하게 있는 그대로를 설명했다.

　　우정. 이는 어쩌면 인간과 야생동물, 특히 누군가의 아이를 먹어치울 수도 있는 짐승 간의 관계를 묘사하기에는 이상한, 어쩌면 순진한 단어인지 모른다. 야생동물 관리인들과 자칭 스포츠맨들, 일반적인 비관론자들의 눈에는 이름을 붙이는 행위부터가 이미 불편한 일이었다. 이 늑대가 일부 개들과 애정 어린 친분을 쌓아왔다는 점은 부정할 수 없는 사실이었다. 하지만 한 인간과 대놓고 우정 어린 관계를 형성한다는 주장은 종 간의 관계에 대한 완전히 새로운 차원의 논쟁(누군가에게는 목에 핏대를 올리게 만드는)을 촉발시키는 듯했다. 물론 우정은 한 존재의 긍정적인 생각과 행동이 다른 존재에게 일방적으로, 비호혜적으로 흘러가는 것이라고 볼 수도 있다. 우리가 이 늑대의 친구인 양 행동하는 것과, 이 늑대가 우리의 친구라는 것은 다른 의미이기 때문이다. 하지만 한 인간과 한 마리의 야생 늑대가 최상의 유대를 느끼고 정말 끈끈한 친구처럼 같이 있으면서 서로 기쁨을 얻는다면 어떨까? 몇 년 뒤 내가 존 하이드에게 이렇게 물었더니 그는 어깨를 으쓱한 뒤 고개를 저었다. "아니에요, 그건 개 얘기지. 그 늑대는 내가 누군지 알았고 내게 익숙했고, 날 별로 신경 쓰지 않았어요. 그게 다였어요." 그는 잠시 뜸을 들인 뒤 이렇게 덧붙였다. "녀석은 굉장한 동물이었죠…… 그 관계를 어떻게 설명해야 할지 모르겠네요." 나는 그의 눈을 들여다보면서 단어 사이의 침묵 속에 뭔가가 더 있음을 느꼈다.

　　해리 로빈슨이 들려준 이야기는 달랐다. 그건 마치 픽사 애니메이션에나 나올 법한 그런 이야기였다. 해리의 이야기 속에서 그와 늑대는 끈끈하게 연결된 개와 인간 같은 그런 친구이자 그 이상이었다. 그의 표현

에 따르면 "브리튼은 녀석의 가상의 짝이자 연애 상대였고, 나는 녀석의
믿음직한 친구이자 우두머리 수컷 역할 모델이었어요. 녀석은 내게 길
안내와 경비를 맡기기 시작했죠." 그 목소리에 자신감과 안정감이 넘치
기도 했지만, 그와 무관하게 충분히 믿을 만한 이야기이기도 했다. 그리
고 나는 아직도 내가 한 일과 하지 않은 일 사이의 경계에 대한 확신이 별
로 없다. 하지만 해리와 그 늑대가 얼음판 위에 함께 있는 모습을 실제로
본 사람이라면 많은 사람들 사이에서 그들 간에 끈끈한 무언가가 있음을
알아차리지 않을 수 없었다. 관용과 수용을 넘어 신뢰에 더 가까운 무언
가. 그리고 인간과 개를 이어주는 눈빛 교환과 몸짓, 발화와 비슷한, 신
체 언어와 몸짓, 눈 맞춤과 짧은 발성을 통해 드러나는 이해도. 나는 이
늑대가 훈련된 거라고 표현하지 않았고 해리 역시 거기에 동의했다. 이
단어에는 현실에서 존재하지 않는 복종의 의미가 내포되어 있었기 때문
이다. 그보다 정보는 양 방향으로 흘렀고, 그렇게 보는 편이 충분히 합리
적이었다. 개가 99.98퍼센트 늑대라면 그 역도 진실이다. 그리고 인간과
개 사이에 효과가 있는 의사소통 수단이라면 틀림없이 늑대의 감각적 접
점으로서도 기능할 것이다. 물론 페니키즈와 늑대의 차이는 이중 나선을
따라 마이크론이라는 단위로 측정해보면 여전히 엄청나다. 늑대는 개와
달리 여러 세기 동안 선발 번식을 해왔고, 아무리 포획된 어미에게서 태
어나 꾸준한 손길과 상호작용이 몸에 배었다 해도 단순히 그런 대우만으
로 늑대로 완성되지는 않는다.

　하지만 이 녀석은 평범한 늑대가 아니었고, 해리 역시 평범한 인간
이 아니었다. 이들의 역사 역시 전혀 평범하지 않았다. 2003년부터 그와
브리튼은 거의 매일, 어떤 때는 하루에 한 번 이상 로미오를 만났고, 일단
만나면 오랜 시간을 같이 보낼 때도 종종 있었다. 이들은 함께 돌아다녔
고, 휴식을 취하고 놀이를 했고, 계절과 날씨를 불문하고 수십, 수백, 수
천 시간을 함께 보내면서 여러 해 동안 세월을 켜켜이 쌓아왔다. 이 늑대
를 만나본 우리 모두가 그렇듯 이 유대는 늑대와 개의 관계로 시작했지

만, 해리 자신마저 놀랄 정도로, 어느 순간 그 역시 그 속에 포함되어 있었다. 해리는 이렇게 말했다. "시간이 지나면서 로미오와 나는, 녀석과 브리튼 간의 관계와는 상당히 독립적인 개인적 관계를 만들어왔어요. 녀석은 보통 아침에 달려와서 브리튼한테 먼저 인사하고 나서 나한테 와서 또 인사하곤 했죠." 녀석은 아침 인사를 하고 나면 꼬리를 높이 들고 씩 웃으며 다가와서 부드럽게 몸을 흔들고 서글서글하게 하품을 하고 같이 놀자고 채근했다. 로미오는 오래전에 해리를 선뜻 받아주었다. 로미오는 해리와 관계를 쌓아갔다. 눈을 마주치고 오래 응시했고, 같이 산책로를 걸을 때는 해리의 다리를 스치며 지나갔으며, 함께 놀이를 했고, 어떤 때는 해리의 허벅지 뒤를 코로 툭 치기도 했다. 해리는 이 늑대가 자신을 만지려고 한 적은 많아도 자신이 먼저 손을 내밀어 녀석을 어루만진 적은 한 번도 없다고 말했다. 그리고 해리를 한 번도 만나본 적 없는 어떤 사람들의 주장처럼, 로미오에게 먹이를 준 적도 없었다. 사람들은 야생의 육식동물을 그렇게 가까이 오게 꼬드길 수 있는 유일한 방법은 먹이를 주는 방법밖에 없다고 넘겨짚었음이 분명했다. 인간과 늑대의 사회적 관계가 우정 자체일 수는 없었다. 하지만 인류의 과거를 돌아보았을 때 그런 관계가 한 번이 아니라 숱하게 형성된 적이 있음은 분명했다. 그렇지 않고서야 어떻게 우리 발치에 늑대의 피를 받은 후손들이 누워 있을 수 있었겠는가.

"녀석은 내가 내린 여러 명령을 따르곤 했어요. 대개는 행동하기 전에 그 명령에 대해 조심스럽게 생각하곤 했지만 말입니다." 해리가 말했다. "녀석은 상황을 관찰했고 그걸 꿰뚫어봤죠…… (하지만) **'안 돼!'**라는 말이 무슨 뜻인지 분명히 알았어요." 한 번도 포획된 적 없는 야생의 육식동물을 말로 제어했다는 주장은 충분히 의혹을 살 수도 있지만, 내가 쌍안경으로 사람이 북적거리는 현장을 목격한 바에 따르면 해리는 여러 차례 로미오를 향해 알아들을 수 없는 음절을 중얼거리거나 몸짓을 했고, 녀석은 거기에 반응했다. 어업수렵부의 지역 생물학자 라이언 스콧은 어떤 커다란 허스키 혼종과 로미오의 육체적 대치에 해리가 개입해서 무마한 데 대해 감사하다는 이메일을 보내오기도 했다. 이때도 로미오는 분명히 해리의 지시에 따라 물러섰다.

해리가 구경꾼이 있을 때 무슨 일을 했건, 그에게 로미오와 보낸 가장 심오한 순간은 다른 사람들의 시선에서 벗어나 야생에서 단둘이 있을 때 찾아왔다. 특히 눈이 오고 낮이 짧은 추운 날, 이 셋은 사냥로를 따라 함께 걸었고 아래쪽에 있는 만남의 장소, 그러니까 웨스트글레이셔 트레일 위로 가문비나무와 솔송나무가 숲을 이루고 있는 구릉지나 드레지 호수에 있는 숨겨진 덤불 숲을 찾곤 했는데, 이 두 지역 모두 로미오의 핵심 영역이었다. 로미오가 거의 눈에 띄지 않아서 대다수 사람들은 녀석이 멀리 가버렸다고 생각하는 여름철에는, 새벽 3시 부옇게 밝아오는 빛 속에서 비밀스러운 산책을 시작해 맥기니스산의 높은 산등성이까지 오르곤 했다. 그곳은 매우 높아서 골이 진 빙하가 넓게 펼쳐진 광경을 내려다볼 수 있었다. 늑대와 개는 자신들의 코로 냄새 흔적을 따라 산을 오르내리면서 한 번씩 장난 치며 노느라 멈춰 섰고, 늑대는 가끔 혼자 사라졌다가 돌아오곤 했다. 해리의 말에 따르면 이 늑대가 앞장선 적도 한 번 이상 있었는데, 따라가 보니 빙하의 앞면에서 800미터도 안 되는, 불러드산으로 넘어가는 크레바스가 펼쳐진 통로였고, 인간과 개가 저편에 있는 훌륭한 사냥터로 연결되는 그 치명적인 얼음 미로를 따라오지 못하자, 로미오는 실망한 기색으로 돌아보더니 혼자 계속 갔다. 때로 로미오는 자기가 덤불 속에 숨겨두었던 발포 플라스틱 부표나 누더기가 된 테니스공(어쩌면 첫 겨울에 우리가 가지고 놀았던 공 중 하나였을 수도 있다)을 물고 와서 던지기 놀이를 제안하기도 했다.

이쯤 되면 이 이야기를 믿을 수 없다고 느낄 수도 있지만, 이게 다가 아니었다. 해리의 말에 따르면 한번은 로미오가 앞에 있는 무언가를 감지하더니 털을 곤두세우고 으르렁대며 앞으로 달려갔는데, 동네에 이미 알려진 불곰과 다 큰 새끼가 10미터 정도 떨어진 모퉁이에서 나타났다.

로미오가 자기 무리를 방어하려고 공격하자 곰은 꽁무니를 빼고 달아났고, 로미오는 완승을 거두었다. 또 한번은 역시 로미오가 같은 행동을 하며 무언가를 쫓아버렸는데, 해리는 그게 본 적 없는 흑곰인 것 같다고 생각했다.

그렇다면 무엇을 믿어야 할까? 해리의 이야기를 지지해줄 만한 목격자는 전혀 없다. 하지만 몇 년간 해리가 내게 들려준 이야기는 세부 사항에 일관성이 있었고, 무시하기 어려운 침착한 확신이 깃들어 있었다. 그는 일부 사건이 일어난 장소—암석 노두露頭, 이끼로 뒤덮인 공터, 눈에 잘 보이지 않는 사냥로—를 정확하게 지목했고, 로미오가 배를 채우는 모습을 구경했던 살상 장소에 흩어져 있는 염소 뼈라든지, 나뭇가지가 축 처지고 탄성이 있어서 로미오가 뛰어오르고 입으로 물어뜯고 잡아당기기를 좋아했던 특정 가문비나무(정말로 잇자국이 선명하게 나 있었다) 같은 물리적 근거로 나를 안내했으며, 이 모든 것이 그의 주장을 더 탄탄하게 받쳐주었다. 그곳에 있었던 몇 안 되는 목격자—특히 알래스카주 전 상원 의원 킴 엘턴은 가끔 해리를 따라나섰고, 앞서 언급했던 염소 사체의 사지를 물어뜯으며 늘어져 있는 로미오의 사진을 찍기도 했다—는 모순되는 주장을 하기보다는 해리의 주장을 뒷받침해주었다. 조엘 베넷과 변호사 잔 밴 도트 역시 해리와 숱하게 동행했고 이 남자와 그의 개, 그리고 야생 늑대 사이의 종을 뛰어넘는 친밀한 유대를 확인해주었다.

이런 종류의 관계, 그러니까 최상위 포식자와 인간이 친구가 된 선례가 있을까? 포획되거나 구출된 야생 육식동물과 인간이 일생 동안 우정을 쌓은 이야기는 잘 기록된 것만 수십 건에 달한다. 예컨대 회색곰 애덤스와, 정치인 벤저민 프랭클린과 같은 이름의 그의 동반자는 19세기에 로스앤젤레스 거리를 함께 걸었고, 현대에는 코스타리카의 어부 치토 셰덴이 어떤 연못에 있는 450킬로그램짜리 바다악어에 포초라는 이름을 붙이고 애지중지하며 즐거운 시간을 보내기도 했다. 이런 이야기들은 어떤 독특한 환경에서 특정 '식인' 육식동물이 인간과 애정 넘치는 관계를 일생 동안 발전시킬 수 있는 감정적 능력이 있음을 보여준다. 하지만 아무리 쇠창살에 금박을 입힌다 해도 어쩔 수 없이 그림자를 드리우기 마련이다. 포획된 적 있는 동물이 완전히 야생으로 돌아간다 해도 ―가령 1970년대에 포획된 사자 크리스천을 사서 다시 야생으로 돌려보낸 영국인 존 렌달과 에이스 버크가 아프리카에서 짜릿하게 재회하는 이야기는 영화에 기록되어 있다― 먹이 주기 같은 완전한 의존 관계와 포획이라는 어쩔 수 없는 환경 때문에 해리와 로미오를 연결하는 것과는 다른 맥락이 생길 수밖에 없다. 야생에서 태어나 자유롭게 떠도는 로미오는 항상 혼자 힘으로 사냥했고 해리를 보고 먹이를 연상한다는 인상은 전혀 주지 않았기 때문이다. 해리는 브리튼을 위해 늘 주머니에 개가 먹는 육포를 지니기는 했지만 늑대에게는 한 번도 먹이를 준 적 없다고 단호하게 잘라 말했다. "한번은 내가 실수로 주머니에서 육포 조각을 떨어뜨린 적은 있어요." 해리는 말했다. "그런데 로미오는 잠깐 냄새를 맡더니 그냥 가버렸어요. 녀석에겐 더 좋은 식량이 있는 게 분명했죠." 반면 이 늑대는 누군가 흘린 양가죽 장갑을 신나게 낚아채서 이리저리 던지고 갈가리 찢어놓기도 했다.

　인간은 먹이를 이용한 길들이기―앞서도 언급했지만 야생동물 관리자들은 명백하고 타당한 이유 때문에 이를 질색한다―로 야생 육식동물과 우정을 쌓은 것처럼 연출할 수 있고, 이런 사례는 꽤 흔하다. 현대 알래스카의 한 극단적인 사례를 들자면 찰리 밴더고의 경우가 있다. 그는 외딴 자신의 농가에서 몇 년에 걸쳐 흑곰과 불곰, 회색곰 등 곰 수십 마리에게 먹이를 주면서 많은 개별 동물과 놀랄 만한 관계를 유지하다가 주 정부에 기소되었다. 실제 그의 이야기를 다룬 6화짜리 다큐멘터리를 가지고 판단했을 때, 최소한 그 곰 중 일부는 단순히 먹이 때문에 그와 그런 관계를 맺는 것처럼 보이지 않았다. 다시 말해서 인간과 곰의 상호작용은 칼로리를 얻는 데 대한 관심을 넘어서서 그 자체로 의미 있는 분명한 사회적 상호작용으로, 정서적 애착으로까지 나아간 것으로 보였다.

범고래와 회색곰 같은 육식동물을 포함해, 포획된 야생동물을 다루는 동물 조련사들이 특별한 고급 먹이를 가지고 긍정적 행동을 강화하는 일은 일반적이다. 이를 통해 조련사들은 많은 사람들이 우정이라고 주장하는 친밀한 사회적 유대를 형성하는데, 여기에는 충분히 그럴듯한 이유가 있다. 먹이를 이용한 길들이기에는 확실히 눈에 보이는 것보다 더 많은 의미가 담겨 있기 때문이다. 하지만 관리자들은 이런 확연해 보이는 우정을 의인화라는 잘못을 범한 해석이라고 지적하면서, 이런 먹이 주기는 지나치게 가까운 상호작용으로 직결되고 잠재적으로 인간과 동물 간 공격성을 유발할 수 있다는 타당한 주장을 펼친다.

　　인간이 먹이를 주지 않은 상태에서, 자유롭게 떠도는 육식동물과 인간의 사교적인 상호작용은 가능할 뿐만 아니라 생각만큼 그렇게 드물지 않다. 나만 해도 지난 몇 년 동안 알 수 없는 이유로 어떤 동물이 사회적 접근을 해온 경험이 최소한 열 건이 넘는다. 브룩스산맥의 한 늑대는 막대기를 들고 내게 같이 놀자면서 흔들어댔고, 어떤 어린 불곰은 넓은 풀밭에서 어슬렁거리며 다가와 5미터가량 떨어진 곳에 털썩 앉더니 편안하고 친근한 동작을 취하기도 했다. 어떤 짧은꼬리족제비는 먹이 훈련의 대상을 전복하여, 죽인 지 얼마 안 되는 들쥐를 내게 제물로 들고 와서 내 발치에 두고 재빨리 사라졌다. 어떤 여우는 벌목 원정에서 나의 동반자가 되어주었고, 로미오는 숱하게 총총 다가와 인사를 건넸다. 구글이나 유튜브를 검색해보면 사자에서 상어에 이르기까지 각종 야생 육식동물과 인간 사이에서 이루어지는 긍정적인 사회적 교류 수십 건을 확인할 수 있다. 내가 개인적으로 가장 좋아하는 이야기는 또 다른 역전된 먹이 주기다. 어떤 집채만 한 암컷 얼룩무늬물범이 〈내셔널 지오그래픽〉의 사진작가 폴 니클런에게 펭귄을, 한 마리, 또 한 마리 갖다주었다는 것이다. 하지만 이런 순간은 보통 한때뿐이어서 몇 년은 고사하고 며칠이나 몇 달씩 지속되는 경우는 굉장히 드물다.

　　티머시 트레드웰은 서부 알래스카의 카트마이 국립공원에서 13년간 수많은 곰과 원만하고 개별적인 관계를 쌓아왔다. 하지만 현장에서 트레드웰을 여러 차례 영상에 담았고, 그 과정에서 가까운 친구 사이가 된 조엘 베넷은 일부 곰과의 주목할 만한 관계를 우정이라고 선언하기를 꺼린다. "누가 알겠어?" 그가 하늘을 향해 두 팔을 펼치며 이렇게 말했다.

25년 이상 조조라는 이름의 야생 돌고래와 자연 연구자 딘 버널이 영국령 서인도제도에서 우정을 이어온 분명한 사례도 있다. 비디오와 스틸 사진에 담긴 이들의 감정을 보면 오해의 여지가 없다. 그리고 분명 이들의 관계에는 먹이 주기도 관련이 있었지만, 그게 주 요인은 아니었다. 수십 년간 조조의 공식 관리인이었던 버널은 목숨을 위협하는 숱한 부상을 견디며 조조를 돌봤다. 조조가 버널의 소형 보트를 따르는 형식으로 이들은 함께 돌아다니며 랍스터 사냥을 했다. 조조와 버널은 물속에서 발레를 하듯 부드럽게 원을 그리며 돌았다. 이들의 사례는 그런 관계가 정말로 가능함을 보여주는 전형이다. 야생 돌고래와 인간이라니, 멋지지 않은가. 이처럼 가까워 보이는 두 종 간의 관계에 대한 수십 가지 일화뿐만 아니라, 돌고래를 소재로 한 유명 텔레비전 연속극 〈플리퍼Flipper〉와 해양 포유동물 테마 공원 덕분에 우리는 이런 관계를 별로 이상하게 여기지 않는다. 하지만 야생 늑대는 어떤가?

한 번도 포획된 적 없는 늑대와 인간 사이의 주목할 만한 사교적 상호작용은 사실 상당히 많다. 나부터가 로미오를 빼고도 북쪽에서 여러 차례 경험했고, 숲을 훤히 아는 친구들에게서 들은 이야기도 많았다. 하지만 이런 경우는 모두 일시적 경험이지 관계가 아니었다. 직접적이고 지속적인 관계의 경우, 데이비드 메치와 고든 하버 같은 유명한 늑대 생태학자들은 자신들이 연구하는 야생의 자유로운 늑대 무리로부터 상당히 높은 수준의 관용을 여러 차례에 걸쳐 얻어냈고, 어떤 경우에는 야생 늑대들이 사회적 행위를 하도록 만들기도 했다. 하지만 이들은 비상호작용 모델을 좋은 연구 방법이라고 생각했는데, 그런 점에서는 해리 로빈슨과 정반대였다. 물론 해리는 과학자가 아니었고 과학자 행세를 하지도 않았다. 그는 가설을 검증하지 않았을 뿐 아니라 데이터를 수집하지도 않았다. 심지어 간단한 관찰 일지나 일기를 쓰지도 않았고 카메라를 들고 다니지도 않았다. 그의 목표는 단순했다. 처절하게 외로워 보이는 로미오에게 친구가 되어주는 것. "난 그 늑대를 위해 그런 거였어요." 그는 이렇게 말했다. "녀석은 우리한테 의지했죠."

전반적으로 해리의 이야기를 받아들이게 된 건 내 경험을 통해 얻은 관점 때문이었다. 나는 늦가을부터 봄이 무르익을 무렵까지 거의 매일 멀리서 그 늑대를 지켜보았고, 어떤 날은 하루에도 열 차례 가까이 관찰했지만, 가까운 거리에서 내가 주도한 접촉은 1년에 대여섯 번, 그리고 한 번에 보통 한 시간 이하로 제한했다. 난 이 늑대가 이미 너무 많은 사람들에게 얼굴이 노출되어 있으니 내가 할 수 있는 최선은 좋은 사례를 만들고 거리를 유지하는 것이라고 생각했다. 그걸 지키지 못한 경우는 그저 의지가 무너져버린 경우였다. 때에 따라 개를 데리고 있으면 개들이 늑대와 그 이상 함께 있지 못하게 했다. 로미오의 입장에서는 사회적 보상이 너무 보잘것없었고 우리의 냉정한 뒤통수를 바라볼 이유가 전혀 없었는데도, 로미오는 성큼성큼 호수를 가로질러 와서 마치 우리가 녀석이 제일 좋아하는 친구라도 되는 양 우리를 반겼고 한동안 우리와 함께 총총 걸어다녔다. 녀석은 우리가 누구인지 정확히 알았고, 녀석의 반응으로 보건대 벌써 지난 지 몇 년 된 좋았던 과거, 그러니까 다코타와 테니스 공, 그 외 모든 것을 기억했다. 나는 알래스카 헤인스에 있는 크로셀 야생동물 센터에서 포획된 어미에게서 태어나 인간의 영향이 각인된 늑대 아이시스와의 교류를 통해, 늑대의 기억력이 얼마나 정확하고 종을 넘어선 유대를 맺으려는 의지가 얼마나 강력한지 익히 알고 있었다. 나는 아이시스가 생후 4주였을 때 처음으로 안아보았고, 녀석과 밀도 있게 소통했지만 겨우 몇 번이었다. 그런데 이제 네 살이 된 아이시스는 내가 몇 달에 한 번씩 찾아가도 좋아서 어쩔 줄 모르며 순하게 반김으로써 (지난번 여름에는 공원에서 북적대는 관광객들 사이에서 나를 찾아냈다) 자신이 나를 기억하고 있음을 분명하게 보여준다. 덧붙여 말하자면, 아이시스는 내가 처음으로 장난감을 던졌을 때 바로 물어왔는데, 스티브 크로셀 말로는 그도 다른 누구도 아이시스와 그 정도로 교감을 하지는 못한다고 하는 걸 보면 명백히 학습된 행동이라기보다는 기억 속에서 굳어버린 친밀함의 발로임이 분명했다.

　내가 혼자이고 천천히 움직이면 로미오는 전혀 불편한 기색 없이 약 200미터 이내로 접근하도록 내버려두곤 했다. 자기가 알고 있는 개에 대한 일반적인 관용이나 친밀함과는 다른 문제였다. 하지만 내가 멈춰 서서 자리에 앉으면 개를 데리고 있지 않아도 녀석은 종종 거리를 좁히고 예의 사근사근한 몸짓(몸을 늘이며 편하게 하품을 하고, 긴장감 없이 눈을 맞추고, 때로는 늑대 미소를 씩 하고 지었다)을 보이곤 했다. 낯선 사람들에게는 대체로 상당히 다른 식으로 반응했다. 언젠가 나는 사진작가 마크 켈리를 도와주기로 한 적이 있다. 마크는 좋은 친구였는데, 그때까지 괜찮은 사진을 건지지 못한 상태였다. 우리는 강어귀 근처에서 로미오가 누워 있는 모습을 발견했다. 나는 마크에게 여기서 내 신호를 기다리라고 말했다. 나는 스키를 타고 100미터 안으로 들어가 강가에 있는 큰 돌 위에 앉았다. 로미오는 몸을 길게 늘이고 하품을 하더니 총총 다가와 인사를 하고는 대충 20미터쯤 떨어진 곳에 자리를 잡았다. 녀석이 자리를 잡자 손짓을 했고, 마크는 내 조언에 따라 눈을 마주치지 않은 채 500미터 남짓 떨어진 곳에서 우리를 향해 빙 돌아 천천히 다가왔다. 하지만 마크가 아직 반도 오지 못했을 때 로미오가 기척을 느끼더니 갑자기 일어나 버드나무 숲속으로 총총 사라져버렸다. 그 뒤에 마크는 시간을 한참 쏟은 뒤에야 결국 원하는 사진을 얻었다.

　때로 로미오는 자기밖에 알 수 없는 이유로 잘 모르는 사람과 어울리기도 했다. 내 이웃 킴 털리는 스스로 인정하는 바에 따르면 몇 번 구경하러 나간 걸 빼고는 이 늑대와 이렇다 할 만한 사건이 없었다. 하지만 4월의 어느 날, 둘 사이에는 이상하다고 할 수밖에 없는 일이 벌어졌다. 야외활동을 대단히 좋아하는 사람들인 데다 주노 알파인 클럽 공동 설립자이기도 한 털리와 그의 아내 바버라는 아흐레 연속 아침마다 스키를 타고 호수를 한 바퀴 돌았다. 이들은 아흐레 동안 매일같이 로미오가 자신의 일상적인 기다림의 장소 중 한 곳에 누워 있는 모습을 보았다. 그런데 열흘째 되던 날 로미오는 벌떡 일어나 이들 뒤를 총총 따라왔다. 킴은 그때를 이렇게 표현했다. "마치 녀석이 우리 개라도 되는 양 1미터 뒤에 붙어서 쫓아왔어요. 그냥 외로워서 친구가 필요한 것 같았어요." 이 부부와 늑대는 5킬로미터가 넘는 한 바퀴 전체를 같이 달렸다. 로미오는 이들이 호수를 떠날 때가 되어서야 멈춰 섰다. "일생에 이런 경험은 처음이었어요." 털리는 이렇게 중얼거렸다. 킴의 경험을 생각해보면, 그리고 내가 몇 년 동안 늑대와 겪었던 일을 돌이켜보면, 해리의 조용한 주장은 그저 그럴싸하기만 한 게 아니라 실현 가능한 일이었다.

내가 로미오와 보냈던 모든 시간 중에서, 때로 흥미진진하고 드라마틱한 일도 있었지만 자꾸 생각나는 기억은 다른 것이다. 어느 따뜻한 4월의 오후, 로미오와 거스와 나는 강어귀 근처의 얼음판 위에서 같이 졸고 있었다. 나는 스키를 내려놓은 채 배낭을 베고 누웠고, 거스는 내 다리를 베었으며, 로미오는 앞으로 뻗은 앞다리 사이에 주둥이를 올리고 있었다. 눈이 바람에 쓸려 쉬익하는 소리를 내며 무너지는 것이 들릴 정도로 조용한 날이었고, 태양은 하얗고 단단한 얼음 위로 눈부시게 쏟아져서 마치 우리가 아래에서 올라오는 빛에 몸을 담그고 구름 위에 떠 있는 듯한 기분이었다. 로미오는 한 번씩 눈을 가늘게 뜨고 주위를 살피다가 다시 쪽잠이 들곤 했고 나 역시 마찬가지였다. 우리 사이에는 5미터쯤 되는 거리가 있었지만, 나와 그렇게 가까워서 눈을 감고 잠이 들 정도로 충분히 신뢰했다는 점에서 녀석은 내 다리에 거스와 나란히 머리를 누인 것과 다를 바 없었다. 복잡하고 때로 비통한 역사에 얽힌 서로 다른 이 세 종은 다른 두 종의 존재, 햇살의 따스함, 또 다른 겨울이 지나갔다는 사실에서 소박한 위안을 느끼며 그렇게 누워 있었다. 그날 오후는 내게 꿈의 가장자리를 장식하는, 분명하고 고요한 순간으로 남아 있다. 마침내 거스와 내가 일어나자 로미오도 따라 일어나 하품을 하고 몸을 길게 늘인 뒤 도로 그 자리에 앉아서 우리가 왔던 생경한 세계를 향해 다시 멀어져 가는 모습을 지켜봤다. 나는 로미오가 눈을 배경으로 하나의 작은 점이 되어가는 모습을 마치 마지막이라도 되는 것처럼 돌아보았던 것으로 기억한다. 나는 그 모습을 오래 새기고 싶어서 열심히 돌아보고 또 돌아보았다.

11

피그와 포메라니안

2007년 2~4월

아프간 하운드들

정치적으로 과열된 배경과 따뜻한 인간 드라마가 스며 있는 가운데, 마지막으로 이 늑대에게 결정타를 날린 것은 잇따라 발생한 개와의 좋지 못한 만남이었다. 그저 운이 나빴던 건지 아니면 예정된 결말이었는지 모르겠지만, 그 일은 2006년 말에서 2007년 초로 이어지던 겨울에 일어났다. 그해 겨울은 우리가 예상하던 양상대로 시작되었다. 늦여름부터 가을까지 점점 자주 눈에 띄던 로미오는 얼음이 얼자 거의 매일 호수 위에서 개들과 어울렸고, 자신의 핵심 영역 밖에서 가끔 깜짝 출연하기도 했다. 그 여름 죽은 줄 알았던 녀석이 살아 돌아오면서 분명 지지 기반이 탄탄해졌고 새로운 후원자들이 생겨났다. 죽었다고 생각하니 녀석의 빈자리가 더 크게 느껴졌고, 집단적 대응이 일어나면서 녀석을 응원하는 공동체의 결속력이 더 단단해졌다. 그리고 신문과 라디오, 일상 대화에서 녀석의 이야기가 퍼져나가면서 녀석을 한 번도 본 적 없는 사람들까지 관심을 보였다. 그 어느 때보다 많은 사람들이 호수에 찾아왔다. 이 야단법석의 진상을 확인하기 위해, 혹은 이미 느꼈던 감정을 한 번 더 느끼기 위해. 그리고 그 절정에서 해리와 하이드 쇼가 사람들과 가까운 호수에서 연출되고 있었다. 우리 모두의 앞에 놓인 골치 아픈 관리의 문제는 근본적으로 간단한 비율의 불일치였다. 구경꾼은 세 배로 늘어났는데 늑대는 여전히 한 마리였다. 녀석은 점점 더, 그리고 어쩔 수 없이 느긋하고 관대해졌고, 어느 때보다 접근하기가 쉬워졌다. 대다수가 올바르게 행동하고 싶어한다는 사실 역시 무색해졌다. 여러 요인의 조합—경험 부족, 종종 군중 심리에 가까운 그릇된 친밀감(다른 사람들이 전부 하고 있으니 내가 무슨 짓을 해도 괜찮을 거라는 생각)—은 부적절한 판단으로, 때로는 완전한 몰상식으로 이어졌다. 동시에 해묵은 강경파들은 여전히 일반적인 이유에서 로미오가 죽기를 바랐다. 존 포거티가 되어야만 불길한 달이 뜨는 걸 볼 수 있는 건 아니었다.●

겨울로 접어들기 무섭게 일어난 기이한 두 사건은 우리가 얼마나 벼랑 끝까지 올 대로 왔는지 분명하게 보여주었다. 그중에 한 사건은 내가

● 존 포거티는 〈불길한 달이 떠오른다Bad Moon Rising〉라는 노래를 부른 유명 가수다.

직접 목격했고 다른 한 사건은 간발의 차이로 놓쳤다. 나는 시간이 날 때마다 로미오보다는 로미오의 구경꾼들을 더 많이 구경하곤 했다. 그즈음엔 로미오와 그 추종자들을 구경하는 것이 거의 일상에 가까웠다. 한참 글을 쓰다가, 데크에 쌓인 눈을 치우다가, 저녁거리를 만들다가 호수 쪽에서 조금만 움직임이 있어도 그쪽을 바라보았고, 내부의 정지 버튼을 누르고 때로는 잠시, 때로는 훨씬 길게 스포팅 스코프®나 쌍안경을 들여다보았다. 로미오 혼자 있거나, 자주 드나드는 개 친구와 구경꾼 몇몇과 같이 있는 건 별로 신경 쓸 일이 아니었다. 처음 보는 개나 사람이 나타나면 좀더 샅샅이 살펴보았다. 뭔가 심상치 않다는 느낌이 들면(열정이 지나친 신참이 늑대에게 너무 가까이 다가가거나, 군중이 점차 늘어날 때) 나는 쏜살같이 스키 장비를 챙겨서 타고 나가 더 자세히 들여다보곤 했다. 난 경찰이 아니었기에 첫번째 선택은 항상 각자 자기 일은 자기가 알아서 하게 내버려두는 것이었다. 하지만 누군가 우발적이든 의도적이든 로미오를 궁지로 몰아넣으면 약간의 자극으로 상황을 최대한 나은 방향으로 움직여야 한다는 의무감을 느끼곤 했다. 나는 그저 스키를 탄 채 뒤에 개 한두 마리를 데리고 지나가는 것만으로도 이 늑대를 유혹해서 불안한 상황에서 벗어나 나를 따라오게 할 수 있었다. 누군가 확실하게 나쁜 짓을 하고 있으면 —가령 개를 부추겨 늑대에게 반응하게 만들거나, 무선 조종 비행기를 가지고 급강하 공격을 하는 사람도 있었다— 종종 법 집행 기관을 연상시키는 카키색 재킷을 입고 다가가서 커다란 렌즈를 그쪽으로 들이대고 찰칵찰칵 사진을 찍었다. 보통 그 정도만으로도 사람들은 흩어졌다. 아니면 더 가까이 다가가서 간단한 대화를 통해 이 늑대에게서 조금 더 물러나는 편이 좋겠다는 제안을 에둘러 하기도 했다. 그러면 웃으며 고개를 끄덕이든, 발끈하며 토라지든(실제로 몇몇은 이런 반응이었다) 모든 사람이 물러섰다. 땅거미가 질 무렵, 두어 번은 개를 데리고 산책하러 나왔다가 갑자기 자제력을 잃은 사람과 갑자기 너무 가까이 다가와서 강한 호기심을 보이며 낑낑대는 늑대 사이에 끼어들어 방

● 주로 삼각대에 올려 두고 쓰는 가벼운 망원경.

문객들을 호수 바깥으로 데리고 나온 적도 있다. 어린아이와 래브라도 레트리버 강아지를 데리고 나왔다가 공황 상태에 빠진 그 여성을 탓할 생각은 없다. 늑대는 그저 살가운 성격이었고, 특히 짝짓기 철인 2월 말부터 3월까지는 개들을 주차장에서 얼음판 위로 몰고 가려고 어느 때보다 적극적으로 노력했다. 그 이상으로 흥분하는 일은 한 번도 없었지만 말이다. 로미오가 **"안 돼."** 하는 내 명령어에 실제로 반응했는지, 아니면 내 어조와 몸짓 언어에 반응했는지는 알 수 없지만(나는 두어 번 스키 스틱을 녀석과 개 사이에 집어넣고 거의 코끝에 닿을 정도로 뻗기도 했다) 녀석은 분명 메시지를 이해했고, 몇 미터 물러섰다. 그러는 동안 나는 매일 운동도 할 겸 밖에 나와서 왁자지껄한 사람들 틈을 지나 내가 사랑하는 늑대에게 살짝 인사를 하곤 했다. **증표?** 나는 특별한 대화 상대 없이 녀석을 향해 중얼거렸다. **"우린 구질구질한 증표 같은 건 필요 없어."**

실제 집행을 관할하는 곳은 삼림청이었다. 이들은 늑대에게 너무 가까이 접근하거나, 개가 너무 가까이 다가가지 않도록 통제하지 않는 사람에게 야생동물 괴롭힘이라는 명목으로 회당 벌금 150달러를 직접 부과할 수 있었다. 많은 잠재적 위반 행위가 도로나 산책로, 주차장에서 보이는 열린 공간에서 이루어진다는 점을 감안했을 때, 이 법이 적극적으로 집행되리라고 생각할 수도 있었다. 하지만 삼림청은 로미오 문제에 관한 한 저자세를 취하기로 선택한 상태였고, 빙하 지역 담당 공무원은 2003년 부임한 뒤로 이 늑대를 언급한 보고서를 단 한 번도 작성한 적이 없었다. 지역의 삼림 관리인인 피트 그리핀이 나중에 내게 설명해준 바에 따르면 이들에겐 별문제가 아닌 것까지 예방적으로 관리할 인력이나 의지가 없었다. 어쨌든 대부분의 활동은 관광 비수기에, 방문자 센터에서는 보이지 않아 신경 쓰기 어려운 호수의 서쪽 돌출부에서 벌어졌다.

한편 해리나 하이드의 관객들을 다루는 건 여간 어려운 문제가 아니었다. 나는 벌어진 상황 전체에 동의하지는 못했지만, 그 늑대 근처에서 구경꾼들과 자기 자신을 다루는 두 남자의 능력은 분명 존경했다. 보통

나는 멀리서 불규칙하게 관찰하거나 호수로 가는 길에 이리저리 힐끗 쳐다보는 정도였다. 하지만 한번은 해리의 관객들이 대거 나와 있을 때 뭔가 보여주기 위해 어니타의 멍청이 개 슈거를 데리고 우리 집 뒤편에 있는 호숫가로 나가 테니스 공 몇 개를 집어던져서 슈거가 미친 듯이 침을 흘리며 달려가 물어오게 유도했다. 로미오는 두말할 나위 없이 티나게 기뻐하며 추종자들을 버리고 800미터 밖에서 껑충껑충 달려와 오랫동안 보지 못했던 옛 친구를 향해 예의 그 환한 늑대 미소를 지어 보였다. 그러자 얼음판 위에 나와 있던 사람들은 빠르게 흩어졌다.

어느 포근하고 화창한 1월 중순의 토요일, 비록 근처가 소란스러워서 스키를 타고 나섰다. 나와 있는 사람들은 평소와 별로 다를 바 없었다. 해리와 브리튼이 선두에 있었고 커다란 카메라 장비를 둘러멘 사람이 몇 명, 그리고 아프간하운드 한 쌍을 데리고 나온 연로한 부부가 있었다. 이 날씬하고 어깨가 높은 사이트하운드는 원래 야생의 빠른 먹잇감을 추적하는 용도로 중앙아시아 초원 지역에서 길렀는데, 때로 그들의 먹이에는 늑대가 포함되기도 했던 게 틀림없다. 보통 로미오와 브리튼은 만나면 서로 물려고 장난을 치고 놀이 삼아 몸싸움을 하곤 했고, 그러는 사이사이에 로미오는 한 번씩 왔다 갔다 하면서 이 개들의 냄새를 맡고 동작에 반응하거나 가까이에 누워서 행동을 관찰했다. 그러다가 나이 든 여성이 아프간하운드 두 마리의 줄을 풀어주면 (이들은 언덕 조금 위에 있었다) 그 녀석들은 파란 하늘에 흰 구름이 떠 있는 화창한 그날 얼음판을 향해 질주했고, 로미오는 여유 있게 몇 발짝 거리를 둔 채 그 뒤를 따랐다. 늑대와 개들은 서로를 향해 달릴 기회가 주어지는 것을, 서로가 함께하는 그 시간을 기꺼이 즐겼다. 아프간하운드라는 종을 만든 사람들은 전혀 생각해보지 못한 상황이리라. 그러다가 휴식 시간이 되면 로미오와 브리튼은 다시 몸싸움을 했고, 같이 몰려다니며 주위를 킁킁댔고, 아프간하운드들과 한 번 더 달리기를 하기도 했다.

이런 특별한 어울림의 형식은 충분히 평범했다. 언제나처럼 처음 온

몇 사람은 빙판 위에서 벌어지는 쇼에 대해 들어본 적 있는 사람이었고, 몇몇은 그저 우연히 현장을 지나가던 사람들이어서 새로운 개 몇 마리와 사람들이 그 속에 섞여 있었다. 하지만 그날은 날씨가 포근하고 화창해서 자동차가 쉼 없이 밀려들었고, 어른들, 아이들, 개들이 일부는 초록색이 확연하게 드러난 눈 쌓인 호숫가를 거침없이 돌아다녔다. 해리가 통제하기에는 그 수가 너무 많았고, 너무 흩어져 있었다. 어쨌든 스무 명 넘는 사람들 대다수와 개 대여섯 마리는 해리가 누구인지도 몰랐다. 나는 거스와 함께 100미터 정도 거리를 두고 다가가서 카메라를 풀고 사람들을 향해 구도를 잡기 시작했다. 그 누구도 쫓아버릴 생각은 아니었고 (워낙 사람이 많아서 카메라 하나쯤 더 늘어난다고 해서 알아차릴 사람은 없었다) 늑대를 중심으로 소용돌이치는 광란의 카니발 같은 분위기를, 내가 목격한 장면 중에서 인간과 야생동물 사이의 가장 초현실적인 만남을 포착하고 싶었을 뿐이다. 로미오는 혀를 늘어뜨린 채 낑낑대며 이리저리 서성거렸고, 다른 사람들처럼 멍한 상태에 빠져들었다. 눈에 띄게 달아오르고 조금 넘치게 흥분했던 로미오는 결국 빙판 위로 총총 걸어가서는 나와 거스에게서 70미터 정도 떨어진 곳에 자리를 잡고 누웠다. 로미오가 몇 분간 가만히 앉아 있자 군중이 들썩이기 시작했고 몇몇이 가까이 다가가려 하자 해리는 로미오를 안심시키고 녀석을 사람들로부터 떨어지게 하려고 브리튼과 함께 성큼성큼 걸어갔다. 그런데 해리 뒤에서 밝은 빨간색 광대 모자를 쓰고 방한복을 입은 세 살짜리 꼬마가 그 순간 자기 부모 옆에 털썩 주저앉더니 상처 입은 동물 같은 고음의 새된 소리를 지르고 몸부림을 치면서 못 말릴 정도로 짜증을 부렸다. 로미오는 고개를 곧추세우고 인간의 형체라고 보기 어려운, 눈밭에서 꿈틀대며 악다구니 치는 작은 핏빛 점을 붙박인 듯 응시했다. **"이런, 젠장."** 난 혼자 낮게 중얼거렸다. 로미오의 먹이 자극 버튼이 눌러졌다는 것을 아는 사람, 우리가 녀석에게 너무 많은 것을 요구하고 있다는 사실을 깨달은 사람은 아무도 없는 것 같았다. 해리는 눈 밟는 소리가 귀에서 울리고, 로미오가 자신에게 집중하고 있다고 생각했기 때문에 그 어린아이의 소리를 듣지도, 모습을 보지도 못한 듯했다. 게다가 해리는 땅딸막한 회갈색 퍼그가 군중에게서 떨어져나와 그와 브리튼을 따라 곧장 늑대에게로 향하는 모습도 보지 못했다. 퍼그는 해리를 지나쳐 가다가 늑대를 보고는 발을 헛디뎌 미끄러졌다. 로미오는 자신을 향해 다가오는 생명체에게 시선을 고정한 채 갈기를 세우고 잔뜩 긴장했다. 그리고 해리가 몇 발자국 앞에 다가왔을 때 로미오는 갑자기 돌진하더니 이 운 나쁜 퍼그를 낚아채 입에 물고 드레지 호숫가로 달려갔다. 그와 거의 동시에 해리 역시 미끄러져 넘어지면서 "안 돼!" 하고 소리를 질렀다. 그러자 로미오는 돌연 이 작은 개를 빙판 위에 떨어뜨리고 가던 길을 계속 갔다.

나는 셔터 버튼에 손가락을 올리고 있다는 사실도 의식하지 못한 채 이 모든 광경을 뷰파인더로 지켜봤다. 동네 의사이자 로미오의 지지자였던 퍼그 주인은 황급히 달려가 혼쭐이 난 자신의 반려견을 데려왔다. 퍼그는 당연히 발작적으로 몸을 떨었고 멍도 약간 들었지만, 제곱인치당 1000파운드 이상*의 압력을 가할 수 있는 턱에 물렸다가 돌아온 것치고는 멀쩡해 보였다. 늑대가 가버리자 사람들도 흩어졌고, 그렇게 호수 위에서 겨울날이 또 한 번 지나갔다.

불과 며칠 뒤, 로미오가 두번째로 퍼그를 낚아채지 않았다면 빌어먹을 사건은 그걸로 끝이었겠지만, 첫번째 사건의 재탕에 가까운 사건이 또 벌어졌다. 이번에는 드레지 호숫가에서, 존 하이드와 그 추종자들로부터 겨우 1미터 떨어진 거리에서였다. 역시 로미오는 단 한 번의 날카로운 외침(이번에는 하이드가 부르는 소리였다)에 분명히 반응했고, 늑대답게 빠르게 움직였다. 나는 로미오가 버드나무 숲으로 사라진 직후에 스키를 타고 도착했는데, 2미터 정도 떨어져서 바라보니 퍼그는 몸을 벌벌 떨고 침 범벅이긴 했지만 이번에도 상처는 없었다. "당신 잘못이에요!" 하이드가 개 주인을 향해 고함을 쳤다. 이 지역의 취미 사진작가였던 개 주인은 그 작은 개를 부추겨 늑대에게 다가가게 했다. 사진을 얼

● 1인치는 2.54센티미터, 1000파운드는 약 450킬로그램.

기 위해서였다. 이 남자는 뭐가 문제인지를 전혀 파악 못 하는 눈치였다. "신경 쓸 것 없어요. 어차피 그 녀석은 아내의 개니까요." 난 그곳에 서서 어쩔 줄 몰라 하는 몇몇 사진작가들에게 그가 농담으로 던진 말을 들었다. 아니나 다를까 그는 사진—자신의 개를 물고 가는 로미오의 모습—을 건졌고, 이 사진은 알래스카주에서 가장 독자가 많은 신문인 〈앵커리지 데일리 뉴스〉 1면에, '주노의 약탈자'라는 오해의 소지가 다분한 설명과 함께 실렸다. 사건의 결말이 설명된 작은 활자는 볼 필요도 없었다. 대다수 사람들은 절대로 신문을 그렇게 자세히 들여다보지 않으니까.

이 사진 때문에, 그리고 두 사건에 대한 입소문 때문에 이 늑대가 미친 듯이 개를 먹어치우고 있다는 유언비어가 퍼져나갔다. 〈주노 엠파이어〉에 날아든 공격적인 편지들은 더 강하게 선정적인 표현을 쓰면서 마을의 분위기를 고조시켰다. **뭐라도 좀 해라, 녀석이 누구를 채가는 건 이제 시간문제다…… 늑대를 총으로 쏴버려라…… 늑대를 다른 곳으로 보내라…… 제발 녀석을 좀 혼자 내버려둬라……** 이 야단법석 속에서 작은 개 두 마리 모두 피 한 방울 흘리지 않고 돌아왔고, 늑대가 인간의 지시에 한 번도 아니고 두 번이나 분명하게 반응을 보였으며, 두 번 다 사건의 근본적 원인은 늑대가 아니라 인간의 문제적 행동이었다는 간단한 세부 사항들은 완전히 묻히고 말았다. 게다가 두 사건 모두 이 나라의 50개 주 중에서 야생에 가장 가까운 주의 가장 큰 국유림 경계 안에서 벌어졌다. 늑대가 살기에 이보다 더 좋은 곳이 지구상 어디에 있단 말인가.

이 문제에서 인간의 행동과 동기는 당혹스러웠지만 늑대의 행동도 그에 못지않았다. 똑같이 반복해서 일어난 이 기이한 두 사건을 포식 시도가 좌절된 것이라고 해석할 수도 있었지만, 만일 그렇다고 한다면 그걸 촉발시킨 것은 무엇이었을까? 2년 전 비글 탱크가 사라지고 난 뒤, 로미오는 수백 마리 개들과 수천 차례에 걸쳐 친밀하고 사교적인 접촉을 즐겨왔다(10킬로그램 이하의 소형견들과 어울리는 일은 극히 드물긴 했지만 말이다). 어쩌면 퍼그와 탱크 모두 사실은 신원을 오해해서 생긴 사건이었고, 만일 로미오가 녀석들을 개라고 인식하지 못했다면 로미오를 탓하기는 힘들었다. 어쩌면 퍼그의 움직임이나 외모, 색깔에서 독특한 무언가가 로미오의 반응을 촉발시켰을 수도 있다. 아니면 완전히 똑같은 두 사건에서 이 특정 종이 두 번이나 연루된 것은 괴상한 우연이었을 수도 있다. 개들이 모두 무사히 풀려났고, 늑대가 전부터 꾸준히 우호적인 태도였다는 점을 감안했을 때, 녀석이 그냥 장난을 쳤거나 아니면 2년 전 어린 아키타의 선례처럼 강아지를 얼러 낮잠을 재우려 했던 건 아닌지 고민하지 않을 수 없다. 처음으로 퍼그를 낚아채던 모습, 로미오의 강력한 몸짓언어, 그리고 로미오가 덤비던 속도와 강도(내가 찍은 사진에 포착된)로 판단했을 때 포식 의도가 있었다는 해석을 완전히 묵살하기는 힘들다. 어쩌면 눈밭에서 비명을 지르던 꼬마를 자극제로 시동이 걸린 이 포식 의도가 개에게 전이되었을 수도 있다. 그 퍼그를 죽이거나 다치게 하지 않았던 것은 그럴 필요가 없었기 때문이다. 최소한 그 순간에는. 개는 녀석의 턱에 속수무책으로 물려 있었다. 늑대는 먹이를 먹기 전에 죽이기보다는 제압하는 것만으로도 충분히 만족할 때가 많다고 알려져 있다. 이 늑대가 그 순간에 최후의 일격을 굳이 가하지 않았던 것은 그럴 필요가 없었기 때문일 수 있다. 하지만 녀석이 강아지 아키타의 경우에 그랬던 것처럼 인간의 개입이 없었어도 개들을 놓아주었으리라고 누가 장담할 수 있을까? 사실 어쩌면 비명은 이 늑대의 행동과 아무런 관련이 없었을지도 몰랐다. 녀석은 그저 잡았다 놓아주기 게임을 했을 수도 있었다. 이 이상한 두 퍼그 사건에서 우리가 할 수 있는 건 어깨를 한 번 으쓱하고 난 뒤 동전을 던져 앞뒤를 확인하는 것밖에 없다. 늑대에게 우호적 동기가 있었다는 정황 증거와 포식 동기가 있었다는 정황 증거가 거의 비등해서 확실한 평결을 내리기가 불가능하다는 뜻이다.

논란이 커지자 어업수렵부는 대응 방안을 내놓아야 한다는 압박에 직면했지만, 이번에도 여전히 자제로 일관했다. 어업수렵부는 마음만 먹으면 늑대 이주를 정당화할 논리를 완전히 갖출 수 있었다. 하지만 분란의 소지가 있는 것도 분명했다. 어쩌면 늑대와 인간 모두의 이익을 위해 개입해야 할 때였을 수도 있었다. 하지만 어업수렵부는 대중의 반응을 또렷이 의식했다. 게다가 정말로 아무 일도 하지 않았다. 어업수렵부의 생물학자들은 우리들만큼이나 당황하고 혼란스러운 듯했다. 지역 생물학자 라이언 스콧은 늑대를 유혹할 개를 한 마리 데리고 나와서 호수 쪽으로 괴롭히기 작전을 두어 번 수행했고 후속 작업으로 관측을 이어갔다. 그는 늑대를 깜짝 놀라게 하기 위해 설계된 복합소음불꽃엽총(공중 폭발 폭죽이 연달아 터지는 소리와 비슷하다)을 골랐고, "즉각······ 늑대가 그 지역을 뜨는 결과가 나타났고, 내가 느끼기에 2~3주간 이 동물이 사람이나 개들과 어울리는 빈도가 줄어들었다"라고 밝혔다. 우리의 친구 어니타는 〈주노 엠파이어〉에 보내는 성난 편지에서 이와는 약간 다른 괴롭히기 방법을 제안했다. "부정적인 길들이기는 멘덴홀 빙하의 늑대 문제를 푸는 해답임이 틀림없다. 고무탄이나 빈백탄 몇 발을 제대로 조준하기만 하면, 자신들의 개를 일부러 부추겨 늑대에게 다가가보게 하는 얼간이들, 이기적 욕심을 채우기 위해 녀석의 주위에 바글바글 모여서 쉬지 않고 따라다니는 사진작가들에게 정확한 메시지를 전달할 수 있을 것이다. 행동을 약간 수정해야 할 대상은 로미오가 아니라 그들이어야 한다. 애당초 문제를 유발하는 건 바로 이 사람들이니까."

　　라이언의 괴롭힘용 사격과 어니타의 날선 비난이 이상한 주문을 풀기라도 한 것 같았다. 물론 이런 변화는 양식 있는 사람들이, 그리고 생각할 기회가 없어서 안하무인으로 굴던 사람들이 더 넓은 차원에서 집단적으로 부끄러움을 느끼면서 나타난 현상이었다. 실제로 늑대는 잠시 종적을 감춘 듯했고, 해리와 하이드 쇼와 군중은 시작했을 때만큼 갑작스럽게 중단되었다. 그리고 해리와 하이드는 거의 매일같이 밖에서 지내긴 했지만 각별히 조심성 있게 행동했다. 해리는 브리튼에게 목줄을 채워 걸어다니고(사람들이 보이지 않으면 바로 벗겨냈다) 다른 사람들에게도 똑같이 하도록 적극적으로 장려함으로써 모범을 보이기 시작했다. 삼림청 역시 갑자기 존재감을 드러내며 여기저기에 경고장을 날렸고, 개 주인들에게 큰 액수의 벌금 통지서를 한두 장씩 보내서 개 주인들이 왜 지금 자신들에게 이러는 것인지 충격과 분노에 휩싸이게 만들었다. 반면 어떤 사람들은 이제 때가 되었다고 수긍하기도 했다. 이 모든 것이 호수 위의 잠잠한 봄을 예고하는 좋은 징조였지만, 갈등의 소용돌이는 다른 곳으로 이동했을 뿐이었다.

과거 2004년, 검은 늑대 한 마리가 아말가 항구로부터 이글 해변으로 이어지는 해안 지역의 빙하에서 약간 떨어진 곳에서 목격되었다. 그곳은 몇십 가구가 사는 시골 동네였다. 대부분은 더로드에서 800미터 이내에 있었지만, 거대하고 사람 손을 타지 않았으며 생명이 풍부한, 두 개의 인접한 하곡(허버트와 이글)이 내륙으로 이어졌고, 서쪽으로는 마찬가지로 시원한 해안 풍경이 병풍처럼 둘러져 있었다. 두 강에는 매년 여름부터 늦가을까지 연어가 넘쳐났다. 그리고 비버, 밍크, 수달, 물새 들이 후미진 연못을 활보하고 다녔다. 물론 두 종의 곰과 늑대도 있었는데, 그 중에 최소한 한 녀석은 검은 늑대였다. 그 늑대는 로미오일 수도 아닐 수도 있었다. 이 지역의 검은 수컷 늑대는 동네 개들에게 강한 사회적 끌림을 느끼는 듯했다. 정말 놀라운 우연이 아닐 수 없었다. 녀석은 몇몇 개가 살고 있는 집을 규칙적으로 돌았고, 가끔은 개를 밖으로 불러내려고 하울링을 하기도 했다. 아말가 지역의 일부 주민들은 그게 로미오였음이 틀림없다고 주장했고, 상식적으로 생각해봐도 같은 결론일 수밖에 없었다. 한편 그때 그 놀기 좋아하던 늑대가 빙하에 있는 녀석과는 다른 동물이라고 장담하는 사람들도 있었다. 이번 늑대는 확연히 더 작다면서 어떤 주민들은 '주니어'라고 부르기도 했다. 이들은 두 늑대가 나타난 거리를 지적하며 한 늑대가 동시에 두 장소에 나타날 수 없다는, 부정할 수 없는 사실을 근거로 들었다. 실제로 호수 위와 아말가 근처에서 같은 날 늑대가 목격되는 경우가 있었고, 가끔은 거의 동시라고 할 만큼 가까운 시간차를 두고 목격되기도 했다. 아말가에서 멘덴홀 빙하를 연결하는 자동차도로는 총 40킬로미터가 넘었지만, 이보다 훨씬 더 가까운, 늑대 친화적인 길이 있었다. 로미오의 핵심 영역에서 가까운 몬태나크리크 위쪽에서 이어지는 인위적인 산책로는 낮은 분수계分水界를 따라 윈드폴 호수 근처의 허버트강 계곡으로 뻗어나가다가 결국 해안 지대와 800미터 거리 안까지 닿게 되어 있었다. 이 길은 대략 20킬로미터 되었고, 상태만 좋으면 늑대의 종종걸음으로 족히 두 시간이면 충분한 거리였다. 그리고 가는 길 내내 작은 동물들, 이따금 사슴, 산양, 썩은 고기와 (얼어 있거나, 반쯤 썩어 있거나, 제철인) 연어처럼 이 늑대가 좋아하는 것들로 배를 채울 수 있었다. 로미오가 다른 늑대들처럼 북쪽에서 이 유혹적인 길과 근처의 사냥터를 이용하지 않았다면 그게 더 이상한 노릇이었다. 존 하이드는 몇 년 뒤 말했다. "녀석이 규칙적으로 그 길을 다녔다는 건 확실해요. 특히 눈이 단단해지는 봄 같은 때는 다져진 길을 다니곤 했어요." 존은 동네 주민이 찍은 스냅사진을 통해 아말가 근처에 있는 로미오를 확인했다고 덧붙이기도 했다. 하지만 그 역시 같은 기간에 이 지역에서 다른 검은 외톨이 늑대를 최소한 두 마리 더 만나기도 했다. 방뇨 방식으로 보았을 때 다리를 들고 싸는, 조금 작은 한 마리는 수컷이었고, 쪼그리고 앉아서 싸는 다른 한 마리는 암컷이었다. 네이네이 울프(이 상황에서 우연히도 완벽한 이름을 가진 떠돌이 수의사) 역시 자그마하고 수줍음이 많으며 검은색과 회색이 섞인 암컷 늑대가 허버트강 어귀 근처에서 겨울 산책을 하는 모습을 보더니 로미오가 아닌 게 확실하다고 주장했다.

작가이자 야외활동에 노련한 아말가 주민으로, 2003년 말 호수에서 로미오를 처음으로 목격한 사람 중 한 명인 린 스쿨러는 내게 자신과 이웃들이 2006년부터 2007년까지 아말가 근처에서 목격한 인심 좋은 검은 수컷 늑대는 로미오와 다르며, 그보다 더 작은 동물이라고 "100퍼센트 확신한다"라고 말했다. "그해 겨울에 아말가 근처에서 활동하는 늑대가 몇 마리 있었다고 생각해요." 그가 말했다. "주노 역사상 눈이 최악으로 많이 온 겨울이었죠. 그래서 모든 게 해안으로 밀려들었어요. 내가 보기엔 늑대들이 사슴을 따라 해안 지역으로 따라온 것 같아요."

어떤 동물의 신원을 정확하게 확인하는 것은 까다로운 일일 수 있다. 나는 몇 년간 검은 늑대 한 마리를 멘덴홀 호수 저 멀리서 발견했다가 로미오가 아닌 줄 알았는데(확연히 더 작거나, 색깔이 미묘하게 다르거나, 움직임이 달라 보였다), 가까이서 보니 빛이나 원근법의 변화로 왜곡되어 보였음을 깨달은 적이 여러 번 있다. 그러니까 하이드와 네이네이 울프, 스쿨러가 세세한 관찰과 경험, 다른 사람들의 보강 증거를 근거로 펼친 주장은 아말가 지역에 한 마리 이상의 늑대가 자주 출몰하고 있고, 그중 한 마리는 로미오임이 거의 확실하다는 생각을 뒷받침했다. 나 역시 전반적으로 검은 늑대가 최소 두 마리는 된다는 확증이 있었다. 어느 늦겨울 오후, 나는 호수의 북서쪽 모퉁이에서 어슬렁대는 늑대의 모습을 관찰했다. 그런데 바로 같은 시각인 오후 4시가 조금 넘은 때에 사진작가 마크 켈리가 아말가 쪽으로 몇 킬로미터 떨어진 고산 지역인 스폴딩메도스에서 친구들을 만났는데, 막 검은 늑대 한 마리를 보았다고 했다. 로미오가 동시에 두 장소에 있을 수 없는 것은 분명한데 말이다.

늑대를 혐오하는 일부 지역 주민들의 과도한 열정만 없었다면 아말가 늑대(혹은 늑대들)의 정체는 알래스칸 양조 회사의 겨울 에일을 마시며 활기차게 떠들어대는 대화 주제에 그쳤을 것이다. 문제의 주민들, 말하자면 아말가 지역 사회에서 수는 얼마 안 되지만 목소리가 큰 사람들은 어떤 늑대든 자신들 주위에서 어슬렁거리는 것은 생각하기도 싫어했다. 이들은 아말가는 지정된 야생 보호 구역이나 휴양 지역이 아니라 사람들이 살아가는 곳이라고 주장했다. 철이 되면 곰들이 집 근처에서 어슬렁대고 가끔 귀찮은 짓을 벌이는 건 신경 쓰지 않았다. 그건 다른 문제였기 때문이다. 늑대는 몰래 숨어 있다가 개들과 어울려 놀고, 잠금장치가 풀린 쓰레기통을 뒤지고, 하울링을 하고, 개들에게 다가오려 하고…… 그리고…… 그리고…… 지금까진 이 정도였지만 앞으로 빠르게 더 악화될 수도 있다고 이들은 씩씩거렸다. 생물학자들이 이들의 이야기를 듣고 고개를 주억거렸다. 문제가 될 만한 야생동물 관리 역시 이들의 일이었기 때문이다. 하지만 실제로 문제가 발생하기 전에는 조치를 취할 근거가 없었다. 그러던 차에 정말로 일이 터졌다.

어업수렵부 직원인 데니즈 체이스와 그녀의 파트너인 밥 프램프턴에게는 대단히 보기 드문 개 두 마리, 코크와 바버가 있었다. 이 개들은 룬데훈트였는데, 이 견종은 워낙 희귀해서 2008년에야 미국애견협회의 인정을 받을 정도였고, 미국을 통틀어 등록된 개가 400마리도 안 되었다. 밥과 데니즈는 이 작고 독립적인 개들—돌아다니기를 좋아하고, 여우와 비슷하게 생기고, 앙증맞고, 발가락이 여섯 개이며, 놀라울 정도로 암벽을 잘 탄다(원래 노르웨이 해안 절벽에 둥지를 트는 바다오리를 잡으려고 개발된 품종이다)—이 아말가 항구의 남쪽 돌출부에서 가장 가까운 도로에서 400미터 떨어진 해안가 주위 숲을 마음껏 돌아다니게 내버려두었다. 이 이복 자매는 항상 붙어 다녔는데, 특히 코크는 바버를 보호하려는 본능이 강했다.

그런데 어느 3월의 눈 오는 날, 바버가 혼자서 절뚝이며 집에 돌아오자 데니즈 체이스는 깜짝 놀랐다. 그리고 마치 위에서 뭔가가 물기라도 한 것처럼 바버의 어깨에 깊게 난 상처를 보고 더 놀랐다. 내린 지 얼마 안 된 깊은 눈 위에 나 있는 개의 자취를 추적하던 데니즈는 공격의 증거를 발견했다. "눈을 보면 무슨 일이 벌어졌는지 짐작하기가 쉽잖아요." 코크와 바버의 흔적이 늑대 한 마리의 흔적과 교차했는데, 그러자 이 늑대가 언덕을 올라 개 두 마리 앞으로 튀어나왔다. 이 지점에서 싸움의 흔적이 있었고 개털이 한두 움큼 빠져 있었다. 여기서부터는 개의 흔적이 하나만 이어졌고 늑대의 자취는 숲속으로 사라졌다. "개 한 마리가 그냥 사라져버렸어요." 체이스가 웅얼거렸다. 5년이 지났지만 아직도 그때의 감정이 그녀의 목구멍에 진하게 걸려 있었다.

당시 어업수렵부의 지역 생물학자 라이언 스콧이 이 현장을 조사했는데, 그사이에 눈이 더 내려서 모든 흔적을 덮어버리고 사태 파악을 훨씬 어렵게 만들고 말았다. 스콧은 확실한 살상 흔적을 찾을 수 없었을 뿐 아니라, 심지어 이 사건에 늑대가 확실히 연루되었다는 흔적마저 찾을 수 없었다. 그러는 동안 바버는 수의사가 "어떤 대단히 거대한 갯과 동물"이 물어서 생긴 거라고 진단한 깊은 상처를 봉합하기 위해 열여덟 바늘을 꿰매야 했다. 체이스는 늑대가 처음에는 바버를 공격했는데, 코크가 이를 저지하려다가 힘에 밀려서 물려 갔다고 믿었다. 스콧은 개인적인 관찰을 이어가고 공식적인 결론에 신중함을 기함으로써 과학자로서 본분을 다하고 있었다. 하지만 이 사건에 대해 알고 있는 대다수 아말가 주민들은 늑대가 개를 죽였다고 확신했다. 남은 문제는 어떤 늑대냐 하는 것뿐이었다. 사건이 있던 날 아침, 검은 늑대 한 마리가 십수 킬로미터 떨어진 한 집에서 검은 래브라도 레트리버 두 마리와 놀고 있는 모습을 목격한 사람이 있었다. 그 개는 로미오였을까, 주니어였을까, 아니면 둘 다 아니었을까? "(로미오가) 코크를 죽였다는 확신은 없어요." 체이스가 말했다. "집 근처에서 로미오만이 아니라 어떤 늑대도 본 적 없었어요. 가끔 흔적 정도만 있었고, 1년에 한 번 정도 세 차례 늑대 배설물을 본 적이 있을 뿐이에요…… 절대 로미오를 탓한 적은 없어요. 개들이 자유롭게 뛰어다니게 한 건 저였으니까. 녀석들이 야생동물과 마주칠 수도 있다는 점도 알았어요. 그저 이런 일이 일어나리라는 생각을 하고 싶지 않았을 뿐이죠."

　체이스와 프램프턴은 관용을 보였다. 그들과 (스쿨러와 어업수렵부를 비롯한) 이웃 대부분은 이 사건을 워낙 조용하게 처리해서 〈주노 엠파이어〉에도 실리지 않았고 호사가들의 귀에도 별로 들어가지 않을 정도였다. 이 커플은 **그** 늑대를 없애버려야 한다는 소수 주민들의 압력에 곧장 맞닥뜨렸다. 아웃더로드Out The Road● 에서 오래 살고 있는 한 주민은 누군가 해야 한다면 자기 손으로 해치우겠다고 호언장담하기도 했다. 체이스와 프램프턴은 그저 조용히 반대 의사를 표명했고, 어업수렵부는 각별

● 주노에서 가장 큰 면적을 차지하지만 인구가 가장 적은 지역을 일컫는 표현으로, 공식 행정 구역은 아니다.

히 조심스럽게 한 번 더 조치를 취했다. 라이언 스콧은 체이스와 프램프턴의 오두막 근처에 동작 감지 추적 카메라를 설치했고, 이 커플에게 뭐든 새로운 흔적이 생기면 알려달라고 요청했다. 하지만 그 이후 몇 주 동안 이들의 집 근처에는 늑대 한 마리 얼씬하지 않았고, 눈이 깊이 쌓일수록 이 지역에서 늑대를 본 사람은 줄어들었다. 무엇이 코크를 죽였든, 놈은 사라져버린 뒤였다. 아말가의 늑대 문제는 잠시 잦아들었다. 여전히 일부 지역 주민들 사이에서는 늑대에 대한 반감이 부글부글 끓고 있었지만 말이다. 이들은 문제가 전혀 해결되지 않았다고 투덜거렸다.

다시 호수로 돌아와, 두 마리 퍼그 사건 이후 늑대의 삶은, 기록적인 속도로 꾸준히 내려서 머리 높이까지 쌓인 눈에 파묻힌 것처럼 조용해졌다. 예상대로 로미오는 주요 산책로에서 에너지를 보존하며 핵심 영역에 붙어 있었다. 녀석은 내 기억에 따르면 첫 겨울 이후로 그만큼 살이 빠진 적이 없는 듯했다. 토끼들이 남긴 흔적은 토끼만큼이나 드물었고, 비버는 깊이 굴을 파고 들어갔다. 하지만 봄기운이 감돌기 시작했다. 날이 점차 길어지면서 3월에서 4월로 넘어갔고, 화창한 오후면 물이 똑똑 떨어지다가 나중엔 줄줄 흘렀고 웅덩이를 만들었다. 그러던 어느 날, 나는 스키 장비를 챙겨 나서다가 눈이 휘둥그레진 채 얼음판에서 돌아오고 있는 데비라는 이웃과 그녀의 친구를 만났다. "내가 지금 막 뭘 봤는지 못 믿으실 거예요." 그녀는 이렇게 소리치면서 내게 작은 디지털 카메라를 내밀었다. 디스플레이 화면에는 털이 길고 작은 갈색 개를 입에 물고 뛰어가는 로미오의 모습이 담겨 있었다. "여기가 어디예요?" 내가 묻자 그녀는 강 입구 쪽을 가리켰다.

나는 스키를 타고 최대한 빨리 움직였지만 녀석은 사라진 뒤였다. 단단하게 얼어붙은 눈 위에는 길이 너무 많이 나 있어서 분간하거나 따라가기가 불가능했고, 지나가는 사람도 없었다. 나는 나중에 데비에게서 자세히 이야기를 들었다. 한 여성이 강어귀 근처에서 드레지 호수로 이어지는 산책로를 따라 개들을 데리고 걷고 있었다. 그녀는 자신 뒤로

20~30미터 떨어진 포메라니안을 기다리느라 잠시 멈춰 섰다. 그 순간 늑대가 수풀에서 갑자기 튀어나와 개의 허리 위쪽을 물더니 사라졌다는 것이다. 내가 컴퓨터 화면으로 이미지를 확대해보니 그 개는 완전히 축 처져서 생기가 느껴지지 않았다. 퍼그 때와는 달리 근처에서 아무도 **안 돼** 하고 외치는 사람이 없었고, 강아지 아키타와 달리 이 작은 개는 다시 돌아오지 못했다. 그리고 비글 탱크 때와는 달리 목격자와 증거 사진도 있었다. 그 포메라니안은 다시는 볼 수 없었다. 해리 말로는, 그와 여러 사람들이 드레지 호수에서 혼자 있는 작은 개의 발자국을 발견했고, 이 개가 빙하 근처에서 떠돌아다니다가 새 가정에 입양되었다는 소문도 있었다고 한다. 그게 정말이었으면 좋겠다. 이 마지막 이야기를 아는 모든 사람, 이 늑대에 대해 조금이라도 걱정하는 모든 사람은 긴장했다.

하지만 청천벽력 같은 일은 일어나지 않았다. 최신 뉴스 매체 덕분에, 혹은 알 수 없는 이유로, 이 이야기는 사진 없이 〈주노 엠파이어〉 2면에 몇 줄짜리 기사로 처리되는 데 그쳤다. 정신이 나가버린 개 주인이나 분노한 시민의 인용문도, 깊이 우려하는 생물학자들이 내놓은 행동 계획도, 성난 군중의 편지도 없었다. 마치 주노의 모든 사람이 하나같이 어깨를 으쓱하고 나서 **뭐, 알래스카잖아. 늑대가 돌아다닌다는 건 우리도 알고 있다고. 뭘 기대한 거야?** 하고 말하는 것 같았다. 로미오의 경우, 가능한 동기를 생각해보는 건 별로 어렵지 않았다. 겨울은 길고 고되었고, 녀석의 일상적인 사냥 장소에 누가 봐도 절뚝이는 이 작은 생명체가 자기 발로 —말 그대로 마땅한 사냥감이었다— 나타난 것이다. 그리고 어쩌면 그걸로 충분했을 것이다. 하지만 그게 아닐 수도 있었다. 그 이후 몇 주간 셀 수 없이 벌어진 늑대와 개의 상호작용은 모두 전과 다름없었다. 그 봄 어느 이른 아침, 창밖을 내다보니 두 집 건너에 사는, 토끼를 닮은 보더콜리 제시가 있었다. 뼈가 가는 이 개는 큰 퍼그보다 겨우 몇 킬로그램 더 나갈 정도로 왜소했지만 로미오와 호수에서 신나게 뛰어놀고 있었다. 눈이 녹았고, 봄이 왔다. 그리고 그 검은 늑대는 삶을 이어갔다.

봄이 오고 물이 불어나면서 호수의 얼음이 차츰 풀렸다. 햇살을 받은 얼음이 녹고 군데군데 물웅덩이가 생기고 있었다. 홈이 파인 빙하가 호수를 만나는 곳에서 물살이 만들어내는 검은 구멍이 점점 커졌다. 지난 가을에 생긴 빙산은 한자리에 걸려 있다가 이제 삐걱대며 움직이기 시작했다. 나는 로미오가 반대편 호숫가를 바라보며 드레지 호수의 제일 서쪽 모서리에 앉아 있는 모습을 멀리서 바라보았다. 녀석은 자세를 가다듬더니 얼음이 녹은 호수 가장자리의 물길을 건너뛰어 단단한 얼음판 위에 올라섰다. 그러고는 발톱과 코와 눈으로 살피면서, 때로는 몸무게를 분산시키기 위해 거의 기다시피 하면서 조심조심 앞으로 나아갔다. 한번은 확실하게 판단하기 어렵다고 생각한 지점이었는지 우회하기도 했다. 빅록 바로 북쪽에 있는 턴아일랜드로 방향을 잡은 늑대는 빙판에 대해 학습한 모든 것을 동원해, 그리고 몸 어딘가에 새겨진 선조들의 지식을 동원해, 아직 통행이 가능한 길을 경유해 호수를 가로지르는 길을 읽어나갔다. 알래스카 남동 지역의 모든 늑대는 생존하려면 물을 잘 헤쳐나가야 했다. 얼어 있는 물이든, 녹아 있는 물이든 아니면 두 가지 모두가 섞인 상태든 말이다. 산지에서 흘러내린 물은 협곡과 폭포, 빙하를 매우 날카롭게 파고들어 곰을 익사시킬 정도의 하천을 이루었고, 물살이 파놓은 피요르드에서는 수영을 해야만 했다. 이런 장애물을 넘지 못하는 늑대는 아주 좁은 땅덩이에 갇힌 채 굶어 죽을 게 거의 확실하다. 하지만 아무리 용감한 늑대라 해도 발 한 번 헛디디거나 판단을 잘못했다간 화를 면치 못하기는 매일반이다.

결국 로미오는 넓게 트인 얼음 위를 확신에 찬 걸음으로 걸어가다가 피로감을 느낄 수 없는 가볍고 부드러운 걸음걸이로 호수를 건넜다. 그러고 난 뒤 물을 첨벙이며 마지막으로 두어 번 뛰어오르고 나서 웨스트 글레이셔 트레일로 이어지는 숲으로 사라졌다. 며칠만 지나면 겨울도 스러지리라. 차디찬 호수의 녹회색 표면은 바람의 속삭임에 한 번 더 기지개를 켤 것이다. 늑대에게는 건너다닐 곳이 차츰 줄어들겠지.

2008년 봄, 한때는 그렇게 중요했지만 지금은 별 의미 없어진 그해. 시계와 달력은 그렇지 않다고 항변하지만, 신비주의자들과 물리학자들의 주장처럼 시간은 원형으로 돌기도 하고 확장하거나 수축하기도 한다. 그래서 마치 로미오의 생에서 다음 구간은 처음 구간과 통합되는 것 같았다. 보기에 따라서는 극적인 사건이 줄어들고, 항상 사그라들지 않던 녀석에 대한 불쾌한 감정들이 전체적으로 잦아드는 좋은 신호로 볼 수도 있었다. 주노 주민 대다수는 마치 집단으로서도 개인으로서도 우리가 이 늑대와 더불어 잘 살아가는 방법을 마침내 깨우치고 녀석을 정식 이웃으로 받아들이기라도 했다는 듯 실제로 한발 물러섰다. 늑대의 지지자들과 반대자들이 한 번씩 정형화된 주장을 펼치긴 했지만 매번 다시 사그라들었다. 어느 정도 걸러서 거리를 두고 보면 이 모든 것이 나쁘지 않았다. 하지만 사실 로미오의 안전은 그 어느 때보다 위태로웠다. 녀석은 우리 속에 있을 때건, 우리에게 보이지 않을 때건 불안한 얼음 위를 끊임없이 건너다녔기 때문이다. 우리는 녀석이 어느 날 갑자기 땅속으로 사라져버리는 건 아닌지, 녀석이 어디서 어떻게 마지막 숨을 거뒀는지 알아낼 방법이 있을지 혼자 자문하거나, 가끔은 서로에게 물어보기도 했다. 그리고 만일 우리가 녀석의 마지막을 아는 것과 모르는 것 중에서 선택할 수 있다면 어느 쪽을 택할 것인지도.

2007년에서 2008년으로 이어지는 겨울이 되자 로미오는 힘줄과 시냅스를 얼기설기 엮어놓은 모습이 아니었다. 한때 깊은 검은색이던 보호털에는 이제 밝고 붉은 기가 도는 회색 줄이 생겼고, 주둥이는 흰 소금을 뿌린 것 같아졌다. 녀석은 전보다 더 느리고 길게 몸을 늘이며 낮잠에서 깨어났고, 어떤 때는 잠에서 깨어난 뒤 첫 몇 걸음은 아직 몸이 안 풀린 듯 뻣뻣했지만, 입을 한껏 벌려 성격 좋게 하품을 할 때 드러나는 녀석의 치아—녀석의 전반적인 상태를 알려주는 중요한 척도 중 하나이자 생존에 절대적으로 중요한—는 세 살 때만큼이나 손상 없이 말끔했다. 놀거나 이동할 때 녀석의 움직임은 전보다 삐그덕거리긴 했지만, 여전히 갯과 특유의 우아함을 발산하며 유연하게 흘러갔다. 이는 다행히 녀석이 늑대의 목숨을 크게 단축시키는 심한 부상을 피했다는 뜻이었다. 최소한 여섯 살(어쩌면 일곱 살)이 다 되어가는 녀석은 전성기를 구가하고 있었다. 신장은 알래스카의 평균적인 수컷 늑대보다 머리 반 통 정도 더 컸고 무게가 적어도 5킬로그램 정도 더 나갔으며, 몸매는 마치 늑대의 교본에서 튀어나온 듯 완벽에 가까웠다. 녀석이 아주 작은 편에 속하는 알렉산더 제도 늑대라면, 대단히 탁월한 귀감에 가까웠다.

　녀석의 월등한 몸 상태보다 훨씬 놀라운 건 내적 성숙이었다. 늘씬한 자태에서 느껴지던 젊음의 충만함은 세월에 단련되면서 예리한 지각 능력을 갖춘 지능을 만들어냈다. 그것은 지혜가 가득했고 타고난 본능으로 채워져 있었다. 녀석은 일생을 단 한 장소에서 보낸 모든 늑대가 그렇듯 자신이 선택한 영역과, 그곳을 건너다니는 사람들을 넉넉히 이해하며, 호박색 눈으로 침착하게 응시했다. 녀석의 기억 속에는 산책로와 이동 통로, 냄새 표시 구역, 만남의 장소, 이런 것들을 따라가다보면 나타나는 먹이 지대들, 그리고 각각의 특징과 위험으로 구성된 인지 지도가 새겨져 있었고, 개개의 개들과 낱낱의 인간들, 이들의 드나듦과 관련된 목록이 있었다. 이 모든 것이 우리는 이해할 수 없는 감각의 배열을 통해 걸러졌다. 부단한 적응과 복잡한 반응을 요구하는 다원식 시련을 거의 실수 없이 견뎌낸 로미오는 거대한 야생의 포식자가 이제까지 혹은 앞으로도 거의 이루기 힘든 과업을 달성했다. 녀석은 거의 일생을 대규모 수렵 금지 구역이라는 혜택도 없는 상태에서 수천 명의 인간 근처에서, 심지어 인간들 속에서 살았다. 그저 그림자 같은 존재로서 혹은 야영지를 쫓아다니는 존재로서가 아니라, 자신의 영역이 인간의 그것과 중첩되는 조건에서 독립적이고 사회적으로 상호작용하는 생명체로서 말이다. 녀석은 우리 사이에 있는 동안 스스로 문지기 역할을 했다. 녀석은 끊임없이 변화하는 이 세계와 저 세계 사이의 경계를 드나들었고, 인간의 측량과 표지물을 무의미하게 만들었다. 그리고 물론 멘덴홀 빙하 휴양지 지역의 핵심부는 규정상 야생동물을 보호했지만, 실제 집행은 (규정이 강화된 이후에도) 사람이 제일 많은 낮 시간에 개가 야생동물과 어울리지 못하게 막는 수준에 그쳤다. 로미오의 안전은 자신의 영역 핵심부에 있는 극히 좁은 그 장소에서마저 절대로 확실하지 않았고, 그 외 다른 곳에서는 매우 위태로웠다.

몬태나크리크 배수로로 이어지는 로미오의 이동 경로 중 하나는 감시가 잘 이루어지지 않는 오지이지만, 사냥꾼들이 꾸준히 드나드는 사냥터의 표적 지역을 가로질러, 활 사냥터를 지나, 20여 명이 모닥불을 피워놓고 소리를 지르며 파티를 벌이고, 사람들이 매트리스와 타이어를 무단 투기하고, 주노 경찰이 거의 오는 일이 없는 도로 끝 회차 지점으로 이어진다는 점을 생각해보라. 그곳을 지나, 그리고 몬태나크리크로 양쪽에서 길게 이어진 늪 같은 소택지와 나무가 우거진 언덕에서 무장한 지역 주민들이, 많지는 않지만 꾸준히 돌아다녔다. 이들 중에는 늑대라면 어떤 늑대든(특히 이 늑대는 더더욱) 총구에 포착되거나 덫에 걸려들기만을 학수고대하는 이들이 많았다. 어떻게 로미오는 호수에서 사람들을 믿고 다가가다가 불과 몇 분 뒤 3킬로미터도 안 되는 곳에서 잠재적 살해범을 그렇게 잘 피할 수 있었을까? 녀석은 그 차이를 잘 이해했고, 어릴 때부터 혜안에 가까운 힘에 따라 행동했다. 녀석이 꾸준히 우리 곁에 그저 존재한다는 사실만으로도 증거는 충분했다. 그리고 몬태나크리크의 통로는 어쩌면 가장 위험한 곳일 수도 있었지만, 여러 걱정스러운 장소 중 하나일 뿐이었다.

이와 관련된 사례: 아말가 근처에서 벌어진 사건은 해결의 실마리를 전혀 보이지 않았다. 로미오가 코크라는 그 룬데훈트의 사망과 관련이 있다는 근거는 아무리 좋게 봐도 모호했고, 그 지역에서 늑대를 보았다는 신고는 계속 줄어들었다. 하지만 2007년 가을이 되자 앙칼지게 늑대를 비난하던 그 소수 집단 사이에서 새로운 불평을 부추기기에 충분한 신고가 접수되었다. 이들 중에서 가장 열성적인 아웃더로드의 한 나

이 든 주민이 몇 달 전부터 위협적인 말을 하고 다녔다. 어업수렵부의 대책을 기다리는 데 지친 이 노인은 어업수렵부 몰래 독이 든 먹이를 놓음으로써 문제를 직접 해결하고자 했다. 늑대를 혐오하는 구닥다리 알래스카 사람이었던 그는 자신이 동네 전체를 어떤 위협으로부터 보호하는 지역 사회 봉사 활동을 하고 있다고 생각했다. 알래스카에서는 어떤 상황에서도 야생동물의 독살 기도가 엄격하게 금지되어 있는데, 여기에는 타당한 이유가 있다. 하지만 이 노인은 이에 전혀 개의치 않았다. 노인이 놓은 미끼 몇 개는 정말로 사라졌고, 당연히 여러 생명체가 발작의 고통 속에서 숨을 거두었다. 어쩌면 밍크 한두 마리와 까마귀 몇 마리, 근처에서 사체가 발견된 흰머리독수리 최소한 한 마리, 비척거리며 다른 곳으로 가버린 곰이나 늑대도 그 희생양이 되었을지 몰랐다. 얄궂게도 이 이웃이 분명하게 독살한 동물 중에는 혼자 살아남은 룬데훈트 바버도 있었다. 이 노인의 행동에 최소한 부분적으로 영감을 제공한 것이 바로 바버의 단짝이었던 코크의 운명이었는데 말이다. 데니즈 체이스는 이 작은 개가 자기 집 마당에서 이 남자 집 마당만큼 먼 곳까지 떠돌아다닌 것이 아니라, 스트리크닌Strychnine•을 먹고 죽기 전에 조금 이동한 어떤 동물의 사체 일부를 먹은 게 아닌가 의심한다. 수의사의 진단과 처치로 목숨을 구하긴 했지만 바버는 심각한 영구 신경 손상을 안고 살아야 했다. 노인은 가책을 느끼고 혼자만의 작전을 중단했다.

다행히 로미오는 이런 와중에도 살아남았다. 녀석에게 극도의 위협을 피할 수 있는 거의 마법에 가까운 능력이 있음을 보여주는 새로운 증거이거나, 어쨌든 녀석이 아말가의 그 늑대가 아니었을 수도 있음을 보여주는 사건이었다. 하지만 독살 음모가 지난 뒤에도 아웃더로드의 일부 주민들은 11월까지 꾸준히 어업수렵부에 불만을 제기했다. 검은 늑대 한 마리가 쓰레기 더미를 파헤치고 뒤지면서 주위에서 어슬렁거리고 있고 공격적인 행동으로 이어질 위험에 빨간불이 들어왔다고 그들은 주장했다. 어업수렵부에게는 공중의 안전을 위해 이런 일을 중재할 의무가 있

• 극소량이 약물로 이용되는 독성 물질.

었다. 어업수렵부 담당자들은 조용히 자신들에게 있는 선택지를 검토하기 시작했다. 스콧과 전직 지역 생물학자였던 닐 바튼을 비롯한 여러 어업수렵부 생물학자들, 당시 야생동물 보존 책임자였던 더그 라슨은 자신들이 겨냥하고 있는 늑대가 로미오일 수도 있음을 깨달았고, 사실 그만큼 의심도 했다. 개들과 놀았던 두번째 수컷 검은 늑대에 대한 확실한 증거가 없는 상태에서 늑대가 여러 마리라는 가설을 받아들이기도 힘들었다. 이들은 주노의 주민으로서(라슨은 이곳에서 나고 자랐다) 자신들과 어업수렵부가 만일 로미오를 포획해서 다른 곳으로 이주시킬 경우, 녀석이 죽든 살든 간에 심각한 반발에 직면하리라는 사실을 너무나도 잘 알았다. 녀석의 생존에 대한 정보는 이들이 녀석에게 맞춰 장착한 위성 목걸이, 녀석의 상태를 의심의 여지없이 파악하고 움직임을 추적하고 (덤으로) 연구용 데이터를 제공해주는 그 위성 목걸이를 통해 전달되리라. 제한된 지역에서 충분히 거듭된 불만을 접수했으니 자신들이 중재할 이유를 느꼈는데, 이는 실제로 성공할 기회이기도 했다. 이들은 함께 호흡을 가다듬으며 행동 계획을 세웠다.

자존심이 있는 늑대라면 절대 큰 상자 안에 들어가거나, 곰을 잡을 때 일반적으로 사용하는 터널식 덫에 들어가지 않으려 할 것이다. 그리고 삼림이 우거지고 험한 이런 시골에서는 시야가 너무 제한되어서 마취총을 성공적으로 발사하기도 힘들었다. 굵은 철사 덫 역시 논외였다. 치명상을 일으킬 가능성이 너무 컸기 때문이다. 생포할 수 있는 현실적인 희망은 모피용 덫꾼들처럼 냄새나 미끼로 유인한 뒤 직경 10센티미터짜리 족쇄덫을 쓰는 것뿐이었다. 강철 물림쇠를 덧대면 부상의 위험을 줄일 수도 있었다. 늑대는 대다수 야생동물들처럼 겨울 눈 속에서 이미 끊어진 산책로를 고수하는 경향이 있다. 스콧은 지푸라기라도 잡는 심정으로 일단 이동량이 많은 구체적인 후보 지역을 물색해야 했다. 눈(종종 다시 내리거나, 끊어진 산책로 양쪽에 많이 쌓일수록 좋았다)은 무엇이 통행을 하든 그 증거를 담아두고 로미오를 넓은 곳으로 끌어내고 덫을 숨기는 데 유용했다. 늑대가 덫에 잡히면 어업수렵부는 안전하게 마취시킨 뒤 이동시킬 수 있었다.

하지만 어떤 덫이든 (하청을 맡은 전문 덫꾼이) 설치하기 전에 생물학자들이 포획 이후에 진행할 여러 가지 조치를 결정해놓아야 했다. 포획된 늑대가 개들의 질병과 기생충에 노출될 수도 있으므로 몇 주간 별도의 공간에서 녀석을 고립시켜놓고 늑대를 비롯한 다른 야생동물들의 감염 위험을 막아야 했다. 그 결과에 따라 녀석은 안락사를 당할 수도 있고, 아니면 적합한 지역으로 이동한 뒤 방사해도 좋다는 허가가 날 수도 있었다. 그다음 관건은 그런 장소를, 그러니까 녀석이 어딘가 다른 곳에서 똑같은 습관을 재현할 가능성을 최소화하기 위해 (다른 지역은 말할 것도 없고) 주노에서 충분히 멀리 떨어져 있으며 상당히 늑대 친화적인 넓은 지형을 찾는 것이었다. 남동 알래스카가 아무리 광활하고 인구밀도가 낮은 지역이라 해도 가능한 선택지가 생각보다 별로 없었다. 모든 늑대가 엄청나게 먼 거리를 돌아다닌다는 사실, 많은 늑대가 이주한 뒤에 원래 있던 곳으로 되돌아왔다는 기록을 감안하면 160킬로미터 정도도 충분하지 않을 수 있었다. 하지만 아무리 남동 알래스카의 늑대라 해도 약 3킬로미터 거리의 물속을 헤엄치지는 못할 터였다. 그래서 주노에서 멀리 떨어진 린 운하나 본토 남쪽이 물망에 올랐다. 멀수록, 그리고 최대한 많은 피요르드를 건널수록 좋았다.

그 짧은 목록에는 캐나다 국경과 맞닿은 헤인스 북쪽과 서쪽의 외진 산악 지역 어딘가도 있었다. 같은 지역의 칠캣 계곡 위쪽에는 내 친구 스티브 크로셸이 소유, 운영하는 외딴 야생동물 관찰 공원이 있었다. (여담이지만, 스티브의 공원에 있는 포획 동물들은 〈내셔널 지오그래픽〉의 특별 다큐멘터리와 유명한 디즈니의 고전 〈울지 않는 늑대〉 같은 많은 텔레비전 프로그램과 영화에 등장했다.) 어업수렵부는 크로셸을 찾아가 로미오를 임시로 맡아줄 수 있겠느냐고 물었다. 아말가 근처에서 작고 검은 암컷 늑대를 만났던 수의사 네이네이 울프도 어업수렵부가 자신에게 격리된 늑대를 살펴봐줄 수 있겠는지 물어봤다고 나중에 확인해주었다. 하지만 실제 행동으로는 이어지지 못했다는 점에서 이 두 건의 문의는 가설에 그쳤다. 모든 소통과 회의가 아무런 고지도 홍보도 없이 부서 내부에서 이루어졌다. 어업수렵부가 고의로 은폐하려 했던 것은 아니라 해도, 계획을 세우는 과정에 대중을 참여시키려는 시도를 하지 않았는데, 이는 충분히 이해할 만했다. 생포용 덫 지역의 위치를 비밀에 부치려면 대중과 야생동물의 안전을 확보해야 하고, 불만을 제기한 사람의 프라이버시를 보호해야 하며, 자경단이 개입할 가능성을 줄여야 한다.

하지만 진행 과정에서 생물학자들이 논쟁했다시피 로미오든 다른 늑대든, 아말가의 늑대는 너무 산발적이고 예측하기 힘든 방식으로 아웃더로드에 등장함으로써 논점을 무의미하게 만들었고, 결국 어업수렵부는 생포라는 개념과 함께 녀석을 이주시킬 장소에 대한 최종 결정을 모두 접었다.

해리 로빈슨은 어업수렵부의 숙의 사항에 대해 다른 견해를 제시한다. 그는 자신에게 누설되었다고 주장하는 내부 정보를 근거로 "(어업수렵부는) 로미오를 이주시키기로 단단히 마음먹었어요. 그건 기정사실이었고, 이들은 일을 착착 진행하는 중이었어요"라고 단호하게 밝혔다. 그는 주노 알파인 클럽 창립자이자 존경받는 야외 스포츠 애호가인 킴 털리(지난겨울 아침에 달리기를 하다가 자신과 아내를 따라오는 로미오에게 매료되었던 바로 그 남자)를 찾아가 '로미오의 친구들'이라는 모임을 결성하기로 했다. 회의도 회비도 투표도 규약도 공식 명부도 없는 모임이었다. 소식은 사람들의 입과 게시판, 이메일을 통해 퍼져나갔다. 어디에 사는 누구든 이 늑대에게 유대감을 느끼기만 하면 의사 표현만으로도 모임에 가입할 수 있었다. 모임의 주요 목표는 로미오의 운명을 결정할 힘을 가진 어업수렵부를 주로 염두에 두고, 이 늑대에 대한 폭넓은 대중적 지지 기반을 확보하는 것이었다. 모두 원칙적으로는 좋은 생각이었고, 물론 나도 전반적인 정서를 공유했지만, 나는 내 것이라고 할 수 없는 진술서에 내 이름이 올라가기를 원치 않았기에 거리를 유지했다. 그 대신 나는 닐 바튼에게 직접 전화를 걸었는데, 그는 빙하 근처에서 로미오를 덫으로 잡을 구체적인 계획은 전혀 없다고 내게 장담했다. 그는 로미오인지 아닌지는 알 수 없지만 어쨌든 아웃더로드에서 불만이 이어지고 있는 늑대를 상대로 수립했다가 폐기한 계획에 대해서는 내게 이야기하지 않았지만, 그것은 속이기 위해서가 아니라 내가 질문을 직접적으로 하지 않았기 때문이다.

2008년 겨울, 〈로미오의 친구들〉이라는 소식지가 세 차례에 걸쳐 이메일과 공개적인 포스팅, 그리고 제한적인 방문 배포를 통해 유통되었다. 1월 7일에 발행된 첫번째 호에서는 "믿을 만한 정보원에 따르면 알래스카 어업수렵부가 그를 주노에서 멀리 떨어진 곳으로 보내버리기로 결정했다고 한다"라고 밝혔다. 그리고 "지금 진행 중인 계획에서는…… 얼음이 (그리고 구경하는 대중이) 멘덴홀 지역을 떠난 봄에 이주시킬 생각"이라고 적었다. 2월 1일에 발행된 두번째 호는 **"로미오의 생명이 위험하다"**라는 표제로 목청을 높였고 "로미오에게 사형선고" 같은 굵은 활자의 표현들이 들어 있었다. 핵심 주장은 다음과 같았다. "알래스카 늑대 이주 사례에 대한 연구를 보면 늑대들이 이주 이후 살아남을 가능성은 10퍼센트에 못 미친다. 알래스카 어업수렵부 역시 이를 알고 있고, 이는 사실상 이들이 로미오를 죽일 생각뿐임을 보여준다." 물론 이는 충격적인 진술이었다. 하지만 아무리 뒤져봐도 나는 이주당한 늑대의 생존율에 대한 알래스카의 연구 데이터를 찾을 수 없었다. 일부 다른 주의 연구에서는 이주당한 늑대의 생존율이 천차만별이었는데, 거주 중인 통제 집단과 거의 동일한 경우부터 사망률이 상당히 높은 경우까지 있었다. 1990년대 중반에는 중동부 알래스카의 포티마일 지역에서 늑대 여러 마리를 케나이 반도로 성공적으로 이주시켰다. 앞서 언급한 대로, 수송 과정에서 여러 마리 늑대가 목숨을 잃긴 했지만 말이다. 하지만 발표된 연구를 살펴보고 연구 경험이 많은 생물학자들을 개인적으로 만나서 이야기를 나뉘보면 전반적인 생존율은 10퍼센트보다는 훨씬 높다는 인상을 얻게 된다. 우수 사례 중에는 20년 전 늑대 여러 마리를 몬태나주의 옐로스톤 국립공원에 믿을 수 없을 정도로 성공적으로 다시 들여온 사례가 있다. 이 경우, 마취와 수송 과정에서 전혀 다치지 않은 늑대들은 이주 뒤에도 잘 살았고 그 수도 불어났다. 그럼에도 불구하고 이상적이지 못한 상황에서 진행되는 이주는 종종 부가적인 위험, 때로는 해결하기가 불가능한 위험을 감수할 수밖에 없다.

이 두 편의 소식지는 긴급 대응을 요청했고, 로미오가 아말가의 사건이나 다른 악행과 관련되어 있다는 주장을 전면 부정했으며(로미오는 아말가 지역에서 발견된 적이 한 번도 없다고 단호하게 주장했다), 어업수렵부가 '잘못된 정보'를 가지고 있다고 밝혔고, 최근 캘리포니아에서 온 익명의 부서 직원이 불만의 주요 출처라는 의혹을 제기했으며, 이 검은 늑대를 지키려면 지지자들이 목소리를 높여야 한다고 주장하면서 바튼과 라슨, 그리고 당시 주 의회 의원이던 킴 엘턴의 연락처를 남겼다. 이 캠페인의 결과, 어업수렵부는 주노뿐만 아니라 전 세계에 있는 로미오의 지지자들로부터 수십 통의 이메일을 비롯해 다양한 방식의 연락을 받았다.

해리와 여러 차례에 걸쳐 전화로 대화를 나누고 이메일을 주고받았으며, 두번째 소식지가 나오기 전에 잡음을 최소화하려는 바람에서 직접 만나기도 했던 닐 바튼은 몇 년 뒤 이런 관점을 제시했다. "나는 당시 ('로미오의 친구들'에 대해) 상당히 환멸을 느꼈습니다…… 그 사람들이 가진 걱정 중에는 합리적이지 못하거나 근거가 박약한 것들도 있었고, 많은 정보가 신뢰하기 어려웠어요…… 나는 우리가 이들을 정직하고 투명하게 대하려고 최선을 다하고 있는데도 어업수렵부를 비방하려 한다고 느꼈어요." 라슨과 스콧처럼, 그는 내게 어업수렵부가 정말로 어떤 늑대든 아말가 근처에서 덫에 잡히기만 하면 이주시킬 계획이었다고 몇 년 뒤 내게 확인해주었다. 〈로미오의 친구들〉의 소식지는 암암리에 그게 로미오일지 모른다는 우려를 흘렸지만 사실 그 동물이 그들이 걱정했던 그 늑대가 아닐 수도 있었다.

더그 라슨은 2012년 인터뷰에서 늑대를 멘덴홀 호수 근처에서 제거한다는 주장(멘덴홀 호수에서는 늑대의 신원을 사실상 분명히 알 수 있었고, 포획할 경우 목격자가 있을 가능성도 상당히 높다)을 회고하며 내게 이렇게 말했다. "우린 거기에는 한 번도 가본 적 없었어요. 정황으로 보았을 때 거기가 적절한 곳이라고는 전혀 생각하지 않았거든요…… 그곳을 선택지로 여길 수 없는 이유가 아주 많았어요. 하지만 우리가 무언가를 하기로 결정했다면 그걸 인정했겠죠." 그는 이렇게 말을 이었다. "우리 부서는 전무후무한 상황에 놓여 있다는 사실을 알았어요…… 이 지역 사회에서 상당히 주목할 만한 시기였던 거죠." 그는 마지막으로 이렇게 덧붙였다. "그 늑대가 사람들에게 공격적으로 군다는 조짐은 어디에도 없었어요. 그랬다면 대처가 완전히 달랐을 거예요." 라슨은 그 '대처'에 수반되는 신속하고 어쩌면 치명적인 조치를 설명할 필요가 없었다.

몇 년 뒤에도 해리는 주장을 굽히지 않았다. 그는 그냥 검은 늑대가 아니라 구체적으로 로미오를 포획해서 이주시키려는 결정—아말가 근처에서든 멘덴홀 호수에서든—에 따라 일이 진행되었고, 〈로미오의 친구들〉 소식지와 이 소식지를 통해 동원된 대중의 대응 덕분에 어업수렵부를 중간에 저지할 수 있었다고 주장한다. 이와는 대조적으로 지역 생물학자 라이언 스콧은 이렇게 반응한다. "저는 야생동물 관리와 관련된 모든 결정에서 대중에게 책임감을 느낍니다…… 그 검은 늑대의 관리도 전혀 다르지 않았어요. 그 늑대에 대해 내가 내린 모든 결정은 비판받을 수 있기 때문에 대중과 야생동물의 안전을 보장할 수 있는 부서의 원칙과 건전한 야생동물 관리 원칙에 근거를 두어야 했어요. 대중의 참여가 관리에 대한 내 결정에 직접적으로 영향을 미치지는 않았지만, 모든 행동에는 근거와 방어 논리가 충분히 있음은 분명히 보여주었죠."

어업수렵부의 의도에 대한 해리의 해석이 정말로 정확했든, 아니면 긴급 상황에 대한 대응이었든, 그리고 그 뒤에 일어난 압력이 실제로 어업수렵부를 움직였든 아니든, 〈로미오의 친구들〉 소식지가 퍼부은 공세의 전반적인 영향은 이 검은 늑대에게 우호적일 수밖에 없었고, 실제로도 그랬다. 바튼과 스콧, 그리고 '로미오의 친구들' 대표자, 즉 예의 바른 공동 설립자 킴 털리는 2월에 이 난국을 타개하기 위해 두번째로 대면 회의를 가졌다. 2월 28일에 발행된 세번째이자 마지막 소식지는 긍정적이고 협력적이며 심지어 융화적인 어조였다. 소식지는 관심을 보여준 모든 사람에게 고마움을 표했을 뿐만 아니라 어업수렵부가 늑대 이주 계획을 유예했고, 대중의 의견에 "열린 자세로 귀 기울이겠다"라고 공언했으며, 게다가 앞으로 어떤 조치를 취하든 사전에 '로미오의 친구들'에게 알려준다는 데 동의했다고 밝혔다. 특히 내용의 절반은 로미오를 중심으로 하여 안전한 야생동물 관찰 관행을 고무하자는 데 할애되었다. 적절한 관찰 거리를 유지하고, 개와 아이들을 통제하고, 먹이 주기를 삼갈 것 등등. 어떤 곳에서든 이 늑대를 몰아내겠다는 생각이 다시는 수면 위로 떠오를 것 같지는 않았다. 그건 다른 무엇보다도 늑대의 행동과 불만의 수위에 달린 문제라고 어업수렵부는 이야기할 수 있었겠지만 말이다. 어쨌든 모두에게 좋은 결말이었다. 또 한차례 폭풍우가 지나갔고, 검은 늑대는 그 자리에 머물게 되었다.

해리는 늑대를 자기 친구라고 부르며 동반자이자 지킴이 역할을 이어갔다. 전년보다는 그렇게 눈에 띌 정도는 아니었지만 날씨에 관계없이 동트기 전이나 날이 저물고 난 뒤 하루에 여러 시간씩 로미오와 함께 돌아다니는 것은 여전했다. 이들의 유대는 그 어느 때보다 더 끈끈하게 이어졌다. 이들은 때로 별생각 없이 서로 몸이 닿기도 했다. 공개적인 자리에서 그는 브리튼의 목줄을 채워 산책을 하고 로미오를 대신해서 곤란하거나 위험할 수 있는 상황에 개입하려고 애쓰는 등 모범적인 행동을 이어갔다. 때로 그는 적대적인 태도를 보이는 사람들을 제압하기도 했다. 최악의 사례 중에는 저물녘에 픽업트럭을 몰고 스케이터스 캐빈 로드 끝까지 가는 게 습관인 남자가 있었다. 이 남자는 자신의 검은 래브라도 레

늑대의 미소

트리버와 함께 로미오를 주차장으로 유인한 뒤 이 개가 트럭 안에서 신경질적으로 짖는 가운데 차를 천천히 몰아 도로를 달렸다. 그러면 로미오가 그 뒤를 따라 달렸는데 때로는 뒷바퀴에 닿을 정도로 가까이 붙어서 달릴 때도 있었다. 나는 이 기묘한 의식을 두 번 목격했는데, 처음에는 눈앞에 펼쳐진 상황을 제대로 파악하지 못했고, 두번째는 번호판을 식별하기도 힘들었다. 해리는 결국 이 남자와 한판 붙었고, 남자는 즉각 공격적인 자세를 취하고는 남 일에 참견하는 건방진 녀석이 자신의 '장난'에 끼어들었다며 화를 냈다. 해리가 물러서지 않자 남자는 여전히 못마땅해하면서도 먼저 주먹을 날릴지 말지 생각해보는 것 같더니 분을 삭이며 차를 몰고 가버렸다. 그 외에도 여러 사람이 예민한 개들을 데리고 꾸준히 로미오를 상대로 자신들의 운명을 시험해보려 했다. 해리와 나를 비롯해 여러 사람이 그런 이들의 관심을 다른 곳으로 돌리기 위해 최선을 다해 노력했지만 항상 성공하지는 못했다. 몇몇 사람은 무엇이 문제인지 이해하지 못하거나 그냥 생각이 없는 것 같았다. 삼림청의 법 집행관 데이브 주니가는 교통량이 많은 시간대에 호수에 나와 가끔 벌금 고지서를 끊었고, 이는 확실히 긍정적 효과가 있었다. 해리는 주니가가 범법 사항을 적발하기 위해 자신과 브리튼뿐 아니라 로미오까지 여러 차례 따라왔지만 실패했다고 우스개로 말하기도 했다. 약간 통통한 편인 이 경찰관은 숨이 차서 해리의 긴 등반을 견디지 못했던 것이다.

이제 로미오를 포함해 거의 모두가 제대로 된 균형을 찾은 듯 보였다. 어쩌면 로미오는 오래오래 살 수도 있었다. 하지만 로미오는 인간에 의한 그 모든 위험을 이겨왔지만 최대의 위협 중 하나가 바로 앞에 놓여 있었다. 그것은 인간도 아니고 이 땅도 아닌, 로미오가 속한 종으로부터의 위협이었다.

2009년 봄 어느 부드러운 4월 아침, 나는 스키 스틱에 몸을 의지했다. 마치 스키 스틱이 무너져내리는 심장을 받쳐주기라도 할 것처럼. 나와 대여섯 명쯤 되는 사람들은 맥기니스산 측면에서 울려 퍼지는 늑대의 하울링 소리를 들으며 얼어붙은 채 서 있었다. 익히 알고 있는 로미오의 위엄 있는 억양이 아니라, 한 무리의 늑대가 800미터도 되지 않는 곳에서 목청을 높여 내지르는 으스스하고 귀에 거슬리는 합창이었다. 나는 네 마리에서 여섯 마리쯤 될 거라고 생각했다. 녀석들의 목소리는 서로 뒤엉킨 채 오르내리며 허공을 채웠고, 다른 늑대가 내는 음조를 피하기 위해 제각기 소리를 조절했다. 녀석들이 맥기니스의 남서쪽 어깨, 나무가 없는 가파른 둔덕이 천연의 원형극장을 형성하고 있어 로미오가 좋아하는 하울링 장소를 자신들의 존재감을 알리는 장소로 굳이 택한 것은 우연으로 보기 힘들었다. 이들은 분명 로미오가 세심하게 관리하는 냄새 표시 구역과 이동로, 산책로를 접했을 테고, 로미오의 외침 소리도 들었을 것이다. 이런 신호들은 모두 늑대들이 영역의 경계를 알리고 갈등을 줄이기 위해 사용하는 방법이다. 신참들은 이동 과정에서 영역에 대한 주장이 서로 중복될 때는 그곳을 통과하지 않는다. 고지에 있던 이 녀석들이 갑자기 로미오가 오랫동안 자기 영역으로 지켜온 장소의 심장부로 뻔뻔하게 들이닥친 것은 군사적 침입에 해당했다. 이 녀석들의 의도가 죽음을 불사하겠다는 것이라면 수적으로 심하게 열세인 로미오는 밀릴 게 뻔했다. 그리고 무리 사이의 충돌로 사망률이 높다는 점을 감안했을 때 —일부 지역에서는 늑대의 사망 원인 중 3분의 1이 이것이다— 이들의 동기는 충분히 개연성 있어 보였다. 어쩌면 로미오는 이미 목숨을 잃었고, 이 무리가 로미오의 갈기갈기 찢어진 잔해를 놓고 만찬을 벌이고 있는지도 몰랐다.

그때 우리가 서 있는 곳에서 겨우 200~300킬로미터 정도 떨어진 웨스트글레이셔 트레일 아래쪽에 있는 숲에서 특색 있게 질질 끌면서도 단호한 하울링 소리가 들려왔다. 이 침입자들에 대한 로미오의 반응을 우연히 가까운 곳에서 목격한 해리는 이렇게 회상했다. "난 녀석이 한 번도 그런 식으로 하울링 하는 걸 본 적이 없었어요. 다리를 쭉 펴고 등의 털과 꼬리를 곧추세우고는 으르르거리고 난 다음에 하울링을 하더라고요. 마치 스스로 펌프질을 한 다음에 고함을 치는 것처럼 말이에요." 하지만 만일 침입자들이 정말로 적대적 의도로 로미오를 찾아와서 일부러 하울링을 했다면, 그건 필멸의 외침이었다. 본능적으로, 어쩌면 학습을 통해 로미오는 이 위험을 감지했으리라. 최소한 녀석은 자기 영역 중심부에서 인상적인 목소리를 가진 유별나게 큰 수컷 늑대라는 장점이 있었다.

　로미오가 나타나기 전에도, 우리와 함께 지내는 동안에도 다른 늑대들이 지나가는 일은 늘 있었다. 로미오는 최소한 냄새와 하울링으로 어떤 녀석들이 지나가는지 알았을 것이고, 지나가는 녀석들 역시 로미오의 존재를 알았을 것이다. 물론 로미오가 처음 나타난 시기 즈음에 택시에 치여 죽은, 녀석의 무리 내 짝으로 추정되는 검은 암컷도 있었다. 로미오가 두번째로 나타난 해의 늦여름에는 우리 집 건너편에 있는 거대한 채석장에서 회색 늑대 세 마리가 목격되기도 했다. 녀석들이 조용히 지나갔는지, 혹은 사회적이든 아니든 어떤 식의 접촉을 했는지 우리는 짐작만 할 뿐이다. 그리고 나는 한 번도 호수 위에서 로미오의 흔적이 아닌 다른 늑대의 자취를 본 적이 없었지만, 종종 조용한 밤이면 로미오의 하울링에 멀리서 응답하는 소리를 듣곤 했다. 어떤 때는 인간이 늑대를 흉내낸 소리가 분명했지만(아마 해리가 늦은 시간에 만날 약속을 잡으려 했으리라) 어떤 때는 분명 갯과 동물의 소리였고 인근의 산비탈에서 나는 것 같았다.

　2006년에 나는 호수의 북서쪽 가장자리에 생성된 희뿌연 얼음 안개 속 로미오가 100미터쯤 떨어진 곳에서 수목 한계선을 따라 걸어오는 모습을 얼핏 보았다. 로미오는 내가 알지 못하는 커다랗고 거의 흰색에 가까운 허스키 혼종과 함께인 것 같았다. 내가 스키를 타고 더 가까이 다가갔더니 그 밝은색 동물은 사라진 것 같았고, 개 주인으로 보이는 사람도 없었다. 그때까지도 나는 내가 개를 봤다고 생각했다. 그러다가 그다음 11월에 주노 퍼블릭마켓에서 알래스카의 외딴 서부 마을에서 유년기를 보낸, 나이 지긋한 에스키모 여성을 만났다. 그녀는 내 부스에서 액자에 담긴 야생동물 사진을 찬찬히 들여다보고 있었는데, 물론 그중에는 로미오의 사진이 많았다. "이 녀석 봤는데." 그녀가 턱짓을 하며 말했다. "흰늑대와 같이 있었지." 선더산과 가까운 그녀의 뒷마당에서였다고 했다. 내가 어쩌다가 끈이 풀린 개가 아니었겠느냐고 하자 그녀는 주눅이 들게 하는 시선으로 내 무지를 일축했다. "난 늑대를 알아." 그녀가 말했다. 그 문제는 논쟁이 불가능한 사안이었다. 우린 어쩌면 똑같은 동물을 본 것일 수 있었다. 몇 년 뒤 멘덴홀 계곡 상류에서 흰색에 가까운 어떤 대담한 늑대가 가끔 사진에 찍힐 정도로 확실하게 출몰함으로써 그 가능성은 배가되었다.

스폴딩메도스와 이미 언급했던 아말가 인근 지역처럼 로미오가 자주 드나드는 시골에서도 다른 늑대가 여러 번 목격되었다. 이 모든 점이 로미오는 대다수 사람들이 짐작하는 대로 다른 늑대들로부터 고립되어 지내지 않고 우리가 상상할 수 없는 방식으로 자기 종의 다른 동물들과 교류하는 생활을 하고 있었을지 모른다는 암시를 주었다. 가령 해리는 1년 365일 동안 매일 네 시간씩 녀석과 시간을 보냈다. 하이드는 두 시간, 나머지 모든 사람을 합하면 여섯 시간 정도일 것이다. 그러니까 하루에 사람과 같이 보내는 시간이 열두 시간인 셈이다. 이 평균은 녀석이 이런 저런 이유로 눈에 잘 띄지 않는다는 점을 감안하면 분명 지나치게 많긴 하다. 하지만 열두 시간이라고 잡아도 여전히 로미오는 최소한 하루의 절반을 사람들 눈에 보이지 않는 곳에서 보낸다. 그리고 주기적으로 자리를 비우고 계절에 따라 이동할 때는 그보다 훨씬 긴 시간을 우리가 알 수 없는 곳에서 보낸다. 우리는 녀석이 무슨 일을 하는지, 어디로 가는지와 관련해서는 우리가 목격한 사실만 안다고 주장할 수 있다. 결국 녀석의 생활이 어떤 식으로 균형을 잡고 있는지는 미스터리에 싸여 있었다. 그리고 이는 내가 그 늑대에게서 가장 사랑하는 부분이었다. 나는 내가 아는 사실이 아니라 모르는 것들을 가장 사랑했다.

로미오는 한 무리와 느슨하게 이어져 있으나 대부분의 시간을 혼자 보내기로 선택한 늑대 중 하나일 수 있었다. 우리는 녀석이 어딘가에 새 끼 여러 마리를 낳아놓고 그 곁을 지키지 않는 가장이라는, 흔치는 않지 만 충분히 있을 수 있는 역할을 하고 있는 건 아닌지도 알아낼 길이 없었 다. 아무리 우세한 늑대라 해도 자기 가족 집단에서 일시적으로든 주기 적으로든 아니면 아예 영구적으로든 떨어져나와 방랑하는 것으로 알려 져 있기 때문이다. 어쩌면 개라는 강렬한 유혹이 이런 비전형적인 행위 를 촉발한 사유였는지도 몰랐다. 사실 우리의 반려견들은 사교 생활의 대리자가 아니라 선택받은 교대자였을 수도 있다. 아니면 이 늑대는 정 말로 우리의 낯선 호숫가에 버려진 부랑자여서 이따금 찾아오지만 같이 머무르지는 않는 다른 늑대들과 한 번씩 스치듯 만나기도 하고, 또 다른 늑대들의 적대적인 탐색에 반복적으로 시달리고 있는지도 몰랐다.

　며칠 뒤 아침, 나는 친구 빅 워커와 함께 웨스트글레이셔 트레일 주 차장에서 조금 떨어진 곳에 서서 안개와 보슬보슬 내리는 찬비 속을 응 시했다. "저기." 빅이 낮게 중얼거리며 카메라를 들었다. 로미오가 탁 트 인 곳으로 모습을 드러내더니 자리에 누워서 우리를 바라보았다. 그리고 몇 분 뒤 두번째 늑대가 따라왔다. 로미오보다 더 작긴 하지만 역시 가슴 이 떡 벌어진 밝은 회색 늑대로 얼굴은 뚜렷하게 더 어두운 색이었고 등 에는 안장 모양의 얼룩이 있었다. 녀석은 고개를 낮추고 불편해하며 우 리를 쳐다보았다. 로미오는 귀를 쫑긋 세우고 언제나처럼 편안하게 주위 를 둘러보았다. 로미오는 마치 종 간의 악수를 주선하면서 양측에 모든 게 다 괜찮을 거라는 확신을 심어주려는 것 같았다. 녀석은 매일 아침 거 의 같은 시각에 호수로 이 새로운 늑대를 인도했다. 그리고 최소한 한 번 은 이 늑대가 혼자서 모습을 드러내더니 얼음 위에 자리를 잡았다. 전반 적으로 겁이 많은 것 같았지만 그만큼 호기심도 많았고, 로미오에게 끌 리는 게 분명해 보였다. 내가 너무 흥분해서 손가락을 제대로 놀리지 못 하는 바람에 속사로 연속 사진을 찍었지만 모두 초점이 맞지 않았고, 두 늑대는 촬영 기회를 더는 허락하지 않고 숲속으로 사라졌다. 대체 무슨 일이지? 결국 짝을 찾은 건가? 나머지 무리는 어디에 있지?

　내가 처음에 녀석의 다부진 머리와 골격을 보고 짐작했던 대로 그 작은 회색 늑대는 수컷으로 판명났다. 나중에 어떤 사람이 이 회색 늑대가 다리 하나를 들어올리고 결국, 로미오가 줄리엣을 만나 잘살게 되었다는 시나리오에 보란 듯이 오줌을 갈기는 모습을 목격했던 것이다(어쩌면 그게 더 다행일 수도 있었다. 이렇게 제한된 영역 안에서 새끼가 딸린 한 쌍의 늑대가 잘 지내기란 힘들기 때문이다). 그 녀석은 무리에서 떨어져나와 멀리 떠나려던 외톨이 어린 늑대로, 앞으로 어떻게 할지 고민하다가 상냥한 선배를 만나게 된 것으로 보였다. 이 두 늑대와 녀석들의 흔적은 한 주가량 함께 발견되기도 했고 따로 발견되기도 했으며, 때로는 드레지 호수에 나타나기도 했다. 이 어린 회색 늑대가 로미오의 특이한 세상에 적응하지 못했다 해도 놀랄 일은 아니었다. 아니나 다를까, 어느 날 녀석은 사라져버렸다. 혼자 자기 길을 갔을 수도 있었고 아니면 여전히 무리를 좇는 중일 수도 있었다. 그리고 우리는 어쩌면 이 두 늑대를 함께 불러들였을지도 모르는 것의 정체를 알게 되었다. 그들은 맥기니스산의 우거진 비탈에서 800미터 정도 아래로 염소 두 마리를 끌고 내려와 며칠 동안 그곳에서 시간을 보낸 것이다. 녀석들은 사체가 털과 뼈만 남을 때가지 그곳에서 먹고 소화시키고 함께 어울렸다. 그러고 나니 다음 사냥감을 찾아 움직일 때가 되었다. 로미오와 다른 늑대들 사이에서 어떤 일이 벌어졌는지 정확히 알 길은 없다. 해리는 이들을 가까이서 보고 들었지만, 이 회색 수컷을 제외한 다른 늑대들과의 직접적인 사회적 어울림을 목격한 적은 없었다. 좋은 소식은 이 검은 늑대에게 전투의 흔적이 전혀 없었다는 점이었다. 다리를 절지도 않았고 상처도 없었다. 로미오가 이 어린 회색 늑대와 짧지만 평화롭게 지냈고, 아직도 이 장소에 머물러 있다는 사실은, 이 두 늑대가 최소한 일종의 교전 협약이나 그 이상의 무언의 합의를 했으리라는 암시를 주었다. 로미오는 2009년 봄에 해리와 브리튼을 사냥 현장으로 여러 번 안내했고, 많은 개 주인들이 아는, "내가 뭘 갖고 있는지 좀 봐" 하는 의기양양하고 만족스러운 기운을 한결같이 뿜어내며 뼈를 뜯었다. 녀석이 사냥에 참여했는지 아니면 그저 운 좋게 발견한 것을 자기 것인 양 했는지는 알 수 없었지만 말이다. 이 늑대는 이번에도 얼마 안 되는 가능성 속에서 살아남는 능력을 몸소 증명했다.

그러는 동안 빙하 앞에 자리한 마지막 집에 살면서 뒷마당에서 야생 늑대를 감상하던 우리의 시절도 어느덧 막바지를 향해 가고 있었다. 우리는 미래를 위해 우리가 손수 지은 집을 팔고 멘덴홀 계곡 반대편으로 이사했다. 좀더 따분한 분위기로 가는 게 못마땅했지만 더 작은 집으로 옮겼다. 가끔 흑곰이 마당을 돌아다니고 차를 몰고 10분만 가면 여전히 호수에 도착할 수 있었지만, 주노에서든 다른 어디에서든 우리의 생활은 전과 같지 않으리라. 물론 우리는 무엇을 포기해야 할지 알고 있었고, 몇 년 뒤 칠캣 계곡 위 산이 병풍처럼 둘러쳐진 야생에서 지내게 될 새로운 삶을 고대하면서도 당장의 상실감에 슬퍼했다. 우연의 일치였지만 칠캣 계곡은 어업수렵부가 로미오의 이주를 고려했던 장소 중 하나였다. 우리는 어둠이 다가온다는 사실을 감지하고 그러기 전에 작별을 고한 것 같은 모양새였다.

우리는 종종 차를 몰고 다시는 우리 것이 될 수 없는 본거지에 가보곤 했다. 셰리와 개들과 같이 갈 때도 있었지만 나 혼자 갈 때가 더 많았다. 우리는 그곳에서 여전히 호수를 가로질러 성큼성큼 걸어오는 로미오를, 해석이 필요 없는 녀석의 환한 미소와 정면으로 곧장 우리를 향해 다가오는 경쾌한 발걸음을 만났다. 녀석은 우리가 끈을 짧게 잡고 있는 개들과는 더 놀 수도 없고 냄새를 맡으며 탐색전을 벌이지도 못한다는 사실을 알았지만, 항상 인사를 하고 싶어했다. 녀석은 꼬리를 들고 총총 다가와 높은 음조로 애가를 읊조리고 부드럽게 낑낑대고 나서 우리의 자취에 코를 대고 냄새를 맡으며 그 자리에서 빙빙 돌았다. 우리가 자리를 잡으면 녀석도 10미터 정도 떨어진 곳에 누웠고, 마치 공원 벤치에 앉아 있는 오래된 친구들처럼 모두—개와 인간 그리고 늑대—가 잠시 동안 한

데 어울린다는 데 만족하며 여유를 만끽했다. 그러다가 마침내 일어나 몸을 길게 늘이면서 하품을 했고 주위를 살피다가 저녁의 소일거리를 찾아 총총 떠나갔다. 가끔 녀석은 마치 왜 우리에게 따라오지 않느냐고 묻는 듯 한두 번 멈춰 서서 뒤를 돌아보기도 했다.

2009년 4월 중순의 어느 저녁, 나와 셰리가 개들 없이 산책을 나갔을 때도 마찬가지였다. 이 검은 늑대는 호수를 가로질러 가벼운 발걸음으로 다가오더니 빅록 건너편에 있는 우리 옆에 섰다. 우리는 함께 그림자가 길어지고 분홍색 저녁노을이 높은 산봉우리를 부드럽게 쓸고 가는 풍경을 바라보았다. 우리가 6년 전 처음 만난 곳에서 별로 멀지 않은 곳이었다. 마치 빙하의 얼음 속에 갇혀 시간이 지나도록 잎맥과 가장자리의 톱니가 완벽한 균형을 유지하며 보존된 잎사귀처럼, 지금도 6년 전 그때와 별로 달라진 게 없는 것 같았다. 우리의 인연이 끝나야 한다면 그곳이어야 했다. 하지만 운명의 실은 다르게 이어져 있었다.

2009년 4월

해리 로빈슨은 잠이 깬 채 누워 있었다. 비몽사몽하던 상태는 이미 지나간 뒤였다. "로미오가 비명을 지르는 것 같았어요." 그가 말했다. "내 머릿속에서 그 소리가 들렸어요. 녀석이 너무 괴로워했어요. 녀석이 자기 옆구리를 물려고 몸을 뒤트는 걸 봤어요. 그리고 그 순간 녀석이 총에 맞았다는 걸 알았죠."

2009년 9월 셋째 주였다. 해리와 브리튼은 이틀 전 아침에 평소처럼 만나 여러 시간 동안 함께 여기저기 돌아다니면서 놀기도 하고 쉬기도 했다. 하지만 그다음 날 동트기 전 해리가 웨스트글레이셔 트레일 주차장에 도착했을 때 그를 기다리는 늑대는 없었다. 녀석은 해리의 하울링에도 반응하지 않았고, 해리와 브리튼이 로미오가 나타나기를 기대하며 기나긴 등산을 하는 동안에도 나타나지 않았다. 전에도 며칠이나 몇 주씩 늑대가 사라진 적이 있었지만 해리는 그 꿈을 떠올리며 이번에는 뭔가가 잘못되었다고 확신했다. 어쩌면 로미오는 부상을 입어 쓰러져 있거나, 전년부터 방치된 덫에 걸려 해리와 브리튼의 도움을 기다리고 있는지도 몰랐다. 그들은 드레지 호수, 웨스트글레이셔 트레일 위쪽에 있는 이끼 낀 삼림 지대를 샅샅이 뒤지며 이들이 여러 해 동안 따라다녔던 사냥감의 흔적과 만남의 장소를 확인했지만 아무것도 찾지 못했다. 녀석이 지나가면서 남긴 단 하나의 자취도 없었고 신선한 배설물도 없었다. 해리는 거의 먹지도 자지도 않고 오랜 시간을 들여 더 넓은 곳을 수색하며 강행군을 이어갔고 거의 밖에서 살다시피 했다. 가을색은 타오르다가 스러졌다. 첫눈이 높은 산지를 뒤덮었다. 그가 사랑했던 늑대는 갑자기 증발해버렸다.

바로 그 며칠 동안 내 친구 빅 워커도 비슷한 꿈을 꾸었다. 지난 3년간 로미오와 조용히 고유의 관계를 만들어갔던 지역 수의사 빅은 꿈속 장면을 이렇게 설명한다. "로미오가 방문자 센터 근처에서 부상을 당했어. 턱에 총을 맞은 거야. 뼈가 완전히 부서졌더라고. 해리가 거기에 있었어. 이렇게 말했지, '녀석은 끝났어.' 그래서 내가 해리한테 그랬어. '아니야, 아니야, 내가 고칠 수 있어.'" 가슴 아픈 이야기였다. 3년 뒤 이 이야기를 들려주는 빅의 눈은 여전히 담담하지 못했다. 꿈이라기보다는 걱정이 빚어낸 상상에 가까운 이 이야기가 너무 생생해서 과거에 일어났던 실제 일들과 잘 구분되지 않을 정도였다. 빅은 몇 년 동안 해리의 꿈에 대해 몰랐다. 사실 빅은 해리에 대해서는 호수에 나와 있는 모습밖에 알지 못했다. 당시 이들의 관계를 이어주는 유일한 끈은 로미오였다. 물론 걱정이 만들어낸 서로의 꿈도 연결고리가 될 수 있었다. 로미오는 전처럼 죽었다가 부활할 가능성도 있었다.

그동안 나는 북쪽으로 1600킬로미터쯤 떨어진 강들을 여행하고 있었다. 코북과 노아턱 경계를 가로지르는 브룩스산맥 서쪽의 내 옛 고향이었다. 로미오와 빙하에서는 멀리 떨어져 있었지만, 늑대의 마지막 근거지 중 하나를 포근하게 감싸는 곳이었다. 툰드라 평원과 산지가 드넓게 펼쳐져 있었는데, 도로는 거의 없고, 있더라도 외부로 이어지는 도로는 전혀 없었다. 그때까지만 해도 그랬다. 나는 바로 그 9월의 어느 동틀 무렵, 강폭이 넓은 곳에 차린 야영지 바로 위에서 철벅거리며 걷는 소리에 곤한 잠에서 깨어났다. 무스나 카리부 아니면 곰일지 모른다고 생각했다. 나는 카메라도 소총도 챙기지 않은 채 침낭에서 맨발로 빠져나와 텐트 밖으로 나왔다. 강으로 이어지는 비탈길을 기어 내려가서는 가을빛으로 물든 버드나무 군락 뒤에 편안하게 자리를 잡고 무엇이 있는지 둘러보았다. 50미터도 안 되는 곳에 회색 늑대 한 마리가 금속 느낌의 청록색과 붉은색이 뒤섞인 새털구름이 펼쳐진 하늘을 배경으로 제방에 앉아 있었고, 이 모든 풍경이 마치 강바닥에서 떠오른 것처럼 또렷하게 수면에 반사되었다. 섬세하고 여윈 얼굴을 한 이 어린 암컷 늑대가 냄새로 주위를 탐색하는 모습에 나는 숨을 멈췄다. 그러다가 고개를 든 녀석은 내 시선이 자신에게 박혀 있는 것을 눈치챘다. "늑대, 안녕." 나는 소곤소곤 말했다. 녀석 역시 나를 응시했고, 밝은 노란색 눈은 나를 꿰뚫을 듯했다. 어쩌면 나는 녀석이 본 최초의 인간일지 몰랐다. 마지막은 아닐 수도 있지만. 다음 산 너머에 마을이 세 군데 있는데, 모두 80킬로미터 이내의 거리였다. 이누피아크 사냥꾼들의 보금자리로 그중에는 한때의 내 이웃과 여행 친구들도 있었다. 녀석은 한 시간에 160킬로미터씩 달리는 설상차와 돌격용 자동소총을 구비한 이들에 대해 알게 되리라. 녀석은 몸을 돌리더니 돌아보지도 않고 제 갈 길로 가버렸다. 나는 녀석의 뒷모습을 바라보았다. 우리는 각자 앞일은 전혀 짐작하지 못한 상태로 그 순간에 충실했다.

　나는 10월 초에 주노에 돌아왔지만, 늑대가 한 마리도 없는 다른 주에서 몇 주간 늑대와 그 관리의 정치에 대해 발표해야 해서 숨 돌릴 틈이 거의 없었다. 그다음에는 셰리의 고향인 플로리다에서 오랫동안 계획했던 겨울 휴가를 보내기 위해 셰리와 함께 알래스카를 비웠다. 셰리와 나는 조엘, 빅, 해리, 그 외 최신 상황을 전달해주는 여러 사람들과 더불어 로미오 때문에 조바심을 쳤다. 우리는 멀리 떨어져 있다보니 걱정이 더 앞섰지만 할 수 있는 게 전혀 없는 것 같았다. 어쩌면 로미오는 결국 덫이나 소총의 십자선에 잘못 들어섰거나, 아니면 모든 늑대가 직면하는 자연 속의 위험 앞에 스러졌을 수도 있다. 영원히 사는 늑대는 없고, 로미오는 당시 최소한 여덟 살에 접어들고 있었으니 알래스카 야생 늑대의 기준으로는 노인이었다. 어쩌면 여기서 녀석의 명이 다했는지도 몰랐다.

　하지만 또 다른 가능성은 없을까? 녀석은 그해 봄에 만난 무리에 합류해서 다시 산야를 떠돌기 시작했을 수도 있고, 제 짝을 만나 흠잡을 데 없는 굴에서 통통한 새끼들을 기르고 있을 수도 있었다. 가까운 곳에 신선한 물이 나오는 샘이 있고, 거미줄처럼 얽힌 이동로를 따라가보면 마멋이 찍찍거리는 목초지가 나오고 계곡 밑에는 비버와 연어가 풍부한, 어떤 은밀한 계곡 위쪽의 수목 한계선 아래 움푹 파인 화강암 굴 같은 곳에서 말이다. 해리는 그 악몽 이후에 이런 꿈도 꾸었는데, 이는 내 백일몽과도 비슷했다. 꿈에 로미오가 나타났고 해리는 녀석에게 다가가 긴 줄이 나 있는 뻣뻣한 털을 어루만지며 로미오의 검은 등을 손으로 쓰다듬었다. 실제로 해리에겐 이렇게 할 기회가 많았지만 한 번도 해본 적은 없었다. 그러더니 장면이 바뀌고 검은색 새끼들을 낳은 회색 암컷 늑대가 보였다. 우리는 함께 있건 혼자 있건, 이상적인 상황을 그리며 똑같이 위안을 삼았던 것이다.

가을이 깊어가도 해리는 수색을 멈추지 않았다. 낙엽과 함께 희망이 아무리 떨려나가도 그의 조용한 끈기는 절대 시들 줄 몰랐다. 살아 있든 죽어 있든, 자신의 친구를 찾아다니면서 해리는 한때 그들이 함께 머물렀던 모든 공간을 쏘다녔다. 해리는 로미오의 영역을 물리적으로 수색했을 뿐만 아니라 끈기 있게 단독 수사에 착수했다. 주노는 워낙 작은 마을이어서 비밀을 숨기기 힘들었다. 조만간 누군가 이야기하지 않고는 못 배길 터였다. 그리고 로미오가 사라진 지 몇 주 되었을 때 한 친구가 동네에서 아웃도어 용품과 총기 용품을 판매하는 레이코세일스에서 사람들이 하는 이야기를 언뜻 들었다. 그 늑대가 정말로 총에 맞았다는 것이다. 물론 우리는 특히 이 검은 늑대에 대해서 사람들이 하는 이야기를 곧이곧대로 믿어서는 안 된다는 것을 알고 있었다. 해리는 사례금 1500달러를 걸고 마을 곳곳에 전단지를 붙였다. 그리고 해리는 소프트웨어 베타테스터로서 자주 누비는 사이버 공간에서도 사냥 블로그와 웹 사이트를 뒤지면서 잠수함 음파 탐지기처럼 신호를 보내고 반향을 기다렸다. 마침내 해리는 로미오를 다룬 유튜브 영상에 달린 답글에 묻혀 있던 소름 끼치는 글을 접했다. "이놈은 죽어서 가죽이 벗겨지고 박제가 되었다······ 사람들이여, 슬픔을 잘 이겨내기를." 답글을 쓴 사람의 이름은 이런 공간에서는 흔히 그렇듯 가명이었다. 해리는 스킵 트레이싱skip tracing(기본적으로 곳곳에 흘려놓은 전자 정보를 따라 그 근원지를 찾아가는 방법)이라는 사이버 수색 기법을 이용해 대리 이메일 주소를 통해 남자의 신원을 알아낸 뒤 의도를 분명하게 드러내지 않은 채 이메일로 질문을 보냈다. 남자는 관심 있는 사냥꾼이 온라인의 익명성에 몸을 숨긴 채 자신에게 연락을 취했다고 생각하고 이렇게 답했다. "내가 그 늑대를 챙긴 사람을 압니다. 그는 알래스카 출신이 아닙니다. 그 사람이 알래스카를 여행하는 사진을 봤습니다. 로미오는 지금 알래스카의 한 박제사 손에 있습니다. 이건 그냥 인터넷상의 뜬소문이 아닙니다…… 틀림없는 진실입니다. 원한다면 그가 박제사한테서 녀석을 돌려받으면 그놈 사진을 보내주겠습니다."

내용으로 보아 아무 말이나 떠들어대는 정체불명의 온라인 잡배가 아니라 살해자와 직접 아는 사이 같았다. 해리는 자신이 점점 가까이 다가간다는 사실을 알았지만 너무 급하게 달려드는 통에 방심하고 있던 정보원이 연락을 끊어버리는 일을 원치 않았다. 궁금해서 속이 타들어갔지만, 그는 뜸을 들였다. 그러던 와중에 며칠 뒤 〈캐피탈 시티 위클리〉(〈주노 엠파이어〉의 자매지로 주노에서 발행되는 무가지)의 기자인 리비 스털링에게서 걸려온 전화를 받았다. 리비는 로미오의 운명을 알고 있다고 말하는 한 펜실베이니아 남자에게서 연락을 받았다고 했다. 그녀는 그 이야기를 직접 좇는 대신(분명 이 지역에서는 엄청난 특종이었음에도) 해리에게 전화번호를 건네주기로 했다. 이에 대한 답례로 그는 적당한 때가 되면─이야기가 제대로 확인되면─그녀에게 제일 먼저 소식을 전하기로 약속했다. 해리는 그날 저녁 그 번호로 전화를 걸었고 마이클 로먼을 만났다.

로먼은 해리가 접촉했던 온라인 정보원에 대해서는 아는 바가 없었다. 비슷한 시기에 연락이 된 것은 우연일 뿐, 서로 관련은 없어 보였다. 로먼은 펜실베이니아 랭카스터에 있는 인쇄소인 'R. R. 도넬리 앤드 선스'에서 일하다가 그 남자 제프 피콕을 알게 되었다. 피콕 역시 그 회사의 직원이었다. 그의 성은 자신의 사냥 전리품을 사람들에게 자랑하고 싶어서 좀이 쑤시는 그의 통제 불가능한 충동과 잘 어울렸다. 피콕은 2004년부터 한때 그 공장에서 일하다가 주노로 이주한 친구를 만날 겸 알래스카를 자주 찾았다. 피콕은 아는 사람 모두에게 자신이 핸드폰에 간편하게 저장하고 다니는 이미지를 통해, 혹은 작업용 컴퓨터를 통해 그가 운영하는 죽은 동물들의 전시장을 보여주며 감탄을 듣고 싶어했다. 그 공장의 또 다른 직원인 낸시 마이어호퍼—자칭 '열렬한 사냥꾼이자 덫꾼, 박제사'이기도 한—는 나중에 이렇게 덧붙였다. "제프의 사냥물들은 전부 다 가장 크고 가장 좋은 것들이어야 했다. 그는 자신의 거실에서 위엄 있는 모든 종을 한 마리씩 무두질하거나 박제로 만들어서 감상하고 싶어 했고, 사람들에게 위대한 사냥꾼으로 인정받기를 원한다."

알래스카가 있는 북쪽으로는 가본 적 없는 로먼은 해리의 꿈이 사실이었음을 확인해주었다. 피콕은 지난 9월 마지막으로 주노에 갔을 때 귀가 있는 모든 사람에게 '유명한 늑대'를 죽였고, 그해가 가기 전에 자기 거실에 그 동물의 전신 박제를 주요 작품으로 들여놓을 거라고 떠들어댔던 것이다. 피콕은 우선 공장 동료 중에 취미가 사냥인 사람들에게 자기 생각을 떠벌였는데, 거기에 로먼과 마이어호퍼가 있었다. "우리 부서에 속한 모든 사람에게 이야기했어요." 로먼은 이렇게 기억한다. 피콕이 허풍을 떨었을 수도 있지만, 그들 모두가 꿈꾸던 땅에서 사냥을 한 것은 사실이었다. 직원들은 휴게실에 옹기종기 모여 앉아 그의 이야기를 질리도록 들었고 거대한 검은 늑대 사진을 보며 감탄을 연발했다. 늑대 사진은 처음에는 살아 있는 모습이었는데 나중에는 죽은 모습이었다. 하지만 피콕이 세세한 내용을 늘어놓자 그들 중에 가장 과격한 사냥꾼들마저 충격에 빠졌다. 둘도 없는 스포츠맨으로 비쳐지고 싶은 욕망을 고려했을 때, 피콕이 산 위아래에서 늑대를 좇고 늑대가 뛰어올라 공격을 하려던 마지막 순간에 총을 쏴 목숨을 건진 이야기에는 어느 정도 과장이 있으리라고 예상할 수 있었다. 하지만 그는 가죽이 벗겨져 피범벅이 된 늑대 사체의 사진을 자랑스럽게 내밀며 노골적이고 불쾌하게 진실을 드러내고 킬킬거렸다.

피콕이 사람들에게 들려준 이야기에 따르면 그와 주노의 친구인 파크 마이어스 3세는 로미오가 어떤 존재인지, 그리고 녀석이 주노에서 어떤 의미를 갖는지 정확히 알고 있었다. 로먼은 이렇게 밝혔다. "사실 피콕이 그 특정한 늑대를 죽인 큰 이유 중 하나는 그렇게 하면 지역 사회 사람들이 엄청나게 고통스러워할 것이기 때문이라는 거였어요. 그는 그런 식으로 사람들에게 상처를 주는 일을 하는 데서 크게 만족감을 얻는 것 같았죠." 피콕과 마이어스의 계획은 스포츠용 사냥이라기보다는 암흑가의 폭력에 가까웠다. 이들은 목격자가 없는 곳에서 재빨리 손쉽게 죽이고 흔적을 남기지 않고 사체를 없앨 생각이었다. 피콕은 늑대를 추격하는 과정에서가 아니라 자신이 일으킨 고통과 살상에서 전율을 느꼈다고 사람들 앞에서 떠들어댔다. 그가 최고의 업적으로 과시할 전리품으로 이 모든 사실이 부풀려져 기억될 터였다. "피콕은 바로 성공하지는 못했어요." 로먼이 말했다. "그런데 우리가 별로 신경 쓰지 않을 거라고 생각하더군요."

피콕과 마이어스는 2008년 가을에 그 늑대를 찾아서 죽이려고 했지만 실패했다. 피콕은 2009년 5월에 다시 알래스카를 찾았지만 이들은 로미오의 털이 최상의 상태에는 못 미쳐도 그때보다는 더 자라는 9월까지 기다리기로 했다. 마이어스와 피콕은 그해 봄에 예측 가능한 방식으로 흑곰 한 마리를 죽였다. 더로드를 지나던 이들은 '성 테레사의 성지'라는 천주교 수행처와 집 한 채 사이에 있는 사냥 금지 구역에서 해변에 난 새잎을 뜯고 있는 이 곰을 발견했다. 이런 식은 사냥감을 좇는 것이라고 할 수도 없다. 보호 지역 내의 곰들은 인간이 전혀 위협을 가하지 않는다는 사실을 재빨리 터득하고는 인간을 무시하는 경우가 많기 때문이다. 피콕은 죽은 곰에게 두 발을 더 발사했는데, 그중 한 발은 그가 소중하게 여기는 스미스 앤드 웨선의 460 매그넘 리볼버였다(무스를 때려눕힐 정도로 큰 구경이다). 그가 로먼에게 밝힌 바에 따르면 그다음에 마이어스는 죽은 동물을 발로 차고 조롱한 뒤 내장을 빼고 마이어스의 트럭 범퍼에 밧줄로 매달아 언덕 위로 끌고 갔다. 펜실베이니아에 돌아온 피콕은 사진에서도 테니스 공 하나로 가리기 힘든, 쩍 벌어진 총구 사진을 여기저기 자랑 삼아 보여주었다. 그리고 정정당당하지 못한 불법 행위였는데도 피콕은 그 곰을 자신의 기량을 증명하는 또 하나의 상징으로 여겼다.

동료들이 제프 피콕에 대해 뭐라고 생각하든, 사냥 동료인 파크 마이어스 3세는 사람에 대한 기준을 낮추기로 결심한 듯했다. 마이어스가 알래스카로 이주하기 전, 이 인물의 됨됨이를 보여주는 두 가지 사건이 있었다고 도넬리의 직원들은 회상한다. 한번은 마이어스가 자신의 트럭 뒷자리에서 총으로 쏜 한 무더기의 거위를 공장 주차장에서 손질한 적이 있었다. 몇 마리는 아직도 숨을 헐떡이며 살려고 버둥대고 있었다. 마이어스가 거위 무더기를 헤치면서 목을 비트는 모습을 보고 비위가 상한 어떤 사람이 지나가다가 왜 그렇게 필요 이상으로, 그리고 합법적인 한도 이상으로 많이 쏘았는지 그에게 물었다. "할 수 있으니까요." 그는 어깨를 으쓱하며 이렇게 말했다. 또 한번은 직원들이 보고 있는 가운데 마이어스가 주차장을 가로지르는 주머니쥐를 추격하더니 발가락 부분이 강철로 된 작업용 신발을 신은 채 축구공 차듯 발길질을 한 적이 있었다. 그러더니 마이어스는 사람들이 만류하는데도 주머니쥐를 밟아 죽였다.

파크 마이어스의 태도는 그의 사회적 행위 역시 짐작케 한다. 1999년 펜실베이니아주가 제기한 범죄자 고발에 따르면 마이어스와 그의 아내는 열세 살 여성 청소년 두 명(그중 한 명은 이들의 베이비시터였다)에게 '알코올과 마리화나'를 제공한 뒤 옷 벗기 내기 포커를 한 이유로 기소되었다. 이 게임 끝에 결국 모두가 속옷 차림이 되었고, 소녀 중 한 명은 마이어스에게 (경찰 보고서의 말을 그대로 옮기면) '가슴과 골반 부근'을 애무당했다. 피고 측 변호사의 반대 심문으로 해당 소녀가 트라우마에 시달리지 않게 하려고 마련된 양형 거래에서 마이어스는 두 가지 경범죄, 즉 미성년자를 타락시키고 이들에게 알코올을 제공했다는 점에 대해 유죄를 인정했다. 떠도는 소문에 따르면 마이어스의 돈 많고 연줄 많은 할머니가 변호 비용을 댔을 뿐만 아니라 뒤에서 영향력을 행사했다고 했다. 사실이 무엇이든, 마이어스는 옥살이 없이 4년의 보호감찰을 선고받고 빠져나왔다. 이 보호감찰을 두 번이나 위반해서 기소되긴 했지만 말이다. 상황이 나아질 기미가 보이지 않자 결국 마이어스와 그의 아내 패멀라 그리고 이들의 두 아들은 새출발을 위해 이주를 했는데, 그곳이 바로 알래스카의 주노였다.

파크 마이어스는 알래스칸 양조 회사에서 일자리를 구해, 우리 모두가 마시는 맥주를 만드는 데 일조했다. 패멀라는 미용실에 취직했다가 (나도 최소한 한 번은 그녀에게 머리를 잘랐다) 로미오의 숭배자들이 소유한 곳으로, 주노에서 가장 큰 동물병원인 사우스이스트의 접수대에서 일했다. 두 아들은 지역 학교에 등록했고, 이들 가족은 임대 트레일러에 살다가 폐기 처분하고 멘덴홀 계곡의 심장부인 버치레인에 있는 괜찮은 집에 돈을 털어넣었다. 파크는 채널 볼링장에 출근 도장을 찍는 사람들과 야외활동을 좋아하는 지역 주민들 중에 친구를 몇 명 사귀었는데, 이들 내에서 쓸데없는 살상을 일삼고 이를 거리낌 없이 이야기하고 다니며 법을 우습게 안다는 평판이 자자했다. 마이어스는 가끔 어업수렵부 본부에 들러 규정을 확인하고 해명을 요구하는 이상하고 모순되는 취미를 갖고 있었다. "고집이 세고 종종 종잡을 수 없이 별난 사람이었어요. 별것도 아닌 걸 가지고 나를 괴롭히고 상당히 공격적인 질문을 해댔죠." 전직 어업수렵부의 바다표범 사냥 담당자 크리스 프레리는 이렇게 기억한다. 또한 마이어스는 지역의 마약과 관련된 하위 문화에 심취해, 실내에 상업적 규모의 마리화나 재배 시설을 만들고 시끌벅적한 파티를 열기도 했다. 소문에 따르면 이 파티에는 미성년자들이 드나들었을 뿐만 아니라 각종 불법 약물까지 정기적으로 들어왔다고 한다. 가정에 문제가 있거나 곤란한 상황에 처한 사람들은 한 번에 며칠씩, 혹은 몇 주씩 그의 집에서 지내기도 했다. 정상인 척했지만 그는 여전히 본색을 버리지 못했던 것이다.

2009년 9월 셋째 주에 로미오가 정확히 어떤 상황에서 죽어갔는지는 분명하지 않았다. 피콕이 로먼을 비롯한 여러 사람에게 보여준 흐릿한 핸드폰 사진에서는 검은 늑대 한 마리가 고속도로 수리 장비가 놓인 자갈 깔린 공터 가장자리를 지나가고 있었다. 해리는 나중에 그 사진을 보고 확장과 재포장 프로젝트가 진행 중이던 더로드의 약 45킬로미터 지점에서 가까운 허버트강 주차장임을 알아보았고, 알래스카주 야생동물 담당 경찰 역시 그 말이 맞는다고 인정했다. 로먼의 말에 따르면 피콕은 이렇게 말했다. "그날 우리는 놈을 봤지만 곰 사냥용 대구경 소총밖에 없어서 소음이 걱정됐지…… 이 늑대처럼 상징적인 놈을 사냥할 때는 조심해야 하거든. 다음 날 22구경 소총을 가지고 돌아왔더니 녀석이 같은 장소에 있더라고. 그래서 쐈지. 한 발이 정확하게 심장에 맞았어!" 피콕은 로먼에게 트럭을 타고 녀석을 몰래 뒤쫓았다고도 이야기했는데, 이는 도로 가까이에서 불법 살상을 저질렀다는 뜻이었다. 피콕은 낸시 마이어호퍼에게는 이렇게 말했다. "그 멍청한 놈이 나를 보고 멈춰 서더니 빤히 쳐다보는 거야. 더할 나위 없이 깔끔하게 쏴줬지. 망할 등신들. 그 멍청이들은 이런 게 얼마나 쉬운지 몰라." 치명상을 입은 늑대는 놀라서 달아났다. 살해범들은 20미터 정도 떨어진 곳에서 몸을 말고 죽어 있는 늑대를 발견했다. 조금이나마 다행이라면 상대적으로 빠른 속도로 죽었다는 점이다.

마이어스는 나중에 늑대를 쏜 사람은 피콕이 아니라 자신이고, 장소는 주차장이 아니라 거기서 약 2킬로미터 위에 있는 산책로 시작 지점이라고 강력하게 주장했다. 그리고 그 늑대는 두 마리 회색 늑대와 함께 있어서 로미오일지 모른다는 생각을 전혀 하지 못했고, 완벽하게 명중한 총알은 계획한 것도 아니고 세심하게 조준한 것도 아니고 그저 '본능에 따른' 것이었으며, 이들이 가지고 있던 총은 들꿩 사냥용 22구경(합법적으로 큰 사냥감을 쏘기에는 너무 작은 소구경 무기)이었다고 고집을 부렸다.

하지만 해리 로빈슨은 그 늑대가 몇 킬로미터 떨어진 웨스트글레이셔 트레일 주차장에서 총에 맞았다고 생각했고, 피콕의 핸드폰 카메라에 저장된 어슴푸레한 갯과 동물의 형체가 로미오인지는 확신하지 못했다.

해리는 피콕과 로먼 사이의 대화에서 수집한 정보를 통해 로미오가 이른 아침에 죽었고, 마이어스와 피콕은 그해 가을 처음으로 웨스트글레이셔 트레일 지역을 찾았고 그 이후 규칙적으로 그곳을 방문했는데, 보통 오후에 차에서 내려 저녁까지 머물렀음을 알 수 있다고 지적한다. 그곳은 마이어스의 집에서 몇 킬로미터 떨어진 곳에 있었으므로 충분히 앞뒤가 맞는 이야기였다. 만일 해리의 추론이 맞는다면, 마이어스와 피콕은 멘덴홀 빙하 인근의 금지 구역에서 사냥을 했다는 추가 기소를 피하기 위해 허버트강 주차장이 살상 장소라고 주장했을 수도 있었다. 해리는 소음에 대한 염려를 자기 주장의 근거로 추가했고, 최근에 자신이 그곳에서 늑대를 만난 적 있다는 사실을 덧붙였다. 모든 게 아귀가 맞았다. 하지만 내가 보기에 허버트강 주차장에서 찍은 게 분명한 핸드폰 사진 속 살아 있는 늑대의 특징적인 윤곽은 로미오인 것으로 보였다. 녀석이 두 장소 사이의 지름길을 택했을 수도 있었고, 그 시기에 허버트강에 넘쳐나는 연어가 녀석을 유인했을 수도 있었다. 어느 장소든 소음에 신경 쓸 필요는 있었다.

피콕과 마이어스는 늑대의 사체를 마이어스의 트럭 뒤칸에 던져넣고 방수포로 덮은 뒤 마이어스의 집으로 돌아왔다. 집에 도착한 이들은 근처에 사는 박제사 로이 클래슨에게 전화를 걸었다. 이들은 몇 블록 떨어진 이 박제사의 집으로 죽은 늑대를 끌고 가서 무게를 재고 우쭐해하며 사진을 찍었다. 야생동물 담당 경찰관의 증거 파일에 있는 핸드폰 사진에 찍힌 시간을 보면 클래슨의 집에서 가죽을 벗기는 작업은 저녁 8시 직전에 이루어졌다. 이를 통해 이들이 집에 돌아오자마자 늑대의 사체를 박제사의 집으로 옮겨갔음을 알 수 있다. 아니면 이들은 야음을 틈타기 위해 하루 종일 기다렸는지도 모른다. 어쨌든 정확한 사실은 알 수 없었다. 이 복잡한 사건에서 서로 상반되는 의견, 맞지 않는 진술, 다양한 해석이 난무하는 문제는 이 대목이 유일했다. 이렇듯 우리들의 삶 안팎에서 살았던 이 늑대는 살았을 때만큼이나 죽어서도 언쟁의 중심에 섰다.

클래슨은 사체의 가죽을 벗긴 뒤 둘둘 말고 머리를 절단해 역시 가죽을 벗겨서 냉동고에 넣었는데(머리는 가죽을 벗겨 표백한 다음 두개골 트로피로 만들고, 나머지 가죽은 무두질 전문가에게 보내기 위해서였다), 이것이 일반적인 박제 관행이었다. 머리도 가죽도 남지 않은 사체는 숲속 혹은 동네 매립장에 버리거나 바다에 물고기 밥으로 던져주면 그만이었다. 늑대의 전신 박제는 무두질한 가죽을 철사로 보강한 스티로폼에 펼쳐서 만들었다. 이들은 입에 붉은 연어를 물고 있는 형상의 늑대 박제를 만들기로 합의했다. 날가죽에는 피콕이 가지고 있던 다른 지역 대형 사냥감의 인식표(흑곰이나 검은 늑대에게 사용할 수 있는 것이었다)를 달았는데, 이는 만일 살상이 발각될 경우 지역 주민인 마이어스에게 대중의 분노가 쏟아지는 것을 막기 위해서 벌인 행동으로 추정되었다. 클래슨에 따르면 마이어스는 두개골을 (박제에 넣지 않고) 간직하고 있다가 청동을 입힐지 여부를 고민했다.

두 사람은 이미 참지 못하고 입을 놀리고 다녔다. 마이어스의 이웃인 더글러스 보사지와 메리 윌리엄스에 따르면 바로 그날인지 그다음 날인지 피콕과 마이어스가 이들의 집에 찾아왔다. 보사지는 이렇게 말했다. "마이어스가 내게 자신이 늑대 로미오를 죽였다고 말했어요. 그 짓을 한 게 아주 흥분되고 기쁜 것처럼 보였어요. 춤이라도 추고 싶은 것처럼요. 로미오를 잡으려고 일부러 밖에 나갔다 온 것 같았어요…… 그 행동을 보고 심란해져서 더는 파크 마이어스와 어울리지 말아야겠다고 생각했어요." 윌리엄스는 이렇게 덧붙였다. "왜 그랬느냐고 물었지만 아무런 대답을 하지 않더라고요." 클래슨 역시 자신이 주노의 검은 늑대를 박제로 만들었다고 여러 사람에게 떠들고 다녔는데, 그중에는 다른 일로 그의 작업실에 들른 연방 어류야생동물관리국 특별 요원 크리스 핸슨도 있었다. 클래슨의 경우, 그 누구도 잘못하지 않았다고 생각해서 주저 없이 이야기했던 것이다.

무분별하고 강박적으로 보이기까지 하는 과시적 말잔치는 거기서 그치지 않았다. 그해 가을 허버트강 근처의 더로드 확장 공사에서 안전 담당 신호수로 일했던 틀링깃족[*] 여성은 1년이 더 지나고 나서 내게 할 말이 있다며 연락해왔다. 그해 9월 피콕과 마이어스는 그녀의 검문소에 차를 세우고 도넬리 공장 직원들이 본 것과 동일한 핸드폰 사진을 그녀에게 보여주었다. 그녀는 보사지가 언급했던 바와 마찬가지로 기이하고 들뜬 흥분에 대해 묘사했고, 역시 유사한 인간적 반감을 털어놓았다. 피콕은 늘어서서 대기하고 있던 차로 가서 생면부지의 운전자들에게 같은 사진을 보여주었다.

주노를 떠난 직후, 피콕이 펜실베이니아에서 미주알고주알 다 떠벌이기 작전에 착수한 것처럼 마이어스 역시 볼링장에 모인 사람들에게 로미오를 죽인 이야기를 하고 다녔다. 그리고 겨울이 오고 호수가 꽁꽁 얼어붙고 주노 주민들이 이 사라진 검은 늑대와 관련된 대응에 들어가는 동안 자랑의 강도는 더 세졌다. 로먼의 말에 따르면 "살상 이후 몇 달 동안 피콕은 자신과 마이어스의 행동이 지역 사회에 미친 영향을 뻐기고 다녔어요…… 피콕은 휴게실에서 인터넷에 접속해 다른 사람들에게 자기가 벌인 짓을 보여주곤 했어요…… 유튜브에 들어가고 〈주노 엠파이어〉에 실린 로미오 기사에 대한 논평을 읽기도 했어요…… 그는 이런 식으로 말했어요. '이 머저리들! 하! 이 천치들! 내가 이놈들이 사랑하는 늑대를 죽였다고! 하!' 컴퓨터 화면에 대고 '이 망할 멍청이들! 사라져버린 불쌍한 늑대 때문에 흐느끼는 꼴이라니!'라고 소리치기도 했죠. 공장에 있는 많은 사람들이 그의 행동에 불쾌해했는데, 그가 뿌듯해하는 모습을 보는 게 얼마 뒤에는 너무 이상했어요." 로먼은 2년 뒤에 나와 이야기를 나누면서 이렇게 회상했다. "정말 어이가 없었던 건 피콕이 우리한테 시시콜콜 다 늘어놓을 정도로 너무 어리석었다는 거였어요. 정말 놀랐어요…… 말을 하지 않았다면 숨길 수 있었을 텐데. 정말로 자기가 우리보다 우월하다고 생각했나봐요."

2010년 1월 22일자 〈주노 엠파이어〉에 "로미오, 당신은 어디에 계시

[*] 아메리카 원주민 부족 중 하나.

나요Where Art Thou, Romeo?"라는 기사가 실리자 피콕은 특히 기뻐했다. 낸시 마이어호퍼는 피콕의 말을 이렇게 전했다(철자와 문법이 그다지 완벽하지는 않았다). "응. 너네 로미오가 어디에 있는지 내가 알지. 그놈은 내 거실에 올 거야. 줄리엣한테 내 무릎을 베고 누우라고 전해. 그럼 내가 다 얘기해줄 테니." 그리고 그즈음 나는 하울링을 하는 로미오의 실루엣이 표지에 실리고 우리와 함께한 녀석의 삶을 다룬 짧은 에세이 몇 편이 담긴, 남동 알래스카에 대한 내 에세이집《빙하의 늑대The Glacier Wolf》의 온라인 주문을 하나 받았다. 이 주문서에는 "로미오, 당신은 무엇 때문에 존재하나요?Wherefore art thou, Romeo?"라는 문구를 첨가해달라는 별도의 주문이 있었다. wherefore는 사람들이 잘 혼동하는 단어여서(**어디에** 있냐는 말이 아니라 **어째서** 있느냐는 뜻이다) 그 특이한 주문자의 이름과 함께 내 기억에 남아 있었다. 주문자의 이름은 바로 피콕이었다. 당시 그 이름은 내게 아무런 의미가 없었고, 내 책으로 자신의 전리품을 더 돋보이게 하고 그 늑대의 명성과 자신의 가학적 재주를 입증하려는 그의 계획에 대해서도 물론 알지 못했다. 하지만 얼마 안 가 모든 것이 단박에 명료해졌다.

뒤늦게 든 생각이지만, 마이어스와 피콕이 엄청나게 나불대고 다니긴 했어도 대부분 제한된 집단이었고 동떨어져 있어서, 주 차원이든 연방 차원이든 법 집행 기관의 레이더망에 포착되지 않았던 듯하다. 해리 로빈슨이 끈질기게 추적하고 마이클 로먼이 이에 호응하지 않았더라면 로미오와 그 살해범들 사이에 흩어져 있던 수많은 점을 연결하지 못했을 것이다. 로먼은 수천 킬로미터 떨어진 곳에서 야생동물 범죄를 해결하는 데 헌신했고, 이를 통해 한 번도 본 적 없는 한 마리 야생동물과 사람들에게 영향을 미쳤으며, 이타적 행동의 귀감이 되었다. 그에게 개인적 위험이 전혀 없었던 것도 아니다. 2010년 2월, 로먼과 피콕은 도넬리 공장에서 일하면서 몇 마디 대화를 주고받았다. "피콕이 로미오의 살해범 신원을 밝히는 데 도움이 되는 정보를 제공해주는 사람에게 사례금 1500달러가 주어진다고 언급했어요. 내가 농담 삼아 '그 정도면 내가 직접 당신을 고발하겠소'라고 말했죠. 그랬더니 피콕이 내 눈을 소름 끼칠 정도로 빤히 들여다보면서 '그렇게 하면 내 손으로 널 쏴주겠어'라고 하더라고요." 하지만 로먼은 이런 위협에도 아랑곳하지 않고 피콕의 말을 기록한 뒤 계속 늘어나는 유죄 입증 자료에 이를 추가했다.

2009년 말부터 2010년 초로 이어지는 겨울 내내 해리 로빈슨은 불굴의 의지를 이어갔다. 그는 공공 기록과 알래스카주와 연방의 법규를 로먼에게서 받은 정보와 비교하면서 이름과 날짜, 그 외 구체적인 사항들을 갖춰 마이어스와 피콕을 기소할 수 있는 위반 사항 목록을 만들어 갔다. 이는 로미오 사건에만 국한되지 않고 2006년에 피콕이 당시 빙하의 곰으로 알려졌던, 몸 색깔이 청회색인 희귀한 흑곰을 죽인 사건으로까지 확장되었다. 피콕은 펜실베이니아로 돌아가서 자신이 '주노의 영험한 곰'을 죽였다고 자랑했는데, 이는 자신의 개인적인 전설을 강조하기 위해 직접 만들어낸 표현이었다. 두 살짜리 어린 곰(등에 손잡이가 있었다면 그걸 들고 걸어갈 수 있다는 의미에서 슈트케이스 곰이라고 부르곤 했던 내가 아는 곰과 비슷한 크기)으로 만든 무릎 덮개는 너무 작아서 일부 도넬리 직원이 비웃을 정도였다. 그 외 범법 행위에는 2009년에 그보다 더 큰 흑곰을 불법 살해한 일, 우편을 통해 권총을 주 경계 밖으로 불법 운반한 일, 숱하게 거짓 진술을 한 일, 여러 차례에 걸쳐 불법으로 손에 넣은 사냥감을 소유하고 운반한 일, 피콕의 경우에는 몇 년간 허가 없이 사냥과 낚시를 한 일 등이 있었다.

해리는 지역 변호사들과 로미오 전문가인 조엘 베넷과 잔 밴 도트가 모은 자료와 함께 자신이 수집한 것들을 주 당국이 아닌 연방 당국에 제출하기로 결정했다. 연방에서는 주 차원보다 죄목이 훨씬 커질 수 있었기 때문이다. 특히 연방에는 주 경계 너머로 불법으로 취득한 동물의 일부를 운송하는 것을 겨냥한 레이시 법Lacey Act이 있었다. 미국 어류야생동물관리국의 특별 담당관 샘 프라이버그는 해리가 제출한 자료의 철두

철미함에 깊은 인상을 받았다. 그가 넘겨받은 자료는 일반적인 시민들의 제보와는 차원이 달랐다. 제출된 증거 자료는 두 연쇄 밀렵꾼의 활동을 일지처럼 낱낱이 기록한 것이었다. 그리고 해리가 마이클 로먼이 꾸준히 보고한 사항들을 전달한 덕분에 2010년 봄에 피콕이 곧 알래스카에 다시 방문할 예정이고, 그래서 피콕과 마이어스를 잡을 기회가 생긴다는 사실 역시 전달되었다. 그러자 형사들에게 빨간 경고등이 켜졌다.

예정대로 5월 초에 알래스카에 도착한 피콕은 자신과 마이어스가 미행을 당하고 있다는 낌새를 전혀 눈치채지 못했다. 사실 이들은 연방 어류야생동물관리국과 삼림청, 알래스카 야생동물 담당 경찰의 합동 수사 대상이었다(알래스카에서는 관할권이 겹치기만 하면 이런 공동 수사가 일반적이다). 연방 요원 프라이버그와 크리스 핸슨은 마이어스가 피콕이 도착하기 몇 주 전에 아웃더로드에 설치한 미끼 지점(곰을 유인하기 위해 먹이를 남겨놓는 곳으로, 인근에 은신처나 입목treestand이 있다)에서 잠복했다. 물론 이는 피콕이 다시 한 번 혹은 두 번 살상할 경우에 옴쭉달싹 못 하게 만들기 위해서였다. 마이어스는 규정을 자주 확인했기에 분명 주노에서 이런 미끼 지점을 설치하는 것이 불법임을 알고 있었지만, 그와 피콕은 딱딱해진 빵과 탄내 나는 꿀을 가득 채워두었다. 현장에서 두 밀렵꾼을 감시하며 비디오로 촬영하던 프라이버그와 핸슨은 5월 14일 늦은 저녁에 한 발의 총성을 들었다. 이들은 마이어스와 피콕이 또 다른 슈트케이스 곰을 운반하여 마이어스의 트럭 뒤쪽에 싣는 모습을 비디오에 담았다. 크기가 개 정도 되는 깡마른 두 살짜리 곰이었다. 아니, 어쩌면 한 살배기였는지도 모른다. 피콕은 또 한 번의 정복 기록을 자신의 핸드폰 카메라에 담아 5월 23일에 떠날 예정이었다. 그는 하늘을 찌를 듯한 자신의 정복 능력이 곧 무너져내리리라는 것을 전혀 알지 못했다.

5월 20일 오후, 나는 사소한 일처리 때문에 차를 몰고 알래스칸 양조 회사를 지나고 있었다. 나는 경찰의 SUV가 길가에 서는 것을 본 순간, 체포 작전이 진행 중임을 알아챘다. 몇 안 되는 사람들이 오래전부터 기다려온 일이었다. 안에서는 알래스카주 야생동물 담당 경찰관 에런 프렌절과 어류야생동물관리국 특별 요원 스탠 프루첸스키가 파크 마이어스를 심문하고 있었다. 마이어스의 집과 박제사 클래슨의 집에는 이미 수색 영장이 발부된 상태였다. 경찰과 요원들은 무두질을 마친 거대한 검은 늑대 가죽과 두개골, 흑곰의 가죽과 피콕의 핸드폰을 압류했다. 이들은 또한 마이어스의 창고 안에서 마리화나 재배장을 발견했다. 주 경찰이 보고서에서 표현한 바에 따르면 길거리 시가로 수만 달러로 추정되는, 전문적으로 재배된 고급 마리화나 약 27주가 있었다. 게다가 미국 체신청은 마이어스가 도난당한 30구경 카빈총 한정품을 소지하고 운반했음을 밝혀냈는데, 이는 그 자체로 연방 차원의 중범죄에 해당했다. 그러는 동안 어류야생동물관리국 요원들은 대륙 저편 펜실베이니아에서도 수색 영장을 발부받아 증거로 뒤범벅된 피콕의 직장 컴퓨터를 압류했다. 피콕은 위증, 금지 지역에서 대형 사냥감 취득, 허가 없이 곰을 미끼로 유인, 그리고 사냥감 3종 불법 소지로 기소되었다. 마이어스의 영장에는 대형 사냥감 불법 취득, 허가 없이 곰을 미끼로 유인, 사냥감 3종 불법 소지한 일이 적시되었다. 각 건은 최대 벌금 1만 달러와 징역 300일에 처해질 수 있었는데, 마이어스의 경우는 여기에 다섯 배, 피콕은 여섯 배를 곱한 만큼의 처벌을 받을 수 있었다. 알래스카에서는 이 정도만으로도 중범죄자 취급을 받았다. 여기에 연방의 기소까지 가중되면 이미 부담스러운 처벌이 한층 더 무거워질 수 있었다. 피고 측 변호사 데이비드 몰렛이 은밀하게 대리하는 가운데 각각 기소 절차를 밟은 마이어스와 피콕은 무죄를 주장했다. 피콕은 보석금 1만 달러를 내야 알래스카주를 떠날 수 있었다. 이 둘은 심각한 범법자로 큰돈을 지불하거나 철창에 갇힐 운명으로 보였다.

〈주노 엠파이어〉와 지역 라디오를 통해 이들의 체포 소식과 기소 과정이 대중에게 낱낱이 밝혀졌다. 여러 달 동안 많은 주노 주민들이 이 늑대의 운명을 궁금해했지만 봄쯤 되었을 때는 대부분이 한숨을 쉬고는 일상으로 돌아간 상태였다. 그 누구도 늑대 살해범—늘어진 스웨터를 걸치고 창백한 안색에 금테 안경을 쓰고 머리 모양이 엉망인, 가냘프고 별볼일 없는 한 남자—이 매일 아침부터 자신들을 응시하고 있었다는 생각은 고사하고, 뭐라도 밝혀지리라고는 전혀 기대하지 못한 상태였다. 나는 그 남자의 얼굴을 알아보았다. 3년 전 퍼블릭마켓에 설치한 내 부스에 두 아들과 함께 와서 로미오가 자신이 가죽을 벗긴 늑대와 닮았다고 신나게 떠들어댔던 그 남자였다.

대다수 시민들은 신문에서 보도하는 부분적인 사실밖에 접하지 못했는데도 예상대로 격렬한 분노를 표출했다. 차를 몰고 가서 마이어스의 집에 돌을 던지는가 하면, 지붕에 투광 조명을 단 마이어스의 천박한 오렌지색 지프차 타이어를 찢어놓은 사람도 있었고, 공개적으로 악담을 퍼붓는 사람도 있었다. 아마도 이보다 더한 일도 있었으리라. 하지만 나는 로미오와 관련된 대다수 주노 주민들과 마찬가지로 그를 철저히 무시하고 피했다. 심지어 프레드마이어 식품점에서 힐끗 보게 되었을 때조차 그를 사람으로 여기지 않았다.

그러는 한편 마이어스와 피콕을 극렬 환경분자들에게 부당하게 희생된 평범한 시민이자 충직한 스포츠맨으로 여겨 산발적이면서도 꾸준히 반발을 보이는 사람들도 있었다. **망할 늑대 한 마리, 썩어 문드러진 곰 한두 마리, 규정 좀 어긴 게 무슨 대수라고.** 하지만 어느 쪽 입장이든 때로는 격한 이메일이 쏟아지고 〈주노 엠파이어〉로 편지가 밀려들고 블로그 항목이 늘기도 했지만, 거의 으스스할 정도의 침묵 속에서 절제와 사회적 예의가 반향을 이어갔다. 어쩌면 우리 모두 충격에 빠졌는지도 모르지만 한 가지 진실은 확실했다. 우리는 법을 통해 일말의 정의를 실현할 수 있다고 자신하고 공동체 의식으로 연결된 준법 시민들이었다. 물론 완벽하지 않을 수는 있지만 그나마 우리는 법에 기댈 수밖에 없다고 생각했다.

구경꾼들은 가드너 지방검사의 변호인 진술서와 다른 법원 기록에 두 가지 누락 사항이 있다는 점을 알아채지 못했다. 하나는 그 어디에도 마이어스의 마리화나 재배장에 대한 언급이 전혀 없다는 점이었고, 다른 하나는 가드너가 (어류야생동물관리국이 주와 증거 기록물을 공유하면 서 마이어스의 과거 범죄 기록을 넘겨받았는데도) 진술서에서 마이어스 에게 전과가 전혀 없다고 주장했다는 점이다. 과거 마이어스가 펜실베이 니아의 베이비시터를 상대로 자행했던 범죄나 그 이후 보호감찰을 어긴 사실도, 마리화나 재배장도 전혀 공개되지 않았다. 이런 사실들을 알고 있는 사람들에게는 마치 보이지 않는 손이 무슨 수를 쓰기라도 한 것만 같았다. 나중에 우리는 마이어스가 정보원을 넘기는 대신 마약 관련 기 소를 취하하는 방식으로 법원과 양형 거래를 했음을 알게 되었다. 어쩌 면 그 외에도 다른 부차적 합의가 있었을 것이다. 또한 진행 과정에서 우 편물에서 훔친 .30/.30 카빈총(연방의 중죄에 해당할 수 있는 사안)에 대 한 언급 역시 증발해버렸다.

    그러는 동안에도 죽은 늑대의 신원—대다수 주노 주민들에게는 이 사건의 핵심—은 일반 대중에겐 미상으로 남아 있었다. 사람들은 로먼 의 진술서라든지, 해리와 조엘, 나 등등이 수개월 동안 알고 있던 그 외 세세한 내용은 접할 수가 없었기 때문이다. 〈주노 엠파이어〉5월 26일자 표제는 많은 사람들이 궁금해하는 질문을 던졌다. **"그게 로미오일까?"** 플 라스틱으로 된 인식표를 보면 피록이 소지했던 가죽은 어업수렵부가 요 구 사항에 맞춰 수사용으로 제출했는데, 이 부서의 기록에 따르면 가죽 이 회색이라고 되어 있었다. 봉인 번호가 달려 있는 실제 가죽은 검은색 이었는데 말이다. 이런 상당히 충격적인 차이 때문에 일각에서는 즉각 어업수렵부나 사법 기관마저 은폐에 가담했을지 모른다는 의혹이 일었 다. 어업수렵부 봉인 담당관 크리스 프레리는 지금도 그때 일을 당혹스 러워한다. 그는 그해 9월에는 검은 늑대 가죽을 살펴본 기억이 전혀 없다 고 말한다. 하지만 2009년 9월 23일자 서류에는 그의 손글씨가 적혀 있 다. 나중에 그는 이 문제로 프라이버그 요원과 프렌절 경찰관에게 엄하게 심문을 받았다. 이들은 최소한 사법기관이라도 의혹의 시선을 받지 않게 하려고 했던 것으로 보인다. 나중에 나는 직접 프레리를 인터뷰하고서 그의 이야기를 믿게 되었다(그는 지금은 은퇴했지만 아직도 자신의 말이 논란의 대상이 된 것을 원통해한다). 피콕이 수기로 작성했던 인식표가 처음에는 출처 불명의 회색 가죽에 부착되었다가 나중에 제거된 뒤에 로미오의 가죽으로 옮겨갔을 가능성이 다분했다. 따라서 그 검은 가죽은 제대로 된 조사도 받지 못하고 인식표만 인정받게 되었을 수도 있다. 그것은 규정을 연구하고 이리저리 찔러보던 밀렵꾼이 시도해볼 만한 꼼수였다.

마이어스는 기소 이후 〈주노 엠파이어〉와 한 인터뷰에서 자기 알리바이에 걸린 사람처럼 버둥거렸다. 예상대로 그는 인식표가 달린 가죽을 들켰는데도 검은 늑대를 쏜 적이 없다고 단호하게 부인했다. "그게 로미오라고 생각하면 당신들 완전히 바보야. 완전히 바보지. 나도 검은 늑대하고 회색 늑대는 구분할 줄 알아. 30킬로그램짜리 늑대하고 60킬로그램짜리 늑대는 구분한다고." 불과 며칠 전만 해도 선서를 하고 나서 지방검사 가드너에게 자신이 죽인 것이 로미오일지 모른다는 사실을 깨닫고 나서 '공황 상태에 빠졌다'라고 진술했고, 이는 그 늑대가 사실 크고 검은색임을 암시한다는 점은 안중에도 없었다. 그리고 피콕의 핸드폰에 담긴 늑대의 사진 일부에도 '로미오'라는 제목이 달려 있다는 점도. 하지만 어업수렵부의 봉인 기록 외의 어떤 자료나 어떤 법원 기록에도 마이어스나 피콕이 회색 늑대를 쏘았다는 언급이 없었고, 이 변명을 뒷받침해줄 만한 회색 가죽도 없었다. 그렇다면 각 동물의 그 특정한 몸무게 수치는 어디에서 온 걸까? 마이어스는 일반적인 거짓말쟁이들의 실수처럼 자신이 알 수 없는 세부 사항까지 털어놓았던 것으로 보인다. 이처럼 서로 상반되는 주장과 의문, 누락 사항이 쌓이고 쌓이면서 재판은 몇 달씩 연기되었다.

법적 한계는 이 사건의 향방을 한층 더 옥죄었다. 주의 입장에서 늑대는 늑대일 뿐이었다. 아무리 유명하거나 사랑받았다 해도 특정한 개체의 살상을 다루는 별도의 법이나 처벌은 존재하지 않았다. 일부 시민들은 로미오가 흘린 털을 가지고 있었던 터라 이를 DNA 감식에 사용할 수도 있었고, 해리와 존 하이드, 나를 포함해 최소한 다섯 명은 특정한 상처나 표식을 통해 가죽을 식별할 정도로 로미오를 충분히 잘 알았다. 하지만 주의 입장에서 그 가죽이 로미오의 것임을 확인할 만한 수단이 있었다 해도, 그렇게 해야 할 법적 이유가 전혀 없었고, 그렇게 한다고 더 좋은 점은 더더욱 없었다. 만일 그 가죽이 로미오의 것으로 확인되면, 곤란한 상황만 초래될 뿐이었다. 대중의 예상보다 낮은 수준의 처벌이 이루어질 경우, 대중적 소요가 일어날 가능성도 배제할 수 없었다. 가령 만일 알래스카에서 자원을 불법으로 탈취한 행동이 유죄 판결을 받을 경우, 마이어스가 늑대 한 마리에 대한 직접적인 보상으로 지불해야 할 벌금은 겨우 500달러였고, 흑곰 한 마리는 600달러였다. 그리고 아무리 두 사건의 잠재적 총 벌금이 꽤 무겁게 나온다 해도 —마이어스와 피콕이 합해서 벌금 약 2만 달러를 내고 징역을 몇 년 살 수 있었다— 이들의 범법 행위는 모두 경범죄에 해당했다.

우린 그래도 아직 출발이 좋다고 서로를 다독였다. 얼마 안 가 연방 당국은 기소장에 압도적인 기소 사유들을 추가하리라. 하지만 몇 주가 지나도록 추가 기소는 전혀 진행되지 않았다. 사건을 주 차원에서만 끌고 가기로 비밀리에 결정이 내려진 탓이었다. 나중에 우리가 전해 들은 바에 따르면 그것이 법적으로 더 강력한 노선일 수 있었기 때문이라고 했다. 하지만 레이시 법 위반(곰 두 마리의 가죽처럼 불법으로 취득한 늑대 가죽과 두개골이 주 경계를 넘었다)과 화기 관련 기소는 각각 중범죄 한두 건에 해당할 수도 있다는 점에서 이런 논리는 의문스러웠다. 분명 주 차원의 기소와 연방 차원의 기소를 동시에 진행할 수 있었고, 각각의 기소는 서로 중복되지 않아 보완하는 관계일 수 있었다. 물론 이런 요구는 당시 수사관들의 소관이 아니었다. 몇 년 뒤 프라이버그 요원은 내게 그런 기소 결정에 대해 자신 역시 실망했다고 말했다. 주 경계를 넘어야 해서 수천 킬로미터를 아우르는 사건을 추적하기란 보통 힘든 일이 아니었고, 분명 이보다 더 시급한 사안도 있었다. 무엇보다 이 사건은 야생동물의 목숨 값이 너무 싼 주에서 벌어진, 어떤 늑대와 흑곰 두어 마리가 관련된 별 볼일 없는 밀렵 사건에 불과했다.

법정에 선 파크 마이어스

피콕과 슈트케이스 곰

14

꿈의 무게

2010년 11월

봄이 여름과 뒤섞이더니 나중에는 가을에 길을 내주었다. 마이어스와 피콕의 재판 날짜는 피고 측 변호사 데이비드 몰렛의 요청에 따라 두 차례 연기되었다. 시간이 흐를수록 대중의 관심이 사그라들 거라는 전제에 입각하여 나온 견고하지만 이기적인 전략이었다. 어쨌거나 그 늑대는 이미 우리 곁을 떠난 지 1년이 되었다. 법원의 일정이 겹치면서 재판은 더 미뤄졌다. 하지만 판결이 지연되어도, 그리고 마이어스가 (나중에 직접 법원에서 인정했듯) 일상적인 적개심에 놀라울 정도로 적게 직면했음에도, 지역 내 정의는 소소하게 빛을 발했다. 소문에 따르면 마이어스는 그 늑대에 대해 자랑스럽게 떠벌이다가 술집 밖에서 사람들에게 둘러싸여 폭행을 당했다. 그리고 식료품점의 한 계산원이 내게 이야기해준 바에 따르면 신문에서 마이어스를 알아보고 협박하기 시작한 한 남자로부터 마이어스를 보호하기 위해 슈퍼베어의 경비원이 불려가기도 했다. 몇 달 뒤에는 모르는 한 여성이 나를 찾아와 자신이 마이어스를 만났을 때의 이야기를 들려주기도 했다. 공항 근처에서 타이어에 구멍이 났는데 한 남자가 차를 세우고 그녀를 도와주었다. 이 남자는 차를 밀어올리는 잭을 설치해주면서 로미오 살해범에게 도움을 받는 기분이 어떤지 물었고, 그녀는 그제야 〈주노 엠파이어〉에서 보았던 그의 얼굴이 기억났다. 깜짝 놀란 그녀는 마이어스의 도움을 거절했다. 훨씬 더 직접적인 파급효과도 있었다. 파크 마이어스는 공개되지 않은 이유로 알래스칸 양조 회사에서 일자리를 잃었다.

그 후 파크 마이어스는 잡다한 일들을 얻어서 했고, 패멀라 마이어스는 사우스이스트 동물병원에서 더는 근무하지 않고 슈퍼베어 계산원으로 일했다. 몇몇 주노 주민들이 이들을 도와주었고—음식에서부터 취업 기회까지 온갖 것들을 제공했다— 파크 마이어스는 사람들의 동정심을 십분 활용했다. 그는 자신이 어떤 식의 프레임 안에 갇혀버렸고, 얼마나 박해에 시달렸으며(사실 그는 박해 같은 것은 거의 받지 않았다) 전혀 임박하지도 않은 은행의 문전박대에 곧 직면하게 될 거라는 식의 감상적인 이야기로 눈물을 쥐어짜는 데 선수인 것 같았다. 파크는 또한 자신들이 은행에 사기를 쳐서 임대료를 내지 않고 살고 있다고 으스대기도 했다고 한다. 이웃 존 스텟슨은 "그가 날 완전히 바보로 만들었어요"라고 말했다. 도움의 손길을 뻗었던 그는 나중에 되레 된통 당했다. "수업료 한번 호되게 치렀던 거죠."

파크 마이어스가 체포된 지 5개월 이상 지나, 즉 로미오가 세상을 떠난 지 1년 이상 지나 마침내 판결일이 다가왔다. 40여 명의 방청객과 10여 명의 참가자가 어느 청명한 11월 초의 아침에 주노 지방 법원의 법정을 가득 메웠다. 주중 업무 시간인 오전 9시에 치러지는 경범죄 공청회치고는 전례 없는 인파였다. 해리와 조엘 베넷, 빅 워커, 셰리와 나는 로미오가 살아 있었다면 알아봤을 많은 얼굴들에 둘러싸인 채 서로 닿을 듯한 거리에 앉아 있었다. 어떤 사람들은 경찰 두 명이 권총을 허리춤에 차고 챙 넓은 모자를 이마까지 덮을 정도로 푹 눌러쓴 채 법정 뒤에 서 있게 한 명령을 걱정스러워했지만, 사람들은 익숙지 않은 환경과 그 순간에 압도되어 침묵을 지켰고 예의 있게 행동했다. 마이어스의 측근들, 그러니까 파크, 패멀라, 아들 중 한 명, 분명 그를 위대한 사람이라고 생각하는 후줄근한 십 대 몇 명은 앞쪽 오른편에 철저하게 외따로 몰려 있었다. 마이어스 측 변호사 데이비드 몰렛은 워싱턴주에서 스피커폰으로 출석했다. '알래스카주 대 파크 마이어스 3세' 사건을 주재한 사람은 어느 면에서 보나 공정하고 지역 사회에 민감한 지방판사 키스 레비였다. 그날 아침 그는 운명을 앞에 둔 빌라도[*]처럼 말없이 화가 난 얼굴이었고, 이는 충분히 이해할 만한 일이었다.

이 사건은 일반적인 재판과는 달랐다. 변호인들이 증거와 증인을 놓고 옥신각신했고, 판사는 절차와 법규 하나하나를 해결해야 했으며, 피고의 유무죄가 배심원의 판결에 달려 있어서 최종선고 장면에서 절정에 달하는 실시간 드라마처럼 롤러코스터를 탔다. 게다가 각 공연—상세한 세부 사항들과 함께 카타르시스까지 겸비한—은 상상을 초월했다. 피고

[*] 예수의 처형을 허락한 유대 총독.

측 변호사 몰렛은 사실과 감정의 풍랑에 자신의 고객을 공개적으로 노출
시킬 정도로 어리석지 않았다. 이런 심리의 변화상은 일부러 굼뜨게 연
출된 소송 절차라는 춤에서 마지막으로 밟는 스텝이었다. 몰렛은 원래
무죄를 주장함으로써 마이어스에게 법률상의 모든 허점에서 얻을 수 있
는 기회를 전부 마련해주었다. 또 질 게 뻔한 사건을 두고 유리한 협상 카
드를 이끌어내기도 했다. 그가 막판에 유죄 인정으로 입장을 변경하면
알래스카주는 재판이라는 수고와 임박한 비용을 아끼게 되고, 피고의 심
경 변화를 공개적으로 홍보할 수도 있었다. 그러면 피고는 관대한 처벌
을 받을 수 있는 가장 좋은 기회를 손에 넣게 된다. 이렇게 완전히 계산된
'내 탓이오' 전략을 따를 경우, 정의롭고 공정한 선고는 단 한 사람의 손에
넘어가고 만다. 아마도 키스 레비는 자신이 어떤 상황에 놓여 있는지 확
실히 알고 있었을 것이다.

　검찰 측의 발언은 간단했다. 피고 측의 입장 변경과 기소의 특수한
성격 때문에 대부분의 세부 사항이 판결 불가 상태가 되었다는 내용이었
다. 지방검사 가드너는 증인을 단 한 명만 불렀다. 야생동물 담당 경찰관
에런 프렌절은 진술된 질문 몇 개에 천천히 답변한 뒤 피콕의 핸드폰에
있던 이미지가 포함된 증거 요건을 갖춘 짧은 슬라이드 쇼를 보여주었
다. 이 사건에 이미 익숙한 사람들에게 알래스카주 측의 태도는 최종 변
론보다는 일본 가부키 쇼에 더 가까워 보였다. 해리는 이미 그 자리에 나
와 있었고 마이클 로먼은 자비로라도 비행기를 타고 와서 증언하겠다고
자원했는데도 두 사람 모두 증언대로 나와달라는 요청을 받지 않았다.
이 수사에서 이들이 핵심적인 역할을 했다는 공식적인 인정도 전혀 이루
어지지 않았다(이들이 범죄 사실을 밝힌 뒤 기소를 가능케 한 구체적인
정황들을 수집했다는 사실마저도 인정되지 않았다). 가드너는 상당한 액
수의 벌금과 투옥을 선고할 것을 요청하면서 발표를 마무리했다. 어쩌면
진심이 담겨 있었을 수도 있지만 여전히 연출된 춤의 일부 같았다. 검찰
측의 진술이 간단했다면, 피고 측의 진술은 거의 없는 것과 진배없었다.

몰렛 변호사는 심리가 끝나기만을 바랐다. 빠를수록 좋다는 식이었다. 변호사는 검사 측 주장에 반론을 제기하지 않고 문제의 늑대는 약 30킬로그램에 회색이었다는 마이어스의 거짓말을 되풀이했고, 자신의 고객에게는 전과가 전혀 없다고 고집을 피웠으며, 이런 작은 범법 행위는 투옥감이 아니라고 주장하면서 마무리했다.

레비 판사 입장에서 이 사건을 법률적 본질만 남겨놓고 보면, 사실 알래스카에서는 전과 기록이 전혀 없는 범인이 야생동물과 관련된 여러 가지 경범죄를 저질러놓고 뒤늦게 후회하는 상황이었다. 법정에 앉아 있던 사람들 다수가 그렇듯 전후 사정을 모르는 관찰자들은 지방검사의 요청대로 판사에게 모든 기소 이유를 근거로 최대 형량을 선고하거나 최소한 감옥에 몇 년은 갇히게 만들 힘이 있다고 생각했다. 하지만 지방판사 키스 레비는 알래스카주 사법부의 결정권자로서 한정된 선고 지침의 제약을 받았다. 알래스카주의 야생동물이 지닌 높은 가치에 대해서는 번드르르한 찬사가 쏟아졌지만 주 법령과 그 적용 기록들을 보면 딴판이었다. 법원 기록을 보면 알래스카에서 야생동물 경범죄를 저지른 초범 중에서 복역한 사람은 단 한 명도 없었고, 아무리 기소를 당해도 최대치의 벌금을 선고받은 경우도 거의 없었다. 레비 판사가 전례가 설정해놓은 한도를 넘어선 선고를 할 경우, 항소를 통해 뒤집힐 것이 거의 확실했다. 따라서 우리를 대신해 정의를 책임지는 판사에게는 피고의 등짝을 한 대 후려친 뒤 내보내는 것 말고는 달리 방법이 없었다. 판사는 선고문의 서두에서 이 점에 대해 충분히 설명했다.

우리 중에는 상황이 어떻게 돌아갈지 이미 간파한 사람도 있었지만, 레비 판사가 아무와도 눈을 맞추지 않은 채 한마디 한마디 더듬거리며 다양한 죄목을 읊어나가고 구형 기간과 벌금을 구형했다가 유예하는 동안, 우리 모두 얼어붙은 듯 침묵을 지키며 앉아 있었다. 최종 결과는 다음과 같았다. 로미오의 살해범에게 총 330일의 징역 및 이 기간 동안의 집행유예를 선고하고, 벌금 1만 2500달러를 선고하지만 5000달러를 제외한 전부를 상쇄한다. 마이어스에게는 곰 한 마리와 늑대 한 마리에 대한 보상금과 그 외 잡다한 비용을 포함해서 총 6250달러를 내라는 명령이 내려졌다. 더불어 그는 100시간의 사회봉사를 완수해야 했고 화기 3종(사실 그중 하나는 피콕의 460구경이었다)을 몰수당했다. 그는 또한 합법적인 제한이 여전히 의미 있을 수도 있다는 점에서 2년간 알래스카 수렵권을 상실했고 같은 시간 동안 보호감찰 대상이 되었다. 선고에서 유예된 부분은 상징 이상의 의미가 있었다. 만일 마이어스가 보호감찰 조건을 위반할 경우, 유예된 벌금이나 기간이 재부과될 수도 있지만 그가 결국 지불하는 금액이 얼마나 적은지 알고 있는 우리에게는 그다지 위안이 되지 못했다.

실망은 법원의 선고로도, 결국 모두 "제자리로 돌아가길" 제안하며 마무리된 마이어스의 억지 사과로도 끝나지 않았다. 레비 판사는 법의 한계에 묶인 자신의 판결을 주노 주민들을 대신해 내리는 공개적 불호령으로 어떻게든 만회하고 싶었는지 모르겠지만, 그 강도가 모자라도 한참 모자랐다. 법원 속기록에 적인 글 그대로 레비의 말을 인용하면 아래와 같다. "나는 중요한, 그러니까 여기서 또 중요한 목표는 지역 사회의 비난이라고 생각합니다. 나는 그러니까, 당신이 무슨 짓을 하고 있는지 알았다고 생각합니다. 당신이 법에 엄청난 무례를 저질렀다고 생각합니다. 그건 다른 사람들에게 공정하지 못하다고 생각합니다. 그리고 당신도 알겠지만, 그건 야생동물을 보존하려는 노력에 분명 좋지 못한 영향을 미친다고 생각합니다."

법정 곳곳에서 사람들은 못 믿겠다는 듯한 눈빛을, 얼어붙은 눈빛을 주고받았다. 그 순간 우리는 우리가 얼마나 주변으로 밀려나 있는지 완전히 이해했다. 그 늑대는 주의 소유물이었다. 역설적으로 우리, 법을 준수하는 시민들은 별로 존재감이 없었다. 진행 과정에서 아무런 목소리도 내지 못했고 중요하지도 않은 관찰자들이었을 뿐이다. 지역 사회 그 누구에게도 발언 기회를 주거나 로미오 살해범을 처리할 결정권을 줄 수 있는 조항이 전무했다. 가능하기만 했다면, 거기 있던 거의 모든 방청객이 나설 수도 있었을 텐데 말이다. 마이어스가 자유의 몸으로 걸어 나가는 동안, 내가 서 있는 문 근처로 다가오는 동안, 그리고 그가 지나갈 수 있도록 내가 어깨를 돌려준 순간에도, 묵직한 침묵이 허공을 가득 채웠다. 당연히 '알래스카주 대 파크 마이어스 3세' 사건에서는 법조문이 인용되었다. 하지만 정의는 어디로 갔을까? 그런 건 없었고 앞으로도 절대 없으리라는 걸 어린아이라도 알 것이다. 우리는 차라리 고장 난 기계가 죽은 꽃을 되살려서 꽃잎을 하나하나 다시 붙이고 쪼그라든 줄기에 생기를 불어넣으리라고 기대하는 편이 더 나았을 것이다.

하지만 이 사건은 우리 자신의 잘못까지 일깨우는 역할을 했다. 셰리는 차를 타고 집으로 오는 길에 눈물도 흘리지 않고 턱을 덜덜 떨면서 정면을 응시했다. "우리 뭔가 잘못된 것 아냐?" 셰리가 중얼거렸다. "아무 말도 못 하고 거기 그냥 앉아 있다니, 우리 전부 어디가 잘못된 것 아니었냐고? 전부 뛰어나가서 '이 자식아! 이 살해범 자식아!' 하고 소리칠 수도 있었잖아. 우리 전부 다 같이 말야. 그게 우리 기회였어. 나한테는 의미 있는 뭔가를 말하거나 행동할 수 있는 유일한 기회였는데, 그냥 앉아 있기만 했다고. 우리 다 그냥 앉아만 있었어." 이런 돌발 상황이 있었더라면 법원은 어떻게 했을까? 우리 모두를 체포하고 법정모욕죄로 모두를 기소하고 벌금을 부과하고 감옥에 잡아넣었을까? 어떤 벌금이든 그만한 가치가 있었으리라. 항상 그 순간을 기억하며 우리가 진짜 어떤 사람들인지 스스로에게 상기시키는 이야기로 삼을 수 있었을 테니. 하지만 우리는 그 순간 침묵을 지켰고 그 침묵의 메아리는 우리를 괴롭혔다.

지방검사 가드너는 그 늑대를 아는 사람들에게 한 가지 아량을 베풀었다. 레비 판사의 선고가 끝나자 검찰 측은 최종 증거 한 가지를 사람들에게 소개했다. 이 사건과 직접적인 관련은 없었지만 우리에겐 충분히 의미가 있는 것이었다. 프렌절 경찰관이 검은 쓰레기 봉투에 담긴 내용물을 꺼내서 전시용 이젤에 펼쳐놓자 법정에 있던 사람들은 약속이나 한 듯 헉 하고 숨을 들이마셨다. 턱 주위의 회색 패턴과 여기저기 남아 있는 작은 상처와 표지 들, 앞다리 위의 회색 반점들을 몰라보려야 몰라볼 수가 없었다. 우리 앞에는 우리가 로미오라고 불렀던 늑대의 껍데기가 온기를 잃은 채 걸쳐져 있었다. 판사가 의사봉을 내려치자 무두질이 된 그 가죽은 경찰관 한 명이 몇 미터 떨어져서 감시하는 가운데 법정 입구 쪽으로 옮겨졌다. 우리는 그 뒤에 모여서 낮은 목소리로 이야기를 나누며 한 사람씩 가죽 근처에 가서 녀석의 등을 손으로 어루만지고 초점 없는 눈을 들여다보고 잘 가라고 속삭였다. 우리는 그 늑대가 우리 곁을 떠났다고 생각했지만, 이제 그 고통만은 영원히 이어질 것 같았다.

제프 피콕에 대한 법적 심판은 이보다 훨씬 한심했다. 원래 레비 판사는 피콕이 주노로 돌아와서 법정에 직접 출두해야 한다고 주장했지만 결국 그는 믿기 어려운 건강상의 이유를 들먹이며 펜실베이니아에서 전화상으로 출두했다. 역시 데이비드 몰렛의 주관하에 피고는 2011년 1월 초에 뒤늦게 유죄를 인정했는데, 이 일이 얼마나 은밀하게 이루어졌던지 주노 주민들 대다수는 그다음 날 신문을 보고서야 그 사실을 알았다. 피콕에게 구형된 징역 18개월과 벌금 1만 3000달러는 모두 유예되어 실제로 내야 하는 벌금과 배상금은 2600달러였고, 3년간 보호감찰을 받아야 했으며, 같은 기간 동안 알래스카 내에서 사냥과 어업 행위를 할 수 없었고, 레비 판사의 물러터진 질책을 감내하는 수준에서 처벌은 마무리되었다. 그것이 알래스카주가 감당할 수 있는 최선이었다. 주는 늑대에게도, 죽은 곰에게도, 우리에게도 정의를 안겨주지 못했고, 그저 고유의 방식대로 혼자서 정의 놀음을 했을 뿐이다. 사법 체계는 그 자체로 완결성을 유지하는 데에만 관심 있었기 때문에 우리를 돌보는 것은 결국 우리의 몫이었다.

물론 우리는 애통해했다. 그때도 지금도. 여러 해 동안 움직이는 그림자 속에서 익숙한 형체를 발견하고, 바람결에 들려오는 희미한 하울링에 귀 기울이며 함께 걸었던 길을 걸을 때마다 점점 더 큰 고통이 온몸을 훑고 갔다. 우리는 모든 기적이 그렇듯 사라져버린 것을 애통해했고, 각자가 할 수 있었던 일과 하지 말았어야 하는 일에 대해, 그때는 별로 의식하지 못하고 흘려버린 작은 선택을 애통해했다. 집 밖으로 산책을 나가는 대신 울려대는 전화기를 집어든 일에 대해, 어느 특정한 날에 산책할 길을 너무 쉽게 결정해버린 데 대해, 커피를 마시려고 잠시 쉬었던 일에 대해. 누군가의 어떤 행동이 서로 연결된 100만 개의 고리를 바꿨더라면 그 늑대가 지금도 총총 걷고 있었을지 누가 알겠는가. 그 늑대를 구하기 위해 두 팔을 걷어붙이고 나서기라도 했다면 죄책감이 조금이나마 덜어졌을지 모르겠지만 나는 전혀 그런 입장이 아니었다. 해리 로빈슨은 어쩌면 우리 중에서 자책감에 가장 크게 시달렸을 것이다. 그의 자기비난은 간단하고도 절대적이었다. "친구를 죽게 내버려뒀어." 그는 조용히 이렇게 말했다. "녀석이 나를 필요로 할 때 함께 있어주지 못했어." 우리 가운데 누군가가 어떤 작은 행동만 했더라도 그 늑대를 살릴 수 있었을 거라고 믿는 것은 사실 분별없는 생각이다. 셰익스피어의 작품에 나오는 바로 그 로미오처럼 늑대 로미오의 죽음은 그의 성격과는 무관하게 그와 우리가 어떻게 할 수 없는 힘에 의해 결정되었다. 결국 해리, 그리고 로미오를 사랑했던 우리 모두가 운명의 광대였던 셈이다.

우리는 상황을 제대로 알지도 못하고 이해하지도 못하는 사람들, 앞으로도 절대 알 길이 없는 사람들이 거만하게 고개를 저으며 퍼부어대는 노골적인 조롱의 말들을 감내했다. 사람들은 마치 로미오가 고장 난 트럭이나 썩은 목재 더미라도 되는 양 "그저 늑대 한 마리일 뿐이잖아." 하고 말했다. **이제 그만 좀 하라고.** 〈주노 엠파이어〉에 달린 한 악의적 논평에서는 로미오가 무두질 된 가죽이 되어버린 것은 자원 활용의 '완벽한' 사례라고 주장했다. 그 비판에서는 공적인 사항들—우리는 관계 당국에서 흘러나오는 단편적인 내용으로만 알고 있던 이야기들—까지 들먹였다. 사람들이 그 늑대를 너무 좋아해서 분별없고 이기적인 행동으로 꼬여내서 죽은 거라고, 다들 이런 상황이 올 줄 예측하고 있었다고 했다.

관련된 네 기관, 즉 주의 두 기관과 연방의 두 기관의 유니폼을 입고 다니는 남자들은 그렇게 믿는 데서 그치지 않고 그런 이야기들이 진실이라고 말했다. 나는 은행이나 철물점에서 줄을 서다가 이들을 마주친다. 그중 어떤 사람과는 고개를 끄덕이며 담소를 나눌 수도 있고, 어떤 사람은 잘 모르고 지나치기도 한다. 그들이 아는 이야기, 거의 항상 옳은 그 이야기는 이렇게 굳어진다.

표면적으로 늑대 로미오의 대하소설은 인간에게 길들여진 야생동물은 비참한 최후를 맞이한다는 것을 보여주는 교훈적 이야기처럼 보일 수도 있다. 늑대와 인간은 쉽게 섞이지 않는다는 금언을 다시 한번 입증하는 이야기 말이다. 하지만 보편적인 사실과 구체적인 서사는 다르다. 그 검은 늑대는 시간이 흘러도 길들여지지 않았고, 그 대신 자기 방식대로 우리 곁에 있었다. 우리 사이에서 첫날부터 개들과 어울리고 장난감을 빼앗아 달아났다. 녀석은 먹이 길들이기의 결과물로 보이지도 않았다. 녀석에게는 부정적인 흔적이 전혀 없었다. 그리고 그 무엇도 녀석을 쫓아내지 못했다. 우리는 그렇게 하려고 시도했지만 녀석은 돌아왔다. 성공했더라면 녀석은 훨씬 더 위험한 곤경에 처했을 것이다. 지각 능력이 있고 영리했던 녀석은 자신이 살고 있는 장소에서 살기를, 우리와 우리 개들과 함께 어울리기를 선택했는데, 이는 그저 늑대의 사회적 방식을 따르기만 한 것이 아니라 우리의 규칙을 융통성 있게 해석한 것이기도 했다. 마이어스와 피콕은 '유명한' 늑대를 죽인다는 데서 큰 즐거움을 얻었을 수도 있지만, 보통 사냥꾼들이 잘 쏘지 않는 이름 없는 작은 곰을 밀렵하듯 그렇게 로미오나 다른 동물들을 쐈을 수도 있다. 로미오의 유명세는 오히려 죽음을 초래하기보다 놀랍도록 긴 시간 동안 녀석을 보호해주었다. 또한 법원에서 인정한 증거에 따르면 로미오는 누군가의 마당에서 인간에게 길들여져서 하게 된 행동 때문이 아니라, 다른 늑대들이 함께 있는 야생의 산야에서 목숨을 잃었다. 따라서 비난의 기본 내용은 모순적이다. 모든 게 뜻대로 될 수는 없다. 하지만 녀석이 어디서 혹은 어떻게 죽었든 간에 본질적인 사실은 분명해 보인다. 그 검은 늑대는 사랑이 아니라 딱딱하고 악의적인 증오 탓에 목숨을 잃게 되었다는 바로 그 사실.

로미오가 우리와 함께 지내면서 얼마나 안전했을까? 짧고 분명하게 답하자면 그다지 안전하지는 않았다. 나는 여러 해 동안 기회가 있을 때마다 이렇게 답하곤 했다. 하지만 돌이켜 생각하면 녀석은 야생동물에게 인간이 차단된 드넓은 서식지를 제공하는 데날리 국립공원 같은 곳에서 사는 평균적인 야생 늑대의 평균 수명—겨우 3년밖에 되지 않는다—보다 세 배 가까이 더 살았다. 몇 주, 몇 달이 아니라 몇 년간 주노시와 검은 늑대는 이 지구상에 한 번도 존재한 적 없는 두 종 간의 공존과 상호 안전의 표본을 마련했다. 녀석이 생존할 수 있었던 것은 몇몇 사람의 실천 덕분이 아니라 많은 사람들의 관용, 주 담당 기관들과 연방 기관들의 절제 덕분이었다. 로미오 자신의 행동은 말할 것도 없고. 뒤틀린 침입자들만 아니었더라면 녀석은 빅록 근처에서, 입양된 자신의 무리 친구들이 나타나기를 기다리며 아직도 그곳에 있었을 것이다.

어깨 너머로 고개를 돌리면 몇 년 전 봄날, 눈밭에서 몸을 둥글게 말고 있던 그 검은 형체가, 마치 마지막 같았던 그날의 모습이 보이는 것만 같다. 고요한 밤, 셰리와 개들은 내 옆에서 쌔근거리며 잠들어 있고 홀로 깨어 있으면 꿈의 무게가 가슴을 뻐근하게 누른다. 나는 아무도 깨우고 싶지 않아서 소리 죽여 울려고 애쓴다. 나를 위해 우는 것도 아니고, 그 검은 늑대를 위해 우는 것도 아니다. 우리 모두를 위해, 점점 공허해지는 세상을 표류하는 우리를 위해서다. 어떤 희망을 품어야 이 슬픔에서 벗어날 수 있을까? 하지만 이 이야기에는 또 다른 면이 있다. 희미하게 명멸하는 불빛 같은, 어두운 하늘에서 고동치며 넘실대는 오로라 같은 다른 면이. 그 무엇도 로미오라는 기적을, 녀석과 함께 보낸 우리의 시간은 앗아가지 못한다. 우리가 짊어질 짐은 증오가 아니라 사랑이다. 하지만 그 사실도 마음을 더 환하게 밝히지는 못한다.

　그 검은 늑대는 우리와 함께 지내는 동안 수천 명에게 경이를 안겨주었고, 벅찬 풍경을 만들어주었고, 많은 사람들에게 신선한 시선으로 이세상과 그가 속한 종을 바라보는 법을 가르쳤다. 그는 의식하지도 애쓰지도 않고 그저 자신의 모습대로 존재함으로써 사람들을, 친구와 가족들을, 또한 그가 없었더라면 만나보지 못했을 사람들을 가까이 불러 모았다. 나는 몇 년 동안 주노 주민 수백, 수천 명이 —호수의 드넓은 공명판 위에서 이쪽에 두 명, 저쪽에 너댓 명, 여러 집단이 꼬리에 꼬리를 물고— 스키 스틱에 몸을 기댄 채 그 늑대와 개들과 놀고, 얼음 위를 가로질러 총총 걸어가고, 그가 호숫가 자신의 자리에 누워 있는 모습을 지켜보며 한담 나누는 풍경을 바라보았다. 그리고 나 역시 그런 한담에 자주 함께했다. 주로 그 늑대를 주제로 대화가 이어지기도 했지만 때로 바깥으로 번져서, 크건 작건 숱한 화제—지역 정치에서부터 누가 결혼을 했는지, 겨울철 대왕연어는 어디에서 낚을 수 있는지까지 온갖 이야기들—를 다루었고, 이로써 공동체에 연결되어 있다는 유대감이 형성되었다. 그 검은 늑대 덕분에 나뿐만 아니라 다른 많은 사람들은 각계각층의 주노 주민들을 만나거나, 전보다 더 잘 알게 되었다. 그리고 그렇게 빚어진 우정과 친분은 그가 죽고 다른 사람들이 죽어가도 꾸준히 이어졌다. 그는 배경으로만 존재하던 것들을 우리의 삶으로 만들어주었고, 우리가 제대로 깨닫지 못한 사이에 서로 더 가까워지도록 해주었다. 이 늑대와, 혹은 이 늑대에게, 혹은 그 주위에서 무엇을 해야 하고 하지 말아야 하는지를 비롯한 여러 가지 문제에서 의견이 일치하지 않았던 사람들마저 얼굴을 보면서 단어와 생각을 고르고, 우리가 개별적으로나 집단적으로 누구인지, 그리고 우리가 진실이라고 여기는 것이 무엇인지에 대해 전과는 다른 감각을 얻을 기회를 누렸다. 그렇게 늑대는 주노의 이야기 속에 녹아들었고 우리의 일부가 되었다.

　재판이 치러진 지 2주 뒤, 우리는 여전히 얼음처럼 날카로운 고통을 안고 11월 말의 어느 날, 얼어붙은 멘덴홀 호수를 응시하며 선명하고 차가운 침묵 속에 서 있었다. 저 멀리 빙하를 품은 산들은 높았고 우리는 그 품 안에 있었다. 100명이 넘는 사람들이 빅록 근처에 모여서 기억하고 애도했다. 그리고 그보다 훨씬 많은 사람들이 마음으로 함께했다. 그 뒤 몇 달간 처음 보는 사람들과 친구들이 나를 찾아와 추수감사절 직전이 라 미리 잡혀 있던 일정 때문에 바빠서 참석하지 못했다고 미안해했다. 이 모임은 어쩌면 알래스카에서, 혹은 어쩌면 인류사에서 늑대를 추모하 는 최초의 행사였지만, 충분히 자연스러워 보였다. 사실 그렇지 않을 수 가 없었다. 모인 이들 중에는 개들은 물론이고 건설 노동자, 변호사, 택시 운전사, 나이 들거나 젊은 사냥꾼, 덫꾼, 채식주의자 들이 있었다. 우리는 폐 속 깊이 숨을 들이쉬며 함께 서 있었다. 시간의 흐름은 투명했고, 우리 속에서 그 늑대가 함께했던 모든 순간은 깨끗하게 흘러가는 강에 던져진 돌처럼 분명했다. 나는 바위 위에 서 있다가 조엘과 해리 다음으로 발언 을 했다. 나는 그때의 감정을 다시 불러낼 수도 있지만 글로 남기고 싶지 는 않다. 그리고 나는 조엘이 조각가 스킵 윌런에게 주문해서 호수의 한 쪽 구석에 있는 바위 위에 설치할 무거운 청동 명패를 들고 있었다. 그 자 리는 매년 찾아오는 수만 명의 방문객이, 어쩌면, 그냥 어쩌면 지나가는 늑대가 볼 수도 있는 길목이었다. 추모비에는 빅록에 앉은 로미오의 모 습이 있었고, 그 밑에는 우리에게 기억을 상기시키는 우리 자신을 위해 적어놓은 간단한 문구가 새겨져 있었다. 녹음해놓은 로미오의 하울링 소 리가 허공에 울려퍼지자 개들이 인간의 목소리로는 흉내 낼 수 없는 완 벽한 후렴을 부르면서 로미오의 노래에 합류했다.

몇 년 뒤 우리는 이런 이야기를 하게 될 것이다. 한때 로미오라 불리 는 늑대가 있었다고. 우리는 로미오가 호수를 총총 가로질러 황혼 속으로 사라져가는 모습을 함께 지켜보았고, 그 모습을 가슴 깊이 간직했다고.

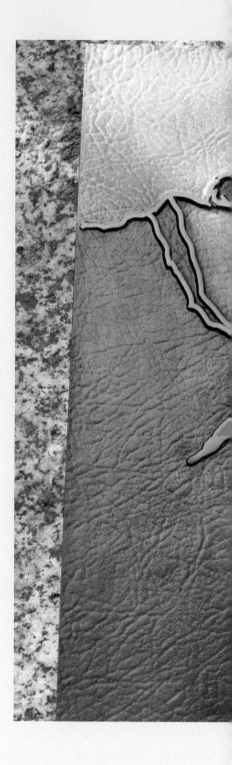

에필로그

2013년 11월

ROMEO
2003-2009
THE SPIRIT OF JUNEAU'S FRIENDLY BLACK WOLF
LIVES ON IN THIS WILD PLACE.

로미오
2003-2009
주노의 상냥한 검은 늑대의 정신이 이 야생의 장소에 살아 있다.

몇 년이 지났지만 로미오는 여전히 우리와 함께한다. 녀석의 이름은 종종 대화에 오르내리고 주택 수십 채의 담에는 녀석의 형상이 장식되어 있다. 빙하 근처에는 외톨이 늑대 도로Lone Wolf Drive와 검은 늑대 길Black Wolf Way이 생겼고, 조엘의 아내 루이자가 죽기 전 며칠 동안 잠시 멈춰서 늑대를 구경하던 곳에 조엘이 만들어놓은 호수 옆 삼나무 벤치에 앉아 잠시 쉴 수도 있다. 우리는 화강암 바위 위에 세워진 녀석의 추모 명판을 지나 너깃 폭포로 산책을 가고, 때로 추억을 되새기기 위해 잠시 그곳에 들르기도 한다. 명판은 일부 사람들의 우려와 달리 사당이 되지 않았다. 파손되지도 않았다. 그저 풍경과 어우러져 주노의 이야기 가운데 하나가 되었다. 그리고 커피와 맥주를 중요하게 생각하는 한 마을에서 로미오를 기리는 브랜드가 생겼다. '헤리티지 커피'에서 내놓은 블랙울프 블렌드와 알래스칸 양조 회사의 블랙울프 IPA(인디아 페일에일)였다. 늦겨울 오후에 적당한 때가 되면 사람들은 일각에서 로미오의 유령이라고 주장하는 형체를 보곤 했다. 주노 시내 위에 있는 산비탈에 그림자를 드리운 늑대 머리 모양의 실루엣이었다. 빙하 쪽에서는 한때 멘덴홀 호수의 서쪽 가장자리와 드레지 호수를 어슬렁거리던 많은 이들이 이제는 다른 곳으로 간다. 우리가 그 길을 걸어다닐 때는 익숙한 발자국을 찾거나 바람결에 녀석의 목소리가 실려오지 않는지 귀 기울이지 않을 도리가 없다. 그럴 때면, 해리의 말처럼 너무 쓸쓸하다.

물론 다른 늑대들도 지나다닌다. 로미오가 죽은 다음 해에 흰색에 가까운 늑대 한 마리가 몬태나크리크와 빙하 지역에서 자주 보였다. 나는 그 녀석이 에스키모 할머니가 보았던 그 밝은색 늑대, 내가 몇 년 전에 로미오와 함께 안개 속에서 얼핏 보았던 그 늑대일지 모른다고 생각한다. 녀석은 어떤 때는 혼자, 어떤 때는 회색 늑대 한 마리와 함께 자동차에 접근했고, 개를 데리고 산책하는 사람들을 따라다녔다. 하지만 그 흰 늑대와 마주쳤던 사람들은 녀석의 행동이 대담하다 못해 위협적인 데다 불안을 유발하는 구석이 있었고, 시선이 편안하고 사근사근하다기보다 냉담

하고 파악하기 힘들었다고 설명한다. 어쨌든 로미오와는 다른 늑대였고 몇 주 뒤 녀석과 녀석의 동료는 사라졌다.

파크 마이어스 3세는 선고받은 지 두어 달 뒤부터 본모습으로 돌아가 한 고급 마리화나 품종에 '로미오의 과부'라는 이름을 붙여서 사람들에게 팔았고 자신은 처벌할 수 없는 사람이라며 으스대고 다녔다. 그러다 그는 결국 다시 법과 부딪혔다. 이번에는 실업 사기, 흉악 범죄, 보호 감찰 위반 때문이었다. 처음과 달리 이번에는 며칠 동안 감옥 신세를 졌다. 하지만 그 자체로 이야기가 한 보따리는 되는 온갖 후문과 법적 절차를 거치고 난 뒤 알래스카주는 사건을 더는 캐지 않기로 했다. 로미오 재판에서 유예된 벌금과 형기를 실행하지 않기로 결정한 것이다. 이번에도 파크 마이어스는 자유롭게 걸어나왔다. 두어 달 뒤에 그와 그의 가족은 펜실베이니아로 돌아갔다. 그는 보석금 2000달러를 추징당한 것 외에는 로미오 살해로 부과된 원래의 벌금 중에서 한 푼도 내지 않았고 기록에 남아 있는 사회봉사 명령도 이행하지 않았다. 제프 피콕의 경우, 건강 문제가 꾸며낸 게 아니라 사실이었다. 그의 사냥철은 이제 끝난 듯했다. 우리는 이들에게 별로 깊이 관심을 두지 않는다. 어쨌든 그들이 크게 중요한 것은 아니니까.

비가 추적추적 내리는 어느 늦가을, 나는 손만 내밀면 닿을 수 있는 소파에 로미오의 가죽을 걸쳐놓고 글을 쓰고 있었다. 마음만 먹으면 녀석의 어깨를 따라 비단처럼 부드러운 보호털을 손으로 훑을 수도 있었다. 무두질 된 가죽과 표백된 두개골이 담긴 상자를 처음 열었을 때는 어떻게 해야 할지를 몰랐다. 하지만 나는 그것들의 존재에서 조용한 위안을 얻었다. 로미오의 가죽과 두개골은 박물관급 박제사에게 보내지기 전 이곳에서 며칠 보낼 것이다. 멘덴홀 빙하 방문자 센터의 책임자인 론 마빈의 요청에 따라 해리와 조엘과 나는 방문자 센터용 시설 디자인에 조언을 해주었다. 바위에 몸을 비스듬히 누인 로미오와 녹음된 하울링 소리를 내세운 교육용 전시장이었다. 조엘을 비롯한 몇몇 사람들은 로미오의 잔해를 없애버려야 한다고 생각했다. 맥기니스산 높은 곳에서 화장을 하는 식으로. 나도 그 의견에 거의 동의했지만 보존하자는 의견이 더 지배적이었다. "그게 우리한테 남아 있는 녀석의 전부잖아." 셰리가 조용히 말했다. 나는 녀석의 눈에 다시 생기를 불어넣어줄 적절한 사람을 찾겠다고 자원했다. 박제가 완성되려면 최소한 1년은 걸릴 테고 방문자 센터에 녀석의 박제가 자리하게 되면 어떤 사람들은 분명 반감을 표할 것이고, 많은 이들은 지지의 뜻을 표할 것이다. 그때는 안 그랬지만 이제 우리 사이에서 로미오의 미래는 불분명하다.

(왼쪽부터) 조엘 베넷, 해리 로빈슨, 닉 잰스, 빅 워커

1 늑대다!

- 이 검은 늑대가 개와 유전적으로 연관이 있다는 주장에 대해서는 다음을 볼 것. "Molecular and Evolutionary History of Melanism in North American Gray Wolves," by Tovi M. Anderson and others, *Science*, vol. 323 (March 6, 2009).
- Ballard의 광범위한 박사 논문 "Demographics, Movements, and Predation Rates of Wolves in Northwest Alaska"는 http://arizona.openrepository.com/arizona/handle/10150/186483?mode=full에서 볼 수 있다.
- 제멋대로인 OR-7 늑대와 녀석의 긴 산책에 대해 더 자세한 내용(2013년 가을에도 녀석은 아직 잘 살고 있었다)을 원할 경우, OR-7이라는 검색어로 인터넷을 조금만 찾아봐도 추적 지도 등등의 정보가 나올 것이다. OR-7에 대한 자세한 정보는 캘리포니아 어류야생동물관리국 홈페이지 http://www.dfg.ca.gov/wildlife/nongame/wolf/를 볼 것. 녀석에게는 페이스북 페이지도 있다.
- 알렉산더 제도 늑대에 대한 더 자세한 내용은 다음을 보라. http://www.adfg.alaska.gov/index.cfm?adfg=wolf.aawolf; http://akwildlife.org/wp-content/uploads/ 2013/02/Alexander_Archipelago_wolves_final.pdf.
- *Vicious: Wolves and Men in America* (Yale Press 2004) by Jon T. Coleman은 북아메리카의 늑대 박멸 작전과 그 기원을 상세하게 다룬 많은 자료 중 하나다. 이 저작에는 오듀본이 덫에 잡힌 늑대들을 만나는 장면도 자세하게 설명되어 있다.
- 루이스와 클라크의 일지에 담긴 내용 중 늑대와의 만남과 관련된 인용문은 다음을 볼 것. http://www.mnh.si.edu/lewisandclark/index.html?loc=/lewisandclark/journal.cfm?id=984.
- 옐로스톤 생태계에 늑대를 재도입하려는 노력에 대한 더 자세한 내용은 다음을 볼 것. William J. Ripple과 Robert L. Bestcha의 훌륭한 논문, "Trophic Cascades in Yellowstone: The First 15 Years After Wolf Reintroduction," http://fes.forestry.oregonstate.edu/sites/fes.forestry.oregonstate.edu/files/PDFs/Beschta/Ripple_Beschta2012BioCon.pdf.
- 알래스카의 총 늑대 개체수는 기본적으로 충분한 연구를 통해 이루어진 추정에 근거한다. 이렇게 넓은 지역에서 늑대의 수를 세기란 거의 불가능한 일이다. 하지만 최저치와 최고치 사이의 차이 ─5000마리─가 커서 어떤 과학적 기준을 들이대든 불확실성이 클 수밖에 없고 이는 관리에서도 상당한 문제를 야기한다.

2 어울림의 규칙

- "Black Wolf Near Glacier Brings Locals Delight—and Some Concern," *Juneau Empire*, January 11, 2004, http://juneauempire.com/stories/011104/loc_wolf.shtml.
- 늑대의 놀이에 대한 더 자세한 내용은 *Wolves: Behavior, Ecology, and Conservation*, edited by L. David Mech and Luigi Boitani (University of Chicago Press 2007)의 색인을 볼 것.
- 개와 늑대의 진화를 통한 분화는 꾸준한 논쟁의 대상─언제, 어디서, 어떻게?─이며 관련 증거가

서로 상충한다. *Science News* 온라인판 2013년 6월 10일자에 실린 Tina Saey의 논문을 참고할
것. http://www.sciencenews.org/view/generic/id/350913/description/Now-extinct-wolf-
may-be-ancestor-of-modern-day-dogs. DNA 증거에 따르면 개는 이제는 존재하지 않는 늑대
의 한 혈통을 조상으로 두었을 수도 있다.
- *Science Nordic*의 온라인 잡지 2012년 6월 13일자, http://sciencenordic.com/dna-reveals-
new-picture-dog-origins에는 35개 견종에서 얻은 DNA를 검토하여 개는 1만 5000년 전부터 3
만여 년 전 사이에 수많은 독립적인 장소에서 늑대로부터 진화했다고 결론을 내린 유럽의 중대한
유전 연구 결과 보고서가 실려 있다.

3 로미오

- 내가 1979년부터 알고 지냈던 이누피아크 친구인 넬슨 그리스트는 2012년에 90세로 세상을 떠났
다. 한번은 내가 며칠간 우호적이고 느긋한 늑대 무리 근처에서 혼자 야영을 하고 났을 때 그는 내
게 이렇게 주의를 주었다. "녀석들이 너를 먹으려고 할 수도 있어. 넌 절대 모르겠지만."
- 늑대의 영역 크기, 경계 등에 대한 연구는 *Wolves: Behavior, Ecology, and Conservation*, edited
by L. David Mech and Luigi Boitani (University of Chicago Press 2007)의 색인을 볼 것.
- 무리 간 충돌에 대한 연구는 *Wolves*, pp. 176-81에 잘 요약되어 있다.
- Haber, Mech, Van Ballengerghe, Ballard와 다른 많은 사람들은 분산에 대한 연구를 진행하고
있다. 늑대의 분산은 늑대 보존과 관리에서 핵심 요소이기 때문이다. Haber는 육식동물 통제 정
책이 이들을 그냥 내버려두었을 때보다 더 빠른 속도로 늑대 군집을 증가시킬 수 있다는 가설을
세웠다. 늑대가 분산되어 있을수록 별다른 제약 없이 자유롭게 새끼를 낳아 기를 수 있기 때문이
다.
- Nikos Green 등의 "Wolf Howling Is Mediated by Relationship Quality Rather Than
Underlying Emotional Stress" (*Current Biology*, vol. 23, issue 17, 2013)에 요약된 한 연구에
서는 늑대의 하울링은 무리의 동료들로부터 떨어져나왔음을 표현하기 위한 것이 사실임을 보여
준다. 그리고 두 동물의 유대가 긴밀할수록 하울링을 더 자주한다고 한다.

4 원본

- 저자의 인터뷰: 은퇴한 미국 삼림청 주노 지역 담당관 피트 그리핀; 해리 로빈슨; 고든 하버와의 대
화; 드와이트 아널드, 조지프 어레이 시니어, 넬슨 그리스트 시니어, 클래런스 우드 등 이누피아크
정보원.
- 고든 하버의 *Among Wolves*(참고 문헌 목록을 볼 것)에 실린 연구는 특히 늑대 가족 집단의 사회
적 응집력과 상호 관계를 집중적으로 다룬다.
- 데날리 국립공원, http://www.nps.gov/dena/naturescience/upload/wolfmoni-
toring2011-2.pdf에 있는 Layne Adams와 David Mech의 늑대 사망률에 대한 연구를 볼 것.
- *Wolves: Behavior, Ecology, and Conservation*, edited by L. David Mech and Luigi Boitani
(University of Chicago Press 2007)에 요약된 사망률에 대한 연구도 참고할 것.
- 포획된 늑대와 개의 학습 패턴을 대조하는 Csanyi의 연구는 *Animal Wise*(참고 문헌 목록을 볼

것)에 친절하게 분석되어 잘 요약되어 있다. 다음 논문도 볼 것. "A Simple Reason for a Big Difference: Wolves Do Not Look Back at Humans, but Dogs Do," by Ádám Miklósi and others (*Current Biology*, vol. 13, issue 9, 2003), http://www.sciencedirect.com/science/article/pii/S096098220300263X.

5 쏴라, 파묻어라 그리고 입을 닫아라

- 저자의 인터뷰: 알래스카주 경찰 댄 새들로스크; 알래스카 어업수렵부의 지역 생물학자 렘 버틀러; 주디스 쿠퍼; 조엘 베넷; 이누피아크 정보원 잭 휴고와의 대화.
- 상하가 붙어 있는 작업복(늑대가 사람을 공격하려다가 질긴 바지 때문에 이가 부러진다)에서부터 탈취제('고기 냄새' 같은 악취 때문에 남자들이 굶주린 늑대들에게 쫓긴다)에 이르기까지 온갖 것을 파는 텔레비전 광고 등 최근 텔레비전과 영화에서 늑대는 사실 식인 짐승처럼 보인다.
- 인도, 아프가니스탄 등 여러 아시아 국가의 오지에서 벌어지는 개별적 공격의 믿을 만한 기록은 구하기가 어렵다. 많은 주장들이 명백히 늑대에게 적대적인 인터넷 링크를 통해 제시되기 때문에 입증이 불가능하다. 분명 그중에 일부는 과장이거나 완벽한 조작이다. 하지만 수세기에 걸쳐 이루어진 많은 보고를 살펴보면 일부만 사실이라 해도 치명적인 공격이 정말로 많이 일어났고 희생자는 주로 가난한 유목 가족의 어린이였다는 결론을 내리게 된다. 인도의 전국 신문 *Hindu*(분명 믿을 만하다)의 2001년 온라인판에는 한 지역에서 20세기에 일어난 각종 공격을 자세하게 다룬 책에 대한 리뷰가 실려 있다. http://hindu.com/2001/05/08/stories/1308017f.htm.
- Stanley P. Young의 1944년 책 *The Wolves of North America*(Dover Publications)에는 60년 전의 설화와 태도, 연구, 지식이 간단하게 소개되어 있다. 저자는 미국 농림부에서 직접 몇 년간 육식동물과 해충 통제를 했다. 그조차도 북아메리카에서 늑대의 치명적인 공격이 있었다는 믿을 만한 근거를 확보하기 힘들었다는 점만 봐도 많은 것을 알 수 있다.
- 알래스카 어업수렵부의 생물학자 Mark McNay가 발행한 42쪽짜리 출판물은 *A Case History of Wolf-Human Encounters in Alaska and Canada* (Alaska Department of Fish and Game Wildlife Technical Bulletin 13, 2002), http://www.adfg.alaska.gov/static/home/library/pdfs/wildlife/research_pdfs/techb13p3.pdf이다.
- 캔디스 버너 살인 사건에 대한 알래스카 어업수렵부의 보고서 "Findings Related to the March 2010 Fatal Wolf Attack Near Chignik Lake, Alaska"는 다음에서 구할 수 있다. www.adfg.alaska.gov/static/home/news/pdfs/wolfattackfatality.pdf.
- 캔디스 버너처럼 켄턴 조엘 카네기의 죽음도 온라인 블로그와 미디어에서 큰 관심을 받았는데, 이 중 많은 경우가 늑대에게 적대적으로 크게 기울어 있었다. 공식 보고서 *Review of Investigative Findings Relating to the Death of Kenton Carnegie at Points North, Saskatchewan*, by Dr. Paul Paquet, University of Calgary, Calgary, Alberta, and Dr. Ernest G. Walker, University of Saskatchewan, Saskatoon, Saskatchewan (August 8, 2008)은 구하기가 어렵다.
- 카네기의 죽음과 이후 수사에 대한 위키피디아의 기사는 대단히 자세하고 철저하며 참고 자료가 풍부하고 증언했던 사람들의 인용이 가득하며, 지금까지 이 주제에 대한 단일 정보원 중에서 가장 훌륭하고 내용이 포괄적이다. http://en.wikipedia.org/wiki/Kenton_Joel_Carnegie_wolf_attack.
- 비영리 조직 Wolf Song of Alaska(참고 문헌 목록을 볼 것)에는 늑대와 인간의 갈등을 다룬

2001년부터 2012년까지의 신규 기사들이 저장되어 있다. 이 자료들은 접근이 편하고 잘 짜여 있다. 홈페이지에 가서 오른쪽 아래에 있는 'Browse Our Archives' 버튼을 누를 것. http://www.wolfsongalaska.org/.

6 생존경쟁

- 저자의 인터뷰: 해리 로빈슨; 존 하이드; 알래스카 어업수렵부의 생물학자 닐 바튼; 이누피아크 정보원, 특히 클래런스 우드와 넬슨 그리스트와의 대화; 알래스카 어업수렵부의 은퇴한 생물학자 로버트 암스트롱.
- 야생 늑대의 기대 수명은 천차만별이고 꾸준히 변화하는 지역의 조건에 달려 있다. 한 지역에서 들어맞았더라도 다른 지역에서는 그렇지 않을 수 있다. 대부분의 데이터는 무선 송신기나 위성 송신기를 장착한 늑대를 통해 수집하는데, 이 때문에 데이터가 왜곡될 수 있다. 데날리 공원에서 Adams와 Mech가 연구를 통해 얻은 3년이라는 수치는 상당히 놀랍다(http://www.nps.gov/dena/naturescience/upload/wolfmonitoring2011-2.pdf.).
- Murie, Van Ballenberghe, Mech는 늑대가 사용하는 사냥 전략과 전술에 대해 광범위한 연구를 수행했다. 이 부분에 대해서도 역시 *Wolves: Behavior, Ecology, and Conservation*, edited by L. David Mech and Luigi Boitani (University of Chicago Press 2007)가 이 주제에 대해 동료 검토를 거친 연구를 요약 설명해준다. 특히 pp.119-25를 볼 것. Haber 역시 늑대의 광범위한 사체 수집과 작은 동물 사냥하기 등을 비롯한 사냥 행태를 기록했다(*Among Wolves*, pp.119-45에 대해서는 참고 도서 목록을 볼 것).
- Adams 등은 일부 내륙 알래스카 늑대들이 소모했을 수 있는 상당량의 연어에 대해 기록을 남겼다. http://www.esajournals.org/doi/abs/10.1890/08-1437.1.
- Person 등은 해안과 내륙의 늑대들이 상당량의 어류를 먹는다는 사실을 밝혀냈다. http://www.adfg.alaska.gov/index.cfm?adfg=wildlifenews.view_article&articles_id=86.
- Watts, Butler, Dale, Cox는 해안의 늑대들이 해양 자원을 많이 소비한다고 기록해놓았다. http://www.wildlifebiology.com/Volumes/2010+-+Volume+16/2/814/En/.

7 이름이 다 무엇인가요?

- 저자의 인터뷰: 어니타 마틴; 조엘 베넷; 해리 로빈슨; 삼림청의 은퇴한 지역 담당관 피트 그리핀.
- 팀 트레드웰의 이야기 전체(Werner Herzog의 다큐멘터리 영화 *Grizzly Man*의 관점과는 상당히 다른)에 대해 알고 싶다면 내 책 *The Grizzly Maze*(Dutton 2005)를 볼 것.

8 새로운 일상

- 저자의 인터뷰: 알래스카 어업수렵부의 생물학자 닐 바튼; 은퇴한 알래스카 야생동물 보호 담당 직원 맷 로버스; 해리 로빈슨; 조엘 베넷; 은퇴한 삼림청의 생물학자, 빅 밴 밸런버그; 로미오와 꾸준히 접촉했던 지역 주민 엘리스 오거스트선.

- "Lake Wolf Apparently Kills Beagle," *Juneau Empire*, March 20, 2005, http://juneauempire.com/stories/032005/loc_20050320004.shtml.
- "Safety More Important Than Wolf," letter to the editor, *Juneau Empire*, March 27, 2005, http://juneauempire.com/stories/032705/let_20050327018.shtml.

9 기적의 늑대

- 저자의 인터뷰: 해리 로빈슨; 조엘 베넷; 존 하이드.
- Person과 Russell은 도로에 접근 가능한 늑대 군집이 인간의 사냥과 덫에 상당히 취약하다는 점에 대해 연구하고 있다. http://onlinelibrary.wiley.com/doi/10.2193/2007-520/abstract.

10 늑대와 소통하는 사람

- 저자의 인터뷰: 해리 로빈슨; 존 하이드; 킴 털리.
- 알래스카의 늑대 통제 정책을 둘러싼 논쟁은 미국에서 야생동물 관리 정책 역사에서 가장 논쟁적인 사안에 속한다. 논쟁의 양쪽에는 유명한 생물학자들이 포진되어 있다. 알래스카 어업수렵부의 2007년 전문 보고서는 찬성 입장을 대변한다. http://www.adfg.alaska.gov/static/home/about/management/wildlifemanagement/intensivemanagement/pdfs/predator_management.pdf.
- Defenders of Wildlife는 과학을 근거로 이 프로그램에 대한 반대 논리를 펼쳤다. http://www.defenders.org/sites/default/files/publications/alaskas_predator_control_programs.pdf. (이 보고서의 표지에 실린 동물은 우리 뒷문에서 100미터 되지 않는 곳에 있는 로미오의 모습이다.)
- 미국국립연구회의의 특별 패널은 당시 주지사 Tony Knowles의 요청으로 알래스카 육식동물 통제 정책에 대해 중립적인 분석을 실시했다. http://www.nap.edu/open book.php?record_id=5791.
- 2008년 알래스카주 의원 Kim Elton은 알래스카 특별내부차관으로 임명되어 오바마 대통령에게 로미오의 사진을 선물로 보냈는데, 그 사진이 백악관에 걸려 있다고 한다.
- '절친 사이인 인간과 악어(man and crocodile best friends)'라는 문구로 유튜브에서 검색해보면 2011년 포초의 장례식을 비롯해 이 둘의 동영상이 줄지어 나온다. 몇몇 영상에 달린 냉소적이고 부정적인 댓글도 흥미롭다. 또 유튜브에서 '사자 크리스천'과 '돌고래 조조'를 검색해보면, 이처럼 종을 넘어선 우정 이야기가 담긴 영상을 볼 수 있다.
- 킴 털리의 아내 바버라는 불과 몇 주 뒤에 낙상 사고 후유증으로 갑자기 세상을 떠났다. 이로써 로미오를 알지만 이제 우리 곁에 없는 이들의 목록이 하나 더 늘었다.

11 퍼그와 포메라니안

- 저자의 인터뷰: 은퇴한 삼림청의 지역 담당자 피트 그리핀; 해리 로빈슨; 존 하이드; 알래스카 어업

수렵부의 지역 생물학자 라이언 스콧; 아말가 지역 주민이자 작가, 동식물 연구자 린 스쿨러; 수의사 네이네이 울프; 아말가 지역 주민이자 어업수렵부의 직원 데니즈 체이스; 알래스카 헤인스의 야생동물 공원 소유주이자 전문적인 늑대 조련사 스티브 크로셸.

- "One Solution to the Wolf Problem: Bean the Lamebrains," *Juneau Empire*, letter to the editor by Anita Martin, February 14, 2007, http://juneauempire.com/stories/021407/let_20070214026.shtml.
- "Mendenhall Wolf Snatches Small Dog," *Juneau Empire*, Alaska Digest, April 4, 2007, http://juneauempire.com/stories/040407/sta_20070404009.shtml.

12 로미오의 친구들

- 저자의 인터뷰: 아말가 지역 주민 데이즈 체이스; 알래스카 어업수렵부의 지역 생물학자 라이언 스콧; 알래스카 어업수렵부의 생물학자 닐 바튼; 알래스카 어업수렵부의 연구 생물학자이자 당시 야생동물 관리 책임자 더그 라슨; 은퇴한 삼림청 야생동물 생물학 박사이자 지금은 독립적인 야생동물 연구가인 빅 밴 밸런버그; '로미오의 친구들' 공동 설립자 킴 털리; 수의사 빅 워커; 그리고 익명의 유피크 에스키모 여성.
- "Juneau and the Wolf," *Juneau Empire*, February 14, 2008, http://juneauempire.com/stories/021408/loc_246928335.shtml.

13 살해범

- 저자 인터뷰: 해리 로빈슨; 수의사 빅 워커; 제프 피콕의 직장 동료 마이클 로먼; 채널 볼링장에서 파크 마이어스와 함께 볼링을 쳤던 진저 베이커; 은퇴한 어업수렵부 바다표범 사냥 담당자 크리스 프레리; 파크 마이어스의 이웃 존 스텟슨; 연방 어류야생동물관리국 특별 요원 샘 프라이버그; 연방 어류야생동물관리국 법 집행 담당관 크리스 핸슨; 알래스카주 야생동물 담당 경찰 에런 프렌절; 변호사 해리엇 밀크스; 조엘 베넷; 허버트강 근처에서 공사장 신호수로 일했던 익명의 틀링깃족 여성.
- 주노 재판정에 제출된 낸시 마이어호프의 선서진술서.
- 주노 재판정에 제출된 마이클 로먼의 선서진술서.
- 주노 재판정에 제출된 더글라스 보사지와 메리 윌리엄스(파크 마이어스의 이웃)의 선서진술서.
- Police Criminal Complaint and Affidavit of Probable Cause(경찰 형사 고소와 상당한 근거에 대한 진술 조서), Docket Number CR-271-99, Commonwealth of Pennsylvania, Lancaster County, December 21, 1999, and Sentencing Order for Park Myers III.
- "Where Art Thou, Romeo?(로미오, 당신은 어디에 계시나요?)" *Juneau Empire*, January 22, 2010, http://juneauempire.com/stories/012210/loc_553296141.shtml.
- "Man Arrested for Killing Black Wolf(검은 늑대 살해로 체포된 남자)," *Juneau Empire*, May 25, 2010, http://search.juneauempire.com/fast-elements.php?querystring=Man%20arrested%20for%20killing%20black%20wolf&profile=juneau&type=standard.
- "Was It Romeo?(그게 로미오였을까?)" *Juneau Empire*, May 26, 2010, http://juneauempire.

com/stories/ 052610/loc_644797986.shtml.

- 증거 이미지, 기소 문서, 속기록, *State of Alaska v. Park Myers III*(알래스카주 대 파크마이어 3세), 1JU-10-651 CR, November 3, 2010 등 주노 재판정 공식 기록들.
- 주노의 '영험한 곰'을 죽였다는 피콕의 주장에 대해: '영험한 곰'이라는 일반적인 표현은 대단히 희귀한 흰 반점이 있는 흑곰을 지칭한다. 이런 동물이 대략 그 시기에 야말가 항구 인근 지역에 출몰했다가 사라지곤 한 것은 맞지만 사진을 보면 피콕의 곰이 그 곰은 아닌 게 분명하다.

14 꿈의 무게

- 저자의 인터뷰: 해리 로빈슨; 마이클 로먼; 조엘 베넷; 변호사 제프리 사우어; 변호사 해리엇 밀크스; 슈퍼베어 슈퍼마켓의 익명의 계산원; 타이어가 펑크났던 익명의 여성; 알래스칸 양조 회사의 신디 버치필드; 파크 마이어스의 이웃 존 스텟슨; 조엘 베넷; 알래스카 야생동물연맹의 회장 티나 브라운; 알래스카 사우스이스트 대학교 전직 사회과학 교수 알렉스 사이먼.
- 증거 이미지, 기소 문서, 속기록, *State of Alaska v. Park Myers III*, 1JU-10-651 CR, November 3, 2010 등 주노 재판정 공식 기록들.
- 이 기간 동안 〈주노 엠파이어〉의 기사들로 이어지는 수많은 링크를 보면 이 사건이 주노에 얼마나 중요했는지 느낄 수 있다. 다른 곳에서도 그렇지만 여기서 대부분의 기사에 달린 다음 익명의 댓글들은 기사 자체만큼이나 깊은 통찰력을 제공한다.

"Romeo Trial Delayed," *Juneau Empire*, September 21, 2010, http://juneau empire.com/stories/092110/loc_710505630.shtml.

"Myers' Court Appearance Set for Nov. 2," *Juneau Empire*, October 14, 2010, http://juneauempire.com/stories/101410/reg_720410479.s html.

"Guilty Plea Expected Today in Myers Hunting Violations," *Juneau Empire*, November 1, 2010, http://juneauempire.com/stories/110110/loc_729241648.shtml.

"Hunter's Plea Hearing Moved to Wednesday," *Juneau Empire*, November 2, 2010, http://juneauempire.com/stories/110210/loc_729751503.shtml.

"Juneau Man Receives Suspended Sentence for Hunting Violation," *Juneau Empire*, November 4, 2010, http://juneauempire.com/stories/110410/loc_ 730859127.shtml.

"Helping Juneau Move On by Honoring Romeo," *Juneau Empire*, November 7, 2010, http://juneauempire.com/stories/110710/opi_732535770.shtml.

"Spirit of Romeo Rises over Old Roaming Grounds," *Juneau Empire*, November 21, 2010, http://juneauempire.com/stories/112110/loc_739556163.shtml.

"Second 'Romeo' Assailant Sentenced for Game Violations," *Juneau Empire*, January 6, 2011, http://juneauempire.com/stories/010511/loc_765565209.shtml.

- 저자의 인터뷰: 해리 로빈슨; 조엘 베넷; 수의사 빅 워커; 은퇴한 삼림청 멘덴홀 빙하 방문자 센터 담당자 론 마빈; 삼림청 멘덴홀 빙하 방문자 센터 자연해설사 로리 크레이그.
- 증거 이미지, 기소 문서, 속기록, *State of Alaska v. Park Myers III*, 1JU-10-651 CR, November 3, 2010 등 주노 재판정 공식 기록들.
- 마이어스의 법정 귀환을 집중적으로 다룬 〈주노 엠파이어〉의 기사들은 다음과 같다.

  "White Wolf Encounter," *Juneau Empire*, March 19, 2010, http://juneau empire.com/stories/031910/out_592882717.shtml.

  "Wolf Country," *Juneau Empire*, May 28, 2010, http://juneauempire.com/stories/052810/out_645917431.shtml.

  "My Turn: It's Not About the Wolf," opinion piece, Harriet Milks, *Juneau Empire*, January 6, 2011, http://juneauempire.com/stories/010611/opi_765993847.shtml.

  "Probation May Be Revoked for Man in 'Romeo' Case," *Juneau Empire*, January 23, 2011, http://juneauempire.com/stories/012311/loc_774966703.shtml.

  "Wolf Killer Back in Court as Judge Weighs Facts of Legal Filing, Previous Criminal History," *Juneau Empire*, April 5, 2011, http://juneauempire.com/local/2011-04-05/wolf-killer-back-court-judge-weighs-facts-legal-filing-previous-criminal-history#.UkSsP4YWJRo. 이 기사(와 늑대에 대한 다른 기사)에 달린 댓글은 특히 흥미롭다.

  "Myers Sentenced for Probation Violation," *Juneau Empire*, July 17, 2011, http://m.juneauempire.com/local/2011-07-16/myers-sentenced-probation-violation. 필자란도 전혀 없고 사실을 잘못 전달한 데다 어째서 마이어스가 법정에 서게 되었는지는 언급도 하지 않고 마이어스에 대한 명확한 동정심만 담고 있는 대단히 이상한 기사다. 블로그의 댓글들도 볼 것.

로미오

ROMEO

2003–2009